MINGUO TONGSU XIAOSHUO
DIANCANG WENKU

柳暗花明

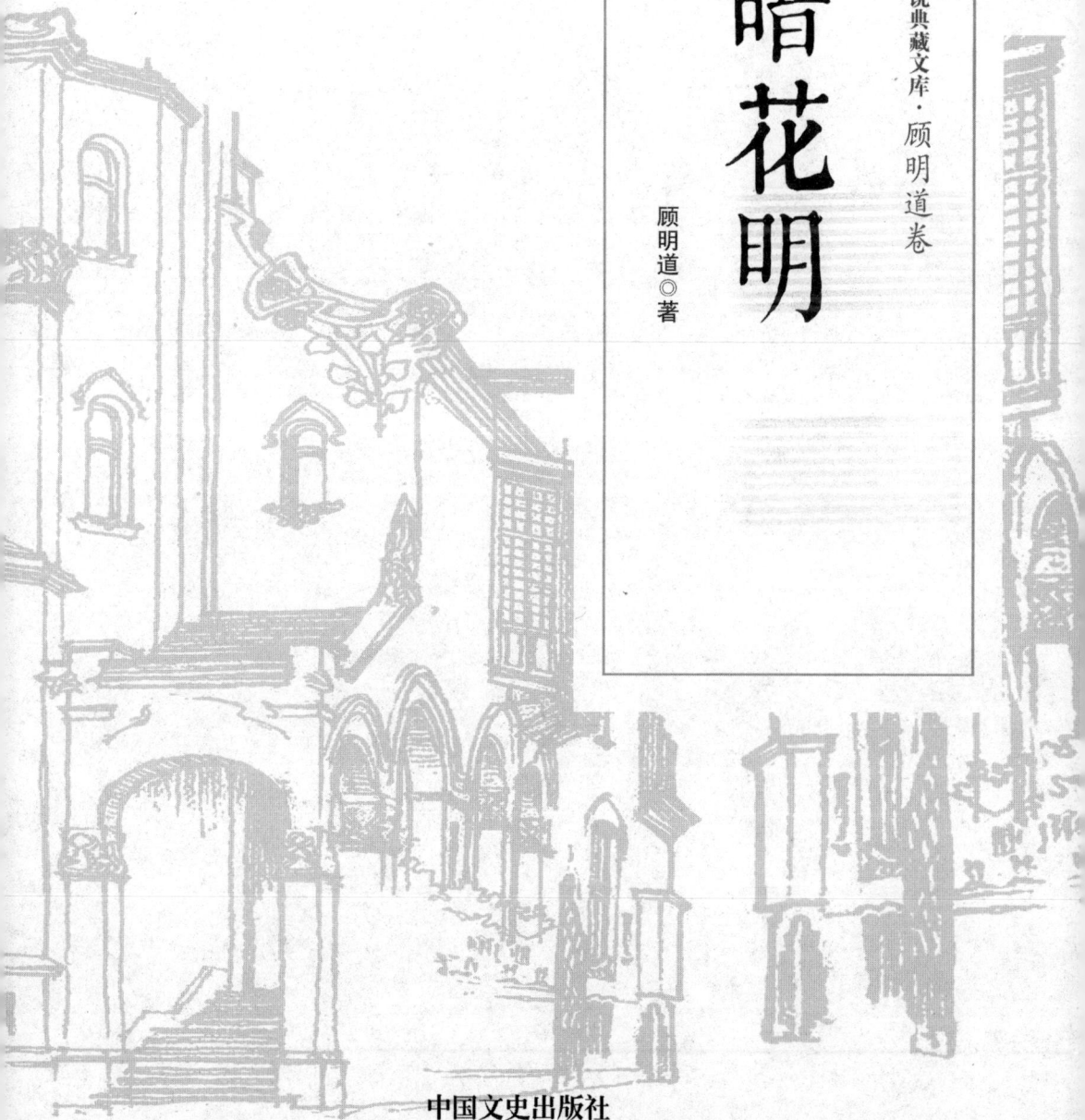

民国通俗小说典藏文库·顾明道卷

顾明道◎著

中国文史出版社

顾明道和他的小说（代序）

张赣生

在本世纪（指二十世纪）二十年代末，能与"南向北赵"并称的武侠小说作家只有顾明道。

顾明道（1897—1944），原名景程，江苏苏州人。他八岁丧父，自幼体弱，上学时膝部患骨结核（中医所谓骨痨）致残，行动依赖拄拐。他毕业于教会所办的振声中学，因学习成绩优秀，即留在该校任教，并受洗为基督教徒。1922年，范烟桥移居苏州，范氏在辛亥革命的时候就曾与友人组织"同南社"，诗酒唱和；这时又于七夕会同赵眠云、郑逸梅、顾明道等九人组织"星社"，以文会友。顾氏由此结识了一批文友，他一生的文学活动大体未超出这个小团体的范围。顾明道因一直希望医好腿疾，所以结婚较迟，抗战爆发后，他和母亲、妻子全家移居上海，苏州的家产毁于战火，从此落入贫病交加的处境中。他一生以教书为业，战前一直在苏州振声中学执教，迁居上海后一面写作，一面仍自办补习学校，招生授课，直至肺结核把他折磨得卧床不起才停办。病重时生活无着落，全靠朋友周济，终年只有四十八岁，身后凄凉。

了解了顾明道一生的经历，有助于我们客观地认识和评价他的小说。

从顾明道一生经历来看，腿残、留校执教、参加星社，这三件事深刻影响着他一生的文学事业。民国初年的上海，盛行哀情

1

小说，即文学史上称之为"淫啼浪哭"的时期。1912年，徐枕亚的《玉梨魂》和吴双热的《孽冤镜》在《民权报》同时连载，随即又连载李定夷的《霣玉怨》，流风所被，一片哀音。顾明道就在这种风气的影响下，开始试写小说，那时他只有十七岁，尚未成年。他的处女作是短篇言情小说，发表在高剑华主编的《眉语》月刊上，这是一份以知识妇女为读者对象的刊物，脂粉气很重，在该刊的创刊号上发表了一篇阐明办刊宗旨的《宣言》，其中说："花前扑蝶宜于春；槛畔招凉宜于夏；倚帷望月宜于秋；围炉品茗宜于冬。璇闺姐妹以职业之暇，聚钗光鬓影能及时行乐者，亦解人也。然而踏青纳凉赏月话雪，寂寂相对，是亦不可以无伴。本社乃集多数才媛，辑此杂志，而以许啸天君夫人高剑华女士主笔政。锦心绣口，句香意雅，虽曰游戏文章、荒唐演述，然谲谏微讽，潜移转化于消闲之余，亦未始无感化之功也。每当月子弯时，是本杂志诞生之期，爰名之曰《眉语》，亦雅人韵士花前月下之良伴也。"看了这篇《宣言》，读者当能了解此刊物的性质。顾明道在1914年左右开始写小说时，选中这样一个刊物投稿，也就表明顾氏本人的性格难免有些多愁善感的脂粉气。

我指出顾氏性格中的脂粉气，因为这决定着他文学作品的基调，丝毫也没有嘲讽顾氏之意，每个人都在一定的环境下养成他的性格，这没有什么可嘲讽的，我们要研究的只是事实。郑逸梅在《悼顾明道兄》一文中提到两件事，其一为："明道最初的作品，刊登在许啸天所辑的《眉语》杂志上，该杂志多载女作家的文字，他就化名梅倩女史，撰着短篇小说。有一位读者，是登徒子之流，写信追求他，缠绵缠绵，大有甘伺眼波之意。明道接到了信，大笑之下，用梅倩具名答复他。那个登徒子欣喜欲狂，寄给他一帧照片，请他交换'芳影'，并约他会晤某园。明道到这时，才用真姓名自行揭破。这一段趣史，明道时常讲给人听的。"其二为："《江上流莺》稿成，我曾为他写一小序，有云：'江山摇落，风雨鸡鸣，我侪丁斯乱世，应变无方，干禄乏术，臣朔饥欲死，乃不得不乞灵于不律，红苣缫愁，绿蕉写恨，借以博稿资而活妻孥。社友顾子明道固与予相怜同病者也。'明道读了，亦为之感喟百端，不能自已。"当时正值日寇侵华，人民生活困苦，对此局面"感喟百端"也是情理中的事，我们不必咬文嚼字，过分挑剔；但达到"不能自己"的程度，就难免少些丈夫气了。以上两件事都可证明顾氏确有些多愁善感的脂粉气。

顾明道养成这样一种性格，固然与前述民初上海文坛的时尚有关，在当时一些人的心目中，唯其如此才配称为"才子"，少了贾宝玉味道就被视为粗俗；但是就顾氏本身的内因而言，腿残对他心理上的影响，恐也不容忽视。肢体的残疾不仅影响着顾明道的性格，也限制着他的行动。郑逸梅《悼顾明道兄》一文说："这时他在吴门振声中学担任教务，因不良于行，往返不便，所以他住在校中。"顾氏是一位多半生未离他那中学小天地的人，缺少广泛的社会生活经历，在这方面，他既不能与同时的"南向北赵"相比，更不能与后来的"北派四大家"同日而语。对于这样一位学生出身，生活面狭窄，又多愁善感的作家来说，写言情小说自然是最方便的，他可以坐在家里凭自己的情感体验来打动读者，只要情感诚挚，哪怕写的只是他个人的小天地，也总会有其可取之处。但自向恺然《江湖奇侠传》引起轰动之后，报刊编者和出版商均热心于武侠一途，顾明道为适应这一潮流，便也改弦易辙，于1923年至1924年在《侦探世界》杂志发表武侠小说。1929年，他由杭返苏，途经上海，与当时主编《新闻报》副刊《快活林》的星社文友严独鹤相会，恰逢《快活林》需要连载长篇武侠小说，严约顾撰写，这就促成了他一生的代表作《荒江女侠》的问世。

《荒江女侠》刊出后竟大受欢迎，同年冬，上海三星图书局向新闻报馆购买版权出版单行本，至1930年8月已翻印四版，

1934 年 11 月更达到十四版，这在当时是很可观的销行数。可见其轰动的程度。由于此书畅销，顾氏也就续写下去，共出版了六集，并被友联公司改编为十三集连续影片，上海大舞台、更新舞台也改编为京剧连台本戏，风靡一时，大有凌驾《江湖奇侠传》之上的势头。这部小说之所以能取得如此出人意料的效果，今天的读者或许很难理解。当时最著名的武侠小说，是"南向北赵"的作品，向恺然连缀民间传说，自有其吸引人的一面，但却少了点爱情纠葛、哀感顽艳；赵焕亭的《奇侠精忠传》据说原有不少狎蝶的描写，因而触犯禁例，出版时经过删削。顾明道于此际把武侠、恋爱、探险等成分捏在一起，就给读者一种新鲜感，满足了十里洋场那特定读者群追求新奇、热闹的要求，正如严独鹤在《荒江女侠序》中所说："以武侠为经，以儿女情事为纬，铁马金戈之中，时有脂香粉腻之致，能使读者时时转换眼光，而不假非僻之途，不赘芜秽之词。是以爱读者驰函交誉。"

顾明道用以吸引读者的另一个办法是写"冒险"，他在谈及自己的作品时说："余喜作武侠而兼冒险体，以壮国人之气。曾在《侦探世界》中作《秘密之国》《海盗之王》《海岛鏖兵记》诸篇，皆写我国同胞冒险海洋之事，与外人坚拒，为祖国争光者。余又著有《金龙山下》一篇，可万余言，则完全为理想之武侠小说也，刊入《联益之友》旬刊中。又曾写《黄袍国王》长篇说部，记叙郑昭王暹罗之事，曾刊《大上海报》，后该报停版，余亦中止，他日拟出单行本以饷读者矣。又新著《龙山争王记》，则方刊于《湖心》周刊中，该刊为西湖小说研究社出版者也。曩年余为《新闻报·快活林》撰《荒江女侠》初续集，尚得读者欢迎，今由三星书局出单行本，三集亦在付梓中矣；又为《小日报》撰《海上英雄》初续集，则以郑成功起义海上之事为经，以海岛英雄为纬，以上两种皆由友联公司摄制影片。又尝作《草莽奇人传》，则以台湾之割让，与庚子之乱为背景也。"（转引自郑逸梅《悼顾明道兄》）所谓"冒险体"或"理想小说"，显然是接受了西方的小说观念，是指类似斯蒂文生《宝岛》或斯威夫特《格列佛游记》的体裁，譬如他所著的《怪侠》，写一个身负绝技的革命者，失败后率党徒逃亡海外，去非洲探险，与当地土著争斗，称雄异域，即是一例。

就顾氏的为人来说，他是一个正直、爱国的书生。"一·二八"日寇进犯上海，顾氏写了《国难家仇》《为谁牺牲》等小说，表示了他作为中国人的同仇敌忾之心。顾氏一生写过五十多部小说，以武侠和言情为主，也有社会、历史、侦探等作，他临终前，春明书店出版了他的最后一部作品《江南花雨》，这本小说具有自述的性质。

目　录

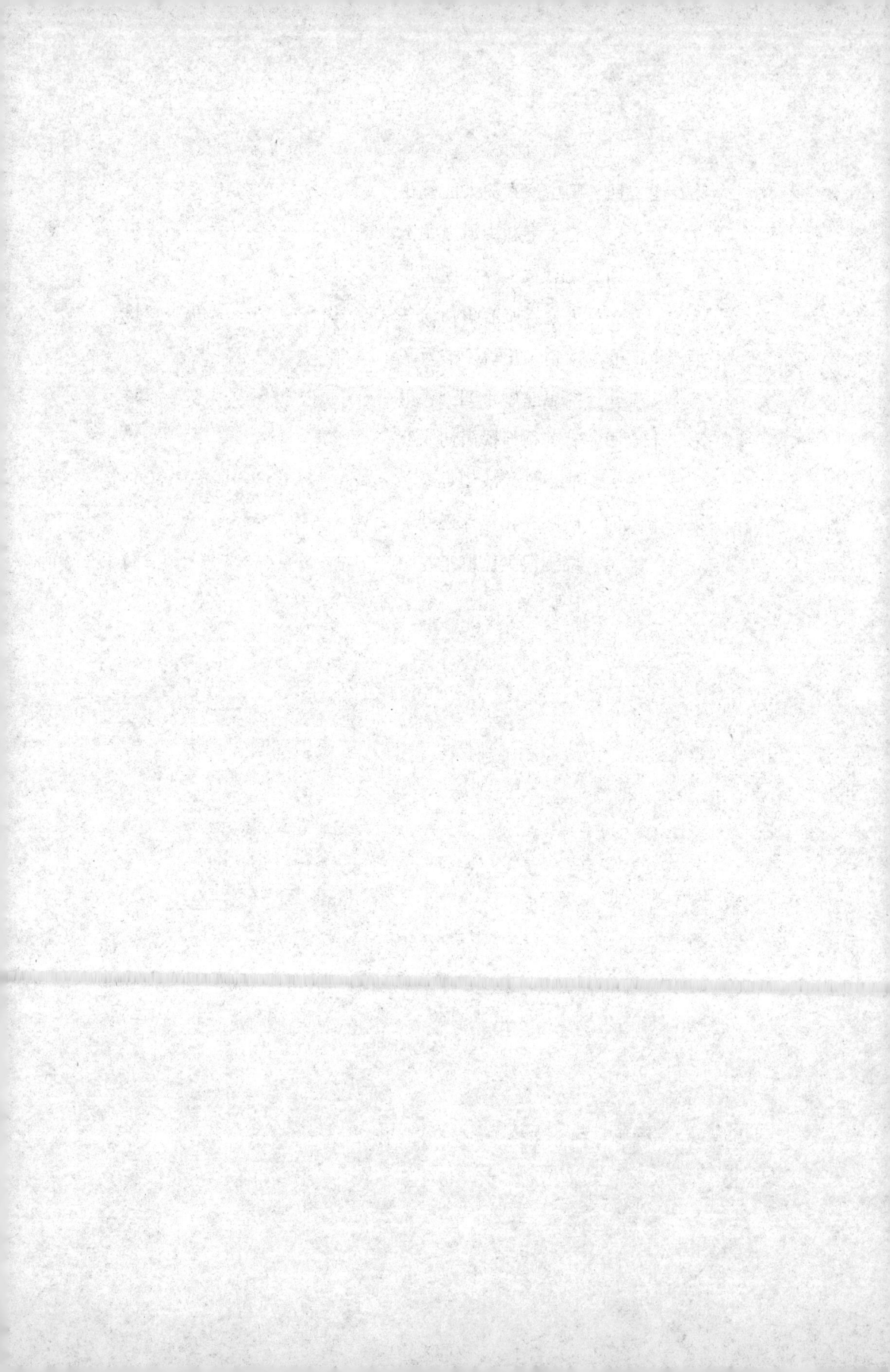

自 序

　　人生由少而壮而老，亦弹指间耳。年光不能倒流，儿时亦岂可再？唯回忆为最有价值，何况哀乐中年，不足可畏，不如意事常八九，可与人言无二三。春光大好，蒿目多忧诵杜子美《春望》一诗，能无长太息乎？《柳暗花明》之作也，始终二十六年以前，初应广州《星粤日报》之聘，草成三回，后以烽火猝燃，《星粤》乃告流产，而余亦置之若忘矣。洎范君菊高在沪创办《正报》，知余有斯篇也，坚请发刊，余以友谊允之。乃不数月而《正报》又以事辍矣。三十年，春明书店主任欲以此篇付诸剞劂，请于余以求餍读者之望，余乃重握秃笔续撰之，愿以事冗体弱，不克多写，耗时数月而始蒇事焉。呜呼！区区一书之出版，而亦经历五六年之久，其间小有沧桑，令人可忆，与余当时在故乡之情况则又不侔矣。事之迟速成否，殆亦自有其时欤？又有欲告者，此书情节已由吾友程君小青探取采之，为国华影业公司编制电影。今电影剧本将成，而余书已先问世，于不久之将来书中所述之事，会当见诸银幕，是则画里真真，传神阿堵，抑亦可使本书之读者观之，平添不少妙趣也。

吴门顾明道序于沪滨寄庐

第一回

辛苦为谁饲蚕有女
贫穷无计止渴饮鸩

　　一条小溪曲曲弯弯向南流去发出淙淙的水声，斜阳映照在水面上，粼粼然作黄金之色。微风吹动，流水又起了小小的皱纹，远望去好似一片金缕彩错、天孙织就的云锦裳。有数头乳鸭在溪里狎波濯羽，很自由地浮游着，真是"春江水暖鸭先知"了。

　　河边有一个十三四岁的乡女，蹲在一块石上洗衣，一声声的捣衣声浪传送到远近，清晰可听，更显得四围的沉寂。那女子虽是个村娃，身上也穿着一件青布短衫、花条布的裤子，踏着一双自制的布鞋，背后还拖着一条辫子，扎着红把根，额上打着前刘海，不脱乡村的装饰。可是脸蛋儿却生得很是娇嫩美好，一双眼睛如溶溶秋波，异常婉媚，左面上还有一个小小酒窝，一张小口露出又白又齐的贝齿，身材也很是苗条，倘然给她换上了时装，恐怕都会里的一班摩登小姐都要自惭形秽，望尘莫及了。在她身边有一株大柳树，枝干一半斜覆在溪上，嫩嫩的柳条，千丝万缕地低垂到水面上，跟着春风飘飘拂拂，罩得那处女前面的溪流也变成绿滟滟的颜色，和那斜阳所照的水波映带着，色彩实是美丽。更加着溪边的竹篱茅舍，和远远的青山一抹，宛如一幅绝妙图画。

　　那乡女捣罢衣服，又放在水里洗了一会儿，绞干了水，向背后一只竹篮里丢下，然后立起身来，一手提了那篮，一步一步地从河滩上走到上面一片泥场，对面有三四间矮屋，墙上斑斑驳驳的，显出这屋子已是破旧。但屋前有一株桃树，正开着花，锦霞烂漫，宛如少女颊上涂着的胭脂，鲜艳异常。树下有一只全身金黄色的村狗，坐在那里将前足搔痒。一见那乡女走来，立刻跳起，上前欢迎，跟着她一同走入屋子里去。

那屋子里正中一间客堂毫无陈设，排满着许多大大小小的匾和左一堆右一堆的桑叶。有一个十七八岁的女子立在中间将桑叶去饲匾中的小蚕，十分当心似的，目不旁瞩。她的装饰又和那走进来的村娃有些不同了。头上的云发早已截短，身穿一件暗色布的旗袍，脚上也穿一双布鞋子，脸蛋儿生得和那乡女仿佛，不过嘴边有一粒黑色的小痣，身材比较长一些。

这乡女向她叫一声："姊姊，你一人在这里忙着育蚕，爸爸还没有回家吗？"女子回转头来答道："妹妹，爸爸去了这许多时候，不知怎样的还不回来啊，看来这件事难以成功的了！"那洗衣的乡女叹了一口气，走到里面一个小天井里去，取了竹竿，把洗濯的几件衣服一一晾起来，又回到那间屋里看了一下，说道："姊姊，我到爸爸房中去饲蚕吧，这几天桑叶吃得很快，恐怕只有一日之粮了。"一边说，一边走进左面的一间室中去。

这里面只有一张床，帐子也没有挂，床上乱堆着一条破旧的棉被和两三件青布衣，床前有一张小桌子，其他的地方都被养蚕的家伙占着。她立着饲蚕，又向窗外问道："东村王阿二家的桑叶本来可以卖给我们的，可惜他家早已卖给人家了。听说桑叶要贵到六块钱一担，但不知昨天所讲的价钱可以成功吗？"那外面的女子答道："邢老虎这种人和他有什么商量？去年王阿二没有钱还田租，没奈何把今春的桑叶一起预先出卖给邢老虎了。听说每担的价格也不过两元，不是很低廉吗？爹爹虽想收买，却因自己欠了一身债，年底正在想法张罗去度年关，哪里有钱去预订王阿二的桑叶呢？王阿二种了许多桑叶，辛辛苦苦，无非想多几个钱，谁知去年田稻收入不好，而催租吏如狼如虎，不怕他不还。所以王阿二只得忍痛牺牲，把桑叶预先廉价卖去。邢老虎是个贪吝的地主，一面巴结城里的官商，一面刮削乡下的农民，他收买了许多桑叶，无非想在这蚕汛吃紧的时候，大大地涨价，奇货可居，借此获利。听说他本来讨价要八元一担，六块钱一担恐怕是最低的限度，岂肯再减低呢？我们养的蚕正要三眠，一刻也不能缺少这东西的。别处的桑叶又都给人家或是预订，或是抢买，轮不到我们去想法，只得去商买邢老虎的奇货了。"

室中的乡女听了这话，叹了一口气道："我们所苦的，就是没钱，倘然有钱时，早些向人家预订，不至于出重价了。大概天下的金钱都被有钱人赚尽了，没有钱到处吃亏，怎能够和他们斗得过去呢？终是被他们捏紧在手掌之中罢了！可恨可恨！"

外面的女子又说道："可不是吗？我们一年到头辛辛苦苦，仍是衣食不完全，反负了许多债，东邻西舍哪一家不是如此？现在虽有一班人在外边喊着农村破产，要到农村里来救济我们这些苦命的农民，然而只有来剥削我们农民的，哪里有真的救命王菩萨呢？像我爹爹年纪已近六十岁了，胼手胝足种田咧，养蚕咧，一刻儿没有休息，从少年到老年，吃了不少苦。妈妈已经去世了，他还要抚养我们姊妹两个长大起来，真是不容易的事。前数年因为种田没有力量了，况且收的米少，还的租重，还不过替人家白种，所以不种田而养蚕种西瓜，花了不少本钱，都是借人家的债，满拟把田中的西瓜脱售后，可以还去债务，多一些钱，吃些苦饭。谁知道瓜的收成虽多，但是六月中的天气忽然时常下雨，并不炎热，把船运到了上海去，竟卖不脱，瓜价大低落，一天一天地耽搁，船中的瓜倘再不卖去，便要一齐烂掉，只好忍痛牺牲，每担八角钱卖给行里，除掉船钱伙食各项，多下来的没有多少钱，哪里能够还债呢？今年养这些蚕儿，又要花上许多本

3

钱。前天买二担桑叶，还是兑去了我耳上的金丝圈，方才得到的呢。现在却不能不再去举债了。但愿今年结的茧子多而好，茧行里的价钱能够出得高，方可有些希望，也使他老人家心里可以安慰，否则……"女子说到这里顿住，微微叹口气。

她们姊妹俩在室中谈话的时候，屋子外东边远远的田岸上有一个老人在夕阳影里忽忽地走来。他的两鬓已斑，额边有几根疏疏的短发，额角上皱纹很深。但是看看他的脚步轻松，似乎年纪虽老，精神还好。手里拿着一根旱烟袋，这是农人唯一的消遣品了。但此时他要紧赶路，也来不及吸烟。他头上还戴着一只烟毡帽，身穿一件黑色的旧布袄，足上套着布鞋。

他是一个可怜的乡农，自己常常叹着命苦的。他不敢怨天，也不敢怨人，只怪自己前世没有修，投到了乡间穷苦的农家。自幼在村塾里读了一年书，认得几十个字，后来他的父母便叫他去牧牛了。在夏天，父母在田中种田的时候，他就要帮着拔草咧，送饭咧，做他能做的工作。年纪渐渐长大，便到田中去耕种，做农夫了。当然他是生长在农村的，农之子恒为农，继续他父母的事业，也没有别的思想，只希望逢到来年，他种的田里收成多，一年的衣食便可无虞。可是他种了一世的田，不要说多一个钱，反而东欠会钱西欠债，住着这几间破旧的老屋。只有家中两个女儿，是他唯一的安慰者，他的老妻早已故世了，这两个女儿却非平常的村娃可比，因为生得不但容貌秀丽，而又资质聪慧，很能孝顺父母。家中一切的事都由她们姊妹俩分工合作，做得头头是道。而姊妹之间更是相亲相爱，和好无间。长女名叫金珠，次女名叫银珠。乡下人家的女儿取名不外乎是金银珠宝，没有什么深意的。金珠在十二三岁的当儿，曾跟着邻家胡大嫂子到湖州城里去帮佣，做人家的使女。这家人家因为她生得伶俐，所以都喜欢她，老太太待她更好，做了两年工夫，倒多了一些钱，身上衣服也比乡下穿得时髦一些，兑了一只金戒指和一副金丝圈。头上的云发早被主人家的三少奶奶硬把她剪去了，所以她的装束已有些城市化。后来不幸她的母亲患病逝世，她不得已回到乡间来，又因老父没有人安慰，家中的事恐怕妹妹银珠一人做不下。近来她父亲又不种田了，每年养蚕的时候最忙，所以她遂守在家中不出去了。但近年农村破产，一切都不景气，养蚕也没有什么利益可得。蚕农的生活十分艰难困苦，然而一班养蚕的到了春天还是要养蚕。本来在浙西湖州一带的农村养蚕是农民天字第一号的副业，更有一班农民的心思，以为稻田里所产的米谷，只需足供一家数口一年的食粮就是了，其他一切支出，如地租田赋肥料等各项，完全可以从蚕桑上着想的。因此平时加意培植桑地，甚至不惜剜肉补疮，把稻地里的泥土翻到桑地上来，欲使大利所在的桑树，顷刻葱茏。所以我们试到湖属一带去游览，可以看到乡中桑地的广阔，真是一望无际，养蚕人家之多，也可想而知了。这就显露出许多农民为了求生活而投机，不种稻田，改种桑田。

浙西农村里有一首最流行的农歌，是"三张糙棉纸，三升西瓜子，好呢造屋娶妻子，不好上海去拉车子"。这是因为丝价跌落以后，这蚕丝区域里的农民失去了重心，丝茧既然破产，又去种西瓜了。然而西瓜产量骤增的结果，瓜价逐渐低落，仍然是无利可获，有时还要贴本，农村没落的迅速，可见一斑。

故金珠的父亲在养蚕种瓜两种农村的事业上尽力挣扎，依旧是没有希望，真是十分凄惨了。养蚕人家最需要的是桑叶，他既没有钱去向人家预订，临时就不免发生恐慌。那些剥削农民的资本家，知道一班农民在年关到来的时候，要还账款，纳租税，付会钱，四下的债务急如星火，逼得他们无法张罗，几件破棉袄是要留在身上取暖，不能拿去典质的，于是他们不得不寅吃卯粮，把明春的桑叶预先换钱。那些资本家便乘机廉价收进，到了蚕汛的时候，桑叶的价钱大大地飞涨起来。养蚕的农民因为蚕吃桑叶是刻不容缓的事，任凭贵到怎样地步，也只得忍痛去收买。一样是一担桑叶，经过资本家一转手，农民便要无端损失多少钱，然而资本家的欲望却还没有满足呢。金珠的父亲今番养的蚕很多，他仍旧抱着一团希望，和他的女儿奋力去做。但今年的桑叶价钱大贵，操纵在资本家手里，所以他无形的损失更大。桑叶完了，不得不去想法。别处的桑叶都卖去了，只有王阿二家的桑叶，虽然树上生得很繁盛，嫩绿的桑叶，望过去如万顷碧浪，真是蚕儿活命的粮食。然而谁也不敢去采取，连自己的主人王阿二也只好望着兴叹。当然是因去年没钱用，早卖给邢老虎了。

邢老虎是双林镇上的土豪，他专一剥削农民的脂膏，自己面团团做了乡间富家翁，又将钱借给农民，取的利息很大。好在他是一乡之霸，农民都见他畏惧，大家喊他老虎而不名了。欠了他的债，不怕你不将本利如数奉还的。他预先廉价买进了许多桑叶，专待蚕汛时可以从中取利，每担桑叶涨到六块钱。

金珠的父亲别处买不到桑叶，只好去和老虎商量。因为他手中没有一个钱，要去向邢老虎赊买，约定在卖掉鲜茧之后奉还本利，这就是剜肉补疮的办法，不得已而如此。

今天他从邢老虎家走回来，心里转着念头，只顾往前跑路。那边田岸上却有一个牧童骑着牛走来，见了他便高声唤道："薛水生，你这样老的年纪还有几年活，却拼着老命忙什么？你家女儿生得很美丽，听说邢老虎的儿子邢天福要做你的女婿，可有这回事吗？恭喜你将有一位蛮女婿了。"说罢，拍手大笑。水生回头骂一声："呸！你这小畜生，不要乱嚼舌。你听谁说的？谁说这话死掉他！"牧童笑道："人家要活到一百岁，不会死的，恐怕你今番养蚕却要一齐死个精光。"

育蚕的人最忌人家咒诅他的蚕，所以他怒不可遏，握着老拳，从田里跑过去，想要揪住这牧童，打他两下，出出自己的气。但这牧童十分灵活，早已纵牛飞奔逃去。水生究竟年纪已老，气喘吁吁的，哪里赶得上，只得骂了一声小鬼，回身走转。

到了自己家门，那头黄犬一见主人归来，立刻跳上前，牵衣欢迎，却被水生踢了一脚。那犬不知道主人为何发怒，只得闪开一边了。水生踏进里面，金珠便叫道："爹爹回来了吗？"银珠在房里听得，也就跑出来，叫声爹爹，拖过一张凳子，说道："爹爹走得力乏了，坐一会儿吧。"水生一见这两个可爱的女儿，心中的怒火渐消，但脸上兀自红着。银珠靠在他的身旁，摸着她父亲颌下的短须，问道："爹爹，你为何红肿着脸，气喘不停，和谁怄的气？"水生道："李家的牧童。这个小畜生惯会胡说八道，惹是生非，我被他气死了。"金珠走过来说道："这个小鬼真是可恶！爹爹休要去睬他，只当他放屁就是了。"连忙倒了一杯茶过来，给她父亲喝。水生喝了一口茶，将杯子递给金珠，自己取过旱烟袋，装了烟，划上一根火柴，燃着了，凑在嘴唇边，慢慢地吸着烟，低倒了头沉思。

　　金珠放了茶杯，又走过去喂桑叶。银珠向她姊姊瞧着，意思是要她姊姊向父亲问个究竟。但水生咬着烟，一声儿不响，姊妹俩实在是忍耐不住了。金珠开口问道："爸爸，这里的桑叶快要完了，你方才和邢老虎商量赊买的事能不能成功呢？"水生听女儿问询，便放下旱烟管说道："成功是可以成功，但价钱却是贵得很，至少要六块钱一担，五担桑叶一共要三十块钱。因为我现在手中没有现款，要问他赊买的缘故，等到将来卖去鲜茧，还款时加上利息，共要还他三十六块钱。"金珠道："啊哟！这是加二钿，比了普通加一钿的利息重了。"水生叹口气道："不错，我们到了这个地步，即使眼前放着砒霜，我们也只好吃了。不要说桑叶没有地方去买，就是人家有了桑叶，也是要紧还钱，谁肯赊给我们呢？邢老虎是贪利息的，若不许他重利，他岂能答应？现在我和他已讲定了。他要我写好一张借据，明天去交给他，便可让我们去王阿二家采桑叶。"

　　银珠道："可怜我们辛辛苦苦养着这蚕儿，将来卖去茧子，

7

恐怕是要白白地代人家忙的了。”水生道：“只有希望今年鲜茧的价钱能够比较往年贵一些，我们虽然白忙，也不至于赔本了。”金珠道：“去年种西瓜亏了本，向邢老虎借的四十块钱，每月三分起息，至今尚未还去，我们心里都很发急，现在又借了债。邢老虎的钱是不好借的，他逼起来时，真要命。前村李阿根借了他二十块钱，利息倒欠了十块钱。邢老虎问他要，逼得他卖掉了妻子还债，十分可怜。”水生道：“我早已说过的，放着砒霜只好吃，此外有什么办法呢？别的话不要讲，我们先要写好一张借据。他又要指定你们的三叔做中保，这又罢不了老三的。借据要不要请他去写？”

银珠听了，把小嘴一噘，说道：“爹爹，忘记了吗？去年你向邢老虎借钱时，请他写了一张借据，他要你两块钱呢。这种人不要去请教他。况且他是帮外边人，和邢老虎一鼻孔出气的，我最恨他！不如就让姊姊胡乱写了也好。”水生叹道：“好妮子，我也并非不知道你三叔是胳膊往外弯的，他总是没有好心肠。不过邢老虎点戏他做中保，使我不得不依。若不请他写借据，你姊姊究竟能不能写呢？”

金珠摇摇头道：“我写的字只好在家中练习练习，哪里可以拿出去？况我也不懂怎样写法的，不如待我向前村的韩老先生那边去，恳求他代我们写一张吧。他很欢喜我的，前几年常常教我写字念书，我所以能够识几个字，也是他的功劳，可惜我难得有工夫到他的家里去讨教的。我若请他去写借据，他没有不答应的道理。将来送他一只鸡或是半担西瓜也够了。”

水生点点头道：“好，还是请教韩老先生吧。借据的纸张和印花税我都买来了。”说这话，就从他身边掏出来，交给金珠。金珠接在手中，说道：“此刻已是放学时候了，大概他不出去的，我就去走一遭吧。你和妹妹好好儿当心饲蚕。”

金珠说毕，整整衣襟，又到右面房里去换了一双鞋子，将头发略梳一下，然后走出门去。那头黄狗见金珠出外，便摇头摆尾地跟着她走。金珠忽忽地转了几个弯，早绕到前村。那边已经近镇了，住户比较多一些。金珠走到一家装矮围的门前，轻轻一推，那门没有闭上，却有一个铃儿，丁零零地响了起来，里面便有人问是谁啊？金珠道："是我，韩先生在家吗？"说这话，走将进去，跟她来的黄狗便蹲在门口等候。金珠走到天井里，有一个四十多岁的妇人正在收衣服。金珠叫一声："韩师母，好吗？"韩师母见了她便道："金珠，你好多时候不来了，可有什么事？"金珠答道："我们家里正在养蚕，所以没得空来请安。今天我是要来请先生代我写几个字的。"韩师母道："很好，他正在厢房里，你自己进去吧。"

金珠笑了一笑，遂跨入客堂，转到东首一间厢房里去。见沿窗一张书桌前，那位头发已白的韩老先生正坐在那里代一个乡人写信。那乡人在旁边立着，口里絮絮叨叨，说个不完。韩老先生一边写，一边点头说道："我都知道了，你不必再说。"这时候金珠上前叫应，韩老先生回头见是金珠，便说一声："金珠，你坐一会儿，待我写好了信再和你讲话。"金珠遂坐在一旁。

韩老先生赶快把手中的信写好了，又从头至尾读一遍给他听。那乡人遂接了信，千多万谢地告辞而去。原来这时候教育尚未普及，乡村私塾仍旧不能废除，一班乡人依然喜欢把子女送到私塾里去读两年书，就算了事，没有多大奢望。而在乡村里的私塾先生靠着一管秃笔，如同万能博士，乡人不论有什么大小事情都要去请教，大至婚丧喜庆，小至写信详签，好像一请教先生便千稳万安。他们对于先生有很坚固的信仰，而先生因此得到一些特别的酬报，至于儿童们读书有没有进步，却与他无关，好在乡间大都是不识字的人，尽管夜郎自大，高枕无忧，没有人来寻他错误的。韩老先生在此已教了数十年书，头童齿豁，可以说得是一位老学究，每天总有几个人来请教他的。

此刻乡人走后，他就带笑向金珠询问。金珠走过来，行了礼说道："先生，我也要来请你写一张借据。"韩老先生道："可以可以，但你的父亲为什么又要借钱？"金珠把详情告诉了他，便将纸张拿出来。韩老先生叹了一口气，遂又提起笔来代金珠写好。金珠谢了，将借据藏在身边。

韩老先生是很爱她的，以前教过她两年书，说她天资聪明，可以造就，无奈她的环境不让她读书，韩老先生很是可惜，所以常常叫她来补习。然而金珠没有工夫，只在家里抽空自修，看看书，略得一些知识，可算得村娃中的翘楚了。

金珠本要在韩家多坐一会儿谈谈，但因家中老父正盼望着，所以不敢耽搁，便告别出来。那黄狗仍跟着她回家，好像她的侍卫一般。当金珠走上一顶板桥的时候，斜阳正照射在她的身上，一阵春风吹来，送到一些野花的香味。桥下正有一只小小渔舟，放出许多水老鸦来在水里捕鱼。金珠看了一看，上有一个少年提携着许多东西，急急地追上前来。

第二回

虺蜴为心妄言空蛊惑
蒹葭倚玉儿戏欲成真

那少年头戴一只薄呢帽，身穿一件黑色的长夹衫，卷起了衣袖管，脸儿胖胖的，额上却有一个疤痕，年纪约有二十左右，两手携着藤篮、小皮箱等许多东西，走到桥上，瞧着金珠，笑嘻嘻地想凑上来讲话。那黄狗蓦地跳过来，对他大声狂吠地示威，好像不许他来侵犯主人的模样。金珠却将手一挥道："阿黄不要叫。"那少年也带笑说道："一别半年，连阿黄也不认得我了。"

那黄狗听金珠呵斥，立即退下不叫了。少年遂和金珠一同走下桥去，一边走，一边问道："金珠妹妹，你到哪儿去的？家里可在养蚕吗？"金珠把手一掠额发，笑答道："我们正在养蚕，忙得很！此刻我是打从韩老先生那边回家。你是从上海回乡吗？"少年点点头道："正是，离开了家乡已有好多时候，此次回家来探望家人，顺便扫墓，略住数天就要回上海的。韩老先生身体好吗？我很挂念他。"金珠道："他老人家精神还好。"少年又道："你的父亲呢？"金珠道："我爹爹近来心境不好，更见得老了。可是他依旧劳苦着不得休息。你是知道的，去年种的西瓜亏了本，今年养蚕又逢着桑叶涨价，大约又是没有什么出息的了。"少年道："我早知这几年农村破产，守在乡间没有生路，不如到都会里去比较容易混饭吃。所以我到了上海十分快乐，一辈子不

11

愿意再回到农村里来了。你们没有到过上海的,当然不知道上海是怎样的繁华世界,但大概耳朵里也有些听得的。倘然你父亲肯把你们姊妹二人送到上海去,何处不好赚钱?在这里辛辛苦苦地养蚕做什么呢?"金珠听了这话不响。

此时二人已走到歧路口,少年道:"我要紧回家,不跟你走了。明天我到你们家里来谈谈,横竖你们不出去的,明天会吧。"他说了这话,向金珠点点头,走向左边河岸上去了。

金珠忽忽回到家里,见她父亲和妹妹正在蚕架边当心饲蚕。银珠早抢着问道:"借据写好了吗?"金珠道:"写好了,明天只要爹爹在借据上画个十字便得了。但是三叔那边可要去通知一声。"水生道:"我想明天一早去看他了。这时候是找不到他的。"

他们正说着话,只听得门外一声咳嗽,走进一个人来,正是他们所说的三叔,生得一脸的麻瘕,鹰爪鼻子,掀着上唇,露出一脸的阴险模样。头上斜覆着一顶瓜皮小帽,口里衔着一根香烟,穿着黑色的短衣,又和水生的状态不同了。原来水生弟兄三人都是分别住的,第二个名唤龙生,本是摇船为业,却因前数年和人打架,早被人失手殴毙了。第三个名唤宝生,就是他们所说的三叔,在乡间游荡,不务正业,常喜赌博,靠着能写几个字,又常和镇上的邢老虎一辈人相识,做他们的走狗,帮着向乡民欺诈威吓,从中捞几个钱。所以弟兄们性情不同,并不亲近的。宝生本有一个妻子,却因被宝生时常殴打,不堪虐待,乘间逃出去。宝生四处寻找,不得影踪,有人说她已投河而死了。宝生从此也不再娶妻,只身住在一家茶馆里,和老板娘姘上了,俨然一对夫妻。那茶馆的老板本是个怕家婆的人,又对宝生畏惧三分,所以情情愿愿戴上一顶绿头巾,相安无事。

宝生见他的哥哥有这两位美丽的女儿,心里不转好念头,想在两个侄女身上得些进账。但是今天他却摇摇摆摆地走来,他一进门,便拖过一张凳子,大马金刀般坐下。金珠姊妹都上前叫一声三叔。金珠又送上一杯茶来。宝生托着茶杯，向水生问道："你又向邢老虎去借钱的吗？"水生道："桑叶吃完了，没有地方去买，况且身边又没有钱，只好向他去赊买了，利息很重的。"宝生把手里的香烟屁股向地上一丢，踏了一脚，口里哼一声道："你嫌他利息重吗？像你这样空手借钱，除了邢老虎，也没有别人肯借给你呢。"水生道："我仍要请你做中保，因为邢老虎……"水生的话没有说完，宝生早已抢着说道："我已知道了。方才我到邢家去，老虎早已对我说过了，所以我走来问问。现在借据可要我写？你既然要紧取桑叶，不可不早些预备的。"水生道："方才金珠已去请韩老先生写好了。我本想明天来看你，请你签个字。"宝生斜着眼睛，对金珠看了一眼，说道："明天早晨我本要到邢家去，那时候一同签字吧。我看在弟兄的面上，不能不答应你啊。换了别人，我至少要扣两块钱的色子。"说罢，把这借据向金珠一丢。

金珠跑过来接时，早落在地上。金珠只得俯身拾起，交给她的父亲。宝生将一只腿搁起，在膝上颠了几颠，对水生说道："在这里镇上除了图正催命判官崔天一，要算邢老虎家最富有而最有势力了，他对于一班乡人都不在眼里，而对我却很能赏脸。因此你向他借钱，他也肯答应，否则他岂肯把桑叶赊给你呢？"金珠在旁说道："邢老虎是贪利息的，五担桑叶收进来的时候只不过十块钱，现在赊给我们要三十块钱，又要加上六块钱的利息，他一转手间已多了二十六块钱，自然何乐而不为呢？"宝生将眼一白道："女孩儿家懂什么？他也是将本求利。去年王阿二预卖桑叶的时候，为什么你们不去预订呢？他有本钱，自然要想法生利息，你不能怪他。"

金珠给他这么一说，不敢辩驳，回转身去饲蚕。银珠却倚身在房门边，两眼望着宝生，一手弄着她的辫梢。宝生对她看了一看，又对水生说道："邢老虎的儿子天福，你瞧见吗？生得肥头胖耳，很有福相，今年十四岁，家里请了一位先生正在攻书。邢老虎常和我说，乡间的女儿大都粗蠢看不上眼，所以还没有配亲。他的意思很想娶你的女儿银珠做媳妇。因为他前番有一次走过这里，恰见银珠站在门口，他大为赞美。曾对我说过的，倘然你肯把银珠送给他家做媳妇，他一定肯出很重的聘金。老大，我以为你不可失此好机会啊！"

这时候银珠已羞得满面通红，溜进她的父亲房中去饲蚕了。水生听了他兄弟的话，叹口气说道："邢老虎在我面前也曾微露此意，但我因为一则邢老虎有财有势，高攀不上的；二则那天福虽是他的独生子，而偏偏是个阿戆。虽在读书，却不过是个名目，没有什么知识的，村里的人都说邢老虎为人太凶狠了，所以生出这个戆得不知人事的儿子，这叫作'天道好还，报应不爽'。银珠去做他家的媳妇，虽然可以一生不愁吃着，但是我家银珠是个十分伶俐的女儿，倘嫁给了一个戆的丈夫，岂不是苦了她吗？所以邢家虽富，我的女儿宁可放在家里，不情愿害她一世的。"

水生说话的时候，态度很是坚决。宝生口里哼了一声道："你竟把女儿看作活宝贝吗？邢家尚且不配，将来能配给谁家呢？不要猪油蒙了心，女儿总是外边人，你不能把她们藏在家里养到老。依我的主张，趁此机会把银珠送到邢家去做媳妇，管什么女婿戆不戆，只要有饭吃，有衣穿，强似嫁给农家子去做田中的生活，倒可以向邢老虎要个二三百块钱的聘金。凭我为媒，邢老虎没有不答应的。你拿们饿，辽辽债，做做生意，岂不好呢？你说邢老虎儿子是阿戆，我看你自己竟有些戆的了。我没有工夫和你多谈，你自己仔细盘算一下吧。换了我有了你这样两个女儿时，哈哈！恐怕我早已发财了。你该是命里苦吧！"宝生说完话，立起身来将头上帽子推了一推，大踏步地走出去了。水生跟到门口，喊道："明天早上你不要忘记到邢家去。"但是宝生头也不回地去了。

水生还过身来，自言自语地说道："他总是这样地怂恿我，其实他自己也要借此捞几个钱，却不顾我女儿嫁了戆儿，如何过日子呢？"金珠听了，走过来说道："爹爹休要听三叔的话。我们虽然家里穷，却不是贪钱乌龟。我妹妹也生着两手，将来自己总能靠十个指头吃饭的，岂肯嫁给一个阿戆？况且到邢家去做媳妇，一定要吃亏的。你听三叔说的话，句句偏袒他们，反叫自己人上当。这种人存着歹心肠，爹爹休要听他的话。"水生点点头道："当然我不听他的话，否则你妹妹早已送到邢家去了。我劳苦了一生，只有你们两个女儿，宛如心头之肉，难得你们也十分孝顺，帮着我做事，我岂忍早送给人家做养媳妇呢？"

父女俩在外边说着话，只听得房里有人呜呜咽咽地哭起来。水生和金珠跑进去看时，见银珠坐在床上，低倒了头，双手遮着脸，两肩一耸一耸地正在那里啜泣。水生叹道："银珠，你不要发急，你三叔是信口乱道，我决不会把你送到邢老虎家去做养媳妇，穷得饿死也不肯听你三叔的话。我们父女三人相依为命，只希望这个年头儿好，大家勤勤俭俭，可以平安度过。将来你们年纪渐长，都要好好儿地配一头亲，那么我死也瞑目了。快不要哭，你哭了，使我心里难过。"金珠也走过去把银珠推了两推道："好妹妹，不要哭。你可曾听得父亲的话吗？放心吧！我们饲蚕要紧，休要听旁人嚼什么蛆。"银珠听了姊姊的劝告，方才渐渐止住哭泣，揩干眼泪，立起身来。

这时天色已暮，屋子里笼罩着黑暗，金珠去点上一盏油灯来，说道："我到厨下去煮晚饭，大家不要谈这事吧。"水生点点头，走到外边来。隔了一会儿，他们吃过晚餐，仍去当心蚕儿。夜间父女三人轮流着照顾，总有一人醒着不睡，可见他们的辛勤了。

次日一清早，水生便带了借据，跑到邢老虎家去接洽赊买桑叶之事。她们姊妹俩在家里饲蚕，眼见桑叶没有了，幸而赊买可以成功，否则将什么来饲这些蚕儿呢？姊妹俩盼望父亲早早回来，可以去采桑叶。但是水生没有回来，门外却来了一个少年，就是金珠昨天从韩先生家回来的时候遇见的那人了。他姓左，名菊泉，也是村上农家子。以前小的时候曾和金珠一起在韩老先生私塾里读书的，可以称得同学了。菊泉有些小聪明，在儿童中年纪又最大，常常要戏弄别的小孩。他和金珠是坐在一桌子的，常送些红绿纸给金珠，或代她做记书条，博她的欢心。

有一天，韩老先生因为人家买田，请他去吃酒，所以他出去了，叫韩师母当心看管众儿童。但儿童们只怕先生，不怕师母。而韩师母又是忙着要做事的人，她到河滩上去洗衣服，叮嘱他们好好坐着，莫动。然而她方才走出大门，他们已全体动员了，纷纷离开座位，大家商量玩些什么。一个人说我们来老鹰抓小鸡，又一人说捉迷藏。左菊泉却大声嚷着道："我们来做文明结婚，好不好？"因为乡间一切守旧，新式的结婚在那时代还是罕见，所以儿童们难得瞧见了一回，便当作奇事而要模仿了。于是大家都说一声好。菊泉一手指着在桌边含笑立着的金珠说道："她做新娘是最为美丽的，我做新郎，方和尚做证婚人，水根做司仪。"大家又欢呼一声好。早有两个儿童去拉拉扯扯地拖金珠。金珠却挣扎着道："我不来，你们不要拉我，少停先生回来，我要告诉的。"众人哪肯听她的话，七手八脚地把她簇拥到中间来。方和尚早大模大样地朝南立着，左菊泉也笑嘻嘻地走上来，和金珠面对面地立定，两相比较，真如蒹葭倚玉，左菊泉无异癞蛤蟆想吃天鹅肉了。水根早喊起新郎新娘三鞠躬，挟持着金珠的儿童便把金珠硬按着行礼。左菊泉却情情愿愿地行了三个鞠躬。金珠羞得两颊红晕，用力一挣，被她挣脱了，逃到天井里去。众儿童又把她捉住了，拖进来说道"送入洞房"，大家便把左菊泉和金珠推着，走到韩师母房里去。

恰巧韩师母洗衣回来，众儿童一哄而散，唯有金珠却躲在房里不出来。韩师母便向金珠询问，金珠老实告诉了，说大家欺侮她。韩师母不由笑将起来，拉住她的手臂，送她回到座上。她只是将头伏在桌子边，羞得头也抬不起来。

这天回家后，隔了两天，方才再到塾中来读书。左菊泉知识开得早，前天的举动虽然是儿童们一种游戏，可是在他的心里未尝不有这个意思。因此他回家时告诉了他的母亲，要他的母亲代他去向金珠的父亲求亲，娶金珠做媳妇。他母亲也曾见过金珠，赞美她的容貌清丽，当然十分愿意听她儿子的说话。次日自己走到韩家，拜托韩师母做媒，好使这头亲事可以撮合成功。韩师母也一口答应，当日就到薛家见了水生，提起这头亲事，满望一说便成。谁知水生以为女儿年纪尚小，不肯答应。韩师母十分没趣，只得照实去回复了左菊泉的母亲。他们母子两人都很失望，后来韩老先生知道了，也不赞成这头亲事。他说金珠是个聪明美丽的好女儿，将来要嫁到城里去的。从此村上人都传说薛老头儿有了两个娇女，视作掌上珍珠，他日要嫁给大户人家，高攀好亲呢。

光阴如飞地奔驶着，人事也在那里刻刻变换。过了两年，金珠不读书了，到城里去帮佣。左菊泉也由亲戚介绍到上海一家印刷厂去学习排字，只有韩老先生依然坐着这张冷板凳，没有变更。左菊泉到了外边，心里仍不忘记以前的事，有时回乡必要顺便到薛家来走走，尤其是在这一年中，他脱离了印刷厂，不高兴做排字工人，而到了一个律师事务所去当茶房，很有些外快到手，所以身上也穿得好一些，回乡时向人大吹法螺，说得上海几乎遍地都是黄金，他自己快要有发财的希望了。乡人们大都没有到过上海的，只听人家说上海如何繁华，如何热闹，无不信以为真。眼见左菊泉的神情确乎比以前阔绰得多，都想究竟是到了上海去的好，否则左菊泉不是一样戴着斗笠，赤着脚，在乡间荷锄耕田吗？因此对于他也刮目相看了。

左菊泉这次回乡，本要照例到薛家来一行，何况昨天遇见了金珠，所以一早就跑来了。金珠家里的黄狗见了他，却反不认识，依旧对着他叫了两声。金珠走出来看时，见是左菊泉，便说一声里面请坐。左菊泉手里带着一包东西，走进门来，说道："你家的狗好生厉害，连我都不认识了。"又对银珠看了一眼，笑道："银珠妹妹长得更美丽了！你们都好，我回乡来必要想起你们。"银珠笑一笑，依旧饲着蚕，也不说话。金珠却去倒了一杯茶过来，左菊泉连忙双手接过，喝了一口，放在桌子上，又将带来的一包东西解开来，取出一瓶明星花露水、一盒美容霜，还有几块香皂、两块手帕以及几本通俗新小说，都放在桌上，对着金珠带笑说道："这一些化妆品是我顺便送给金珠妹妹的，还有几本小说我知道你喜欢看的，所以也买来给你空闲时消遣。"

　　金珠虽然识字不多，可是对于一般通俗的小说很爱阅读，好在书中虽有不识和少数费解的语句，然而可以不求其解地滑了过去，一样也能明白大意，没有什么妨碍的。她见左菊泉送给她小说，却比化妆品来得宝贵了。去年左菊泉回乡时也曾将书本连环图书和几本浅近的小说送给她看，窗下枕边，手握一卷，看得津津有味，很想托左菊泉再买数种，难得他今日送来了，如何不喜欢？因此她老实不客气地谢了一声，先拿过小说去看了一看，向左菊泉说道："现在我们正忙着养蚕，没有暇时去批阅，且等蚕儿作茧之后，可以细细阅读了。"左菊泉说道："很好，你们的父亲在哪里？"金珠道："他为了桑叶的事到邢老虎家里去了。"左菊泉道："你们要桑叶为什么去向邢老虎商量呢？邢老虎是出名盘剥重利的人，他的心真狠，你们出了这种重价去买桑叶，将来不是为人作嫁，便宜了他人吗？"金珠道："这也是没奈何的事。爹爹说眼前放了砒霜也只好吃的。但愿今年茧行里的价钱不要再像往年的惨落，我们不至于白忙便好了。"她说着话，便走过去饲蚕。

左菊泉坐在一旁，取出一支纸烟来，燃着了，衔在口里，眼瞧着这一对姊妹的背后影，在蚕架边俯身饲蚕。屋子里甚是沉静，蚕吃桑叶的声音，沙沙的籁籁的，好像下着细雨一般。左菊泉的脑海里不知想些什么，隔了一歇，把纸烟夹在手指里，鼻子里透出烟气来，口里却长叹了一声道："可惜可惜！"金珠银珠忽听左菊泉连呼可惜，一起回过头来向他瞧了一下，都有些发怔。

第三回

纸醉金迷繁华夸海上
风狂雨暴痛苦到乡间

　　左菊泉不但口里叹着可惜，且把手在他膝上一拍，做出不胜扼腕的样子来。金珠忍不住问道："菊泉，你可惜些什么？莫非有一笔钱赚不到手吗？"左菊泉摇摇头道："不是的，我代你们两人可惜。"二人听得这话，更不明白了。银珠只是瞪着眼睛向他紧瞧，金珠却放了手，回转身来，走到桌子前，双手抚着桌沿，又问道："你代我们可惜什么呢？"左菊泉道："我见你们姊妹俩不但容貌好，而且都是聪明人，和别的乡女村娃不可同日而语。假如你们生长在都会里，像上海这种繁华的地方，只要你们身上穿得时髦一些，那么有些人家的小姐恐怕还不及你们呢。"

　　银珠却开口说起话来道："原来如此。只是我们命里苦，投生在农家，自然只好在乡下做些农村里的事，现在不种田已是省力了。"左菊泉鼻子里哼了一声道："省力些什么？春天养蚕，养过蚕要种瓜田，秋天做蓑衣、搓绳，冬天又要做女红。一年到头地忙碌，试问你们手中多了几个钱？"金珠道："多钱吗？不欠债已是幸运了！但我们若不这样帮着爹爹做，叫他年老的人如何支持这门户呢？"左菊泉说道："别人家的女儿涂脂抹粉，穿绸着绢，有的甚至坐汽车、住洋房，纸醉金迷，珠香玉笑，何等的快乐！你们却一辈子伏在乡村里，辛辛苦苦，仍是食不饱，衣不暖，我不要代你们可惜吗？"

金珠听了这话，低倒了头，默然无语，好似在那里寻思。左菊泉又说道："我意你们若不早早代自己谋一个出路，将来还有什么幸福？"金珠抬起头来道："我们的环境是这样的，叫我们有什么法儿想呢？我们也不想荣华富贵，只求有饭吃，有衣穿。"左菊泉冷笑一声道："在农村里这已是不容易的事情。看现在农村，十室九空，哪一家不是天天愁穷道苦？所以有些人情愿到上海去拉车子，倒可以养家活命，可见得上海地方真容易赚钱。你们姊妹俩倘然能够到上海去，那么何处不能得人钱财？在大书局里订订书，也可以每月得到十多块钱。若到纱厂里去，二三十块钱一月是没有什么稀罕的。你们没有瞧见纱厂里的女工走出来时，大都装饰很摩登，哪里瞧得出是做工的呢？即使我左菊泉倘然不到上海去，怎能有今日这样的惬意开心？现在我在律师手下做事，整千整万的钱，眼中是看惯的。一个月中常常有好多外快尽够我使用，换了在乡间耕田，有这种日子过的吗？所以我想你们藏在乡村里，是大大可惜的事了！你们想到上海去吗？倘然有这条心的，我可以帮你的忙。"

金珠听了，不说什么。银珠却又说道："我们有爹爹在家里，他到东，我们也到东，他到西，我们也到西，决不愿意离开他老人家的。听说上海地方坏人很多，我们出去，不要上人家的当吗？"左菊泉哈哈笑道："银珠妹妹，你倒这样谨慎。若跟我同去，我是老上海了，你们何必担忧呢？难道我也要给你们上当吗？"金珠道："不是这样说，上海地方虽好赚钱，可是我们的爹爹却愿意我们和他守在乡间的。前年我到湖州去帮佣，他老人家也有些不放心呢。"左菊泉点点头道："年纪老的人，头脑不免顽固一些。他哪里知道把你们藏在乡间，就是一辈子埋没了你们姊妹啊！他好像把明珠投在暗里，宝玉杂在石中，岂不是很可惜吗？以我的主张，银珠妹妹年纪还轻，可以留在家中，陪伴老

21

父。金珠妹妹可以跟我到上海去做事，由我介绍，一定可以成功。停会儿等你们父亲回家，不妨和他商量商量，也许他能够答应。"金珠道："十有七八他老人家是不赞成的。况且现在我们正在养蚕吃紧的当儿，只愁人手少，我又岂能远离家乡？银珠妹妹说的话也不错，我是未出门的乡女，只到过湖州，上海地方又无亲戚，你虽然不给我们上当，难免他人没有歹心肠的。"左菊泉听了金珠的话，又吸了一口纸烟，说道："现在当然你们不能离开这里，我也是可惜你们在乡间一世没有出息，所以忠实劝告，请你再考虑考虑，和老人家商量一下，也许我不久还要来乡，到时再听你的回音吧。"

左菊泉正大声说着，却见水生跑得满头是汗地走进门来，连忙立起招呼。水生点点头道："菊泉，你在上海发财吗？这次回来，可是扫墓？"左菊泉道："是的，我在上海还能够挣些钱回乡来用用。你老人家这样大的年纪，还是养蚕种瓜，真好辛苦！"水生叹口气说道："这也是没法，亏得这两个女儿帮我的忙。但是桑叶贵得很，养蚕无利可得。"说这话，将手去挥他额上的汗，对金珠说道："不过你三叔因为没有钱到手，看他的神气很不高兴。我许他卖去茧子的时候，请他喝老酒，他也喉咙里转气地不答应。"金珠道："由他去休。现在我们可以到王阿二家里去采桑叶吗？"水生道："邢老虎已差人知照王家，我们赶紧要去采桑，好接济蚕儿的粮食。让银珠守在家里，我和你去吧。"金珠点点头说道："我随爹爹去。"左菊泉见他们有事，遂说道："你们要紧采桑，我也要告辞了。今天下午我去扫过墓，便要动身到湖州，坐轮船回上海的，下次再说吧。祝你们茧子产生得多，一本万利。"养蚕的人家最喜欢听人说善颂善祷的，所以水生带着笑容答道："依你的金口，下次你回来请你喝酒。你又送些什么东西给我女儿吗？谢谢你了。"水生一面说，一面瞧着桌上的化妆品。左菊泉道："不值钱的，请勿见笑。"说罢，向他们点点头，辞别去了。金珠便跟着她父亲到王阿二家里去采桑。

这天父女二人采了不少桑叶回来，又要将去梗子和叶络，弄到黄昏时候，饭也没得工夫吃，疲乏极了。夜间要紧睡眠，让银珠一人当心。次日又去采桑，不辞辛苦地饲蚕。这样过了好多天，蚕儿都将上山了。这时候地下堆满着柴簇，室中搁着长条的板，父女三人都在板上走来走去。水生的心里更是怀着热烈的希望。他希望许多蚕儿都能作成好好的茧子，将来还债度日，全靠此一举，真是小心翼翼，朝夕辛勤，以求成功。但四月里的天气变化无常，这天天气十分闷热，水生和金珠等都穿了单衣，还是出汗。乡间的小孩子都赤膊了。家里的黄狗也伸着舌头，只往阴地里走。水生心里暗想立夏节才过，怎么天气热得竟像六月里一样？自己养的蚕儿不要出毛病吗？所以他非常担忧。金珠也是惴惴然地顾虑着，恐防蚕儿要受影响，但口里也不敢说什么，只在暗中祝祷神佛保佑。

到了晚上，还是热得风息全无。他们父女三人晚餐后仍当心看着蚕儿，好像渡难关一般，战战兢兢的不敢到床上去睡。因为蚕儿上山确是最要紧的当儿，往往在上山的时候出毛病，弄得前功尽弃，蒙受极大的损失。在这时养蚕之家往往和亲戚断绝往来，不欢迎陌生的人前去，这是乡间墨守古法大弊病。他们养蚕只知道照着前辈的法子去做，碰自己的命运，不知道研究新法，以求进步，自然失败多而成功少了。这是很可怜的！现在国内蚕桑事业正在积极改良，四乡各村也有蚕业指导所里派出来的指导员，都是妙龄女子充当的。她们大都是从蚕业女学里毕业出来的，学识和经验都丰富，却愿丢开了城市而跑到乡村里去指导一班蚕民，动用新决，改良种种设备。但是蚕民养蚕是没有什么资本的，养的蚕也多少不等，他们怎有力量去预备种种新的设施呢？依然用土法的人多，不过蚕种大都是已向改良种所里买的了，这还是要有待一班改良蚕桑人士的努力，也许将来有好的改进哩。

　　薛水生今年养的蚕很多，但他的屋子已是破旧，怎样够保持室中常有平均的温度？自然界的变化，他又无力抵抗，只好将成败委之于天。他们父女三人守到夜半时候，忽然外边如虎吼一般地吹起一阵风来。水生和金珠走出门到场上去抬头一看，西边正有一大块乌云遮天盖地，势如奔马，向这边推上来。在那云端里有几条金线，一抽一霍地发出电光来，隐隐可闻到雷声。树木被风刮得东摇西摆的，发出呼呼之声。水生对金珠说道："不好，天要下阵雨了！我们快进去关窗。"父女俩回身奔入，把门闭上，到里面一齐去关窗。那风益发刮得大了，听外边野田里发出种种的怪声，自己的屋子也觉得摇摇地震动，椽子上簌簌地有泥屑堕下。水生对他的女儿叹了一声，说道："我们这所屋子多年没有修理了，不要被风吹坍，连我们的性命也不保！"银珠道："这却不至于的，但恐下起阵雨时，屋面上有好几处漏洞，我们快要想个法子才好。"

　　他们正说着，一道闪电射到室中来，一室通明，跟着豁剌剌一声巨雷，门窗都震动，把三人都吓了一跳。水生口里念起阿弥陀佛来，银珠也说道："天爷爷，求你阵雨不要下得大，可怜我们！"但是电光和雷声继续而起，又听外面远远的风送雨声，如千军万马杀奔而来，一会儿大雨倾盆而下。因为今天实在热得闷了，郁极则通，这是自然之理。这一阵狂风暴雨，十分厉害，真好似老天故意和一班蚕民作对。

　　水生的屋子既然破漏，那雨便像泉水般流下来，一时没得抵塞。父女三人赶紧把地下的柴簇移到干地方去，可是那些蚕尚未上山，很杂乱地堆在地下，叫他们匆忙之中如何搬得尽呢？况且只有这三间屋子，差不多处处有漏，也是抢救不及的，弄得地下都是水，屋中像开了河一般，蚕儿身上如何不沾湿呢？

　　这阵雨足足下了一个多钟头，方才渐渐停止。然而大风仍是刮着，气候经这一雨之后，顿时大凉特凉。起初他们大家忙着抢护蚕儿，心里发急，也不觉得，现在平静下来，身上都觉有些冷了，各去穿衣服。水生对那些抢在一边的蚕儿瞧着发呆，室中更是凌乱无序。金珠和银珠又去扫抹地上的水，各人心里都是非常颓丧，因为他们要忌讳，所以当着蚕儿不敢说什么，只有暗暗叫苦。

三个人通宵没有睡眠。次日天气更转变得冷了，老年人身上都要穿起棉衣来，前后的气候好似隔了一季，若拿华氏寒暑表计算，那么昨天日间是有九十度的热度，而今天却只有六十四度，相差竟有二十六度之多。你想一切生物岂不都要受它影响？何况那些热不起冷不起的蚕呢？这一遭无疑给蚕民一个重大的致命伤，可怜不可怜？薛水生怀着鬼胎，还想万一可以侥幸过去，谁知没有这种便宜可占的。

次日下午，他看着许多蚕儿都变了颜色，一条条僵着不动，一辈子不会上山作茧的了。十成中倒去了八成，他心里气得不得了，忍不住顿足叹道："完了完了！我们辛苦了数十天，却得到这样的结果，如今是没有希望了！唉！我们怎样命苦到如此呢？不知我薛水生前世作了什么孽？样样都做不好！这叫我怎么办呢？"

银珠要想安慰她的父亲说道："爹爹不要气恼，这也是命该如此。我们还是种瓜吧。"水生啐了一口道："小丫头，你究竟年纪轻，邢老虎那里赊买的桑叶也没有款子去还，再有什么钱来种瓜呢？我这番总是完了！我这条老命也不要了！"水生这样吵着，金珠和银珠都背地里拭着眼泪，无话可说。

水生自言自语地吵了一会儿，终究没有用，遂和金珠等去把那些死蚕收拾收拾，一齐抛在河中。临近有蚕的人家十有八九，都受着影响，无不怨天恨地。今年的养蚕大都是白忙了，吃去的桑叶向何处去取偿呢？

这天夜里，水生和两个女儿气得过了头，剩下的一些蚕儿，索性让它们活吧死吧，不在心上，都到床上去睡了。但是水生哪里睡得着？时常高声大呼，或是痛哭，好像发狂的样子。金珠姊妹心里更是忧闷。

又次日，大家一早起床，胡乱吃了些早餐，只见宝生大模大样地走来。金珠姊妹仍叫了一声三叔。水生不等他兄弟开口，便说："宝生，我这遭完了！"宝生瞧了他一眼道："什么完了？你的蚕儿虽然死了，你们不免白辛苦一番。但是蚕儿吃的桑叶，你是向邢老虎那边去赊买得来的，借据上写明鲜茧脱售后即如数奉还，现在你拿什么去还债呢？去年借的钱也没有还，利息又欠了数月，邢老虎怕不要一起向你讨还吗？我做中保，脱不了干系的。你该早些想些法儿吧！"

水生瞪圆着两眼道："此刻我有什么法子可想？不过我欠的债有我担当，绝不想赖。"宝生哼了一声道："你何必这样说？邢老虎处借的债，你要赖也赖不掉的。他的逼债手段，你该有些知道，不是我来吓你，倘然你拿不出时，他不但会请你吃官司，也能自己摆布你的。所以我知道你的蚕死了，便走来请你早早想法儿。"水生搔搔头道："老三，我本来也难以想法儿，现在到了这个地步，还有什么法儿可想呢？让邢老虎来逼债吧。"

宝生对立在旁边的银珠看了一眼，又冷冷地说道："难道你果然没有法儿想吗？老大，你真是个傻子！自然一世穷了。我前次同你说的事，请你再想想。只要你肯答应，养蚕虽失败，今年仍可种瓜。眼前放着这条生路不走，难道自投死路吗？"水生道："在我面前没有生路的。我饿死也不肯将女儿去嫁戆汉，害她的一生。我坐吃官司便了。"

宝生听水生说这话，便圆睁着两眼说道："好，你存心预备吃官司吗？那么邢老虎来时不干我的事了。狗咬吕洞宾，不识好人心，我还有什么话可说呢？"说罢，吐了一口痰，头也不回地

26

走出去了。

水生抱着双手，气哼哼地对他女儿说道："我方才死掉了蚕，十分不高兴，他倒代人家来逼债了，岂有此理，他像是我同胞兄弟的话，该代我在邢老虎面前缓颊，却反乘机来逼我将银珠嫁到邢家去，我宁死也不肯答应他的。你们看好了门，待他再来时，把他打出去，我们不认得他。"

金珠说道："爹爹不必发怒。邢老虎处的债我们慢慢想法还他便了。爹爹年纪已老，不要过于忧闷，不如待我仍出去帮佣，或是做些女工省下钱来拨还债务。只要我们大家耐苦，可以过去的。"水生道："你的想法也不错，待我再想了定夺。现在我要去财神庙里求求签，看签上怎样说。"于是水生走出门去到吃饭时候方才回来，大声说道："没有希望了！我求得的是下下签。和尚讲给我听，凡是不吉，做一行要失败一行，除非等过十年方可转机，你们想我这样年纪老的人，岂能再等得到十年？况且在十年之中若不做事，我不要成为饿殍吗？我一死不足惜，只舍不得你们二人。"水生说到这里，老眼中早淌下泪来。

金珠银珠在旁听着，心里非常凄楚，各各背转身去将手帕揩泪。水生只是叹气，金珠道："爹爹，这签词上的话也不可尽信。我听韩老先生常说，天定固能胜人，人定能胜天，我们还是想法子去做的好。"水生道："财神庙的签很灵的，我现在所逢到的，不是样样都失败吗？有多少债可欠人家的呢？除非照了老三的说话，将你们卖掉了，方能过去，但我又岂是肯卖掉女儿的人呢？"金珠银珠听了也没有话说。

这天金珠银珠仍去照顾一些没有死的蚕，看它们正在上山作茧。但是所剩无几，将来至多卖到几块钱，连出利钱也不够呢。水生口里只是喃喃地自言自语。银珠垂头丧气的很少精神。

晚上大家吃了些饭，上床早睡。东方发白时，金珠听得她的父亲早已起来了，走出走进的不知忙些什么，连忙唤醒了银珠，一齐披衣起身，要去烧水洗脸，见她的父亲端整了一把锄头和铁铲，大模大样地坐在门槛上，笑嘻嘻地对她们说道："我们可以发财了！我昨夜梦见财神走来，告诉我说，在我家屋后一株枇杷树下有十万两黄金送给我。我有了钱，把邢老虎的债还去，一辈子可以逍遥快乐，不再受人家的气了。"说罢，哈哈大笑。

金珠听她父亲说出这种不伦不类的话，怎肯相信？便说："梦寐之事，岂能凭信？爹爹快不要转这种念头，横财不富命穷人的。"水生道："呸！你不要胡说。这是财神菩萨爱怜我们的穷困，所以来指点我们的，岂可失去这机会？你们快快跟我去掘吧。"说着话，立起身来，捎了锄头，就走到后面去。

金珠姊妹俩没奈何，只得关了前门，一齐走到后边，也是一片小小空地，见水生已和黄狗立在那株枇杷树下。水生见她们走来，便说我们动手吧，遂用力将那株枇杷树铲倒在地，从根下发掘。金珠只得也拿着铁铲，上前相助。银珠把簸箕扒去泥土，黄犬也用前爪扒土。

他们这样掘了一会儿，已掘有七八尺深，水生忽然大声说道："你们看这泥里不是有个大甏吗？快些把它搬出来，里边定有金银珠宝。"这时候水生眉飞色舞，手舞足蹈，大乐而特乐，好似十万两黄金已到了手掌之中，金珠姊妹俩见了，也不觉有些奇异起来。

第四回

老虎有威施登门索债
黄金无处觅落水殒生

当时父女三人手忙脚乱地把那泥里的大甏搬到上面来，金珠便觉得有些不对，因为里面倘然都是黄金，必然非常沉重，很难搬上，怎么端在手里不觉得怎样重呢？但水生一心以为有黄金将至，遂说道："里面必有许多金银珠宝在内，我们要谢谢财神。"遂把锄头向甏口轻轻敲了两下，扑的一声，那甏早已破裂。

三人一齐看时，哪里有什么黄金，却是几根七长八短的白骨。水生倒拖锄头，退后数步，吐了一口涎沫，说道："啊哟！原来是几根死人骨头，不知是哪一家捡出的尸骨埋葬在此的，我真是倒霉的人，财神也来骗我吗？"金珠姊妹在旁也不敢笑，只是微微叹了两口气。水生还有些心不死，再举起锄头去发掘，但是掘了一会儿，底下是水了，仍不见黄金的踪影。他丢了锄头，便跑进屋去。

金珠姊妹俩遂把甏里的白骨仍放还土中，草草掩盖了一些泥土，回进屋子去。见水生立在房里，对着墙头，痴笑不已。她们便把他拉到外边来，叫他坐下。金珠便去淘米烧饭，因为她们忙了一个朝晨，肚子里没有吃什么。此时日已近午，都觉得饿了。

金珠正去厨下烧好饭菜，忽听银珠在外边喊道："姊姊快来！"她连忙奔出去，只见水生走到门边，银珠双手将他的衣襟拉住，回头对金珠说道："爹爹掘了一个空，他说要去打财神，放火烧掉财神庙哩。"金珠遂助着银珠，将她们的父亲拖回来，向她父亲说道："我本说梦寐之事不能相信的，你又何必去打财神？打坏了财神庙，和尚反要你赔偿损失，惹人讪笑，这又何苦呢？"水生道："谁叫财神来骗我？"金珠道："你去歇歇吧。你自己做的梦不好。"水生又道："也许我水生是倒霉的人，所以瓮中的黄金变成白骨，你们何不再去看看究竟是什么东西呢？"

金珠见她父亲精神有些异样，便和银珠扶着他到房里去睡。水生横到床上，却又呼呼地睡着了。姊妹俩出去胡乱吃了一些饭，坐在客堂里，脸上各自罩着一段愁容，相对坐着。银珠道："姊姊，瞧爹爹今日的情景，似乎要发神经病，怎生是好？"金珠微微叹道："难怪他的，我们养了许多蚕儿，出了重价去赊买桑叶，又赔上重利，岂料结果如此！老人家所受的刺激不是太重大了吗？我们有什么稳妥的法儿去安慰他呢？"银珠把手抿着自己的嘴唇，眼睛望着房里，心中好生不乐。忽听自己家里黄狗又在门口狂吠了。金珠道："又有什么人来了！阿黄总是乱叫不休的。"

姊妹俩一齐走出去看时，见门口正有一个三十多岁的男子，头上斜戴着一只鸭舌帽，身穿一件黑长衫，手里摇着黑油折扇，正在呵斥黄狗。离开七八步，又立着一个身材很胖的人，额上生着一个肉瘤，却戴着一顶瓜皮小纱帽，嘴边留着一撮八字须，身穿一件灰色哔叽的单长衫，罩着一个黑背心，足踏双楝鞋，手拿一根司的克，眯着一双老鼠眼，正向这一对姊妹花细细饱看。

金珠认得这人正是邢老虎，那个同来的男子也许是他的护从了。金珠姊妹俩喝退了自己的狗。那个歪戴鸭舌帽的男子把手中油纸扇向她们一指道："你们都是薛老头儿的女儿吗？老头儿在哪里？我主人特来找他讲话。"说这话，又将手指着邢老虎说道："这位就是邢老爷。"金珠只得说道："我爹爹在房里睡觉。邢老爷请里面坐吧。"邢老虎点点头，和他的护从一齐步入。那男子端过一张比较完整的椅子，把自己的长衫袖向椅子上面拂了一拂，请那邢老虎大模大样地坐下，眼睛却尽向银珠瞧看。

银珠站在屋子里，一声不响。金珠去倒了两碗茶敬客。邢老虎对他的护从笑了一笑，说道："水生虽然穷得不堪，这两个女儿却都生得很美好的，他正是靠着米囤活饿死了。"那男子也笑了一笑说道："不错，那老头儿实在太笨，连他兄弟的话都不肯听。"邢老虎对金珠道："你快去叫你的父亲出来见我，我们不能在此等候他梦醒的。"金珠虽然十分不愿意去惊动她的父亲，可是她知道邢老虎是不好惹的，只得硬着头皮走到她父亲房里去把水生唤醒。

水生听得邢老虎到来，一骨碌坐起身子，张大着一双眼睛，对金珠说道："不好！他到我家里来，必然要向我索债了。我手中一个钱也没有，怎好去见他？"金珠道："爹爹只好向他请求缓期，将来多出些利息便了。"水生忽然笑起来道："打什么紧，我的银子多哩，怕不够还债吗？我就去见他。"于是拖了一双鞋子，走出房来，向邢老虎拱拱手道："邢老爷，对不起得很。"又见邢老虎身旁立着的男子，撑着腰，横眉怒目地对他看。他认得是常在邢家吃闲饭的流氓老三，遂拖过一张凳子，说道："三爷一同来的吗？请坐请坐。"老三一声不响地坐下。水生却立在邢老虎的对面。金珠银珠都悄然立在房门边，听他们怎样说。

邢老虎开口道："水生，你养的蚕听说都出了毛病而死光了，那么再没有茧子可卖了，你将什么来还我的款项呢？有没有预备好？今天我特地自己来向你索取。"一边说，一边摸着他嘴边的八字须。薛水生把手搔搔头说道："邢老爷，这是出于我不料的。我们父女三人辛辛苦苦地养蚕，起先没有桑叶吃，好容易向你邢老爷商量，出了重利，采了桑叶来饲蚕。到上山的前夜，忽然起了狂风暴雨，因此蚕儿得了病都死去了。我的希望也完了，岂不

31

是老天和我家故意作对，降此祸殃吗？我们许多日子的辛苦也是付诸东流。唉！邢老爷你代我们想想可怜不可怜？"

邢老虎冷笑一声道："这当然是你的命运不好，不干人家事的。你须知道我的桑叶本来要卖七块钱一担，因顾怜你老头儿没的钱，所以不但贬了价，又暂时赊给你。你除掉了我肯答应外，还有别人家肯做这吃亏的事吗？讲明六块钱，利息一些也不多，你还要说重利吗？真是人有良心狗不吃屎了。隔一天村南魏家曾向我买桑叶，肯出七块钱一担。我因业已答应了你，宁可自己暗中受损失的。像我这种人，镇上可说找不出第二个，你还不感激吗？"水生道："我并非不感激你，只因我养的蚕儿，桑叶吃完了，一齐死去，累得我无法还债。那些断命的蚕儿都是讨命鬼，不知我前世欠了它们什么债！唉，讨债鬼！"

邢老虎听了这话，不由大怒，以为水生有意讽刺他，说他是讨债鬼，立刻眉毛一竖，板起面孔，说道："好，你说这话是骂蚕儿呢，还是骂我？你这老头儿说话要留神啊！"老三也指着水生道："你不欠人家的债，自然没有人来向你索债的，你只能怪自己，不能怪别人。"邢老虎道："我也不愿意听你唠唠叨叨的话。你养蚕不利，与我无涉。我的桑叶总是卖给你们了，现在快把你所有欠我的新债旧债照利息一齐还我，休想少了半个钱。你们这班人若不用强硬手段是不成功的。你该知道我邢爷的厉害！"水生笑道："邢老爷不要发急，我骂的是讨债蚕儿。它们吃了我的桑叶，却不管我是赊来的，钱尚未付，指望它们作了茧子，好还我的债。它们却一死了事，不是拆我的烂污，便是我前世少欠了它们的债。"

邢老虎将司的克向地下敲敲，说道："薛老头儿，我叫你不要多啰唆，不要说什么废话，你快说怎样还我的钱。我不管蚕欠你的债，你欠蚕的债。你欠了我的债，终须还的。不要说你活着，就是死了，我也要剥你的皮，抽你的筋。"水生将舌头一伸，说道："老虎果然厉害的，我欠了你的债，当然要还的。好在我地下藏着不少黄金在那里，只因我记错了地方，所以今晨我掘了好多时候还没有找到，大概总有十万两黄金，只要我找到了，不但借你区区的债可以如数奉还，也可以送你一万两黄金作利息，使你邢老虎欢喜。"

老三见水生指手画脚的，便指着他道："你不要说痴话！再说时须吃我一巴掌。"说罢，立起身来，做出要打人的手势。邢老虎也说道："你莫不是在发疯？限你在二十四小时内速速还我的钱，否则要你去吃官司，莫怪我邢爷无情。你若有话，可与你兄弟宝生去说，谁耐烦听你痴痴癫癫地讲。"水生听了，便点点头道："很好，我就去找我兄弟，掘着了黄金，再来还债。"说着话，立刻走出门去。金珠姊妹俩连忙追出去道："若要见宝生，我们可以去请他来的。"可是水生凭她们怎样叫唤，他头也不还地沿着河边，很快地跑去了。此时邢老虎和流氓老三也一同走出来，跑回镇上去。临行时，邢老虎屡屡回头向她们姊妹看，又听流氓老三说道："我们这样地向他紧逼着，不怕他不依从，无论如何，到底倔强不过我们的。"

金珠站在门口，见他们去了，二人呆呆地你望着我，我望着你，只有那头黄狗跑来，立在她们的身旁。隔了一会儿，金珠向银珠说道："方才你瞧邢老虎说话好不凶狠，欠了他的债，能少掉半个钱吗？我们此次育蚕失败，真是出乎意料的。早知如此，谁肯去和邢老虎商量赊欠桑叶的一笔债呢？现在蚕已死完，而桑叶的价却要付出的。偏偏邢老虎又限什么二十四小时内归还，这叫我爹爹到哪里去想法呢？"银珠噘着嘴说道："我们欠邢老虎的钱，当然要想法还他的。可是他这样地紧逼，怕不要逼死我爹爹吗？可恶得很！"金珠叹口气道："也许是宝生叔怂恿出来的，为什么他要叫爹爹到宝生叔那边去商量呢？怕不是仍要照宝生叔说过的话去办吗？宝生叔是个存着歹心肠的人，绝不肯帮我们忙的。"银珠听了，默默地低倒了头，转着她的心事。

金珠又说道："爹爹今天的情形有些不对，言语恍惚，不要发了神经病。他一个人出去我很觉不放心，好在宝生叔那边我也认得的，不如你守了门，待我追上去，见了他，好伴他回来，免得有什么意外。"银珠点头说一声是。金珠也不再换衣裳，拔步便走，那头黄狗也连蹿带跳地跟她同去。

当金珠走上一条小桥时，忽见一个人慌慌张张地跑上桥来，自己急忙避让，险些被他撞倒。金珠凝神回头一看，认得是李家牧童，早已跑下桥去了。金珠不明白他为着何事，骂了一声顽童。走过桥去，那黄狗早跑在她的前面。这地方一边沿河，一边是田，是一条很狭的田岸。金珠正低着头走，那黄狗忽然好像瞧见了什么东西，口里狂叫一声，飞也似的向前蹿去。金珠觉得有些奇怪，跟着狗向前跑。见那狗已立停在一处河边，只是向着水中狂吠。金珠向河中一看，她的眼光很好，远望水中有个人头向上一冒，很像是她的父亲。她心里顿时不由卜突卜突地乱跳，连忙跑过去，见那黄狗已跳到水中去了。乡下的狗本来会游水的多，黄狗到了水里，游到河中心去，向水里一钻。金珠已知必然是自己的爹爹落水了，心里急得什么似的，手中既没有竹竿，又不谙水性，怎样去救她的父亲呢？她搓着双手，只得高声大喊："快救人啦！有人落水了！"

她喊了两声，恰巧对面河岸上有两个乡农走过。金珠指着水里，向他们哀求道："我爹爹投了河，请你们快捞救。"说话时，那只黄狗又浮上水面来打个转，狂叫数声，便有一个乡农立刻跳到水中黄狗那边去。一会儿早拖起一个湿淋淋的人来，拖到金珠立的田岸上。金珠一见正是她的父亲，水已喝够了，肚子胀得像笆斗大，双目紧闭，满面污泥，眼见得难活了。乡农瞧着，也说道："啊哟！这是薛水生啊！怎样投河的？"金珠道："可能救得活吗？"

这时候黄狗也跑上岸来，在水生身上一嗅，一边嘴里呜呜地低声叫着。远近早有几个男男女女一齐跑来，围在旁边，瞧着那乡农把水生颠倒提起，在他肚子上用力捺着，想呕出他肚子里的水。但是水生究竟年纪已老，无法可以救活了。乡农只得放到地上，摇摇头说道："他逢见了落水鬼，早已断了气哩。"金珠见父亲惨死，不觉双手掩着脸，号啕大哭，哭得非常伤心。这时候看热闹的人益发多了，挤得田岸上立脚不住。地保也赶来，连忙叫人守着尸，要去报官相验。

天色已渐渐黑下来，金珠哭得如泪人儿一般，无休无歇。早有旁人代她出主意，叫她快到镇上茶馆店里去叫宝生前来料理后事。金珠听了他人的话，便哭哭啼啼地去找她的叔父。那黄狗却守在水生尸旁不跟金珠去。

金珠跑到了镇上茶馆店里，吃茶的都已散了，一个堂倌正在收拾，金珠便问宝生叔可在这里？那堂倌悄悄地把手向里面庭心东边的小房间里一指，金珠便走到那边，见有一扇门虚掩着。金珠急于要找她的叔父，顺手将门一推，只见宝生正和那茶馆店的老板娘并肩坐着，喁喁而谈。老板娘一见金珠，忙立起身来。宝生却沉着脸说道："金珠，你跑到这里来做什么？"金珠流着泪说道："宝生叔，我爹爹投水死了，你快去吧。"宝生闻言，不由一怔，立起来问道："他为什么要投水死呢？唉！不肯听我的话，自作孽，不可活，现在哪里，你快领我去。"金珠回身便走。宝生整整衣襟，回头对老板娘说道："我去去就来。"老板娘用手在他肩上一拍道："你去干你的吧！今晚不要回来，我见落水鬼很怕的。"宝生道："呸！我又不是落水鬼，你怕什么？我哥哥投水而死，也不是我推到河里去的，总不见得怨鬼会跟在我身上，你尽管放心便了。"于是他就跟着金珠走出店门，向河边跑来，不多时已到那地方。

金珠和宝生分开众人走进去时，见水生的死尸直僵僵地躺在

35

河边，有一个年轻小女子伏在水生身上痛哭，正是银珠。原来银珠守在家里，有人去报信给她，说水生溺死在河里。她非常悲痛，连忙锁了门，跑到这里来，一见父亲的尸骸，便跪在她父亲身旁大哭了。金珠也跟着跪下去，姊妹俩一同哭得肝肠寸断，血泪斑斑，旁观的人见了她们，也忍不住下泪。

宝生向地下看了一看，又推推金珠的身体，问道："怎样发现你父亲投河而死的?"金珠便把方才眼见的事一一告诉。此时她就想起李家的牧童来了，又将自己相遇牧童慌张的情形告诉，疑心她的父亲也许被那牧童推堕河里去的。于是宝生便和金珠立刻跑到李家去，相距不多路，一刻儿已到了。见那牧童正在门口赶鸭子上宿，宝生将他一把拖住，说道："你害死了人，却躲在这里吗?"牧童满面惊慌，答道："这不能怪我的。方才我回家的时候，逢见水生，他对我睁圆着眼睛，大声辱骂。我还骂了几句，他就追来打我，说他养的蚕都被我咒死的，所以要种我的荷花，我只得拼命逃走。他紧紧在后追赶，一失脚跌在河里，自己种了荷花，不能怪我的，我的话句句是实。"

宝生说道："你为什么不早些喊人救他起来，而自己一跑了事?"牧童道："我若喊人救了他起来，他就要种我荷花了。"宝生说一声"放屁"，顺手打了他一巴掌，那牧童大哭大嚷起来。家里的父母闻声跑出，认得是宝生，忙问何事。宝生说了，他们毕竟是袒护自己的儿子，所以说这是水生自取的祸，谁叫他先要来打人呢，反怪宝生不该来问罪。宝生见他们蛮不讲理，便说道："很好，此刻我没有工夫和你们讲，隔一天我约你们到镇上茶馆里去评理，请邢老虎出来讲一声究竟谁的不是。"他们听宝生这样说，也就软下来了。宝生遂和金珠回到那河边去。

天色已黑，看热闹的人都散去了，只有地保在那里守着。银珠坐在地上，呜呜咽咽的已哭得力竭声嘶了。金珠又掩脸哭将起来。宝生道："你们不要哭，且跟我回去商量后事。这里有烦王地保代为看守，也要搭起一个棚子来，以便明天相验后可以收殓。"地保道："不错，你们快些去干吧。"于是金珠姊妹俩揩揩眼泪，跟着宝生回家去。那头黄狗却依旧守在水生身边不动。

他们走回家门时，银珠首先开了门，一齐进去。金珠去点上一盏煤油灯来。宝生坐在正中椅子上，叹口气说道："这真是福无双至，祸不单行，死了蚕儿又死人，这事怎么办呢？我虽和他是亲兄弟，偏又是个穷光蛋。平常时候大家各吃各的，养活自己也不容易。今日水生忽然死了，总不能不收殓的，那么衣服棺材都需钱，怎么办呢？"

金珠又将邢老虎来逼债的事告诉他听，且道："邢老虎若不来逼债，我爹爹也不会就来寻你，若不来寻你，也不会碰着李家的牧童去追打他而落水的。我爹爹自从养蚕失败后，就像要发神经病的样子，所以我不放心，马上跟着追去，可怜我爹爹已堕水而死了。我们都是年纪轻的人，家中又没有钱，所以要请叔父帮助。"宝生道："我早已说过了，我和你们一样的穷，哪里有钱相助？现在至少又要用去百十块钱，叫我到哪里去想法儿？"宝生说话时，双手向自己衣袋拍拍，表示没有钱的样子。

金珠银珠都哭哭啼啼地说道："叔父没有法儿想时，我们更难了。"宝生又叹了一声，说道："总而言之，要怪你们爹爹自己不好。现在不但要收殓，明天邢老虎还要来讨债，如何应付呢？"银珠道："我们的爹爹已死了，他总不能向死人去讨。我们难管这事，不过现在没有钱去收殓父尸罢了。"宝生冷笑一声道："哼！你们年纪虽轻，念头很好，打算要赖债吗？须知邢老虎的债是凭你怎样总不能赖掉的。又是我做的中保，水生虽死，他不好一面向我中保索取，一面向你们姊妹讲话吗？你们要要赖吗？少一个也是不行的。"

银珠听了默然。金珠一手揩着眼泪说道："我们也不要赖人家的债，只是没有钱还，也是无可奈何的事，千万请宝生叔看在

37

爹爹的面上，明天和邢老虎说说，待我们姊妹俩以后出去帮佣，或是做工，节省了钱去拔还了他。并望叔父代我们到别处去商借百十块钱，将爹爹的尸收殓埋葬了再说。"宝生点点头道："还是你明白一点，不过你父亲在世的日子，人家尚不肯借钱与你们，现在还有谁肯答应呢？"金珠道："所以要请叔父代为想法了。"宝生道："在这个年头儿，农村里哪一家不闹荒和穷？人人无路可走。前番天气恶劣，养蚕的人家都受打击，叫我到哪里去借钱呢？"

金珠姊妹听宝生不肯答应，自己又无能力，心里更是悲痛，又一齐相对哭泣起来。宝生把手摇摇道："你们不要哭，徒哭是没用的。我现在想得一个法儿了，只不知你们可能答应我一件事？"二人听了，不知宝生有了什么办法了，又不知有什么事叫她们答应。二人止住了哭泣，要宝生告诉她们知道。

第五回

屈己从人言甘为孝女
分金图私利欲结良姻

宝生把手摸了一下头，瞧着银珠，很沉着地说道："我想来想去，别的地方都没有法儿，只有这条路可以走了。你究竟要不要做孝女？"银珠道："我当然愿意做孝女的，只是我爹爹也已落水而死，我虽有孝心，叫我怎样尽孝呢？可怜我爹爹死得好苦！叔父，你可有什么办法？"宝生微微一笑道："我早已说过办法是有的，只要你们肯答应。你既愿做孝女，也许赞成我这办法吧。"

金珠揩着眼泪问道："叔父有什么办法，请你快快告诉我们。"宝生道："我想现在要向人家借钱，势比登天还难，唯有再问邢老虎那边去想法。"金珠道："邢老虎吗？刚才都是他来登门索债，逼得我爹爹落水而死的。他临走时尚说限我们于二十四小时以内将欠他的债归还，他还肯借给我们吗？"宝生道："这是要有交换条件的啊。你们姊妹俩已知道邢老虎有一个独生子，名唤大福，生得十分福相。他很想代他儿子娶一个美貌的媳妇。但他对于别人家的女儿都看不中意，偏偏看对了银珠侄女，所以他肯把银钱借给你们的父亲，彼此联络情感，然后托我为媒，向你们的父亲说合。谁知水生猪油蒙了心窍，不受人家的抬举，再三拒绝，不肯许婚。不知他苦苦留了你们姊妹俩，左不配，右不配，当作夜明珠一般的，将来是不是要嫁给外国人，发洋财，所以恼了邢老虎，赶上门来，向你父亲索债了。这不是你们的父亲自取其咎吗？邢老虎这个人凶狠起来时，比较老虎还要厉害。但若发动了他的慈善心，却又如慈鸟驯羊，什么事都肯答应的。只要银珠侄女能够答应把自己许配于邢老虎的儿子，我马上可以去向邢老虎说项。不但把前债一笔勾销，而水生的种种费用都可让他来担承。此后银珠到了邢家，总比在家里舒服得多。他家有衣穿，有饭吃，更有下人伺候。天福又是独生子，将来邢老虎的家产都是天福的。人家要配这头亲，还是求之不得呢。现在你们不要一误再误，失去这个大好机会了！"

金珠听了她叔父的话，回过脸去，瞧着她妹妹正低倒着头把足践踏地上的碎砖，暗想：我妹妹并不稀罕邢家有钱，我亡父也无意于此，所以不肯答应。现在说来说去，宝生总是要逼我们走上这条路，真是可恶。我妹妹绝不能够答应的。

宝生见她们二人不出一声，遂冷笑一声道："我和你们是自己人，绝不给你们上当的。银珠，你说要做孝女，恐怕你尚没有决心！你若答应了这头亲事，你父亲也得好好收殓，债务也可还清，不是做了真正的孝女吗？倘然执迷不悟，你便不能做孝女。我已代你们想了这办法，若再不赞成时，我也要走了。须知你们的叔父也是个穷光蛋，有什么钱来相助呢？只好硬硬头皮不管了。"说着话，站起身来，做出要走的样子。

金珠只得说道："叔父慢走，待我们再想一想。但我爹爹在世时候尚且不肯把妹妹出嫁，爹爹一死，我们姊妹俩如何拆散，有违我爹爹初衷，难道除了这条路竟一筹莫展吗？"宝生道："当然除了这条路，别的都无法想，所以我一再提醒你们。水生在日肯不肯由他，水生死后，你们自己做主吧，否则水生如何收殓？"金珠刚要再说时，银珠早抢着说道："宝生叔说的话很是，多谢你代我们想出这个办法。现在我既能自己做主，那么我情愿许配于邢家的儿子，只要邢老虎肯勾销前债，拿出钱来收殓我爹爹便了，别的都不要管它。"

金珠听她妹妹一口允许这头亲事，和以前的宗旨大相刺谬，心中不觉大为惊异。宝生听了，脸上立刻露出笑容，又向银珠说："银珠侄女，你说的这话当真吗？"银珠点点头道："自然是真的。话既已从我自己嘴里说了出来，决不会反悔的。请宝生叔快去邢家商量。"银珠说的时候表示出一种坚决的态度。宝生便把大拇指一跷，对金珠说道："啧！你妹妹年纪虽轻，主意很好，不愧是个孝女！她既能答应，这事就有办法了。我做叔叔的也情愿出些力，连夜去跑一趟，明天给你们很好的答复。邢老虎凭着我一张嘴，绝没有问题的。你们早些安睡，不要多哭，我去了。"说罢，立起身来欣然出门而去。金珠在此刻也不便说什么，只说明天早上叔父早来。

待宝生走后，她就问银珠道："妹妹，你答应邢家的亲事吗？这不是说着玩的啊。"银珠答道："姊姊，你该知道我的苦衷，当然我不愿意去嫁什么人，做邢老虎家的养媳妇。但一想我爹爹死得好苦，他老人家生了我们姊妹俩，抚养到这么大，不知千辛万苦。我们没有什么报答他，而他却已弃我们而逝世了。身后萧条，无力收殓，只有这么一个宝贝阿叔，一些没有什么能力，那么我们难道坐视他去困施棺材吗？左思右想，只有这条路可走，所以听了宝生的办法，决定牺牲我个人的幸福了。生就是命苦的人，养养蚕，出了这样不幸的乱子，还有什么话可说呢？"银珠说了这话，泪如泉涌，伏在桌子上又哭了。金珠跟着也呜呜咽咽地说道："好妹妹，你的苦衷我已知道了。只恨我实在没有什么办法，以致让你这样做，我实在舍不得的。唉！爹爹妈妈你们在地下可知道我们一双孤雏的痛苦情形吗？"两人放声大哭，连得邻人听着也凄然下泪。

这一夜，二人哭哭啼啼地过去。一至天明，姊妹俩梳洗后，早餐也没有吃，马上跑到河边来，伏在水生旁边哀哀痛哭。不多时，宝生扬长而来，推着银珠的肩膀，说道："你们不要只管哭。人死不能复生的，还是节些精神吧。现在已有办法了，少停我再和你们细讲。"于是宝生俨然做起丧事主办人来，同了一位朋友，赶忙去买棺木衣服纸锭石灰许多丧家用的东西。人家不知道内中情形的，还以为宝生去想法收拾他哥哥的死尸呢，心中都有些奇怪，宝生怎有这许多钱，能如此慷慨啊。

水生的尸身相验过后，便从事安殓。盖棺的时候，金珠银珠都哭得晕了过去，因为她们心里都有加倍的悲痛呢。水生殓后，棺木便抬至观音庵厝柩处暂寄。金珠银珠披麻戴孝，哭泣不已，由宝生陪送她们回去，安设下水生的灵座。那头黄狗在水生殓时也呜呜地哭，人家都奇怪狗有良心呢。宝生却并无半点眼泪，送她们到家中后，便坐在椅子上说道："我今天累得很吃力了，用去的钱甚多。我昨晚就跑到邢老虎家中去，和他商量，一说便答应，立刻交给我一百五十块钱，叫我速办丧事。他对于银珠侄女肯出二百元聘金，尚有五十元要等银珠过去时再付给银珠添做衣服的。你们想此间除了那老虎手面阔，谁肯花二百金去领一个养媳妇呢？将来银珠到他家中去后，正有好日子过，我做阿叔的，绝不肯使你们上当，日后方要感激我的美意呢。至于我拿到的钱，今天赶办丧事，只剩五六块钱了，你们拿去用吧，缺少时可和我说，我总可代你们想法的。"一边说，一边从他袋里掏出一张五块的法币交到金珠手中。又道："用去的钱明天给你们看细账，此刻我肚子很饿，要回去吃晚饭哩。你们俩今夜休要哀哭，一切有我照料，不用忧虑。你们的父亲也是命该如此，没的话说的。将来我们配得邢家这头好亲，沾光不少，村中人也要另眼看待我们了。"说罢，便告辞而去。

金珠姊妹凄凄惨惨地关上了门，淘了一些米，煮好晚饭，各自胡乱吃了一碗，收拾去。因为昨晚一夜没有好睡，故精神十分疲倦，还到房中去睡眠。那头黄狗也悄悄地走到床前，伏在地上打瞌睡，像是来安慰她们姊妹俩的。

金珠睡着了，蒙蒙眬眬的当儿，忽然听得银珠哭声，忙问怎的，银珠道："我方才梦见爹爹走入房来，向我微笑。我叫声爹，他就回身走去，我要把他拖住时，忽然不见了，莫非爹爹的阴灵还家来吗？"说着话，又哭泣起来。金珠触动悲怀，也自婉转娇啼，两人哭了一番。隔壁的邻居听了隐隐的啜泣声，都叹道："可怜水生的女儿又在哀哭了！莫怪她们要这样哭，她们姊妹无父无母，今后的生活将如何过度呢？"

次日，韩老先生和韩师母带了纸锭前来水生灵座前吊祭。韩老先生素来喜欢金珠的，今闻水生遭灭顶之祸，怜惜金珠姊妹孤苦无依，所以跑来慰问。金珠见了韩老先生，只是哀哀啼哭。韩老先生将话安慰了一番，叫金珠姊妹寂寞时可到他家去坐谈。韩师母也这样说。金珠很是感激。韩老先生夫妇俩坐了一会儿，告辞而去。

金珠切了些腌菜，去市上买了几条小鱼烧烧，又从黄瓜棚上采了几条黄瓜，用糖醋来拌。银珠坐在灶下煮饭。午饭刚好，宝生走来了。金珠遂问宝生叔有没有吃饭。宝生道："我刚从邢老虎家中来，没有吃过。"金珠道："就在这里吃吧。"宝生道："好的。"于是姊妹俩搬出菜肴和饭来，请宝生吃。

宝生一看桌上的菜，便道："我是无肉不吃饭的。金珠，你代我去沽一斤酒，买三百文酱肉来。"说着话，从身边掏出钱，放在桌上。金珠不肯拿他的，便拿着串桶到街头去。银珠坐在一边，垂头丧气的，一声儿也不响。宝生坐在上首，对银珠瞧了一眼，说道："银珠，你死了父亲固然要悲伤，但是自己的身子也是要紧。现在你一半是邢家人了，邢老虎只有这一个儿子，疼爱得什么似的。他既然喜欢儿子，也喜欢媳妇，常在我面前赞你这个丫头聪明伶俐，将来你到了他家里，一定不会吃亏的。我叔父代你做这个媒人，是千稳万安，一时拣也拣不到的。邢老虎大约在你父亲眚回时候要来祭奠一会儿，因为成了亲家的关系，礼当来此一吊，待至终七后再接你过去，从此跳出龙门交好运，你比你的姊姊福气大了！是不是？"银珠把手撑着下颐，仍旧一声儿也不响。

隔了一会儿，金珠已从街头回来，把荷叶包着的酱肉放在桌上，又到厨下去烫酒。等到酒热了，倾在杯子里，拿出来，三人坐着一起吃。宝生大模大样地坐在中间喝酒吃肉，带着笑对金珠说道："侄女很有意思，你们父亲在日，我到这里来，难得吃他一碗饭的，他从来没有请我吃过一块肉。今天你们倒请我了，我怎不快活？"金珠道："叔父不嫌怠慢，这一些酒肉不好说什么孝敬，但我爹爹在世贫苦得很，自己也没有肉吃，哪有肉请叔父吃呢？你要原谅我爹爹的。"金珠说时，声音有些颤动。银珠低下头去，眼泪又在眼角里流出来了。

宝生瞧着她们这种情景，只得不说，一霎时把酒肉吃完，又吃了两碗饭，方才立起来，抹抹嘴说道："十七日是你们爹爹眚回之期，我去火神庙里唤五个道士来做一天道场，也好让邢老虎来吊孝时装点场面，说你们有孝道。"金珠道："这事准托叔父办便了。"宝生便点着旱烟袋，衔在口里，说一声："我去了，你们好好儿的，不要多哭。"一步一步地走出屋去。

这一去好多天没有来，姊妹俩躲在屋子中守丧，哭声时常送到邻人的耳畔。直到十六日，宝生走来了。他对金珠说道："火神庙的道士已定好，明天早上来拜经忏。你们要收拾收拾，端整些茶盆，待邢老虎吊孝时请他坐茶，你们绝不会吃亏的。道士来祭眚神时，要买两三斤肉、一条大鱼。至于鸡是你们家里养好的，拣一只肥大的雄鸡便得，晚上要请乡邻吃凤凰酒呢。我恐防你们忙不来，请好一个人来相助你们煮饭烧菜，好不好？"金珠说了一声好，也没有问是谁。

宝生又从衣袋里掏出三块钱来交给她们，说道："大概你们没有钱用了，我向人家转借来的。鱼和肉一切菜蔬，我明天再买来吧。你们不必上街去了，只要把屋子里收拾清楚就是。"金珠道："多谢叔父，费神了。"宝生瞧着银珠笑了一笑道："我总看你们两个嫡亲侄女面上，帮忙帮到底。若照死者待我的情谊刻薄时，我早不管这事了。"金珠听了，默然无语。宝生坐了一会儿便去。

次日，姊妹俩一清早便起身，四下里打扫清楚，然后梳头洗脸。火神庙里的香司务，挑了担子来陈设经堂。金珠泡好一壶茶，预备给道士喝。停一会儿听得宝生的声音，只见宝生带了一个妇人来，身材矮胖胖的，脸上生着不少雀斑，涂着一些脂粉，黑暗的眼眶，两只眼睛张得很大。头上梳着一个横爱丝髻，身穿一件青丝白底的格子布短衫，粗而黑的手臂上套着一只大篮，篮里放着些鱼肉菜蔬堆满了一篮。

金珠认得这妇人便是茶馆店里的老板娘，也就是宝生的姘妇，大家唤她三嫂嫂的。三嫂嫂把篮子向地下一放，回头对宝生说道："累得我手臂都酸痛了。"宝生手里也拿着香烛纸锭茶点之类，瞧着金珠姊妹俩说道："这位便是茶馆店里的三嫂嫂，今天我特地请她来帮忙的。"金珠银珠都跟着各叫了一声三婶婶。那三嫂嫂点点头，走至水生灵座前，点了三支香，说道："待我来一拜。"宝生连说不敢当的。三嫂嫂已在一个破垫子上拜将下去。今天金珠姊妹俩身上都穿着白衣，头上都缚着白布，忙伏在地上答谢。三嫂嫂拜罢，金珠请她上座，银珠献上茶来。三嫂嫂吸了一支香烟，大眼睛不住地尽向银珠身上打转，对宝生带笑说道："这小妮子实在不错，将来到了邢家去，一定使公婆丈夫喜欢。你做这个媒人是造福无量的。"

宝生坐在旁边椅子上，跷起了脚，得意扬扬地说道："银珠是我的侄女，我岂有不竭力相助之理?"金珠银珠低着头不响。

三嫂嫂喝了一口茶，便将衣袖管卷一卷起，问道："灶间在哪里，我是来相帮的，不能坐。"宝生笑道："一切费力。"遂叫金珠引她到后边厨下去。三嫂嫂到了灶间里，把带来的东西洗的洗，切的切。金珠又去捉了一只鸡来请宝生杀了，去用热水烫了拔毛。外面狗吠声作，火神庙里的道士陆续而来，由宝生去招呼。一会儿吹吹打打地在灵前做起道场来了。

邻家老幼都来看热闹，那条黄狗跑出跑进，今天也特别的忙。宝生和金珠将自己买来的茶点瓜子端整四只盆子，预备招待邢老虎的。看看时已近午时，邢老虎还没有来。宝生道："奇了！他约定今日要来一吊的，怎样到这时候还不见来呢？"金珠道："莫非他忘怀了。"宝生摇摇头道："绝不会的。昨天我见过他，他也提起过这事呢，大概他有别种事情阻住了。"一边说，一边又去门外站着探望。一会儿，跑进门来说道："邢老虎来了！快些预备。"说罢，又跑到门前去迎接。

金珠银珠都站在灵座边，低倒了头。三嫂嫂在厨下听说邢老虎驾到，也就跑到门后来立着偷窥。只见宝生恭恭敬敬地陪着邢老虎走进门来，邻人们早已静悄悄地闪在一边。他们都很奇怪，水生与邢老虎有何关系，而邢老虎来吊孝呢？

今天宝生在乡人面前陪着邢老虎，益发志高气扬，面有喜色，自以为有生以来特殊的光荣呢。邢老虎身穿着淡灰绉纱的长夹衫，足踏双樑缎鞋，打扮得和绅士一般模样，大摇大摆地走进屋子来。背后一个男仆，代他捧着拜匣锭袋以及水烟袋等。宝生连忙请他到预备好的一张小桌子前去坐。金珠捧着茶，献到邢老虎面前，她也不知叫他什么好，只好樱唇微启，含糊地唤了一声。邢老虎点点头，宝生抓着瓜子桃酥云片糕等茶点敬至邢老虎面前。邢老虎略坐一会儿，站起身来，走至水生灵座之前，点上香说道："我来拜奠一下。"说罢，徐徐下拜。金珠银珠慌忙伏在座旁答谢。等到邢老虎立起时，宝生也对他跪倒地上，算是答谢他的盛意。其实宝生只需作个揖罢了，不必下跪。他因像邢老虎这般身份，向他哥哥灵座下拜，使他格外感激涕零，更要讨好邢老虎，故而情愿磕一个头了。

邢老虎拜毕，命从人呈上拜匣，取出白封袋，套着的奠仪四元，给金珠收。又叫从人把带来的锭袋化在水生灵座前的锭缸里。金珠谢了又谢。邢老虎遂坐着抽水烟，宝生陪坐在下首。

这时候道士们上贡了，五个道士有邢老虎在旁，吹笛打鼓，格外响亮，念经也念得十分道地。金珠银珠伏在邻座旁，哀哀痛哭。哭了良久，邢老虎叫宝生去把她们姊妹俩劝住。道士也念经完毕，邢老虎站起身要走。宝生假意要留他在此吃饭，邢老虎哪里肯吃他家的饭，只说我还要去赴某处的宴会，不用客气了。宝生便取出六角钱来给邢老虎的从人，又吩咐金珠银珠来送。邢老虎瞧着银珠说道："你们的父亲虽然死得可怜，而你们的身体也是要紧的，不要过于悲伤。你们的孝心我也很敬重，改日再来看你们吧。你们如有什么缓急，可以托你家宝生叔向我一说便得了。"金珠银珠只是点点头，回答不出什么话。宝生道："谢谢邢爷的美意了。"邢老虎走出去时，众乡人让开一旁，跟着到大门外。宝生说一声："恕不送了。"邢老虎向他一点头，便同从人向田岸东边走去。众乡人兀自立着看，直看到他影子不见了，方才大家议论纷纷，争相骇愕。

宝生走进屋子，三嫂嫂也从里面走出。她说邢老虎生得真气派，不愧是双林镇豪富之家。宝生微微一笑，又说道："当然我们这份人家要邢老虎来一拜真是不容易的事，若不是为了银珠侄女的关系，他岂肯大驾光临呢？水生地下有知，也觉增光不少呢。"金珠银珠听宝生这样说，暗暗对他白了一眼，各自忙着收拾。

这天道士们吹吹打打，直到黄昏时佛事才做毕。宝生送了道士，和三嫂嫂在这里一同吃了晚餐方才回去。热闹了一天，夜里仍是冷冷清清，姊妹俩十分孤凄，悲哀莫杀。

光阴很快，转瞬已至终七。金珠要为她父亲营窀穸之谋，等宝生来的时候和他商量。宝生点点头道："你的意思也未尝不是，这时候若不代水生安葬，恐怕以后更要困难哩。但是银珠的聘金只有五十块钱，尚留在邢老虎处，须要等银珠过门时候方肯照付。现在待我去和他商量一下，好在我们祖坟上很有空地，请一个阴阳先生选定一个吉期，大家帮帮忙，把水生将就埋葬了，也好使大家省去一重心事。"金珠道："那么有烦叔父代我们去走一遭吧。"宝生瞧着银珠，笑嘻嘻地说道："我为了银珠侄女如此孝思，我总答应去和邢老虎商量。将来银珠过了门，一定也不会忘记我的好处的啊。"于是宝生又去了。

隔一天，宝生来说："邢老虎业已允许，帮助人家索性帮到底。他又拿出二十块钱来，交与我去办。我想将就些也够了。明天我就去看阴阳先生，早将这事办去，便要干活人的事，邢老虎也要选择吉期来接银珠过门去了。"二人听了，心里一酸，几乎落下泪来。向宝生谢过，便托宝生去办。俗语说得好，"有钱不消愁事办"，在这数天之内，日期早已选定，宝生也将安葬时所需要的东西办好，把水生的灵柩从观音庵里舁出来，扛到坟地上去埋葬。可怜辛苦一世的薛水生，种瓜不成，养蚕不成，竟这样地牺牲在农村不景气的时代里，撇下爱女，魂归何处了。

金珠银珠姊妹俩哀哀哭泣，跪倒在墓前，经宝生再三劝住，又叩了几个头，方才离开了水生的墓而回家去。宝生又对她们说道："你们今后不再要哭哭啼啼了，忙着要办银珠的事。以后银珠也要到邢家去过好日子，金珠也须自己转些念头。你们都是聪明的人，绝不会吃亏。其实你们父亲自己不好，有了你们这一双好女儿却不会想法，岂非自讨苦吃，世间的大冤头吗？唉！一个人不会转念头，一世没有出息的。我想你们现在倒可以好好儿地各自度日了。"金珠银珠听宝生这样说，只是默然。宝生又吩咐了几句话，也自回去了。

起初时候银珠鼓起一股勇气，情愿牺牲了自己，好想法找钱来收殓亡父，不顾一切，毅然答应，照着宝生的说话去做。现在亡父的事已完了，便要轮到她自己身上来了，心里便有些害怕，又不好反悔，不知以后自己到了邢家去，这养媳妇的生活怎样过度。和金珠说起了，总是珠泪点点。金珠也没有法想，只得勉强用话安慰。隔了数天，宝生喜气洋洋地走来，坐定后，对二人说道："邢老虎已把吉日选定，恰巧是六月初一，不过十天光景了，五十块钱也已交给我，叫我代你们去剪几件衣料，妆饰妆饰，好在别的东西一概不要的。明天我同三嫂嫂上城里去代银珠剪一件时式的纱衣料，好做一件旗袍，再买一双绣花鞋，妆饰了，一定格外美丽。此外再剪几件短衫裤料，买几块手帕就得。金珠侄女也可以剪一件麻纱旗袍料，可以一同上门。好侄女，我代你们办妥就是了。你们如有什么预备，也可早些动手。依我说，邢老虎是富贵人家，银珠过去后，一生吃着不尽，该是脱运交运的时候了。以后我和邢老虎也变作亲家之好，到邢老虎门上去更有面子了。"银珠听着，心里一阵难过。

等宝生去后，姊妹俩坐在房中谈起这事，银珠一咬银牙，对她的姊姊道："我看宝生这样高兴，他为什么呢？难道真的为我打算吗？他不过哄骗我上邢家的门罢了。我料他暗底下一定是自私自利，在我身上多用几个钱呢。"金珠叹了一声，把手搔搔头道："不错，这事是他亲自去向邢老虎说的，无异把妹妹卖与邢家。他本来不是个好人，见钱眼开，朝晨吃太阳，晚上吃月亮的，岂有不从中取利之理？大概一百块钱给他用了去，我们又不便去问邢老虎的，他仍是欺侮我们孤雏罢了。"银珠道："我若不为了亡父时，宁死不从的，现在只好肮脏我的一生了。倘然他日在邢家日子难过时，我就预备一死，请姊姊不要苦念我，以后家中上坟过节诸事，姊姊一人负责吧。我只望将来姊姊有好的归宿就是了。"说着话又啜泣起来。金珠听了银珠的话，一阵心酸，非但自己没有话可以安慰银珠，却反两臂一横，伏在桌子上哭泣。

她们姊妹俩不住地哭，而宝生却在别一处和三嫂嫂有说有笑。就是在那茶馆店里老板的房中，宝生手里拿着一大叠花花绿绿的钞票，笑嘻嘻地对三嫂嫂道："你看我这个人会不会想法，前一次为了银珠的事，我以为奇货可居，便向邢老虎狮子大开口，要他出聘金五百元。后来邢老虎答应出四百元，另谢媒人费四十元，我遂先向他取得二百五十元，把一百五十元用在收殓死者身上，还多了五十元，另外的一百元总算是我得到的谈话费。此刻他又取出一百五十元来，我拿五十元代银珠去添新衣服，多下一百元自己用用，还有四十块钱的媒人费给你添新衣服，好不好？"三嫂嫂笑了一笑。宝生又说道："这件事我早向水生说过好几次，都不成功，难得他死了，倒使这事一说便成。水生死而有知，他只好怪怨自己呢。然而若没有这事的成功，水生哪能安眠地下？这也是我的功劳呢。"他说话时，跷起一只大拇指，像在三嫂嫂面前夸赞自己本领好的模样。三嫂嫂却把手向宝生手里狠命一夺，把他拿着的一叠钞票拿到她的手中去。宝生慌忙伸手去抢，三嫂嫂道："你别要抢我的。"宝生道："明明是我的，怎说是你的？以前的一百块钱也是给你拿去的，我只在水生收殓费上扣得五十块钱罢了。现在你又要拿去了吗，不如放着，待到八月里我们上杭州去玩吧。"三嫂嫂道："那么这一百块钱我代你藏了再说。"她一边说，一边把钞票数了一数，留下百元之数，其余的还给宝生。

宝生对三嫂嫂看了一眼，说道："好，你千万不要用去，我要和你算利钱的。你不要见钱猴急，往后去我和邢老虎攀了亲家，正好想法捞摸一些钱财呢。"三嫂嫂道："你平常时候用我的钱也多了，以后总要补偿我一些才好。"宝生说一声"好"。这晚上宝生和三嫂嫂寻欢作乐。次日二人便去城中代银珠剪衣料，好在茶馆老板是死乌龟，由他们同出同入，一句话也不敢说的。

　　十天光阴很快地过去，转瞬已到了六月初一。银珠和她姊姊的衣料鞋子，宝生早已买好，且交裁缝做好了。到得这一天，宝生换了一件新长衫，摇着扇儿，做出斯文的样子，先到邢家去贺喜。邢老虎一切都预备好，厅上挂起和合轴子，燃着红烛，专待新媳妇到来。宝生贺喜毕，坐了数分钟，邢老虎频催他去领银珠上门。且说有一顶小轿已备，即叫银珠坐的。宝生自然不敢怠慢，宛如奉了圣旨一般，急匆匆地带了轿手，赶向他侄女家中而去。

第六回

明珠投暗惨惨上豪门
美玉出山欣欣奔海市

餐风饮露，大有隐士作风的蝉，在这一天的早晨已在树上"热死了，热死了"地叫起来。东边天空里的太阳如血一般的红，风息一点儿也没有。金珠银珠早上起身，只要一做事，额上的汗珠儿立刻迸出来了。昨夜银珠整夜没有安眠，一双眼睛哭得红肿如胡桃。金珠对她说道："你快去洗个脸，不要悲伤了，这个样子如何去上邢家的门呢？邢老虎见了，第一个就要不欢喜。虽说你是不愿意到他家去，可是事实已是如此，你往后在他家过日子的，总要一切小心，善事翁姑。我们生就苦命的人，有什么话可说呢？我做姊姊的将来如有好日子，决不会忘掉你的。我们在世间最亲爱的人，只有姊妹俩了。你好好儿去吧，千万不要再悲伤了。"银珠听了她姊姊的话，一句话也不说，含着眼泪，拿了面盆，到厨房里去舀洗脸水了。

等到银珠洗过脸后，金珠自己也洗脸漱口一过，便代银珠在面上敷一些香粉。因在孝里，不点胭脂，又代她梳一条油鬆大辫。依着规矩，今天银珠上邢家的门，应该在发辫上扎红丝线的，讨个吉利。可是姊妹俩怎忍心便扎红色呢？所以扎上了茄花紫的丝线。银珠又把随身衣服放在一只小箱子里，预备带过去，其余也没有东西可拿了。黄狗蹲在一旁，不懂什么，只向她们姊妹俩昂着头紧瞧。

这时宝生已来了，进门时满头是汗，一件白纱长衫是他拿了银珠的钱新做起来，穿在身上装门面的，背上已汗湿了一大片，连忙脱了下来，挂在窗边钉上。金珠敬上茶来，宝生一边喝茶，一边把扇子不住地挥，坐在旁边椅子上，口里嚷着道："今天太热，走得我浑身是汗，这媒人实在不好做的，将来银珠侄女谢我什么啊？"银珠低头不响。宝生又道："你们快拿一盆水来给我洗个脸，好不好？"金珠马上去倒了一盆热水来，放下一块面巾。宝生卷起双袖，拧着面巾，揩了脸，又敞开了胸，在他胸口抹了数下。金珠站在旁边，只是暗暗地对他白眼。

等他洗过脸，金珠拿去，便在后面用清水把这块面巾搓了好几次。宝生却在门外大声喊起来道："邢家的轿子已在门外停歇，邢老虎在他家里正等候着你们，快快去吧！我还要到他家去吃饭，听说邢老虎今天预备好两桌丰盛的筵席，请你们姊妹。还有一只走油蹄子特地谢我大媒的呢。时候不早了！快一些吧！"

金珠被他催急着，只得和银珠回到房里去换衣服，穿鞋子。忙了一会儿，一同走出房来。这一双姊妹本来天生佳丽，虽然在哀毁期中，未免形容憔悴一些，然而今天一修饰后，却又妍丽万分。宝生瞧着她们，只是张开着嘴笑，暗想：城里的小姐也不过如此，邢老虎见了，怎不喜欢。连忙立起身要催二人走时，一眼瞥见银珠背后发辫上扎着的茄花紫色丝线，忙对金珠说道："今天是你妹妹的吉日，她虽在丧服之中，可是到了邢家去，便不能再戴她父亲的孝了，理该扎上红丝线，怎用这紫色呢？这是一个大大的错头，邢家的人见了，不但要怪你们姊妹不懂事，连我也要被邢老虎斥责呢。快换下吧，别的都可以含糊，这个却不能将就过去的啊。"

金珠脸上露出尴尬的形色，皱着双眉，对宝生说道："只是家中没有红丝线，又如何是好呢？"宝生听说，搔搔头，说道：

"待我叫轿夫快赶到镇上去买吧。"于是他就走到门外去，吩咐轿夫购丝线。又回到里面来，口里叽咕着道："越是要快，越是慢。唉！我少说了一声便不成功。"

姊妹俩听了他的埋怨，都掀起着嘴，不出一声。宝生只是挥着扇儿，门外树上的蝉声噪个不住。金珠又对银珠说道："今天妹妹到了邢家去，不知何日可以归家，当在爹爹灵前拜别，使老人家的阴灵保佑你才好。"银珠点点头，金珠便去燃上了灵前的白蜡烛。银珠又抽了三支棒香，凑在烛火上点着了，拱拱手，插在香炉里，然后走在拜垫前，折转柳腰，盈盈下拜。等到她立起身来时，两行珠泪已从她的眼眶里滚落，她心里的凄惶也可想而知了。

金珠见银珠下泪，她的眼睛里也是珠泪晶莹，从眼角里淌到颊上，忙用手帕去揩拭。宝生见了，将足一蹬道："唉！我叫你们今天不能再出眼泪哭你的父亲了。银珠，这是你自己的喜期，应该讨个吉利。无论如何，你的眼泪应该忍住不出。少停到了邢家去，倘然再要出泪时，惹得翁姑不欢，这绝不是你自己的幸福。金珠，你也该劝劝你的妹妹，不要和她一样会哭。你年纪大些了，该懂得人事。"宝生说话的声音很严厉，二人却是泪眼相对，默无一言。虽然宝生不许她们哭，而她们却忍不住仍要出泪。

这时候轿夫已匆匆跑回来，汗如雨下，将购得的红色丝线交给宝生，宝生遂递给金珠，且说道："你快快同你妹妹到房里去，代她重扎过这红色的丝线，再洗一个脸，将泪渍揩个干净，方可前去。时候已是不早，快快干吧。好小姐，我要求你们千万别哭了。"金珠只得陪着银珠进屋去，重拭泪眼。洗过脸后，又敷上一些香粉，且代银珠换上红丝线，然后走出房来。宝生在外面打着转，一见二人出来，说道"好了好了"，忙将自己长衫披上了身，代她们提了箱子，催促姊妹俩走出门来。

这时门外已站满着左右的乡人，男女老少，探头望脑，议论纷纷，等候银珠出门，他们也已知道银珠是要送到邢老虎家去做养媳妇了。银珠满面羞惭，低倒了头，走至轿子前。宝生扶着她入轿，又将箱子放在轿后，两个轿夫便把她抬了走。金珠又锁上大门，回身和宝生跟着轿子走。那头黄狗也紧跟在金珠后面。

这时已近中午，烈日照射地面，而田岸上如火烫一般，没有阴凉的所在。宝生吩咐轿夫不要走得快，恐怕金珠跟不上，轿夫只得抬着银珠缓缓而行。金珠一路走，一路汗出如沈，炎热难受，暗想自己跟着轿子走路，十分吃力，况又在这大热天气，本不愿意到邢家去的，只因自己妹妹此次出去做了人家的养媳妇，以后见面不易，自己上了门，或可到邢家去望望她，不致两家如陌路人了，所以老着面皮跟去，实在是十分委屈的，环境逼得如此，也没有话可说了。

宝生揩着汗，走得气喘吁吁。他是一则图分肥而私利，二则一心要和邢老虎攀亲家，将来好仗着老虎威力，多少得些好处，今天可谓如愿而偿了，所以在这大热天赶路，心里仍是一百二十分的满意。唯有那头黄狗却不知什么，忽在轿前，忽在轿后，伴着主人同行，非常忠实。

走了好多时候，方到镇上邢家大门。那边早有下人守着，一见轿子到来，连忙放起一串鞭炮，噼噼啪啪地响个不绝。左邻右舍都一窝蜂地赶来看热闹。轿子抬进门去，歇在厅上。宝生急匆匆地和金珠走进大厅，只见邢老虎穿着拷香云纱的长衫，和他的妻子一同立在天然几旁个，笑嘻嘻地瞧着轿子。在他背后有一小厮拿着大蒲扇代他打扇。宝生忙上前向他贺喜，然后请银珠出轿来，朝内立着。她的一颗鬟首差不多垂至胸口，脸上早已红得如苹果一般。金珠也是脸上红红的，香汗直淋，站在一边看她的妹子，便有邢老虎的表弟出来代她们主持见面的礼节。他先叫银珠立在正中大红毯子上，向上拜了两拜，然后叫人去把天福请来。

可是偏在这时，天福不知躲到哪里去了。

　　他在这几天也知道他父亲代他领的养媳妇快要来了，且闻他父亲夸赞银珠容貌如何美丽，他的心里一半儿喜，一半儿忧。喜的当然是自己将有美貌的妻子，忧的是自己不知怎样对付才好。因为他是戆子，所以心中反有些害怕，就担着心事。今天他母亲代他换上一件新制的白夏布长衫，脸上也敷些粉，头发挑了西式，要想把他妆饰得好看一些。而邢老虎也再三教训他儿子，须要斯文一些，不得胡乱言语，任意行动，给人家说笑，这样他更觉为难了，心中好似热锅上的蚂蚁一般。听家人说轿子快要来了，他就一溜烟地躲到他母亲房里去，汗出得太多，手往面上摸了几摸，粉都不见了，反而多了几条黑影。他对着镜子嘻嘻地笑，自己也知道难看，忙去偷取他母亲的爽身粉盒子，开了盖，把粉拍端着，尽向他两颊上掳个不止，一会儿变成了白面孔白鼻头的曹操，他自己反以为妍美呢。

　　听得门外炮声，他知道轿子来了，心里怦怦地跳跃起来，反而如养媳妇难见公婆面的，躲避到他母亲的床背后去了。他只是缩着不动，女仆没奈何，只得推他出来，又用手去掳他脸上的粉，一时怎能掳去，黑一条白一条的，好似格子布的面孔。大家看见了他，岂有不觉好笑之理？

　　金珠虽也素闻天福有戆子的名称，但未见面，现在见他身材很短，又是肥胖，竟如一个矮凳，被人推着，跌跌冲冲地滚来。脸上一条白，一条黑，好似开着花脸。身上一件夏布长衫，虽是新制，可是已皱得不成样儿，真是傻头傻脑，是个十足的戆子。她瞧着心里更代她的妹妹重重一气。银珠也依稀见到他的影子，只是不敢看，也不要看。

　　邢老虎的表弟等到下人把天福推至银珠身边时，便叫他们一齐向上拜跪，行个交拜礼。可是银珠没有下跪时，天福早慌慌张张地扑地双膝跪下，宛如过关见娘的四郎，跪了下去，却又不肯立起来。众人看了，忍俊不禁，为了邢老虎在前，都背转脸去匿笑。邢老虎的表弟没奈何，叫人扶起天福，又请邢老虎夫妇在中间栲栳大椅子上坐定了，叫这一对小夫妇下拜。银珠自然盈盈下拜，虽是乡娃，仪态大方。而天福却又伏在地上，双手乱摆，如扒水乌龟一般，引得众人又不觉发笑。唯有金珠却气得面色发青，草草见过礼后，宝生便引金珠上前见礼。

邢老虎见了这一对姊妹花，只是嘻开嘴笑，觉得自己生的儿子不争气，珠玉在前，自惭形秽了。可是邢老虎的妻子却不这样，她虽也欢喜银珠的容貌和身材都是最美好到极点，在乡村间极难找到的，无怪她的丈夫必要她来做媳妇，然细细观察，见她的双目有些红肿，像是哭过的样子。又当银珠和天福交拜的时候，好像瞧见有一滴泪珠，从银珠的眼眶里流下，心里便觉得有些不祥。所以邢家上下人等见了银珠这样美丽，无不欢天喜地，只有她却不见什么笑容，勉强招待着金珠，一同到后边内室去。

厅上看热闹的邻人也就渐渐散开，邢老虎便对宝生说道："今天辛苦你了。"宝生道："理当效劳。小侄女交了好运，到府上来，此后我们是亲家了。"邢老虎笑笑，便叫下人摆席，请宝生上座。邢老虎和他表弟以及几个亲戚一同坐着相陪，又唤天福出来坐。宝生喜滋滋地把筷子夹着桌上的菜，接一连二地送到自己口里大嚼，大碗酒大块肉，吃个不已，且对天福说道："小官人，今天你快活不快活？从此以后，你有了一个美丽的妻子了，艳福不浅。"天福却对宝生圆瞪双目，不说什么。邢老虎对他儿子说道："你谢谢这位大媒吧。"天福遂说一声"谢谢"。邢老虎也开怀畅饮，什么荷叶粉蒸肉咧，走油蹄子咧，八宝鸭咧，一道一道的大菜送上来。又有扁豆糕、虾仁烧麦等点心，宝生只顾尽量地吃。

金珠和她的妹妹在里面跟着邢老虎的妻子以及几个亲戚坐席。按着乡下的风俗，人家领养媳妇是常有之事，数见不鲜。可是像邢老虎家这样郑重其事，却很难得。这也因为邢老虎宠爱儿子，不肯马马虎虎，而且他也要摆些场面，表示自己并不是娶不起媳妇而领养媳妇的。所以今天邢老虎可谓踌躇满志，如愿以偿了。却不知水生死在地下，能否瞑目呢？席散后，宝生已是吃得醉醺醺的，和金珠一同向邢老虎夫妇辞别回家。银珠不敢送，站在屋檐下，瞧着她的姊姊，眼泪汪汪的几乎又要哭出来。金珠恐防她要哭时，惹人不欢，忙走过去一牵她的衣襟，对她说道："我要回家去了。你好好在此，诸事小心，别要苦念我，我得便时常来望望你。"银珠勉强忍住眼泪说道："我知道的。姊姊能够常来看我，这是最好的事。但姊姊自己保重身体，也不必念我。"金珠听着，又要出泪，说不出话来，点了一点头，硬着头皮，又说一声："再会吧。"便和宝生回身走出。

邢老虎送他们到大门口，今天他是十分客气，但也在门内立定身子，说声"不送了"。宝生大着舌头，连说"不敢当，不敢当"，又和邢老虎一拱到地，偕着金珠出了邢家大门，踉踉跄跄地走向街上去。金珠低着头走路，心头十分难过。宝生走了十数步路，回头对金珠说道："你好好回家去吧，我有些喝醉了，天气又热，不能送你回去，改一天再来看你。"金珠淡淡地说一声："叔父请便。"宝生遂别了金珠，向那小茶馆走去。

金珠仍在烈日下跑向家里去，来的时候是数人同行，现在归的时候却是凄凄凉凉，剩下她一人，更是凄惶，唯有那头黄狗却仍紧跟在身边。她走过她父亲失足落水的地方，对着河中的水，呆呆地立了一歇。见有一只贩西瓜的船要到城里去。她心中暗想，假若我父亲养蚕不遭失败，或不遭溺死之祸，恐怕他又要种瓜了。今年西瓜熟，天气热，听说这几天贩西瓜的较为有利可获，那么我父亲不是天生的苦命人吗？

凑巧船上有一个快嘴张阿二，认得金珠的，一眼瞧见了她，便高声喊道："金珠金珠，你的妹妹做了邢老虎家的养媳妇吗？

今天你送你妹妹到他家去的吗？你家配了这头亲，从此要交好运了。你要吃一个西瓜吗？"金珠认得是快嘴阿二，连忙别转身去，急急走路，睬也不去睬他，一口气跑至家门。开了锁，走进门去，见了父亲的灵座，不由心中一酸。现在屋子里只有自己一人了，老父已死，亲爱的妹妹又到了别人家去，形单影只，孤苦伶仃，以后和谁人去讲话呢，不由伏在灵前，呜呜咽咽地啜泣了一番，只有那黄狗却在自己身边将狗耳朵屡屡擦着。她又恐防污了自己的旗袍，忙去换上了一件青夏布的短衫，一个人呆呆地坐着，异常孤寂，只是淌泪。因为姊妹俩的情感非常亲密，平时总是形影不离的，一旦分离，如何舍得呢？

次日，宝生前来看她，给她两块钱，又安慰她数语，对她说道："现在你父亲的事业已完毕，你妹妹也已到了邢家，她的生活往后去不愁衣食，你也不必为她顾虑，只有你自己一个人守在家里，当然要感觉到寂寞，所以你也该自己转些念头了。我以为你年纪比你妹妹大，天资也很聪明，容貌也不错，何不出去找个出路？三嫂嫂有一家亲戚在上海汕头路长三堂子中做打底阿姐，很是赚钱。上次她回乡来物色一两个乡间女子，带到上海去，教会了歌唱，便可做生意，做了红倌人，利市十倍。他日又能择人而事，嫁一个富贵人家的风流大少爷，有吃有穿，坐汽车，住洋房，过那逍遥快乐的日子，不是比较在乡下苦守，大有天壤之别吗？"

金珠听了宝生的话，知道宝生果然不怀好念，送去了银珠，还要来想法她，要想把她送到青楼中去，无非想在她身上又好捞摸一笔金钱，这真是狗屁不如呢。低倒了头，不去理会他。宝生还以为女孩儿家害羞，不好意思答应，遂又说道："金珠，俗语说，清打清，饿断脊梁筋。你以前清清白白地守在家里，衣不足，食不饱，跟了你父亲，一直吃苦。现在没有人管你，何不到上海去享受些荣华？倘然肯到那地方去，包你一定会交好运，才知你叔父不是哄骗你呢。你不要害羞，如肯去试试的，只要答应一声就算了。一切的事，我都会代你办妥。"

金珠见宝生缠扰不清，立刻板着脸孔说道："承叔父的好意，要送我到青楼去，甚为感激。但想我爹爹清苦一生，为的是不愿意将我们两个做女儿的去做污浊的生涯，所以他老人家苦了一世，不幸而遭灭顶之凶。我们没有钱收殓他老人家的遗尸，没奈何始让我妹妹去做了邢家的养媳妇，违了他老人家生前的意思，做女儿的心里已是万分的负疚。至于我一个人的生活，无论如何困难，凭着我的十个指头，总能过去，怎能到那种龌龊的地方去呢？叔父不要见怪。"

宝生听金珠这样说得斩钉截铁，又是一派大道理，遂哼了一声道："既然你不愿意去，自夸有十个指头可以过日子，很好，我本来也没有能力照顾你的，往后你自己去设法儿吧，我可不管了。我一番好意代银珠为媒，送到这样好的人家去，双林镇上可说是数一数二的，难道辱没了我们姓薛的家声吗？人有良心，狗也不吃屎了。"说罢，立起身来就走。金珠也负着气由他去休，预备他不再上门，像这样阴谋多端的叔父，毫无可以依赖的，还不如让他少来走走吧。宝生这一天去了以后，果然负着气不再前来了。

那么炎炎长夏，金珠一人在家中做什么呢？她会做衣服的，代左右邻居裁制些衣服，多少得些工资，足以养活她一个人。好在乡下人对于衣服的式样不甚考究的，金珠可以对付过去。

不知不觉到了六月底，她想银珠在邢家已有一个月了，自己很惦念她，满月的时候最好去探望她。不过自己手中少钱，不能够买些东西前去，未免要给邢家闲话，所以她踌躇再三，尚未决定。

这一天下午，天气稍凉，金珠坐在客堂里长窗边，代人家缝一件短衫，正低倒头一阵一阵地做着，忽听门外咳嗽一声，有人推开大门，走进来了。起初她以为宝生，抬头一看，原来是左菊泉。黄狗已从后面闻声蹿出，刚才叫得一声。金珠连忙喝住。只见左菊泉穿了一件白印度绸长衫，头戴白色草帽，手里提了许多东西，走进客堂，叫了一声金珠妹妹，把东西放到桌子上，摘下草帽，往墙上一挂。金珠放下手中针线，立起身来说道："菊泉哥几时回来的？"菊泉道："我昨天返乡，听说水生叔过世了，我很代他老人家可怜，也代你们姊妹俩痛惜，想不到我上次来的时候，他老人家还是好好儿地忙着养蚕，现在已是幽明永隔了。人生如朝露，这句话真是不错。"

左菊泉说至这句话，金珠的眼泪已簌簌地直流下来，便去倒了一杯茶，请菊泉坐了，然后颤声说道："我父亲死得真可怜，谅你也知道的了。"左菊泉点点头道："这个年头，我早说在农村里没有活命的方法了，养蚕人家十有八九是失败得十分凄惨，叫苦连天的。"金珠道："我父亲都是为了养蚕失败，被人逼债而死的，真是可怜。"左菊泉道："所以我来探望你们，希望你们不要悲伤。还有银珠妹妹在哪里呢？"金珠道："你不知道我妹妹的事吗？"左菊泉摇摇头道："没有知道，她不在这里吗？"金珠叹了一声，遂将银珠为了需钱收殓而到邢老虎家去做养媳妇的事，原原本本地讲给他听。左菊泉蹬足叹道："邢老虎乘人之危，欺侮孤雏，这样地花了几个钱，领了银珠去，太便宜他了。你们的宝生叔也不是个好人，难免他不从中取利啊。"金珠点点头道："弱女子总是到处受人欺的，碰不到好人。"左菊泉道："乡下没有好人，我此番回来，不过耽搁三四天便要去的。这一些香蕉和花旗橘子还有两瓶生发水豆蔻美容品，以及一盒子手帕是送给你的，请你不要见笑，收下吧。"他一边说，一边指着桌上的东西。金珠道："啊哟！我屡次拿你的东西，却没有什么还敬你，叫我心上怎过得去呢？"左菊泉道："这一些小意思算得什么。你倘然能够到了上海去，吃的用的穿的，一切都比乡间好呢。"

金珠不答，坐在他的对面，把一柄剪刀修指甲。左菊泉摇着扇子，又问道："你父亲死了，妹妹嫁了，那么剩你孤单单一个人在家里，往后去的生活怎样，你自己可打算过吗？"金珠道："我一个人总好过去的，现在代人家做做衣服，一切俭省，也不用什么钱。不过一个人举目无亲，莫可言语。这种光阴是……"金珠说到这里，却不说下去了。左菊泉道："就是这样也非长久之计。你年纪渐渐长大，不可不早自为谋。我前番同你说的话，你以为如何，也考虑过吗？"金珠放下剪刀，搓搓双手，说道："到上海去吗？人生地疏，也有种种困难。"菊泉把大拇指一跷道："金珠妹妹，你若愿意到上海去的，我可以保险，一定不会使你吃亏。并且我有一个好机会要告诉你听的，就是我有一个朋友，他的妻子在一家永和烟草公司里做女工头，很赚钱的，每个月有八九十元薪金，还有奖励金可得。前星期听说他们厂里要添招女工，若是生手进去，至少也有三四十块钱一个月，倘然除掉膳食费十五六元，还有一半钱可以到手，添补添补衣服以及零用也够了。像你这样聪明的人，进去后一定加得很快，五六十块钱一个月是稳稳可以到手的。我很希望你能够有勇气，随我到上海去，将来你自有黄金的前程，谁也不再认识你是双林镇乡下女子薛金珠了。"金珠听说，微微一笑，眼珠子转了两下，徐徐说道："那地方当然是很好的，但我若到了上海去时又能住在哪里呢？听说上海的房金很贵，住旅馆更是住不起的。"左菊泉想了一想道："就是我那朋友家里三层楼上有一小小亭子间，一半用板壁夹了堆物，一半尚空着，有一张小床铺，是预备客人来借住的。我可以向他们夫妇商量，出了几块钱一个月的租金，你便可以安心住下了。总而言之，只要你有志到上海去找事做，我姓左的和你是同学，无论如何必要帮你的忙，请你尽管放心好了。"

　　金珠听着，沉吟不语。左菊泉知道金珠有些心动了，遂又对她说道："我方才说的话全是为你打算，只因你身世如此可怜，所以但愿你有个出路，可以自立，不要一辈子埋没在乡村里就是了。请你再考虑一下，我明天来听你的回音。你若是愿意去的，盘缠可以无用忧虑，这一点点我可以相助你的。你该明白我没有什么别的意思，只希望你有个出路的日子，不要明珠投在黑暗里，美玉藏在椟中，蹉跎你的一生才好。"金珠听左菊泉这样说，芳心不能无动，自思上海确是一个有出路的地方，别的不要说，就拿左菊泉而论，他到了上海去，钱也有了，人也都市化了。倘然他仍守在乡间，怕不是戴笠荷锄，叱犊唤羊吗？便说："好的，待我今晚再行细思一番，明天可以给你回音。"

菊泉欣然道："很好，你是聪明的女儿，孰得孰失，一定能够辨得明白。请你不要犹豫，胆子放得大些，眼光看得远些，明天我再来看你，此刻我尚有些要事，要紧赶办去，我要走了。"金珠道："谢谢你的美意，望你明天下午准来，因为上午我或许要去探望我的妹妹呢。"菊泉答应一声，立起身来，戴上草帽，向金珠说了一声再会，摇摇摆摆地走了。

金珠送出大门，回进屋子，向椅子里一坐，一手托着下巴，痴痴地出神价思想。想了好久，抬起头来，吐了一口气，又对灵座看了一下，口里自言自语道："我决定这样做了！老是一个人守在家中，不但闷闷的毫无趣味，而且一世没有出息的。以前我在湖州听人说，一个人无论男女，一定要努力奋斗，以求生存。我不要自己埋没了自己。"立起身来，看到旁边桌子上的东西，指着那一匣子花旗蜜橘，说道："这个东西是美国货，有钱人家吃的，乡下人不配吃这个。有了，我不如就把这两样东西做了我的上门盘吧。还有生发水和手帕，我也可以分一半给银珠的。"又向天空一望，见时候还早，自己到邢家去打一个来回，不至就天晚的，不必明天去了。

主意已定，遂到房中去换上一件旗袍，将头发梳得光洁一些，戴上一朵新织的白绒花，换了一双白帆布的鞋子，带了香蕉和橘子，以及一瓶生发水、半打手帕，出了大门，锁上了，急忽忽跑到邢家去。那头黄狗当然也跟着同行。邢家见金珠前来探望她的妹妹，很客气地招待。金珠和银珠相见时，大家问了一声安好，有邢老虎的妻子以及下人等在旁边，当然也不好说什么心里的话。金珠送上东西，邢老虎对她说："我知道你们的家境，何必要多客气，以后常常可以来盘桓，不必要送什么东西的。"遂叫下人去喊了两碗大肉面来，请金珠姊妹俩吃。银珠哪里敢吃，拿到她婆婆面前，去请老人家吃。邢老虎的妻子并不客气，挑着面就吃。邢老虎又开着西瓜，请金珠吃，天福却躲躲闪闪，不敢过来和金珠说什么话，在他母亲房中大吃西瓜，口里哼着山歌。

金珠趁一个落空，问问银珠，邢家待你可好，银珠眼眶中隐隐含有泪痕，刚才要和她姊姊说什么，邢老虎的妻子又走来了，遂也没有说什么。金珠便告诉银珠说，自己日内要离开家门，随左菊泉到上海香烟厂里去做女工，谋自立的生活了，以后回乡时必来探望，叫银珠好好侍奉翁姑，不要思念。银珠听她姊姊要离乡赴沪，心里更是凄惶，为了姊姊将来的前程，当然不好叫她不去。便叮嘱金珠在外一切须要小心，上海的歹人很多，不可不防。金珠很感谢她妹妹的美意，且说自己当然要格外留神。姊妹俩彼此安慰数语，天色已晚，金珠起身告别，邢老虎买好一方鸡蛋糕，以及三十个馒头，送给金珠。金珠谢了，出门而去。姊妹俩这一次的分别，各人心里更是十分难过，因为相去日远，相见日稀了。

金珠回家后，把鸡蛋糕放在灵座前，孝敬阴魂，左右乡邻送去了十多个馒头，自己吃了数枚，多下的一齐给那黄狗吃，让它吃一顿精美的好点心。次日上午，她坐待左菊泉来，看看日落西山，左菊泉还不见光临。她时常走到门外去盼望，真可说望穿秋水了。傍晚时候，才见左菊泉施施然而来。两人遂坐在天井中讲话。左菊泉对金珠说道："对不起得很，我因家里来了几个亲戚，陪他们打牌，以致来得迟一些了。"金珠道："不要紧，我左右无事。"左菊泉又道："昨天我同你说的话，你可曾考虑过吗？有没有决定？"金珠点点头道："决定了，我一准跟你到上海去谋自立。但我是初出门的人，一切要仗你相助的。"

左菊泉一听这话，喜得直立起来道："金珠妹妹，你这句话可是真的吗？"金珠微笑道："当然是真的。明天你如赴沪，我可以跟你同行。好在我一个人是很简便的，只是有累你了。"左菊泉道："不要客气，我既已答应帮你的忙，自然一定相助到底，包你有生路走就是了。"金珠道："我很感谢菊泉哥的美意，将来倘有一天好日子，决不忘记你的大德。"左菊泉道："一定有的，只恐你得发财时，或要忘记我这个人了。"金珠道："哪里会如此？一个人总要有良心。"遂去取出鸡蛋糕来请左菊泉吃。二人又谈了一刻时候，方才决定明天上午动身，左菊泉来引导金珠同行。左菊泉因有朋友请他吃晚饭，所以不能多坐，告辞而去。

这天晚上金珠在家中收拾收拾，直到子夜过后，方才睡，梦魂中好似见到她的父亲手中还提着锄头，要唤她去一同掘藏，一会儿又同她笑笑，走去了。一会儿又觉自己坐在一艘大船上，望着大湖中驶去，她的妹妹银珠正在岸上，大声哭喊，要和她一起去。她吩咐舟子把船驶回去接她时，但是越驶越远。她心中发急，只见银珠涌身跳入水中去了，心里一吓，陡然惊醒，身上出了不少汗，真是梦魂颠倒，自己和银珠他日的结局又不知如何呢？这样一想，再也睡不着了。昧爽即起，梳洗已毕，天已大明，自己进了早餐，又到她父亲灵前拜了一拜，算是拜别父亲，愿阴灵护佑自己到了上海，顺顺当当地有谋生之路才好。自己早已把应用的衣服和东西打了两个包裹，等候左菊泉来可以同行，隔了一歇，左菊泉来了，一问金珠已预备好了，便催金珠快快动身，一起到镇上去坐轮船，开到了湖州，然后再从湖州乘轮赴沪。

左菊泉自己没有多带东西，只有一只手提小藤箱，他便代金珠携了一个包裹，金珠自己背了一个，一同出门。金珠把门锁上了，告诉了东边一家姓陈的邻舍，且把她家的黄狗送与他们，请他们收留。好在自己家中两间破屋子，没有什么值钱的东西，她并不去知照宝生，也托给她的邻舍了。可是那头黄狗仍然不明白金珠做什么，仍跟着她走。

　　二人到了镇上轮埠，恰巧轮船便要开了。左菊泉便去买了船票，和金珠一同下船，那黄狗却站在轮船边岸上不走。金珠在舱中把手向黄狗频挥，意思是叫它回去。但那黄狗呜呜地低声叫着，金珠心里不免又有些难过。等到汽笛一声，轮船离开了岸，望河中驶去时，那黄狗却在岸上狂跳狂吠，一跃入水，要来追赶金珠。可是轮舟行驶得很快，黄狗虽有洇水的功夫，然而怎能追得上呢？黑烟渐渐远了，载着可怜的乡娃，离开了这个衰落的农村，而望金迷纸醉的大都会去。

第七回

热情可佩客地栖一枝
秀色竞夸乡娃推翘楚

在一个凉风习习的薄暮，金珠跟着左菊泉到了上海，她是一向守在桑户卷枢农村僻壤里的女孩儿家，生平只到过一次湖州的城市，像这样繁华奢丽的大都会，还是第一遭涉足其间，所以她随着左菊泉从轮船里走上岸来时，但见岸上立体式的巨厦，如摩天星塔也似的一座一座蹲在那里，电灯的光璀璀煜煜，宛如千万明星，照着这个不夜的海市。码头上扰扰攘攘，闹得她头昏目眩，不知走向哪里去才好。

左菊泉叮嘱她站在一处，看好物件。他去雇了两辆人力车来，叫金珠和他分坐着，拉向五马路去。金珠坐在人力车上，左右观望，都市夜景，车辆如织，行人如蚁，一辆辆的公共汽车、电车以及流线型的摩托卡，光亮的灯直射人眼，在马路上一刻儿不停地飞驶。先施、永安两公司的屋顶，巍巍地矗立着，宛如两座金碧辉煌的金字塔，照耀人目，这是在乡间从来没有瞧见过的繁华气象，所以她如入山阴道上，目不暇接。

车子到了五马路，左菊泉吩咐车夫在一家平安旅馆前停下，付去车钱，同金珠走入旅馆，到楼上去开了一个小小房间，写上金珠的姓，放好行李，坐定后，肚子已觉饿了。左菊泉叫茶房去

67

送了两客饭来，和金珠将就吃过，左菊泉便对金珠说道："金珠妹妹，你瞧上海多么富丽！隔一日我要陪你出去玩玩，也让你乐一下子，好使我略尽东道之谊。"金珠道："谢谢你。我不想游玩，多费你的金钱，只请你早早代我介绍成功，使我有了一个做事吃饭的地方，那就好了。"左菊泉道："别性急，我既带你出来，一定想祝你成功。你到了上海，我陪你去玩玩也是应该的，只要妹妹以后别忘记我就是啦。"说罢，对金珠笑了一笑，从他身边摸出一包纸烟，拈一支，敬给金珠。金珠摇摇手道："多谢，多谢，我不会吸的，请你自己吸吧。"左菊泉道："到了上海也好学学哩。妹妹真是老实人，香烟也不吸一支。"一边说，一边划了火柴，燃着了，衔在自己口里，坐在一边猛吸。金珠对他说道："菊泉哥，我总不忘你的美意，今后我将过我的新生活，一切还望你指导。"左菊泉道："我和你是同乡，又是同学，犹如自己兄妹一般，我决不漠视。你有什么事要我相助的，只要你老实告诉我，我必尽我的力量给你办好。"金珠听左菊泉说得这样非常关切，又谢了他数语。

　　谈了一刻，时候已是不早，左菊泉又对她说道："今晚我领你刚到上海，一时没有歇宿之处，所以我代你在这旅馆里开一个小房间，横竖花不了多少钱，住了一夜再说，待我明天再引导你去拜访陈家嫂嫂。倘然他们肯允许让你住在他们家里的三层楼上去，那就好了。"金珠点点头道："不错，一切费菊泉哥的心。"于是左菊泉便立起身来说道："你大概很累了，我要去哩。你一个人独宿于此，可要胆小吗？你要什么，可以按电铃呼唤茶房，我们去时总要给他酒钱的。"金珠道："我不害怕，这样热闹的地方，声音如此多，不比在乡间冷静怕鬼，你放心前去便了。"左菊泉说声好，便提起他的网篮，向金珠告辞，走出房去，到他的主人刘律师事务所里去了。

金珠待左菊泉去后，关了房门，独自在灯下支颐静坐，听听窗外近处的收音机中的歌声，以及邻家京胡咿呀之声，和往日在乡间的情景大不同了。在乡间的人，此时大半已入睡乡，而都市中还在奏着靡靡之声，一班人正在寻欢作乐呢。上海真是一个黄金世界，像我小小一个人，哪里安身不得。倘然父亲早让我们姊妹俩到了上海来，那么他也何至于苦死在乡间呢？无怪宝生说我父亲不会转念头了。又想到自己和妹妹银珠，本来朝夕相依，十分亲爱，现在却分飞两处，形单影只，恐怕她此后的光阴更要比我不自由，但愿我在上海能够奋斗，得胜患难，将来自有光明的一日，回至乡间，也可略助妹妹了。

　　可怜的金珠想了长久，因为睡魔已来，身体也觉疲乏，遂脱了衣服上床去睡了。天气尚热，上海的旅馆里臭虫最多，金珠一睡到席子上去，臭虫嗅到肉香和热气，立即施行总攻击令，大大小小的虫子虫孙蜿蜒而来，爬向金珠腿上臂上，肆其狂噬。金珠在乡间从来没有被咬过，她的嫩皮肤怎禁得那些利嘴吮吸？奇痒难熬，爬起身来，看看臂上已有许多红肿的块，累累突起。再一看床上时，她不禁打了个寒战，原来枕席之间遍布臭虫，好似乡下的蚂蚁，她哪里敢睡眠，捉去了二十几个，一时怎能扑灭得尽呢？精神却已疲惫异常，遂伏在桌子上假寐。

　　不多一会儿，天也亮了，她就立刻起来，摩挲双眼，开了房门，向茶房要了洗面水。这里是小客栈，一切都很简陋。金珠从行箧里取出粉和肥皂、牙刷等用具，洗过了脸，茶房进来问她要用什么点心。她也想不出什么，刚才要吩咐买一些粥来，而左菊泉早已走了进来。他今天穿了一件华丝纱长衫，头戴草帽，足踏白色革履，面上涂着冷香霜，更加修饰，笑嘻嘻地和金珠叫应后，知道金珠尚没有用早点，他就带笑说道："我也没有吃，特地赶来陪你出去吃点心的。"金珠道："不必了，便在客栈里吃了吧。"左菊泉道："难得的，左右花不了几个钱，你不要客气，我们到大马路冠生园去用点，顺便逛逛。"金珠见左菊泉十分诚恳，也就答应了。她便去换上那件麻纱旗袍，头上戴着黄色绒花，面上薄薄敷一些美容霜。左菊泉站立一旁，笑嘻嘻地观看。等到金珠妆饰毕，他就引导着金珠走出旅馆去。

金珠不识途径，跟着左菊泉走到了冠生园。左菊泉陪着金珠大模大样地走上楼去，择一个雅座坐定，要了几样小点心，又唤了两碗虾仁面，随意吃着。金珠见旁边座上坐的男女，都是比较自己穿得华贵，似乎都是有钱的人，唯有自己是乡下人初至上海，难免做阿木林了。然而邻座的目光却不约而同地时时射向她的座上来，这样倒使她两颊红起来了。左菊泉今天却是喜气盎然，十分傲睨，只顾叫金珠吃。金珠吃了一碗面，别的东西不要吃了。左菊泉付去了钞，同金珠走出，一路在大马路的人行道上踱着，指点两边的店铺给金珠看，慢慢儿地走回旅馆。

时候也不早了，二人坐在旅馆里闲谈，一会儿讲起韩老先生，一会儿讲起邢老虎。左菊泉道："像邢老虎这种人，只好在乡下称财主，威吓乡人罢了。他比较了上海的一班闻人和大腹贾，恐怕做小指也轮不到他哩。上海地方的富绅巨商拥上一两千万家财，也是极平常的事。一个人要发起财来真容易，像宁波的某闻人，他起初到上海来，身边只有一块钱，现在却是家产多得算不清楚了。倘然我菊泉交起运来时，也不难面团团做富家翁，娇妻美妾，洋房汽车，什么都有了。"左菊泉这样信口开河地讲，金珠只是默默地坐在一旁，听他胡说。左菊泉忽然问她道："金珠妹妹，你想发财吗？"金珠微答道："我不想发财，只要有饭吃，有衣穿就是了，命里穷的人有什么话可讲呢？此番到了上海，就希望找到一个位置，有糊口之处才好。今天请菊泉哥早早引我去寻一个住所，免得住在旅馆里多花钱。"金珠说时，露出异常迫切的神气。左菊泉点点头道："等到午后我引导你去就是了，包在我的身上，数日之内必代你说成功，你不要急。"金珠道："我总多多拜托你。"

午时，左菊泉唤茶房进来，喊了两客蛋炒饭，将房间退去，付清了房饭钱。吃过饭后，要伴同金珠到陈家嫂嫂那边去了。金珠对左菊泉说道："倘然陈家嫂嫂不允留我住时，那么我到哪里去呢？"左菊泉道："你放心，陈家嫂嫂最重义气，她的丈夫也是十分慷慨的，只要我同他们去一说，绝无拒绝之理，你放心吧。"金珠听左菊泉这样说，也就安心。

二人出了旅馆，带着行箧，走到爱多亚路南京大戏院间壁的鸿云坊来。陈家嫂嫂正在后门口洗衣服，因为今天是星期日停工的，所以她没有到厂。左菊泉上前叫应了，陈家嫂嫂指着金珠问是何人。左菊泉便介绍她们相见，说是乡间带出来的女子。金珠跟着左菊泉亲亲热热地叫声嫂嫂。陈家嫂嫂便放好衣服，引二人到她楼上房间里去。

金珠留心瞧这位陈家嫂嫂生得胖胖的，胸口两只大乳在紧窄的黑香云纱短长衫里颤动着，脸上有几点麻子，颊上却涂着些胭脂，头发也烫着新式的波浪纹，手指上套着很粗的金戒指，年纪也有三十多岁，一望而知是个很爽快的人，只是皮肤生得黑些。她请金珠和左菊泉上坐了，倒了两杯茶来敬客。左菊泉问道："陈大哥不在家吗？到哪里去了？"陈家嫂嫂道："他吗？一天到晚在外边三朋四友多得很，我管我的事，怎知道他在哪里呢？"左菊泉点点头，便请她坐了，把金珠的身世和自己的关系约略告诉她听，且将自己带金珠到上海来的企图告知，又说道："我知道嫂嫂在永和烟草厂内做女工头，荐一个女工不是一件难事，所以我要把这位金珠妹妹拜托你多多提携，使她在你的厂里有一个位置，可以自立，这都是你的大德。不要说她一辈子感谢你，就是我菊泉也不忘你嫂嫂好处的。你可怜她是个好女子，帮助了她也是件好事。"

陈家嫂嫂又对金珠额上脚上相视了一下说道："这位金珠妹妹果然是个好女子，面相既美丽，又聪明，有你菊泉弟来委托，我一定帮忙，介绍进厂去工作，不过也要隔数天方能成功呢。"左菊泉欢欢喜喜地说道："只要嫂嫂答应帮忙，稍缓数日也不妨事。但是还有一事要和嫂嫂商量呢。"陈家嫂嫂道："我们如同自己人一般，你有什么事尽和我说，只要我的力量够得到，无不照办。"左菊泉遂将金珠初来上海没有居处，要借这里三楼亭子间的半间暂图枝栖的意思，告知陈家嫂嫂，要求她也能答应，愿出七八块钱一个月的房金，床铺桌子等物件暂借应用。至于饭食一项，由金珠自己料量。陈家嫂嫂沉吟了一刻，到底也答应了。左菊泉和金珠一齐欢喜，先向陈家嫂嫂道谢。陈家嫂嫂遂引金珠和左菊泉到三楼亭子间去收拾，一切应用的东西都是陈家嫂嫂借给她。金珠有了这个安身之处，心里已是满足，怔了一会儿，时候已是不早，左菊泉要请陈家嫂嫂出去逛大世界。陈家嫂嫂膝下没有子女，所以出入自由，毫无羁绊，一一答应，遂锁了房门，陪同左菊泉、金珠一起到大世界去。

左菊泉买了三张门票入内，金珠是初到上海，样样觉得新奇，东去坐坐，西去看看。陈家嫂嫂和左菊泉在上海已久，这些地方是到得多了，司空见惯，不过陪金珠玩玩。左菊泉顺便也想请陈家嫂嫂，便到一个饮食处去点了几样菜、一斤酒，坐着吃喝。金珠是不惯在外吃喝的，所以常常露出羞人答答的样子。陈家嫂嫂却若无其事地和左菊泉喝着酒，跷起着大拇指，高谈一切。

等到吃喝毕，左菊泉付去了酒钞，又陪了金珠和陈家嫂嫂到大世界剧场里去看平剧，恰巧台上正演《小放牛》，左菊泉很高兴地指点给金珠观看。《小放牛》演毕，换了一出全武行的《大四杰村》，锣鼓敲得震天价响，许多人在台上翻筋斗，尘灰扑人。陈家嫂嫂是胖子，格外怕热，再也坐不住了，便说要先回去。左菊泉问金珠可欢喜看下去，金珠不大懂得戏情，听陈家嫂嫂要回去，她也要走了。左菊泉也觉剧场里热不可耐，遂陪着二人回去。

恰巧陈家嫂嫂的丈夫陈大哥回来，喝得已有些醉意了，穿了汗马甲，坐在房里椅子上，跷起了一只脚，正在扳脚丫。身材十分高大，坐在椅子里满满的，额上有一个铜钱大小的疤，两只三角眼，看起来很有些凶势，臂膊上刺着龙形的花纹。左菊泉带笑上前叫了一声陈大哥，陈大哥点了一点头，对他们问道："左兄弟，你们上哪儿去玩的？"左菊泉便把自己到此商借房子，以及遨游大世界的经过，和他约略说了一下，又介绍金珠上前相见。陈大哥对金珠看了一看，说道："这位姑娘是乡下来的吗？比较城市里的人美丽得多呢。既是左兄弟的熟人，住在我家也不妨，也不必谈什么房金，随便你吩咐罢了。"左菊泉谢了一声，又坐着和陈大哥胡乱谈话。金珠在旁听着，只有一半明白，因为他们讲的话大多是切口。陈家嫂嫂却去开了一个西瓜请他们吃，金珠吃了一些，便谢谢不吃了。左菊泉却把半个西瓜都吃光，只剩边皮，自己拿去抛弃在垃圾桶里，看着时候已近十一点钟，遂伴金珠到三楼亭子间里去坐。金珠把枕席重行拂拭，且谢左菊泉种种相助。左菊泉道："今天你也疲乏了，可以早些睡吧。"金珠昨夜被臭虫所扰，没有安眠，今天果然十分疲倦，便约菊泉明日再来。左菊泉当然答应，他又去辞别陈大哥和陈家嫂嫂，拜托陈家嫂嫂诸事照料，自己立刻回去了。

这天晚上金珠关了房门，脱下旗袍，到床上去睡。虽然这里也有臭虫，然而比较旅馆里，其数已少。况金珠酣睡到天明，所以还没有十分觉得，只是身上叮了好几个块。

次日，金珠便要自己烧饭，早上买了一些点心充饥。左菊泉又来了，送来洋风炉和铝制的小锅子，以及炊事应用诸物，都是左菊泉去借来买来的。金珠有了这些东西，便不难自己做饭吃了。左菊泉今日因有事在身，不便多坐，交付了物件便去的。陈家嫂嫂也到厂里去了，金珠一个人在三层楼上亭子间里做饭吃。三层楼上也租着一家人家，有一个二十多岁的妇人，大家唤她陆嫂嫂的，为人很和气。她知道金珠刚从乡间来申，有些事便来指导，金珠也很感谢她。

到晚上，左菊泉又来了，陈家嫂嫂也已从厂里回来，她告诉左菊泉说，她在今天已和主事的人说过，恰巧厂中有一个女工因为出嫁到乡间去，有个空缺，可以让金珠尽先补入，在大后天星期四可到厂上工了。左菊泉谢谢陈家嫂嫂推荐之力。金珠听说自己的事情有了着落，不胜欣喜，也向陈家嫂嫂道谢，静候到那天进厂了。但在进厂之前，左菊泉又邀她出去看电影，她虽不欲多使左菊泉破钞，自己也不喜欢多到游玩场所去，可是左菊泉总说要请请她，并请陈家嫂嫂，而自己也要博得陈家嫂嫂的欢心，所以不得不去了。

星期四的那天，金珠一清早起身梳洗毕，吃过早餐，并带了午饭，跟着陈家嫂嫂一起到永和烟草厂去做工。那厂是在浦东，必须渡江过去，好在她有陈家嫂嫂领导，只知道跟着陈家嫂嫂走，陈家嫂嫂说什么，她就做什么。进了厂，见过主事者，录了姓名，恰巧派在陈家嫂嫂手下做装烟入匣的工作。陈家嫂嫂详细指导她去做，同伴见金珠是陈家嫂嫂介绍进来的人，一齐对她很和气。金珠生性聪慧，一学便会，不用人家多麻烦，做了一天已像熟手了。

放工回家后，左菊泉又买了一些水果来看她，一半送与陈家嫂嫂，一半送给金珠吃，问金珠进厂工作可能胜任。金珠说自己一些不觉困难，况有陈家嫂嫂热心指导，更是容易。陈家嫂嫂也极口称赞金珠聪明伶俐，说她将来一定可以升得快，工钱也可以加多，自己在厂里好多年从来没有见过这种聪慧的女郎。左菊泉听陈家嫂嫂称赞金珠，面上浮现着笑容，对陈家嫂嫂说道："将来金珠妹妹有一天好日，都是嫂嫂赐予的了。"又敬一支纸烟给她吸。陈家嫂嫂坐着吸纸烟，夹七夹八地把厂中事讲给金珠听，上自洋大班、华经理、会计主任、工程师，下至看门巡捕、茶房信差，说了一大套，金珠一一听在耳里，记在心里。她深感陈家嫂嫂相助之力，所以把陈家嫂嫂几乎看作自己的母亲一般，无言不听。

这样过了一个月，金珠在厂里已做得熟了，人人爱她，连那个庶务主任殷先生也时时借着事故，挨到金珠身边来和她兜搭。放工时常常有厂中的小职员走来和她闲谈，只因有陈家嫂嫂在侧，大家不敢向她过分胡调。陈家嫂嫂也知道这是一块又甜又香的饼，自己是做禁脔，不肯多让那些浮滑的少年来揩油，须有了相当的人物，那么自己也可以在她身上捞摸一些油水。这是陈家嫂嫂心里的一种计算，金珠尚没有觉得，且因自己刚做一个月，已得加薪水，升上了拣烟叶的工作，从十八块钱的月薪一加就到三十六块钱，不可谓非特异了。她住在陈家嫂嫂处，一切用度极力节省，一个月的工钱拿来也很够用了，加了工资以后，还可以多一些存储起来，以为异日之用，心里自然很感激左菊泉带她来沪的功劳，对于左菊泉不得不表示亲近。虽然有些时候她觉得左菊泉老是赖在她房中胡说八道，很有些不入耳之言，人与人之间熟了，当然本性要暴露出来，再也矜持不住的。有时候左菊泉要约她出去看戏吃点心，尤其是星期日，左菊泉在律师事务所中不用当差服役的，总是到她地方来盘桓不去，因此她对于星期日虽然厂中停工，可以休息，而她反不欢迎，情愿不要有这星期日，省得左菊泉来纠缠。可是她这个思想后来也觉有些不然了，为着自己到厂做工，也免不了有种种无谓的麻烦。女工们的嫉妒讽刺的话，少年职员向她胡闹的一种丑态，尤其是庶务主任殷先生的一种又像滑稽又像侮辱的态度和说话，都是使她不耐的。又当放工归来，走在浦东路上时，常有许多短装的工人跟在后边，嘴里说些不干净的话，幸亏有陈家嫂嫂一同走，做她的保镖，有时回转头去骂了一声小鬼或是赤佬，那些人便走开去了，所以她觉得没有陈家嫂嫂几乎不能行路了。

这是一个星期六的下午，傍晚时候，厂里放了工，金珠正和陈家嫂嫂一路走到轮船渡口去，时值新秋，晚风凉爽，道旁秋柳摇曳，银桂送香，江边帆影映着落日，更加得意，暮霭点点，在天空中回翔觅巢。二人且行且谈，陈家嫂嫂摸着金珠冰凉的玉臂，劝她将工钱去做一件时式些的夹旗袍，再买一件开司米衫罩在外面，又御风，又好看。金珠自然也有这个意思，只苦手中没有多钱，要紧付房租、购米粮，怎有余力花在装饰上呢？正行间，忽听背后有人唤道："陈大嫂，你们慢慢儿走。"陈大嫂是陈家嫂嫂在厂中的名称，上下都是这样唤她的。二人回头一看，原来就是厂里的庶务主任殷惠林先生，戴着草帽，披着派立司长衫，踏着黄色革履，急急地赶上来。

殷先生年纪已有三十多岁，身材胖胖的，露出臃肿之态，所以走路比较迟慢了。他是经理的内弟，在厂中任职多年，很有势力，一班工人没有一个不巴结他的。他的性情倒很和气，绝不倚势凌人，但是有一个坏脾气就是欢喜和年轻的女工和调，拈花惹柳，以前很有风流的事做出。女工吃了他的苦头，有嘴说不出，给他蹂躏过的也不少。

陈家嫂嫂见了他，便带笑说道："殷先生，你也回家去吧？"

殷惠林点点头道："正是，我们一起走，使你们有个伴儿，好不好？"说话时，挤着一双色眼只是向金珠脸上紧瞅，金珠却低着头不响。陈家嫂嫂道："很好。"殷惠林便傍着她们走，真是促狭的，他偏不傍在陈家嫂嫂的一边，而去贴在金珠的身旁，这样金珠便被二人左右夹在中间了。

殷惠林凑着金珠说道："金珠，我瞧我们厂里新近女工再没有比你这样聪明了，所以即刻就得加工钱，升好缺。你这个人真好！我和经理说了，下月再调你升上去，可好？"金珠听殷惠林说话，只是低着头走路，不去理会他。陈家嫂嫂却接嘴道："殷先生，你和经理是亲戚，只要你在经理面前说一声好话，没有不成功的。我这位金珠妹妹是从双林镇乡间出来，可怜她是个没有父母的孤女，一切总要请殷先生在内多多帮忙。"殷惠林道："有你陈大嫂关说，我总得帮忙。听说她就住在你的家里，是不是？"陈家嫂嫂道："正是。"殷惠林向前走了数步，又低声问金珠道："你是双林地方人吗？我前年到湖州去，也曾到双林镇上来过一次。那边的妇女大都在家里养蚕织布，你怎么到上海来呢？"金珠暗想：自己就是因为父亲养蚕失败，弄得一家人分散，不得已而到上海来谋糊口之计的，你们都市里的人怎知道乡人的苦痛呢？她因殷先生在厂里很有势力的，又和自己这样殷勤地一再问询，不得不开口了，遂答道："只因爹爹养蚕失败而死，剩下孤女，无法谋生，故来上海做女工。殷先生，你不知道近来乡间一切不景气，养蚕栽桑，种田种瓜，什么都不好，正有许多人活不下去呢。"殷惠林听金珠已肯和他讲话，格外高兴，又问她今年几岁了，在上海可有什么别的熟人或是亲戚。金珠很嫌他啰唆不清，做了厂里的上级职员，和我们女工来多兜搭做什么呢？况且她也耳闻殷先生以前的风流事情，所以更是惴惴地警戒着，不愿意和他多讲话。

一会儿已走至轮船渡口，那渡轮正要开了。他们三人走上船去，票子也是殷惠林买的，又把手里带着的花旗蜜橘从纸袋里拿出来给金珠和陈家嫂嫂吃。船上大半是厂里的女工，他们见殷先生和陈大嫂、金珠亲昵的情形，便估料殷先生对于金珠又起野心了，都在背后窃窃私语，好似发现了奇迹。

　　金珠见许多同伴的目光灼灼地向自己注射着，她的蝾首益发抬不起来。好容易挨到渡轮靠岸，大家走上岸去，已是十六浦外滩。金珠要紧随着陈家嫂嫂去坐电车回家，陈家嫂嫂也回头向殷惠林谢了一声，又说一声再会，刚要拔步走时，殷惠林连忙上前伸手把二人拦住，说道："今天星期六，明天不要上工的，何必急急回家？我陪你们到一个地方去玩玩吧。"金珠听了，不由一怔，谁愿跟他去，她只希望陈家嫂嫂的谢绝。然而古人说得好，"人心之不同如其面焉"，人家的心怎和她女孩儿家一般的狷介呢？

第八回

小酌倍殷勤黄昏观剧
前尘多坎坷佳节聚餐

殷惠林说了这话，笑嘻嘻地望着陈家嫂嫂的脸上，只等陈家嫂嫂的答应。他也知道陈家嫂嫂可以左右金珠的，陈家嫂嫂说一声去，金珠就不得不去了，所以对于陈家嫂嫂露出很殷勤的状态。陈家嫂嫂是何等样人，岂有不猜得出殷惠林的心理。她知道从中取利的机会到了，遂笑了一笑道："殷先生，我们要紧回去做饭，哪有空闲工夫出去玩。"金珠也低声催着陈家嫂嫂道："我们走吧。"殷先生又说道："这是难得的，你们若肯同去玩时，也不必回去制饭了，由我做东道，请你们吃馆子去。我知道你陈大嫂喜欢喝酒的，我今天很高兴，不妨陪你喝三杯。"陈家嫂嫂听得有酒喝，正中胸怀，遂说道："殷先生，你真的愿意请客吗？"殷惠林一拍自己胸脯道："笑话，请你们吃一顿晚餐，我总请得起的，只怕你们不肯赏光罢了。"陈家嫂嫂一笑道："那么今晚我们要叨扰了。"殷惠林道："好，我们一同走吧，先到四马路同兴楼去，请你们吃京菜。"金珠却一牵陈家嫂嫂的衣襟说道："你去吧，我肚里有些不舒服，先要回家。"陈家嫂嫂听金珠推辞，脸上便有些不悦，回头对金珠说道："今天殷先生是特地请我们两人的，大家有兴，一同聚聚。你若要回去时，我也便不高兴去了，还是回去吃泡粥。"殷惠林在旁又说道："金珠，你做什么要回去呢？不要扫人家的兴，我是诚心请你们的。去去去。"金珠见陈家嫂嫂有些着恼，她虽然不愿意，当然也不敢得罪陈家嫂嫂，所以又低倒头不响了。陈家嫂嫂又把她的胳膊一拉道："不要辜负了人家的美意，且去玩玩也不妨。有我在一起，你不用害羞。"殷惠林又在旁边催促，于是金珠只得跟着陈家嫂嫂走了。

殷惠林不要她们步行，便去雇了三辆人力车。三人坐着，拉到了四马路。殷惠林代她们付去车资，陪着走上楼去，拣了沿马路一个小巧的房间坐定。侍者送上茶来，殷惠林先点了几只冷盆，要二斤上等花雕。当殷惠林点菜时，金珠却走到阳台上去，伏着栏杆，往下观看街景，心里却是异常踌躇。自己很不愿意到这地方来吃喝，只是碍着陈家嫂嫂的面，未便固却，自己正要仰仗她的，万万不可触怒她，只好委屈一些了。可是殷先生为什么忽然要请客呢？难道他真的衣袋里金钱多得没有用处吗？看他目灼灼如贼，多少难免有些别的意思吧。她这样想着，偶然回转头去偷瞧一下殷惠林，恰巧殷惠林正在仔细凝视她的下身，一双目光盯住她的一双脚。自己因为穿孝，所以穿的白麻纱袜、白帆布跑鞋，十分素净。此时她不觉脸上又是一红。恰巧侍者送上酒菜来，殷惠林把手向她招招道："金珠快来喝酒。"金珠摇摇手道："我不会喝的，谢谢你。"陈家嫂嫂却说道："你不会喝酒，也来一同坐坐，总不能老是站在阳台上的。"殷惠林也道："不错，既来之则安之。"一边说，一边又代她将椅子拖出了一些。

此时金珠只得走过来，侧着身体坐下。殷惠林提起酒壶，先代陈家嫂嫂斟了一满杯，又代金珠斟酒。金珠道："我不会喝的，不要斟吧。"殷惠林说稍微喝一些，便代她斟了半杯，方代自己斟，又请她们吃菜。陈家嫂嫂一些不客气，举起杯子便喝，又用筷子夹着盆子里的冻鸡和卤肫肝大嚼。金珠却不举箸，殷惠林便夹着一块鸡腿送到她面前的小碟子里，说道："不用客气，倘然不会喝酒，还是吃些菜。"金珠仍是不吃。陈家嫂嫂也夹了一片鸭肫，送到她面前，带笑说道："你们女孩儿家总是羞人答答的，其实在上海地方的小姐，哪一个不在外边交际，和男子一起吃喝的。就是做新嫁娘，也是和众宾客同坐同饮，落落大方。偏是你却这样会害羞，到底是从乡下出来得不久了。这位殷先生又不是外人，我已告诉你了，他和经理先生是亲戚，在厂中很有地位的人，将来可以大大帮你忙的。你今天应该敬他一杯。"殷惠林笑道："这却不敢当的。金珠倘然要我帮忙时，我总竭力办到。"陈家嫂嫂拍手笑道："殷先生，只要你这一句话，大丈夫一言既出。"殷惠林道："驷马难追。"又哈哈笑了一声。金珠禁不起两人殷勤相劝，勉强举起筷子，吃了一些菜。陈家嫂嫂喝酒后，兴致很高，谈锋甚健，滔滔不绝地讲她的丈夫陈大哥在外做的事情。殷惠林一味恭维，和金珠谈些乡间的事情。金珠不肯多说话。

殷惠林又请二人点爱吃的热菜，陈家嫂嫂点了一样冬瓜鸡。金珠不肯点，也不会点。殷惠林自己点了一样炒蟹粉，一样腰片汤。陈家嫂嫂便道："够了，我们也吃不下呢。"于是说给侍者听了，叫他快送上来。

当殷惠林陪二人吃饭时，又对她们说道："我们吃了晚饭，可以一同到快乐大戏院去看《七情》。我有三张花楼的戏票在此，不妨陪你们去一饱眼福和耳福。"陈家嫂嫂听了，便道："快乐大戏院吗？这是新开的戏院，听说有个万花歌舞团在那里演唱歌剧。陈大哥也曾给院主请去参观，听说很好看的。殷先生既然有戏票，我们可以一同去看看，好在明天不要上工，但是什么叫作《七情》？"殷惠林道："就是盘丝洞。讲出来，大概你们也知道的。出在《西游记》上，唐僧取经，路过盘丝洞，给七个蜘蛛精捉了去，要吃唐僧的肉，将色情去诱惑唐僧，幸亏有孙行者把他师父救了出来。现在那歌舞团演的就是七个蜘蛛精，都是少女扮演的，且歌且舞，出色异常。在平剧里也有唱此剧的，人人爱看。"陈家嫂嫂道:"对了对了!这是很好看的。"金珠道:"我听人家说,《西游记》《封神榜》都是神怪小说,胡言乱语,不足信的。"殷惠林笑道:"管他是真是假,我们左右是看戏,取耳目之娱罢了,不是一班书呆子考古家啊。现在时候已不早,我们快快吃毕,便去一看。"陈家嫂嫂又添了一碗饭,吃了几块鸡。大家吃毕,洗脸漱口,殷惠林付去了账,穿上长衫,便邀二人同去。陈家嫂嫂已吃得有些醉醺醺的,不问金珠同意不同意,拉着金珠同去。金珠闻得陈家嫂嫂口里一股酒气,知道她喝了酒后容易发脾气,也就不敢违拗,只得随着二人去。

进了戏院,在花楼坐定,后台上已在演唱了。他们是对号入座的,所以尚有座位。殷惠林又要了三杯美女牌香蕉冰淇淋,和二人一边吃,一边看。蜘蛛精出浴时,在池中的少女都是赤裸着身体,只是胸前各系着一个大红肚兜,纤腰玉腿之间,横着一抹,隐笼巫山。金珠从来没有见过这种玩意儿,两颊不由微红,不好意思去看。陈家嫂嫂却一眼不瞬地尽瞧。殷惠林吸着吕松雪茄,指着中间一个蜘蛛精,对金珠带笑说道:"你瞧这一个少女多么妖媚!上海的女子不比你们乡间,什么都做得出来。越是如此,越是受人欢迎。金珠,你觉得好看不好看?"金珠暗想:上海的女子难道个个都如此吗?这些牺牲色相的女子,不过是极少数的。她们为了金钱,竟不复知有羞耻,可叹亦复可怜。遂摇摇头道:"我瞧这种样子也没有什么好看,何必如此出乖露丑呢?"殷惠林笑笑道:"你们女子不觉得好看,我们男子却觉非常好看的。你看台下这些人不是个个都昂起了头瞧得出神吗?"说着话,将手向花楼下一指。金珠跟着他的手向下一看,果见许多男子昂起头细瞧,有些近视眼都走到台下去看呢。

出浴过后,休息时届,大家随意闲谈。殷惠林对陈家嫂嫂说道:"方才金珠说这个歌舞剧不甚好看,你知道她喜欢些什么,我当隔日再请,务要她欢喜说一声好。"陈家嫂嫂微笑道:"她是乡下大姑娘，你请她到不论什么地方去，她都不会说好的。我想你与其请她看戏，不如送她一件开司米，包她要说好了，她正要买这东西呢。"殷惠林听了，立即很兴奋地说道："很好，这很容易的。等到散出去时，我可立刻伴你们到兴圣街绒线店里去，请金珠随意拣选一件便了。陈大嫂如要什么，我也可以奉赠。"陈家嫂嫂道："我要什么，你送给她好了。"金珠听在耳畔，默然无语，暗想：陈家嫂嫂真醉了，怎么说这种话呢？

一会儿休息时间已过，台上歌舞又起，张着一道银丝的网，在暗绿色的电炬下，瞧见在那银丝网上有七个少女饰的蜘蛛精，仍是赤裸裸地横七竖八地立着。金珠想总是这种玩意儿，有什么好看。殷惠林却对着网上少女，大有垂涎三尺之概。

剧终时，殷惠林陪着二人出院，一定要伴到兴圣街去购开司米。金珠不要他送，不肯去。陈家嫂嫂说道："时候也不早了，我们要紧回去。殷先生要赠送开司米时，明天买了，后天带到厂里，不是一样的吗？"殷惠林道："陈大嫂，你们府上在爱多亚路什么地方，明天我来看你们可好吗？"金珠一听这话，她面上露出尴尬的形色，因她知道明天星期日，左菊泉一定要来的，若被他遇见了，不要生疑吗？且给他轻视自己不规矩呢。便说："我明天是要出去的。"陈大嫂也知道有左菊泉要来，便对殷惠林说道："一准后天会吧，我们相见日长，承你的情，看得起我们，好在我们这位金珠妹妹绝不会忘记你的情谊的，以后我们再来约你玩吧。"说这话，笑了一笑。殷惠林不好意思再嬲，只得和她们分别了。

陈家嫂嫂和金珠坐了公共汽车回去，一路和金珠只是讲殷先生的好处，金珠也不说什么。回到家里，陈家嫂嫂要紧回房去，金珠走到自己的亭子间里，开亮了电灯，人也觉得很疲倦了。坐了一会儿，想殷先生的态度，以及陈家嫂嫂的说话，很觉踌躇。继思这种人只好用假痴假呆的状态去对付，自己也不必放在心上，全在自己意志坚定罢咧。呵欠连连，睡魔催促，遂解衣熄灯安寝。

次日，左菊泉果然又来探望她，送了几项日用品，且说自己赚得一些外快，要请金珠出去看戏，且邀陈家嫂嫂同往。金珠最怕出游，再三拒绝。左菊泉有些不悦，金珠到底答应他一同去看电影。陈家嫂嫂没有工夫去，只由他们俩去的。左菊泉对她表示很亲热的态度，金珠却仍是淡然漠然。不过她在上海毫无相识的熟人，自己又是左菊泉带到上海来的，对她有恩惠殷勤之情，也未便冷酷地峻拒，所以看了电影，又去吃点心，是金珠抢着回的账。左菊泉因晚上有事，所以送金珠回家后马上去的。

金珠乐得清静，一个人坐在室中看看小说，是向三层楼上的陆嫂嫂那边借来的。她字虽识得不多，而性喜阅书，有许多都可以意会，看得津津有味。所以她到沪滨后，除左菊泉强邀出去外，绝不出游，针线活事之暇，一卷在手，消遣愁怀。陆嫂嫂的丈夫是个小说迷，家中各种小说都有，陆嫂嫂尽管取出来借给金珠看，不要她花半文钱的。陆嫂嫂的丈夫听说金珠爱看小说，赞她胸中能通文墨，别轻视她是乡下女子，天资很不错的，所以陆嫂嫂格外看重金珠了。

次日星期一，金珠同陈家嫂嫂到厂。在午饭休息时间，殷惠林果然走来，招呼二人同至一个隐僻处。他将一包东西送上，对金珠说道："这是一件开司米，不知颜色好不好，你中意不中意，请你收了吧。"金珠不肯拿，陈家嫂嫂却代她收了下来。殷惠林又送一磅蜜蜂牌的绒线给陈家嫂嫂，说了几句话，因为厂中人多，不便多说，就走开去了。

金珠拿了这件开司米去，解开一看，乃是浅蓝色的，式样时新，价钱昂贵的。内中又夹着一个小小匣子，匣子里有一只水钻别针。陈家嫂嫂在旁看了，啧的一声称赞道："好极好极。嗯！金珠妹妹，你试穿在身上，可配身？"金珠哪里肯穿。陈家嫂嫂一定要她穿，夺在手里，代她硬穿到身上去。

这时有几个女工见她们推推拉拉的样子，早走过来问道："你们在此做什么？"陈家嫂嫂不好实说，只得说道："金珠新买了一件开司米，还不舍得穿，是我强要她穿上试试好看不好看。"众女工道："原来如此。那么金珠姊快快穿吧，一定好看的。"到了这时候，金珠不便说什么，只得穿到她身上去。陈家嫂嫂又代她加上水钻别针，赞一声好。众女工一齐拍手道："金珠姊姊本是十分美丽，现在穿了这件新的开司米，益发美丽到一百分了。"金珠很觉有些不好意思，别转脸去，恰瞧见殷惠林和一个职员，手里各拿着东西，匆匆地打从对面窗前经过。殷惠林一眼瞧见金珠身上已穿了他赠送的那件开司米，自然心里欢喜，立即对金珠霎霎眼睛，很得意地笑了一笑。金珠慌忙又回过脸来，幸亏殷惠林有事在身，没有走到里面来呢。

但是这天她回家后，便将这件开司米脱下不穿，次日也没有穿上身。陈家嫂嫂问她为什么不穿，金珠道："我们到厂里做工，不必装饰，因装饰了徒然惹人注目，反为不美，所以我不穿。要是到客气的地方去，或是出外游玩方穿呢。"陈家嫂嫂道："你们年纪轻的小姑娘，不比我们有了年纪的人，要被人家骂老太婆。你们不穿时谁穿呢？你不要辜负了他人的美意。"金珠只得陈家嫂嫂话中有因，默然无语。陈家嫂嫂见她不答，便又伸手轻轻拍着她的香肩道："礼尚往来，殷先生请你吃饭看戏，又送礼物给你，你预备拿什么去报答他呢？"金珠将头一扭道："谁叫他送物与我？唉！我是一个贫穷人家的女儿，做了工糊口，有什么可以报答他呢？谁叫他送物给我？"陈家嫂嫂还是第一遭看见金珠执拗的态度，她倒笑起来了。金珠本来也不敢倔强的，实在一时心中气恼，才说这话。现在见陈家嫂嫂笑她，也就跟着嘻开了嘴一笑。陈家嫂嫂又道："照你这样说，人家倒送错了。他真的要你送还什么值钱的东西吗？你是聪明的女儿，不用多说，只要你肯和他交朋友，以后他送的东西不知道多少呢。"金珠暗想：陈家嫂嫂不该和自己说这种话，但也不敢得罪她，勉强笑了一下，说道："殷先生朋友很多，用得着我这个人吗？况且他是男，我是女，交什么朋友？"陈家嫂嫂不等她说毕，早抢着说道："你真是乡下大姑娘！难道不明世故吗？是真是假，我有些不信。像殷先生这种朋友乐得和他交友，包你不吃亏，你将来自然知道啦。"金珠听陈家嫂嫂这样说，也不再和她辩驳，但是她已明白陈家嫂嫂很偏袒殷先生的了。然而她年纪虽轻，意志却很坚定，对于殷先生始终抱着不即不离的态度，并没有什么表示。殷先生虽要和她亲密，也是亲密不来。约她出去游玩时，她仍是托故婉辞。殷惠林也是捉摸不出她的心理。

有一天，陈家嫂嫂有事到曹家渡亲戚家里去，故不赴厂，她不舍得抛弃一天的工资，便一个人前去，自以为往来熟了也不妨事的。这天天气微有些寒意，金珠穿了一件夹旗袍，一出门便有些觉得当不住，便回到楼上去把那件开司米加上了身，独自赴厂。等到晚上放工后，她也不去和同伴偕行，独自一人走到轮渡口去。走得一段路时，忽见迎面走来两个年轻的工人，都穿着工人装，头上斜戴着鸭舌帽，两人互倚着，口里哼的不知什么粗俗的山歌。当他们走近金珠时，四道目光射到她的脸上、身上、足上，睃了一个饱，一齐笑嘻嘻地走向金珠身边，拦住去路，说一声："喂，阿姐，我们请你去吃点心。"金珠低倒了头，不去理会他们，向左侧很快地一钻，要想越过二人。然而他们怎肯让她走呢？一个身体较长的抢上一步，又把她拦住在一隅，说道："慢慢儿走，你真美丽！叫什么名字？我们要和你做朋友哩。"金珠听了这话，暗想：上海地方独讲交朋友的，陌陌生生的走路人也要和我交友起来，好不奇怪！偏是我不喜欢和人交友，又奈我何？这种人不像好人，还是不要理会。遂又向右边一钻，仍欲突围，可是左边那个较短的人照样把手一拦，也将金珠拦住，说道："好妹妹不要走，你是永和烟草厂里的女工吗？那边我熟人很多，谁不认识我蔡老四呢？好妹妹同我们去听滩簧吧。"

金珠既被他们拦住，又听他们姊姊妹妹地乱叫，怪刺耳的，怎不使她生嗔？顿时涨红着面孔，娇声叱道："我走我的路，你们走你们的路，毫不相干，却要你们拦住我做什么？快快闪开，再拦住人家时，我要喊巡捕了。"

那个自称蔡老四的，把头上鸭舌帽向后一推，拍拍胸脯说道："你不要把巡捕来吓人，这里的巡捕哪一个不认识？你若要强硬时，我也要强硬了。"金珠正在进退狼狈的时候，忽听背后有人高声喊道："金珠金珠，你在这里做什么？"金珠回头看时，乃是殷惠林和一个厂里的小职员并肩走来。金珠此时却不憎厌殷惠林了，立即喊道："殷先生，我在这里，你快快来啊。这两个……"金珠的话还未说毕，这两人也已瞧见殷先生，立刻趱向后面去了。

殷惠林三脚两步地走到金珠近身，见金珠涨红着脸，呆若木鸡，便问道："金珠做什么？莫不是那两个小流氓向你调戏吗？"说话时回转头去看看，蔡老四等早已走远了。金珠点点头道："是的，他们是什么人，胆敢在途中拦住我的去路？"殷惠林道："这里常有那些无赖的工人向厂中女工胡闹，我已吩咐我们司阍巡捕特别加以注意，不料今天你在途中被他们拦截，真是可恶。以后你如遇见他们向你胡闹时，你可以大声呼唤巡捕驱逐他们。"金珠道："他们说不怕巡捕的。"殷惠林道："你休要相信他们的鬼话，他们不过吓吓你们小女子罢了。不然，他们见了我为什么就跑掉呢？"金珠又点点头。那个同行的小职员在旁插嘴道："这种事常常有之，你究竟年轻胆小，没法摆布了。你以后尽唤巡捕，说明是我们永和烟厂的女工，一定会帮助你的。"金珠听了他们的话，惊魂略定。于是殷惠林遂陪着金珠一同走向轮渡口去坐船。等到上了岸后，殷惠林又要邀金珠去吃晚饭，说是喝酒压惊。金珠推托不会喝酒，不肯同去。又谢了殷先生，方才回家。

夜间金珠等到陈家嫂嫂回来后，便走至她房中，把这事告诉了陈家嫂嫂。陈家嫂嫂便对她说道："你此番若不遇见殷先生，便要受到那些小流氓的轻薄了，你该谢谢他呢。他请你去吃饭，为什么又不去呢？真要令人笑你是蜡烛了！"金珠笑笑道："什么蜡烛不蜡烛，我是很光明的电灯，谁要做蜡烛。"陈家嫂嫂哧的一声笑道："你既然不愿意做蜡烛，那么你的态度以后要大大改变，不必拘束。现在时世和以前不同了，你瞧外边的女子哪一个不和男子同出同进呢？厂里的杨大媛和汪先生常常厮混在一起，听说不久她要嫁给汪先生了。你不是没有婆家的小姑娘吗？请你自己张开眼睛，早早拣选一个吧，我要喝你的喜酒。"金珠面上一红道："呸！我不请你吃。"陈家嫂嫂道："你不请我吃吗？休如此说，这杯喜酒我早晚总要吃成的，你要不要我做媒人？"金珠听了这话，立刻用两手掩着她的耳朵，逃回自己房里去了。

到得双十节的那天，金珠因为左菊泉有暇，自己在前天曾约他来吃便饭的，所以一清早带了钱出去买小菜。隔夜烧好一只栗子黄焖鸡，她又去买了两条鲫鱼、鸭膀、鸭脚和一只小豚蹄回来，忙着烧煮。又喊了两斤黄酒来，预备带请陈家嫂嫂。

将近午时，金珠正在风炉旁煎鱼，左菊泉施施然来了。他今天换了一件新制的哔叽夹长衫，头戴薄呢帽，脚踏黄皮鞋，手里挟了一包东西，放在桌子上，笑嘻嘻地对金珠说道："今天又累你忙了。"金珠道："不忙，我说不会烧什么的，没有什么好吃的菜请你。"左菊泉道："我是一天到晚吃包饭，难得吃自己煮的。况又出于你手，不论什么菜都好吃的了。"金珠微微笑了一笑。左菊泉接着把手向桌上的东西一指道："这里面是一件雪花呢旗袍料，我因天气冷了，你出外尚少骆驼绒旗袍，所以连骆驼绒一起剪了送给你，添一件寒衣。"金珠道："啊呀！你常常送东西给我，叫我怎好意思多拿你的呢？况又是很费钱的贵物。"左菊泉道："不贵不贵。我们是自己人，你又何必客气？老实告诉你，我最近代我东家拉着了一两件官司，得到一些外快，所以有钱买东西送给你。这是你我的运气，不要客气了。"

金珠又谢了两声，将鱼煎好，盛在碗里，又去端整别的菜，收去桌子上的东西，放上杯箸，将一样一样的菜搬放到桌上，又去请陈家嫂嫂来。陈大哥在外边，所以陈家嫂嫂一个人来了，对左菊泉说道："今天金珠妹妹请你吃饭，小妮子良心不错。"金珠请陈家嫂嫂和左菊泉坐在上首，自己在下首坐了，把烫煮的酒斟在二人杯子里。左菊泉抢过酒壶，说道："别多累你了，待我们自己来斟吧。"金珠又去拿香烟来敬与二人。

左菊泉指着桌子上的菜说道："金珠妹妹不必烧得这样多，忙了你的手脚，又费了你的金钱，叫我何以克当呢？"陈家嫂嫂却举起酒杯喝酒，说一声靠福。左菊泉连忙说道："嫂子，你怎么说这话，金珠若没有你嫂子介绍到厂里去做工，她哪里有啖饭之地呢？饮水思源，都是你的大德。"金珠也说道："大嫂的恩德我是一辈子不会忘记的，只恨我不会说话罢了。"陈家嫂嫂把手摇摇道："我有什么恩德给人家，请你们别要这样说，使我更加愧惭，快喝酒吧。"说着话，把杯子里的酒喝个干。于是左菊泉又代她斟满了一杯，两人对饮着。金珠在旁接连不停地敬菜，大家随意闲谈。

左菊泉和陈家嫂嫂畅饮大嚼，不多一会儿，两斤酒已经喝完了。金珠再要去添，左菊泉止住她道："不必了。我们的量也不过如此，再喝要酩酊大醉了。"金珠遂去端上一大碗豚蹄，又去盛饭请二人吃。所有今天用的碗盏都是向陈家嫂嫂借来的。三人将饭吃毕，洗过脸，金珠收拾残肴。陈家嫂嫂因有一个小姊妹来探望她，所以走回自己房里去了。金珠收拾洗涤完毕，回进房中，重又洗过脸，脸上抹一些雪花粉，又代左菊泉冲上一杯茶，方和他对面坐下。

左菊泉划了一根火柴，燃上了一支纸烟，凑在唇边吸了两口，对金珠说道："你累苦了，且歇歇吧。"金珠道："并不吃力，我们在乡下养蚕，却真是十分辛苦的。我现在个人的生活赖你们照顾提携，已得安定，使我心里十分满足的，只有时要思念我的妹妹罢了。"左菊泉道："你妹妹也已到邢家去了。"金珠叹道："我妹妹到邢家去，也是不得已的事情，至今我在懊悔着。不知她在邢家过的生活是怎样，稍缓我也想回乡去省亲她一下。前月我也曾写了一封信去问问，可是雁沉鱼杳，不见复音。想我妹妹勉强写几个字也会的，何以不给我回信，更增我苦念了。"左菊泉道："你放心，邢老虎家道富有，又只有一个儿子。你妹妹玲珑可爱，他没有不欢喜的。不过听人家说邢老虎的妻子为人很厉害的，银珠只要能不触她婆婆的恼怒，绝不会受苦的。你放心。"金珠道："人生不幸而为女儿身，在家里吃苦还不算，嫁了夫家，她的命运也是在不可知之数，最好女儿不要嫁人。"左菊泉道："古人说得好，'男大须婚，女大须嫁'，世间除了僧尼不娶不嫁，其余的男女哪一个不要结婚？你正是青年的女子，怎说这种话？外边虽然有些女子主张不嫁，像广东地方也有风行民间的十姊妹的结合，可是青春易逝，老大徒伤。她们到了年纪大的时候，眼见他人琴瑟和好，子女绕膝，家庭之中自有一种快乐，而自己孤单单的顾影凄凉，谁与为欢，不免也要追悔，然而到时候再不能嫁人了。年纪轻的男子都不要她，要勉强嫁时，只有嫁给老头儿了。所以结婚是人生不免的，你说我的话对吗？即如我左菊泉，到了相当的年龄，尚未授室，人家以为我抱独身主义，其实不然，我是主张要娶妻的。只因乡间的女子太粗笨，城市的女子太浪漫，以致蹉跎至今，尚未有家室之好。我的心里是要娶一个性情温和而略知书识字的女子，容貌当然也要美丽一些的。唉！真不容易啊！"左菊泉说到这里，顿了一顿，猛吸两口烟。

金珠引左菊泉谈到婚姻问题，彼此是孤男少女，自己未便启齿，只把脚尖践着地板，低倒了头不响。左菊泉见金珠默然无话，又笑了一笑，说道："岁月是很快的，过去的事往往能使人回忆有味。记得我们幼时在韩老先生家里一块儿念书时，诸同学相众作儿戏，拉着你和我扮什么文明结婚。我和你各行三鞠躬礼，你羞得逃开去，多么有趣！现在我们都长大了，这件事一直在我的脑海中，痴痴地想，最好有一天可以实现这儿戏，那就是我终身莫大的幸福了。不知你还记得吗?"金珠听了这话，脸上一红，叫她怎好回答呢?

第九回

名园探胜未免有情
旅舍求欢谁能遣此

　　金珠听左菊泉提起儿时的事情，明知话中有因，一时不好回答，梨窝上已泛起两朵红云来。左菊泉把残余的纸烟尾向地板上一丢，跟着用脚踏熄了，又对金珠道："我早想在外边组织一个小家庭，将来我总是住在上海的。最近有一个朋友邀我一同合股去开一家烟纸店，利息很厚的，我也决定要干，要在上海创造一些基础。至于乡间几楹瓦屋，十数亩薄田，我也不要了。大丈夫要在外边成家立业，那才有荣耀呢。"金珠立起身来说道："好，我希望你将来成家立业，像我这种薄命人只求有饭吃，哪里想到别的事呢？"左菊泉听金珠不大理会他的说话，倒不好意思再说下去，只得喝了一口茶，又说道："金珠妹妹，你是聪明人，我的心谅必你能够知道的，我也不必多说了，慢慢儿再和你细倾衷曲，你久后应该知道我姓左的不是专会用花言巧语来骗人的男子了。"

　　金珠却去取过一本《侠凤奇缘》小说，拿在手里展开了要看时，左菊泉却立起身来说道："今天还看什么书，你真用功，倘然你喜欢读书，以后我可以和你一同到补习学校去读。因为我自知读的书不多，倘有机会求学，也要增进我的知识呢。"金珠听了，心里一动，便点点头道："很好，你如有什么补习学校能够介绍我去读时，我一定去读的。"左菊泉答应一声，走至金珠身旁，夺去她手中的书，又说道："好，改一天我代你想法。今天我同你出外去走走吧。"金珠道："我最怕出去，你又要我到什么地方去？莫不是又要看电影？"左菊泉道："你如不要看电影，我们俩可以去逛半淞园。这地方有假山，有清池，可以划舟，可以饮茗。你没有去过的，大可去得。"金珠也闻得半淞园的名胜，且知今天若不伴他出游是不成功的，但比较到电影院去好了，遂点点头道："你若要去时，我就陪你去一趟吧。"左菊泉听金珠已肯答应同去，十分高兴，便道："请你快快预备起来，我去问问陈家嫂嫂可有暇同往一游。"说罢，走出房门去了。

金珠取过镜子，把头发梳了一下，换上夹旗袍，又罩上那件殷惠林送的开司米外衣，换了一双高跟皮鞋，这是她最近自己省了钱去买的。左菊泉回进房来说道："陈家嫂嫂有客人，不能同我们去了，你装饰好吗？"说着话，对金珠笑嘻嘻地上下看了一看。金珠道："我不用装饰，可以去了。"左菊泉说声好，戴上呢帽，和金珠一同走出房门。

金珠把门锁了，跟着左菊泉走。他们是坐公共汽车去的，到了半淞园一处处地游玩。金珠是第一遭到此，当然觉得好玩。左菊泉又请她去坐划子船，容与清流，恍如羽化而登仙。金珠以前在乡下常常坐船的，然而像半淞园里这种船还是初次呢。坐过一会儿船，又去用点心，直至天暮方才归去。

左菊泉送金珠到了家里，因为晚上又有些事，所以就告辞而去了。金珠拿了他所送的衣料，便托陈家嫂嫂交给成衣匠去裁制成衣。但是她的心里很是踌躇，因为她到了上海以后，生活虽幸解决，衣食稍安，可是别有一种麻烦，就是到厂的时候有殷惠林常要来缠扰不清，在家里左菊泉也要常来故献殷勤。自己碍着地位和情面关系，不得不敷衍两人，终觉得两人对于自己的野心也是与日俱长，遂料两人的纠缠是永无已时，除非自己嫁了人方能免去这种麻烦。她私自积蓄些钱，预备年底回乡去探望一下银珠，姊妹俩可以叙谈衷肠。

天气渐渐冷了，立冬已到，她天天到厂去做工。左菊泉已约定她过了阳历新年可以一同到补习学校里去补习国文，兼习算学，她自然很高兴地期待着。这一天星期六，厂里放工之前，休息时候，她曾瞧见陈家嫂嫂和殷惠林站在一隅讲话，她怕和殷惠林兜搭，所以只作没有瞧见，自去和同伴闲谈。等到她和陈家嫂嫂归家的时候，朔风扑面，很觉寒冷。陈家嫂嫂忽然对她说道："今天殷先生告诉我说，他在大东旅馆和友人开了一个房间，预备陪天津来的客人打牌，但那客人因有别的重要应酬，所以不来打牌了。房间空着没人，徒然虚掷金钱，他叫我们乘此机会可以去洗浴取暖。我也好久没有洗浴了，乐得讨这便宜，所以我和你回去后，到晚上便去，可好吗？"金珠一皱眉头说道："若去洗浴，我本无不可。但殷先生来了，又要请我们吃晚饭咧，我是……"金珠的话没有说完时，陈家嫂嫂早又说道："他又不是第一遭请你，你也吃过他的，穿过他的，用过他的，只是没有报答他罢了，何必又要客气？"金珠低着头说道："就是为了吃他的，穿他的，心上十分过意不去，不欲多叨扰他啊。"陈家嫂嫂道："殷先生是有钱的，他要你报答什么呢？只要你知道他的好意就是了。"金珠道："他的好意吗？我也知道的，只是……"说到这里，顿了一顿，眉峰更是紧蹙。陈家嫂嫂笑道："很好，你既然知道他的好处，你今晚随我到大东旅馆去吧，恐怕他还有好处给你呢。"金珠道："我不要。"陈家嫂嫂一怔道："什么？"金珠不响了。陈家嫂嫂道："我看你去的好，以后我们在厂里还要靠他帮忙呢。"

两人边说边走地已至轮渡口，遂不提起这事了，坐着轮渡摆渡回去。金珠今天好似遇着一件难问题，独自坐在亭子间里，支颐沉思，去与不去，她竟一时决不定。最好是不去，省却许多无谓的麻烦，但是殷先生的相嬲还可拒绝，偏偏这种出名雌老虎的陈家嫂嫂在中间敦迫，竟使自己摆不脱身。因为陈家嫂嫂是粗人，倘然得罪了她，于自己一定不利的。真是进退狼狈，如何是好？

她正在自思自叹之时，忽听陈家嫂嫂的声音向她说道："怎么你一个人坐在黑暗里吗？电灯也不知道开，坐着做什么？"金珠被陈家嫂嫂一句话提醒，立刻跳起身来，开亮了灯。陈家嫂嫂向她脸上相视了一下，然后说道："金珠妹妹，你忘记了吗？时候不早了，我们快要去哩。"金珠给她一说，眼中方才清楚地瞧见陈家嫂嫂身上那一件青布罩旗袍已脱去了，露出里面黑色驼绒旗袍，外披一件橙青绒线衫，穿上毡鞋，已装饰一新，预备出外了，不由默默然说不出什么话来。

陈家嫂嫂见金珠不动不变，很有些不愿意前去的样子，不由脸上露出不悦之色，又问金珠道："大东旅社洗浴，你究竟去不去？你若不去的，我一个人也要去，免得殷先生盼望，怪我失约，没有信用。"金珠虽然心里实在很不愿去，但是嘴里却不敢说出"不去"二字。隔了一歇，依旧迸出一个"去"字来。陈家嫂嫂听她说去，便道："那么请你快快预备，不要耽搁时间，我肚子也有些饿了。"此时金珠不得不服从陈家嫂嫂的命令，便将左菊泉送她的衣料做成的雪花呢驼绒旗袍穿在身上，又围上一条围巾，是殷先生前星期送给她的，又换上了皮鞋。陈家嫂嫂在旁又对她说道："脸上不要敷一些粉吗？"金珠取过镜子，照了一照道："就是这样吧，我是喜欢本来面目的。"陈家嫂嫂笑道："好在你容貌生得美丽，娇滴滴红白可爱，不敷粉也没有关系的。我们走吧。"于是金珠熄了灯，锁上了门，随着陈家嫂嫂下楼，走到门外。

陈家嫂嫂十分心急，雇了两辆人力车，坐着前去。到了大东旅馆门前歇下，陈家嫂嫂付了车资，携着金珠的手进旅馆。陈家嫂嫂已听殷先生说过房间是在二楼三十五号，她领着金珠乘电梯上去寻到三十五号房间里，殷惠林早已坐在灯下，吸着雪茄烟，等候多时了。他见两人进来，笑颜欢迎请她们在沙发里坐下，对陈家嫂嫂带笑说道："怎么来得这么迟啊？"陈家嫂嫂指着金珠回答道："都是她延迟的，你去问她吧。"金珠的头又低下去了。殷惠林微笑道："金珠，我们认识已有数月了，怎样你总是羞怯怯的怕和人家亲近呢？"金珠依旧低着头不响。殷惠林遂向陈家嫂嫂道："好，你们是要先去洗澡呢，还是先吃晚饭？"陈家嫂嫂答道："不客气的话，我要先吃饭了。"殷惠林点点头，放去雪茄，坐在圆桌旁，用纸笔写好了数样菜，一掀电铃，唤进一个茶房，将菜单付给他，吩咐再沽二斤酒来。侍者答应一声去了。

殷惠林又和她们二人谈谈厂中情形，他说："今年纸烟销路畅盛，营业不错，年终盈余至少有数百万，大小职员都有花红分派。我一个人也可有数万，拿得后，明年要在法租界购一座小洋房住住了。"陈家嫂嫂道："到底你们做大职员的人得到厂中的优待，像我们一天到晚，辛辛苦苦地做工，也得不到几个工资的。"殷惠林道："今年年底听说你们女工各人都有赏金两三个月，厂方待你们也算不错。过了年你们又可以加工资了。"陈家嫂嫂道："真的吗？"殷惠林道："不敢哄骗，我可以在经理面前代你们说项，包你们加得特别多就是了。"陈家嫂嫂大喜道："那么拜托你吧，我是不会忘记殷先生的好处的。"金珠仍是缄默。陈家嫂嫂用手把她一推道："你听得吗？我们有殷先生在内中帮忙，很占便宜的。难得殷先生看得起我们，你不要忘记他啊。"金珠不好回答，只说一声"知道了"。殷先生笑笑。

茶房送上酒和冷盆来，殷先生和陈家嫂嫂对喝着。金珠坐在旁边吃些菜盆，益发显出她的静默。殷惠林时时对她斜睨，饱餐秀色，未免有情。又和陈家嫂嫂谈些风月的话，很带着强烈的诱惑性。金珠总是假作痴呆，不大领会。金珠越是这样态度，殷惠林越是爱她。等到酒喝完了，用过饭，洗过脸，殷惠林对二人说道："你们可以去入浴了。"金珠也巴不得早些洗过浴，可以马上回家。

如和殷惠林一块儿在这种地方，是不甚稳妥的。若被左菊泉知道了，不要引起他大大的猜疑吗？陈家嫂嫂道："我不会客气，请殷先生陪伴金珠妹妹在此坐一会儿，待我先去洗个浴，然后让金珠妹妹洗。"金珠不便和陈家嫂嫂抢，便说："很好，你快去洗吧。"陈家嫂嫂遂走到后面浴间里去了。殷惠林对金珠说道："你坐一会儿，我去去就来。"他大衣也不穿，一径踱到室外去了。

金珠独坐在沙发里，仰首瞧着上面的电灯，悠然出神。室中十分静寂，一会儿殷惠林推门进来，手里托着不少东西，放在桌子上，乃是四五只洋苹果和数只大蜜橘、一串香蕉，还有一包包的糖食。解开来时，乃是胡桃糖、脆松糖、梅片等。殷惠林指着请金珠吃，金珠道："又要费你的钱了。"殷惠林道："这一些算什么，只要你爱吃就是了。"立即取了一只大蜜橘送到金珠手中。金珠谢了一声，刚才拿着，殷惠林又抓着一把胡桃糖送来，金珠又将手接过时，殷惠林又将脆松糖送上。金珠一时拿不下，无手可接，慌忙说道："谢谢你，我自己会拿的。"殷惠林点点头道："不要客气。"他自己却拿了一只香蕉剥着吃。

金珠剥着橘子吃，又吃些糖。殷惠林笑嘻嘻地和她闲谈上海游艺界的情形。且说伶界大王梅兰芳不久又要来沪演剧了。"你可看过他的戏吗？"金珠摇摇头道："没有没有。我们乡间女子怎么看过梅兰芳的戏呢？"殷惠林道："既然你没有见过，等他来演剧时，我准请你看他的戏。"金珠道："谢谢，我是不懂的。"殷惠林哈哈笑道："若然必要懂戏的人去看戏时，戏院里还有生意吗？"

二人说着话，陈家嫂嫂已一开浴室的门走了出来，说道："我已浴毕，金珠妹妹可以进去了。"一眼瞧见了桌上的水果和糖食，便又带笑说道："殷先生买了这许多东西，可是请我们吃的吗？"殷惠林道："是的，陈大嫂你尽管随意拿来吃吧。我是知道你不会客气的。"陈家嫂嫂马上拿了一只橘子剥来吃。金珠便取了她自己带来预备更换的内衣，推开浴室门到里面去洗浴。这种装着热水汀的地方，她还是第一次来，浴缸等也是第一次受用。幸而她懂得热水龙头、冷水龙头的开闭，没有做阿木林。

水温室暖，很畅快地洗过，换上衣服，把脱下的衣裳包好后，走出浴室来，却见室中只有殷惠林坐在沙发上吸雪茄，陈家嫂嫂不知到哪里去了，不由一怔。殷惠林见金珠浴毕走出，马上吐了一口烟气，对她笑嘻嘻地说道："金珠，你浴好吗?"金珠点点头答道："好了，陈家嫂嫂在哪里?"殷惠林道："你且坐下，她出去买物的，就要回来。"金珠听了这话，十分踌躇，勉强在旁边沙发里坐下，嘴里说道："她买什么东西呢? 为什么不等我一同去?"殷惠林又抓了一把脆松糖请金珠吃。金珠不见了陈家嫂嫂，心中慌张，没有心思吃糖，自思自己还是个少女，和男子一起坐在旅馆里，瓜田李下，这个嫌疑是应当避的，心里想着便有些坐立不安。

殷惠林喝了些酒，带着几分醉意，同金珠夹七夹八地胡乱闲谈。一会儿问问她以前的状况，一会儿问问她今后的志愿。且说他自己命运不好，家中娶了一个媒母，令人憎厌，且粗笨不知情爱，所以自己十天之中倒有八九天不回家的，很欲另娶一位容貌美丽的女子，以补平生缺憾，将来自己买了洋房，组织新家庭，过新生活，那就幸福无穷了。金珠听殷惠林这样说，大有取瑟而歌之意，愈觉如坐针毡之上，一心要想逃避。无奈陈家嫂嫂好似黄鹤一去不返，金珠忍不住立起身来，对殷惠林说道："今晚谢谢你盛情款待，但时候已晏了，陈家嫂嫂也许不来，我要先回家了。"殷惠林道："既来之，则安之。你且坐一会儿，她自会来的。倘然她不来时，那么有我在此陪伴你，你不用发急，绝不会使你寂寞。你可讨厌我这个人吗?"殷惠林一边说着，一边嬉皮涎脸地走近金珠身边。

金珠见他益发不成模样了，便道："殷先生，我真的要去了。"说罢，立即挟了一包衣服，很快地走过去伸手启门，但是转着拉手，休想拉得开，原来门已锁上了。这时她心中更是惊慌，面孔涨得通红。殷惠林赶至她身边，装着醉汉的模样，一拉她的皓腕，柔声地道："金珠金珠，你做什么今晚必要回去？请你就在此间伴我一宵不好吗？"金珠睁圆了眼睛，气哼哼地摔脱他的手，可是殷先生力气大，早把她拖了回来。金珠把脚一顿道："殷先生，你不要和我缠绕，请你放我回去吧。"殷惠林哈哈笑道："我老实对你说了吧，今晚多谢陈家嫂嫂好意为媒，把你送到这里来与我同圆好梦的。你若跟了我，我决不有负你的。方才我已和你说过了，我要重新有一个家庭，和我的妻子离了婚，再和你结婚，那时你方知道我的一片好意真心呢。金珠，好妹妹！请你答应我吧。"说罢，对金珠一鞠躬，做出诌媚的样子。金珠又急又羞，又嗔又怒，将手向殷惠林一指，要想说一声放屁，可是说到"放"字却缩住了，转变口气道："殷先生，请你尊重人格，一定要放我回去，我万万不住在这里的，你别醉后胡说八道。"

殷惠林听金珠语气坚决，知道他和陈家嫂嫂预定的第一步计划难以成功，便从他身边掏出一本支票簿来，又取出自来水笔，对金珠装着笑脸说道："金珠，你千万不要辜负我的美意，我是真心爱你，没有虚伪的。自从你来厂做工以后，我便爱慕你的娇姿，一心想和你亲近。谁知你天真烂漫，不大知道风情，使我无可奈何。幸赖陈大嫂的拉拢，使我结识了你，可是凤愿未偿，心中怅怅。今晚是我和你定情的良宵，我已从历本上看过日子，大吉大利。你千万不要拒绝，请你再想想，你是厂中的一个女工，嫁了厂中的庶务主任，终不好说辱没你了，以后我有钱时尽先给你用。明天我和你到永安公司去购几件衣料，再到恒孚银楼兑首饰，你要钻戒，我也可以答应。你不相信时，我可以先开一张支票，给你一千块钱可好？"说罢，握着笔在支票簿上写了一千元的数目，又取出一方水晶图章，盖上了印，哧的一声撕了下来，双手送到金珠面前。

金珠把他的手重重一推，支票飘落楼板上，殷惠林俯身拾起，又对金珠说道："你可嫌少吗？"金珠气得脸色都转变了，一扭头颈，说道："殷先生，你当尊重人格，我虽是个贫家女子，自问身世清白，决不肯和人家做什么苟且之事。你虽许我重利，也是无用的，请你还是让我回去的好。大家留下余地，日后还可见面。"

殷惠林见第二步利诱的计划也不能奏效，立即施行第三步计划，正着颜色，对金珠说道："哼！你这个人心肠真硬！我这样向你诚心商量，你却一味拒绝，太对不起我了。你若不答应的话，以后你休想再在永和烟厂内做事。我有权力可以即日使你解雇，罢黜一个女工是极平常的事，外面有许多人要乞得这只饭碗呢。"金珠道："殷先生，你要不许我在厂里做工，也是无可奈何的事。即使我没有饭吃，也决不肯随随便便跟你的，你休要看错了人。"说罢，回身过去，又要开门。殷惠林在此时恼羞成怒，恨不得一口把金珠吞下肚去，他就放出禽兽般的野心来，跑过去将金珠一拦，渐渐把她拦至室隅。金珠一边退，一边发急道："你要把我怎样？莫怪我要喊了。"殷惠林对她狞笑一声道："你要喊吗？金珠，我老实告诉你，在这里我是常常开房间的，茶房我都熟识，况且门窗关闭，凭你叫破喉咙也是没用的。你还是好好儿跟我一同快乐吧，我决不亏待你的。"说了这话，上前将金珠拦腰一抱，要想把她拥抱在怀里。这可使金珠大大地发了急，双手将殷惠林狠命地一推。殷惠林不防有这么一着，身子倒退数步，向沙发里一栽，幸而背后有一只沙发，否则难免要跌一跤了。

殷惠林被金珠猛地推了一下，便勃然怒道："你倒这般倔强吗？今晚无论如何，你已到了我的手掌之中，我费了许多心思，方才使你前来，你再不从时，我也要用强硬手段了。"说罢，重又做出饿虎搏羊的姿势，扑向金珠身上来。金珠喊了一声啊哟，正要伸手再去推开他时，自己已被殷惠林双手紧紧抱住，这时候真是千钧一发之间，弱女子已落陷阱，难逃他人的掌握了。

第十回

金蝉脱壳弱质避他方
游子探亲伊人归何处

情急则智生，金珠究竟是个聪明的女子，她到了这个时候，已知道若然一味和殷惠林反抗而无转圜方法，今晚是不可能的了，反恐于己不利，不得不想个临机应变的方法对付过去。于是她就对殷惠林说道："殷先生，请你尊重一些，你这个样子打算把我怎样？"殷惠林道："我别无所求，只望你能够答应我的说话，和我做夫妻，那就是我的大幸。你若一定不肯时，我今晚也不想活命了，拼上了一个死，务要达到我的目的，牡丹花下死，做鬼也风流。"

金珠听了殷惠林的话，脸色也变了，遂冷笑一声道："你若要得我的允许，绝不是这个样子的。"殷惠林道："好小姐，我本来是和你好好儿讲的，无奈你不肯假以辞色，毅然决然地加以决绝，所以逼得我如此了。好妹妹，你可怜我的，答应了我吧。"此时殷惠林的态度又软下来了。金珠道："我答应你也可以的，你先放了手，我有话同你说。"殷惠林脸上一喜道："真的吗？"金珠道："当然不是骗你。"殷惠林遂将手一松。

金珠挣脱了身躯，气喘吁吁退后数步。殷惠林又问道："你肯答应我，我自然快活。你有什么话，快快同我说吧。"金珠道："你要我嫁给你的说话，须依我三个条件，否则我宁死不从，不怕你用暴势力的。"金珠说时，态度很是坚决。殷惠林双眉一扬道："好，只要你能够答应，不要说三个条件，就是三百个，我都可以依从的，请你快快说吧。"金珠想了一想，然后说道："你要我嫁给你时，你须正式请出媒妁来，确立身份，我是不做人家小星的，将来绝不到你家中去。第二个条件，就是你要代我看定一座房屋，给我居住，才相信你有诚意组织新家庭。第三个条件就是要请你另选一个吉期，请厂中职员吃喜酒，明明白白，不要偷偷摸摸。你若能依得我这三个条件，我便嫁给你了。"殷惠林道："这三个条件并不怎样严厉，我都可遵办的。只是今晚也是个吉日，务求你先允许我同圆好梦，成其好事。"殷惠林说时，透出很迫切的样子。金珠冷笑一声道："殷先生，你何必心急，我若然今宵肯答应你的说话，为什么又要提出条件呢？你若能依我的，那是最好的事。倘要强迫时，我是宁为玉碎，不作瓦全的。"

殷惠林见金珠年龄虽轻，说话却是斩钉截铁，一些不肯委曲徇从，便知这是要用强硬手段是不成功的了。且喜她已提出条件，只要自己快快依了她的条件，就不怕她再拒绝了，遂又挨近金珠身边，笑嘻嘻地说道："好，你年纪虽轻，倒很有主意的。你我明天就去看房子，三四天之内包管都可以办到了，那时你可再要推诿，或是变花样吗？"金珠道："你别看轻我是女子，我说出的话决不会赖的，你办妥后再和我说吧，我必跟从你，请你放心。"殷惠林听金珠这样说，心中稍宽，又把金珠一把搂住，说道："那么让我和你接个吻吧。"金珠再要挣扎时，殷惠林已把嘴凑过来。金珠将头一扭，却吻在她的粉颊上。偎傍了一歇，方才放手。

金珠眼眶里含着眼泪，挣脱了身躯，对殷惠林说道："我要回去哩。"殷惠林叹口气道："你果然要走，不肯住在这里吗？当然我无法强留住你的，你再坐一会儿去可好？"金珠道："我不坐了，以后我和你的日子正长，何必今日？"殷惠林道："既然如此，你千万不可失约的。明天我就要去看房屋了。"金珠点点头道："一言为定，决无失约之理。你若依了我时，我自无话说。"此时殷惠林不得不让金珠回去了，便把桌上吃剩的糖果，用一张申报纸包了，递给金珠道："这些东西你拿回去慢慢吃吧。不过你既不肯住在这里，这房间不是白开了吗？太可惜了，如此良宵，叫我何以自遣呢！"说着，苦笑了一下。

金珠听在耳里，也不去理会他，挟着两包东西，走至门边，要求殷惠林开门。殷惠林遂取出钥匙来开门，又叹道："好容易向茶房取得钥匙，方才锁上了，现在又要开门，也给茶房好笑呢。"开门的时候，又对金珠说道："你明天仍要到厂的，我看定了房屋便来约你同去一看，也要征求你的同意。不过我到年底领得花红后，包管可以买一座小洋房给你居住了。"金珠口里含糊答应了一声，等到殷惠林开了房门时，她赶紧往外边一溜，好似小鸟飞出樊笼，透了一口气，回头对殷惠林说声"明天会"，立刻回身走向电梯处去。

殷惠林跟着她同行，一个大块头茶房站在一边，瞧着他们微笑。金珠低着头，急急走进电梯。殷惠林跟着走入，到了楼下，走出旅馆。殷惠林送她到门口，又说道："你明天必要到厂的，我还有话和你说呢。你好好儿回去吧。"遂又代金珠雇了一辆人力车，付去车资，载她回去。

金珠到了家门，走过陈家嫂嫂的房门口，听陈家嫂嫂正大声和她的丈夫讲话，夹着笑声。金珠咬着嘴唇，不去惊动她，一径走回自己的亭子间，开了房门进去，开亮了灯，把手中的东西放下，向椅子里一坐，呆呆地想着方才旅馆中的情形，明知道这是殷惠林和陈家嫂嫂预先串通好而来诱骗自己入彀的，险些儿玷污了自己的清白。想想世道人心，为鬼为蜮，实在令人可怕。自己好容易得到做工，自谋衣食，偏偏有此种意外的缠绕，竟使自己陷于四面楚歌之中。左菊泉的追求，形式和缓，尚可虚与委蛇，迁延时日；而殷惠林的逼迫，却是剑及履及，非常急促，使人没处避躲。刚才的一刹那，真是危险。过后思量，不寒而栗。幸亏自己对付得妙，殷惠林当有顾忌，没有做出禽兽之行，而放自己离了牢笼，救了眼前之急。只是自己的允许他，本非出于本心，也因一时被逼得没奈何，不得已而权且佯为应诺，以期渡过难关，免遭他的蹂躏。现在总算逃过了，可是自己对于殷惠林已有诺言，他一定就要去找房子，设法使我去和他同居，逞他的兽欲。有钱不消周事办，两三天之内，我仍是逃不掉他的掌握。那么我非得赶紧想法一个金蝉脱壳之计不可。唉！想不到起初我入永和烟厂，都是陈家嫂嫂的力量，现在殷惠林有野心于我，也是她一人于内中极力拉拢。今天他们两人串通一气，把我诱骗到那地方，他们的心何等的阴险可畏啊！上海地方歹人真多，无怪我亡父在时不让我们姊妹俩来此，究竟老人家的主意也不错呢。

金珠想了多时，别的良计她也没有，所谓金蝉脱壳之计，就是自己悄悄地一跑，让殷惠林找不到，那么他也奈何我不得了。不过这样办法，自己非立刻离开上海不可，而自己本来的希望也完了，再到什么地方去呢？俗语说得好，上有天堂，下有苏杭。江南繁华之地，除了上海，要算苏杭两处了。然而那两处都是人地生疏，自己前去毫无把握。苏州地方虽然以前跟着湖州的老东家去过一次，但也匆匆一瞥，如同没有到过一样，只认得一座矗立在城南的瑞光塔罢了。弱女子茕茕孑立，去投奔谁呢？若然回转故乡，那更是太无意思了，不要被我叔父笑掉牙齿吗？况且此一去，自己非得争一口气，不愿再返故乡。并且也不愿意再给左菊泉知道，以免他的追踪又多一番麻烦。左菊泉这个人虽没有殷惠林那样咄咄逼人，而他也是对于我很有心意的。谁知我的心里却不然呢？那么自己最好到何处去暂避呢？不如仍旧到湖州黄家老主人那边去暂作一枝之栖吧。记得黄家三少奶特别待自己好的，叫我做绒线生活，教我读书写字，并不当我普通的下人。后来我父亲唤我回去时，她也十二分不愿意我离开她家呢。所以我既然没有他处可去，还是到黄家去相帮人家做事，也可以有饭吃的。

金珠想定了计划，心头方才稍安。她也不愿意再给陈家嫂嫂瞧见了，要多说什么话，所以她就闭了房门，熄了电灯，自去床上安寝。但是她有了心事，怎能熟眠，勉强合眸，梦魂不安，几次三番突然惊醒，心头怔忡不已。

不多时天亮了，她在晨光熹微中就起身盥漱毕，略加梳饰，带了预备好的午餐，闭上房门，走到陈家嫂嫂房里来。陈家嫂嫂刚也要上厂了，抬头见了金珠，不由惊呼道："咦！金珠妹妹，你昨晚不是和殷先生住在那边的吗？何以仍在家中呢？"金珠摇摇手道："不，我昨夜没有住在那边，马上就回来的。你为什么丢了我先走回来呢？"陈家嫂嫂不明白其中真相，反给金珠问了一声，她倒涨红了脸，不好回答什么，只得笑了一笑道："对不起，我因遇见了陈大哥，不能不回家了。殷先生待你可不错吗？"金珠淡淡地说道："请你去问他吧。时候不早，我们快到厂里去吧。"陈家嫂嫂被金珠一催促，不便再问，便和金珠赶赴厂里去了。

金珠进厂后，照常工作。陈家嫂嫂心中却是异常忐忑，要去找殷先生问个明白。恰巧今天殷惠林上午没有到厂，好容易在下午三点钟时，方见殷惠林走到她身边来了，把她招呼到一处隐僻所在，将昨晚金珠在旅馆里所提的条件告诉了她。且说自己今日一个上午尽在外面找房子，果然被他找到了。停会儿放工后要和金珠一同去看看，叫陈家嫂嫂也去。陈家嫂嫂听了殷惠林的报告，方才明白，暗想：金珠这小妮子倒很有些手段，不给殷惠林讨便宜，自然殷惠林只得依她的条件了，将来她倒会操纵男人家呢。她就对殷惠林说道："那你就快快去办妥，金珠到底是你的呢。"殷惠林点点头道:"好不容易,她年纪虽小,主意很好,嘴巴很老,使我不得不这样办了。"

于是放工的时候,殷惠林又去告诉金珠,说他已在辣斐德路看定了一间洋式的三层筒楼,有卫生设备,地方很幽静的,停会儿要同她前去一看。如若中意的,马上可以定下。金珠哪里要住什么小房子,便对他说道:"既然你中意了,我也不必去看了。"殷惠林道:"我想还是同你去看定的好,他日你住的时候居多,且可立即去看家具,我是要紧把它办好的。"金珠恐怕坚决推辞时反要启殷惠林之疑,遂点点头道:"既然你必要我去看时,我就去一遭也好。"殷惠林道:"陈家嫂嫂也一同去。"于是三个人一齐步出厂门,仍到轮埠去坐了轮渡,回至上海。殷惠林又雇了一辆出差的汽车,和金珠、陈家嫂嫂坐着,飞驶到辣斐德路去看房屋。

到了那边,殷惠林陪两人登楼去看了一遍,果然富丽堂皇。殷惠林问金珠心上怎么样,金珠本来不想和殷惠林同居的,只是点头说好。陈家嫂嫂见了这样新式的房屋,当然啧啧夸赞。殷惠林遂去见二房东,要租下这三层楼做住家了。二房东是个中年妇人,她见陈家嫂嫂和金珠的模样,便知他们是一份非正式的人家,但她只要拿到租金,不去多管闲事。在战事以前,上海的房租虽比内地贵得多,然也有限的,四十块钱一个月就成交了。不要小费,也不要押租,所以殷惠林只付了四十块钱就算了。他又挽着金珠到霞飞路一家木器店里看好了一房间的红木器具,都是新式的。殷惠林又付去一百块钱的定洋,然后送金珠和陈家嫂嫂回去。

到了鸿云坊,殷惠林一定要送两人上楼。金珠推辞不脱,只得让他登楼。谁知左菊泉已在陈家嫂嫂房中等候多时了。左菊泉见了殷惠林,十分奇怪,问他们到哪里去的,自己来此已有一个多钟头了。殷惠林也不知左菊泉什么人,金珠不防左菊泉今天会来的，她面皮微红，不知道怎么说。陈家嫂嫂遂代他们介绍，且请殷惠林坐。殷惠林方知左菊泉是金珠同乡，当着此人之面，自己不便说话，遂托言有事，告辞去了。

金珠把左菊泉引到自己亭子间里去坐，开亮了电灯，要留左菊泉吃晚饭。左菊泉本是到金珠这里来吃饭的，所以他已买好了不少熟小菜，红烧蛋咧，酱鸭咧，什锦菜咧，熏鱼咧，大包小包一样一样地从申报纸包里拿出来，放在桌上，又有一小瓶玫瑰烧。金珠遂把菜放在盆子里，代他烫热了酒，陪他一同吃。左菊泉没有请陈家嫂嫂来吃，只把四个红烧蛋送了去。

金珠满怀心事，只想如何离开上海，以免恶魔的觊觎，虽有佳肴，食而无味。左菊泉却是有一搭没一搭地和金珠乱谈自己的希望，且说他明年将要怎么怎么地办，说得海阔天空，无不如意。金珠随口敷衍着他，暗想：你们这些男子都是把金钱为饵，要想钩取我们女子，达到你们的欲望。谁知女子中间如我金珠这种人，决不贪慕虚荣的，安能动我的心，反增我的憎厌罢了。

左菊泉又说到自己的室家问题，多喝了些酒，未免发一番牢骚，意思是最好有个人给他温存。金珠如何不明白他的用意？有意赞了他两三句。左菊泉乐得手舞足蹈起来，他就说金珠是他生平的知己，希望他日彼此不要忘记。金珠糊糊涂涂地答应着，直到十一点钟时，左菊泉方才既醉且饱地别了金珠回去。金珠连忙又将自己需用的东西收拾了一番，然后安睡。

次日她仍照常和陈家嫂嫂到厂里去工作，且托言要添寒衣，向会计处去预支了半个月的工钱，这是瞒着陈家嫂嫂的。殷惠林又来和她说，要她明日请假半天，同他到新房子里去布置，因为木器店里的器具约定明天下午五点钟时要送去的。金珠一口答应。殷惠林又要邀她去看电影，金珠对他带笑说道："我既然允许跟从你同居，往后的日子正长，何必急急？今天我头里有些涨痛，隔一天再和你畅游吧。"殷惠林听金珠这样说，便笑笑道：

"那么你早些回去休息吧，头痛得怎么样？可要服一片凡拉蒙？"金珠道："不要，回去睡了便好的。"她就和陈家嫂嫂回去了。

到了晚上，她早探知明天一早有湖州轮船开出，今夜必须下船买票。她常在房门口守候陈家嫂嫂可有暇隙，恰见陈家嫂嫂和陈大哥出外去了，她就上前问道："陈大哥到什么地方去？"陈家嫂嫂道："我们到一个地方去，有些小事情，改天请你看戏。"金珠料知两人一定是去吃白食，捞摸些钱，这是陈大哥爱为之事，有时夫妇俩要一同出马的，此去大约有很多的时候呢。

金珠心中暗暗欢喜，马上回到房中，收拾一切。此时她已买得一只手提皮箱了，值钱的东西和需要的衣服，好在昨天已准备好，所以她打好铺盖，把手提箱和一只网篮都放在房门口，又把门虚掩上，先下楼去雇好一辆人力车，然后带了行装，掩上房门，悄悄地离开这屋子。其余的东西大半是左菊泉和陈家嫂嫂借与她的，一样也不带，原璧归赵。幸亏陈家嫂嫂没有瞧见，一溜烟地出得大门，坐上人力车，一径拖到轮船码头，买了船票下舱。她坐的是客舱，此时坐船的客人尚少，金珠便拣选一个隐蔽的角落坐下，将行李放在自己身边。她也知道小轮船上很多不肖之徒，所以刻刻戒备着。晚饭也没有吃，在船中买些点心充饥，心中惴惴然，恐防左菊泉来看自己，或是陈家嫂嫂早回家时发觉了她的宵遁，这事便不好了。

时间一刻一刻地过去，到了午夜，不见有人追踪前来，心头始觉稍安。可是轮船上的坐客纷至沓来，把这统客舱挤了个满。金珠蜷伏一隅，默默无声，只望轮船早早离开上海。好容易等到天色黎明时，轮船上放出汽笛之声，船方启碇，金珠的一颗心这才放下了许多。可是她眼看着岸上那些新型的立式的建筑物，一排一排向后倒退过去，她心中不免有些怅惘。又回想到自己初时随左菊泉来沪的光景，忽忽数月，自以为有了啖饭之地，可以向人生的大道迈进，谁知曾几何时，又因环境的不良，恶魔的缠

108

扰，自己敌不过恶势力而不得已出此下策，又离开这繁华的都会。早知如此，何必跟随左菊泉多此一行呢？"人生到处知何似，应似飞鸿踏雪泥。泥上偶然留指爪，鸿飞那复计东西。"髯翁的诗，可以为金珠咏了。她彷徨的情绪，真是说不出的许多怅触，在船上不言不笑，宛如木偶人。

傍晚时轮船已到湖州，金珠旧地重来，景物依稀，携着行装上岸，也是雇了一辆人力车赶到衣裳街黄家墙门前下车，付去车钱，搬着行李。走进门去，恰巧守门的荣贵立在二门边，一见金珠前来，他就含笑叫应道："金珠，你好久不来了，在乡下好吗？三少奶时常思念你，说你没良心呢。"金珠道："荣贵哥，你好，我是来望三少奶的。"说着话，荣贵帮着金珠，将她的行李搬到里面去。

黄家的主人一共弟兄三人，长房是在北京，次房又在汉口经商，只有三房在这里。他们是世代书香，仕宦之家。三少爷是美国留学生，名焕文。以前金珠在黄家服役时，便在焕文夫人身边充当杂役的。焕文夫人就是一宅中称为三少奶的，也是个师范毕业生，受过中等的教育，嫁与焕文已有多年了。只因她身体时常有病，像是肺疾样子，一直没有生育过。而焕文在外交部任事，羁居南京，因为三少奶有病，所以留她在家养病，不接她出外去同居，只是在假日回乡来探望，一叙别离之情。外面人传说焕文在京别有女友，因此三少奶心里头更是不快活，病也难好了。闲居无事，恰见金珠聪明伶俐，自然十分宠爱，常常教她念书写字，所以金珠能识几个字。虽然幼时有韩老先生教读数载，然而她有一些新知识，却都是三少奶教授给她的。

自从她回乡以后，三少奶很不舍得她离去，时时要想念她。近来三少奶听了一位朋友的劝告，改抱乐观的态度，又逢着一位名医，代她悉心诊治，宿疾渐渐痊愈。所以当金珠走上妆楼去见三少奶时，只见三少奶昔日清癯的玉容，今朝已丰腴得多，渥然有血色了。金珠心里自然快慰得多，遂说道："三少奶，多年不见，玉体已恢复健康了。可喜可贺。"三少奶骤睹金珠前来，芳心喜悦，便说："金珠，你在家里好吗？怎么隔了长久才来？现在益发长得美丽了。"一眼瞧见金珠发上系着一朵白绒花，又问道："啊哟！金珠，你的家里死了谁？莫不是你父亲有变故吗？"金珠给三少奶一问，心中陡起酸楚，眼眶里含着眼泪，低声答道："不错，我父亲在初夏时候故世了。"三少奶道："可怜可怜！你既失恃又失所怙，楚楚孤雏，更是无依。你妹妹在哪里？"金珠遂约略将她父亲养蚕失败溺死清溪，以及银珠送与邢家为养媳妇的经过，告诉一遍，只是尚没有提起自己到上海工厂做工的事。三少奶听了，很代她扼腕，便安慰她道："金珠，你此来很好。以前我很要你留在此间陪伴我，也是你父亲强唤你回乡的，现在你既然家中无人，到我这里来做事，我是十分欢迎的。你可安心在这里住下吧，我决不待亏你的。"金珠自然欢欢喜喜地答应了。

金珠为人温和恬静，从前在黄家时，绝未和其他下人有什么恶声，人人喜欢和她亲近，所以此次她重来时，大家不嫌她是个攘臂冯妇，反而都来欢然道故，殷殷问讯。且知她的父亲业已故世，很代她可怜。从此金珠仍在黄家做使女了。因她是三少奶贴身的下人，所以住在三少奶绣楼的后房，不和其他下人杂处的。黄家尚有其他主人，如老姑太太、五小姐等，但是金珠都不直接去伺候的。

三少奶见此次金珠重来，比较以前又出落得如春华烂漫，更不肯真把她看作下人，且乘间再行细细询问。金珠知道三少奶是爱她的，不妨直告，遂将自己在上海遭遇的事一一吐露。三少奶咨嗟太息，但她更敬爱金珠的人格了。每天下午必教金珠读书写字，循循善诱，因此人家在背后都说三少奶不是添的女婢，却是新招一个女学生，到底是师范毕业生，喜欢教人念书的。

三少奶是一宅子里的中心人物，金珠既是三少奶得宠的人，又是异常谦和，所以没有一个人不说她好。金珠在黄家读书做事，倒比上海安稳得多，省却许多烦恼。不过名义上为人役使而已，她有时也要想起左菊泉，虽承他一片好心，介绍我到上海去做工，然察他对我的情形，也很有野心。往后日子长久时，恐怕他对我的纠缠益发深密，不好摆脱。想他若然发现我不在陈家时，定要莫名奇怪。不知他可要四处八方去找我呢？他找不到我时，定要疑心我跟着人家跑了。不过陈家嫂嫂也许知道我必是为了不愿意跟从殷惠林而走的，她要不要告诉左菊泉呢？这个我却不知道了。还有殷惠林若见我失踪，他一定要大呼上当，枉费心思，虚掷金钱，结果仍不能满足他的兽欲，可使他多得一个教训。平时他太喜欢蹂躏我们女性了，他没有料到尚有一个不慕虚荣的乡女子呢。鸿飞冥冥，鹤去杳杳，叫他到哪里去找我啊？上海那地方真是处处陷阱，无日无时不在酿造罪恶，不知有许多好女子堕落在火坑中呢？金珠这样想着，真有些不寒而栗。她又惦念那孤处乡间的银珠，心里总想回到乡间去一遭，大概三少奶可以允许的。

　　光阴如飞，转瞬已过了新年，天气渐渐和暖，又是清明时节。金珠思念她妹妹的情不可复遏，渴欲回乡去一遭，探望银珠，顺便一扫祖坟，就将自己的心事告知三少奶，要求三少奶答应。三少奶道："你要回去数天，探望妹妹，祭扫先墓，这是人情所不能禁，我不能不允许你，可是你此次万万不可一去不返的。"金珠道："婢子多蒙主人优待，感切肺腑，此去三四日必要回来。况我已是无家可归的人了，难得枝栖，走向哪里去呢？"三少奶准许她告假返乡。

　　金珠买了一些化妆品，剪了一件衣料，预备送给她妹妹的，又购买一些茶点，要送给邢老虎的。略带数件替换衣裳，告辞了三少奶，又坐小轮船回转双林镇去。当她离乡的时候，恰才新秋，今又仲春，光阴倏忽，已是半载有余。田岸上菜花又黄，柳色青青，阳春烟景，大是可人。而桑田里的桑树已在茁长嫩叶，养蚕时季转眼又要到了。金珠瞧着桑树，呆呆出神，心中又觉非常感伤。

　　等到轮船靠岸时，她挟着礼物，匆匆上岸，一径跑到邢老虎家里去，要想和她妹妹握手重晤。可是当她走进邢家墙门时，恰巧遇见邢家一个下人从里面走出来，一见金珠便带笑说道："你可是薛家的金珠吗？"金珠点点头道："正是，我妹妹可好吗？"那下人摇摇头道："你的妹妹吗？去年她已不在这里了，直到今天你方来找她吗？"金珠一闻这话，蓦地大吃一惊，知道她妹妹又有什么变故了。

第十一回

惨劫重临投身燕市
骊歌忽唱流迹吴门

　　金珠这一惊真是非同小可，连忙向那下人问道："我妹妹不在家里吗？难道她走向别处去吗？还是她有什么不幸的事？"下人道："这个我却难说，你且到里面去见了我家主人，自然知道。现在你且在此站一站，待我入内通报后，再可引你去见。"金珠见他不肯说，心中更是发急，对下人挥挥手道："那么烦你快去通报一声吧。"

　　此时的金珠真如堕身云雾之中，一时摸不到头绪。那下人跑进去了，她只是在门口打转，宛如热锅上的蚂蚁，不知道怎样办。不多时只见那下人回身出来，瞪着双眼，向金珠说道："我家老爷说的，他有事情不能见你。至于你妹妹不在这里了，一切的事叫你去问你家的叔父，自会知道。"金珠听了这话，又是一愣，哭丧着脸，对那下人又说道："你能不能再进去相商一声？我妹妹是送到这里府上来做养媳妇的，怎么她不在这里呢？到底是怎么一回事，我必要问个明白，你能不能再代我进去相商一声呢？谢谢你。"那下人两手叉着腰，摇摇头道："你该知道我家老爷素有老虎的别号，他说了怎样就怎样，谁敢说一声不是，我怎敢再代你去说，不要讨他的骂吗？他既然叫你去问你家叔父，那么你快去问吧，自然会知道的。我却不便向你细说。"金珠听他这样说法，明知再和他说也无用了，不如且去找到了宝生，不怕他不明白告诉我听，遂带着物件，一步步回身走出，眼泪却已禁不住从她的眼眶中滴下来了。那下人见了，倒有些不忍，跟她走出大门，凑上去对金珠轻轻说道："你的妹妹已到北平去了！"金珠听了又是一惊，正要回头询问，那下人早已退入里面去了。

金珠心里竟满着狐疑，急匆匆地又赶到那小茶馆里去找宝生。天气虽不燠热，而她已跑得满头是汗，见三嫂嫂正合着人在她的房中抹纸牌，忙上前叫应了，问叔父在哪里。三嫂嫂见金珠来了，却很冷淡，也不请她坐，自顾抹牌，有气无力地回答道："你叔父今天没有来，连我也不知道他在何处。"

金珠见三嫂嫂这般模样，又气又急，当着众人面前不好说三嫂嫂一定知情，进退两难地站在房门口，恰闻一声咳嗽，宝生施施然自外走来。金珠暗叫一声侥幸，连忙掉转娇躯，走到她叔父面前，急急问道："叔父，我妹妹究竟在哪里？怎么她已不在邢家？请你快些告诉我吧。"宝生见了金珠，先不说话，尽对她上下相视了一个饱，然后冷笑一声道："金珠金珠，你一晌说不愿到上海去，我以为你是一个诚实的女子，怎么背着人家偷偷地跟着少年男子一溜就溜到上海去了呢？既然到了上海，怎么又跟着不知谁人私自逃奔，使我真不明白你竟会这个样子的。这是左菊泉去年回乡来找寻你而告诉我的。我正要找你呢，究竟是怎么一回事？"

金珠本要向宝生问银珠的事，却不料反被宝生盘问起自己来了。此时三嫂嫂也走出房来听了，她不由脸上一红，忙向宝生辩正道："我没有跟着人私自逃奔，请叔父休要听信谗言。我现在湖州旧主人黄家那边服役，叔父不信时可以去探听。我金珠不是无耻的女子，也因上海地方有人觊觎我，所以避去的。"宝生点点头道："原来如此，假使你没有这事，当然是最好的，否则我做叔父的也不能管你，因为你出去时也没有告知我啊。"金珠不

114

欲和他多谈自己的事，又问道："叔父，我此番回乡到邢家去探访我妹妹，却不知妹妹怎样回到北平去的？邢老虎叫我来问你，请你快快告诉我吧。我可急死了。"宝生方才叹了一口气，把手向金珠一招道："你跟我来，我告诉你知道吧。"金珠跟着他走到茶座的一隅，宝生叫她坐下。三嫂嫂冷笑了一声，仍走进房去了。

金珠坐定后，将东西放在一边。宝生跟着坐下，徐徐说道："这是天命，不能勉强的。说来话长，我起初所以极力做媒将你妹妹送与邢家做养媳，也无非让她有个好好的婆家，将来不愁衣食。谁知银珠的命运真不好，福气太薄，这是你不知情的。我来讲给你听吧。"说着话，将手搔搔头。金珠心急万分，又问道："究竟银珠怎样到北平去的，叔父快说缘由。"宝生道："你妹妹初到邢家去时，邢老虎夫妇甚是宠爱她，为她添置衣服。可是中秋节后一天，邢天福忽然害起很重的病症，寒热大作，呓语喃喃。邢老虎见他的儿子病势凶险，要想代他请医诊视，然因邢老虎的妻子相信女巫，遂去请了一位女巫到来看病，说天福有邪，又请道士到家里禳解，做这样，办那样。忙了三天，天福的病非但不见减轻，且反入欲昏迷状态。邢老虎急了，方才赶到湖州城里去请名医。但等到那医生来时，天福已是死了。天福是邢老虎夫妇的独生子，希望他将来传宗接代的，一旦病死，无异剜掉他们一块心头之肉。夫妇俩终日哭泣，追念他们的亡儿。那时候银珠的遭遇就大大的不幸了，因为邢老虎听了他人直言，代银珠再去算算命，说天福的死就是被银珠克死的，恰巧命犯孤鸾，非到家破人亡不止。邢老虎妻子自然全怪在银珠身上了，又说银珠初进门时，她曾见眼眶里有泪珠落下，这恐就是不祥之兆，越想越恨，便将银珠待得不好了。邢老虎死了儿子，心境不好，脾气更坏，对人往往胡乱得罪。我因这个媒人做得很不讨好，所以心中虚怯，也不敢上他门去。后来他唤我去谈话，我遂硬着头皮去见他，要想乘机安慰他数语。谁知他怒气冲冲地对我说，都是你做媒，把这命犯孤鸾的侄女送到我门上来，害死了我的儿子，应该赔偿我的损失。哎哟！这个损失叫我如何赔偿得起呢？"

宝生说到这里，将桌子拍拍。金珠却急问道："那么我的妹妹呢？快说快说。"宝生又叹了一口气说道："邢老虎又对我说，因为银珠克死了他的儿子，所以一家中人都把她看作眼中之钉，恰巧他有个朋友从北平来看他，他就把银珠转送给他的朋友带往北方去了。"金珠听着，珠泪已从她眼眶中簌簌下落，颤声说道："啊哟，我妹妹真的到北平去了！可怜可怜！不知她在邢家受过许多虐待，最后还是漂泊到异地去。同胞姊妹彼此不能见面，我们姊妹的命，苦到极点了。叔父，你可知道邢老虎的朋友姓甚名谁，在北平的通信处是哪里？"宝生摇摇头道："邢老虎没有说，我也不敢问他。他是告知我一声的，不和我说别的话，我就告退了。"金珠踢足道："怎么叔父不问个清楚呢？我妹妹是送给邢家的，天福虽死，我妹妹理当仍在邢家。邢老虎怎能把她擅自转送给他人？"宝生道："你的说话虽不错，可是只好对我说，不能去对邢老虎说的。你妹妹到他家里去时，他曾经出过一笔钱，你妹妹已是他家的人，只好由他做主咧。"金珠道："我妹妹没有卖给他家啊。"宝生道："有笔据在他家，无异于卖，这地方都是邢老虎的势力，谁和他斗得过法？你自问有这力量去向他交涉吗？这也是无可奈何的事。银珠的命实在太坏了，也只好受苦，人家救她不得。"

金珠听宝生如此说，知道邢老虎果然不可理论的。她的叔父是个坏蛋，臂膊向外弯的。银珠既已漂流到北方去，对他说也徒然，遂气愤愤地不再说话，立起身来，带了自己的东西，便往外走。宝生追出去问道："金珠，你到哪里去？"金珠回头答道："我到家里去。"宝生对她嘴唇掀动了两下，要想说什么的，但又缩住了。金珠见他不说，也就向前走去。

这时红日西坠，天色近晚，她急急赶路。但当她走至家门，忽又大大地怔住了。原来她家里不知怎样的已住了别人家，有一个妇人在门外扫地，唤着小鸡入棚。金珠不认得她是谁，便向妇人问讯。妇人告诉金珠说，这屋子是她家新置的产业，是从薛宝生手里买下的，她不识金珠是谁。且说他们搬来已有几个月了。

此时金珠方知这座硕果仅存的老屋，已被她的黑良心的叔叔卖绝与人家了，所以方才自己走时，宝生像要向她说什么话的。这人家既然和自己不相识，而又从我叔父手里买下的，我一时也难和他们理论，只好以后再说了。但我今宵回乡，可怜变成一个无家可归的人了，叫我住到哪里去呢？她想了一想，才想到只有住韩老先生家里去暂宿一宵吧。

那妇人扫好了地，闭门进去。金珠忽然想起一件事情似的，急急跑到邻家去，想看看她的可爱的黄狗。谁知邻妇报告她说，那头黄狗自从金珠去后，不饮不食，日夜呜呜地悲叫，不到五六天竟死在薛家门外。金珠听了，更是感伤。因为天要黑下来了，她也来不及和邻妇多谈，马上要到韩老先生家里去借宿。

她走了数步，兀自回头望望她的故居，门前桃花开得甚是夭夭灼灼，谁料到一年之中，屋子里的主人死去的死去，分离的分离，变化得如此之快呢？她一路行走，一路感伤，到韩家时天色已黑透。叩门进去，韩老先生家正和生人用晚饭，一见金珠到来，很是惊喜。金珠和他们相见后，便将自己带来送与邢家和妹妹的礼物送给了韩师母。他们知道她没有吃晚饭，便添烧了一碗蛋汤，蒸了一块鱼，留金珠吃饭。金珠出外，韩老先生对于她家里的事也略知一二，本来时常惦念她的。

等到金珠吃毕，大家谈起金珠姊妹的事，十分扼腕。金珠将自己在上海的前后经过约略说了一遍，且叮嘱韩师母，倘然左菊泉回来问及，不必提起她在湖州。韩师母自然答应。韩老先生却只是捻髭太息道："世道衰微，人心不古，世间真无一片干净土矣!"又勖勉金珠几句话,痛骂宝生一顿。

金珠在韩家直谈到更深始睡。韩师母特地为她预备一张临时卧榻,将就住了一夜。次日,金珠自己拿出钱来,买了一匣纸锭和几样熟菜以及香烛等物独自一人到她父母墓上去祭扫,瞧着墓草离离,既痛逝者,又念远人,身世茫茫,百感交集,在墓上哀哀哭了长久,方才踽踽凉凉地走回韩家又住了一夜。次日,金珠估料宝生这种无赖的叔叔也没有理可讲的,遂要回湖州去了。韩老先生夫妇留她盘桓两天,她不肯答应,因为留居于此徒增悲伤而已。

她回到黄家时,情绪颓丧极了。三少奶见她容色戚然,便知道她此次回乡,一定对于她妹妹方面有许多悲痛的事,所以背着人向她殷殷问询。金珠一五一十地完全告诉三少奶听,眼泪如泉水般涌出。三少奶听了,也觉心头凄惶,要想觅几句安慰她的话也不可得。金珠痛念她的妹妹,终想要找到银珠,但是北平离此千里之遥,自己如何能去访问?懊悔当初自己来湖后,没有和她妹妹通信,然而这时候也来不及了,也许银珠有信寄往上海的,只是自己收不到罢了。三少奶在北平也有数家戚友,况且长房里大少爷也在那边,遂许诺金珠可以代她探问她妹妹的消息。金珠自然感激。三少奶果然写了数封信,一一付邮,然而始终得不到一点半点的消息。金珠为了她的妹妹,心中常常不乐,在故乡也没有什么可以留恋的人了,所以也不再回去。

这样在黄家又过了一年,已是正月中旬。三少奶的丈夫黄焕文忽然由外交部被派赴美国,随某大使一同出国履新,做一等秘书之职。此时三少奶病体已愈,自要跟随丈夫出国,不便有劳燕分飞之苦。近来焕文对于三少奶的情感也恢复了浓厚的程度,因为他已从女友处受到了新的刺激,而和他的女友绝了交谊,所以他就允许三少奶同去,马上忙着办理领取护照及出国手续,这些事自有焕文去办,当然毫不费力。三少奶自己预备行装,这样金珠便有问题了。据三少奶的意思，要留金珠在家里，代她看守空房，但是金珠却不愿意当此寂寞无聊的职役。她既然不能随三少奶出国，遂想别作良图。

三少奶虽然不能带她同行，也想代她安插好一个适当的去处，恰巧黄家的表舅老爷方仁刚得到消息，从苏州赶来送行，带了不少礼物，赠送于焕文夫妇，三少奶等自然竭诚接待，留他下榻，那方仁刚年纪已有六十余岁，而龙马精神，一些没有颓唐老态，面色也很渥丹，和少年差不多，方面大耳，俨然缙绅先生之俦也。他以前也曾做过一度议员，又任统税局局长数年，家道富有，是苏州地方的绅士，常和官场中人往返，地方公共事业也时有他的份儿。现在年老了，外间渐少顾问，然而仍有许多人来请教他、拜望他，而他在饮酒赋诗之外，和友人组织一个尊孔会，借着某中学为会所，每逢星期讲解《论语》，以保护圣道、砥柱中流、排斥异端、赞承道统自居。方仁刚就被推为尊孔会的会长，联络各地的同志，创设分会，所以他在旧派中自命为先进，苏杭各地谈起他的大名，没有不知道的。他对于黄家三弟兄，和焕文的感情最好，最是爱重，曾说焕文是黄家的千里驹，他日必能飞黄腾达的，所以此次焕文出国，他要来送行了。

晚间喝酒的当儿，三少奶叫金珠在一旁侍候，方仁刚一双眼睛从眼镜下面骨溜溜地时时向金珠斜睐，把手抚摸着他嘴上的短髭，对三少奶说道："这一个婢女神情态度都和寻常的下人不同，怎样在贤伉俪府上充当仆役的？"三少奶点点头道："表舅的眼法果然不错。"便趁金珠走开去的当儿，将金珠的身世约略告诉了一遍。方仁刚不住地点头太息，又说道："娟娟此豸，诚可怜人也！她的天资不错，根基丰富，只要有人援而引之，一定能够出乎其类，有所造就。老夫生平阅人多了，方才我瞧见她眉目之间，自有一种秀气扑人，虽在青衣行不能掩没她的灵光秀气。"三少奶道："金珠是人人说她好的，确乎不是寻常的婢子，所以我在暇时常常教她念书写字，把新知识灌输给她，一年以来，进步很快。"方仁刚哈哈笑道："甥媳妇是一位女学士，得到你的熏陶，自然使她更加好了。"三少奶道："只是此刻我们正要远渡重洋，到新大陆去，不能带她同行，很使我郁郁不舍呢。她又不愿意一个人留在此间，故我很为她踌躇。"

方仁刚听了，便道："这样一个聪明伶俐的人，甥媳妇竟没有地方安排她吗？那么不如由我带到苏州去，给你表妹身边伺候伺候吧。你表妹一定会喜欢她的。"焕文笑道："好了，金珠有了很好的去处，内人可以放下一重心事了。"三少奶点点头道："金珠在表妹身边伺候，恰到好处，事无不宜。在表舅家中，我自然没有什么不放心的地方。待我停会儿去和她说了，明天再行复命，我想表舅家里，金珠十有七八肯去的，绝无问题，但请表舅寄语表妹，此人要格外可怜她的。她件件事都好，只有性情高傲一些，凡是她不屑做的事，无论如何绝不屈服而顺从的。别看她是个乡女子，个性倒很倔强的。"方仁刚道："你请放心，我们决不亏待她的。"说着话，金珠又添酒上来了。方仁刚又向她紧瞧了一眼，自己提壶斟酒，兴致很好，直饮到醉颜觍然，方才散席，归客房安寝。

次日方仁刚一见三少奶的面，便问金珠可肯跟他到苏州去吗？三少奶道："我同她说了好几回，她方肯答应，请表舅好好看顾她，别当她是普通的婢女。"方仁刚道："甥媳妇不用叮嘱，自问巍巍我躬，硁硁我行，六十年来，克己复礼，尚没有对不起人家的地方，而况一茕茕弱女子，我岂有不加倍怜惜她呢？幼吾幼以及人之幼，无恻隐之心者，非人也。你请放心吧。"三少奶听方仁刚如此说，心中自然更安，也不再絮聒了。

方仁刚决定明天动身回苏，而三少奶在下星期一也要动身赴沪了，于是金珠不能再留在黄家而要跟方仁刚去了。别离的前夜，金珠对着三少奶哭得眼皮红肿如胡桃大。她实在不舍得离开三少奶，这一遭真是出于无奈，自叹缘浅命薄。三少奶说了不少好话安慰她，且说她的表妹榛苓小姐也是个很开通的女子，在苏州平江大学肄业，一定不会待亏的，并劝她及时自修，将来另谋出路，送了几样纪念品给她。金珠更是感激涕零。三少奶见她这种情态，也不由洒了许多眼泪。

次日，金珠已将自己行箧收拾一过，拜别主人，跟从方仁刚到苏州去了。三少奶送她到门外，可算礼数特异。众下人也可惜她去哩，然而金珠只此一行，她又变换了一种环境，而在她的生命史里头开始着紧要的一页。

第十二回

痴意慰情暮年收美婢
苦心求学中道获良师

　　一间朝南的书房，面前一条很长的走廊，走廊里放着几盆剑兰，还有几架颜色鲜美的名花，上面悬着一只鸟笼，笼内正有一对芙蓉，啼着绵蛮的鸣声。对面是一个小小花园，有假山，有亭子，且有一方清池，四面白石为栏。池中碧水沦涟，有许多五色斑斓的金鱼在水中掉尾游泳，上下倏忽。池边有几株夹竹桃和一树堆满玉雪的李花。地下已是落英缤纷，有几头小雀在地下一跳一跳地觅食，境至幽阒。那书房里却是窗明几净，一尘不染。四壁挂着古代名人书画，东西都是书橱，牙签玉轴，琳琅满架。沿窗一张大写字台前坐着一个精神饱满的老翁，穿着一件栗觳色的绉纱的褃绒袍子，一手握着毛锥子，一手拈着他自己嘴边的短髭。在他面前正铺着一张素纸，古砚内墨沈汪然。台上摆满着书籍和文房用具。他正在冥心凝思做一篇文章。西首大沙发旁边一座书架之前立着一个少女，身穿安安色布的单旗袍，外罩一件大红色的绒线小马甲，头上截发短短地覆在脑后，插着一朵小小白绒花，额前留着前刘海，姿态娟秀幽静，朴素雅丽，正在慢慢儿整理架上的书。

　　老翁忽然回头对她说道："浣花，你代我检取《资治通鉴》第十六卷来。"少女闻命，忙走到西边书橱那边去检得一本古版的《资治通鉴》，送至老翁身边，说道："老爷，这本可是吗？"老翁接过书卷，双目从眼镜底下向少女脸上瞧了一下道："你哪里会拿错。"遂翻阅了一会儿，仍交少女拿去放好。又吩咐她去检取《韩昌黎文集》，一会儿又是《荀子》咧，《文献通考》咧，少女取出这本，安放那本，一丝也不紊乱。

老翁写了一会儿文章，自以为做得很好，朗声而读。读后，面上露着一团笑容，似乎很是高兴的样子。回转头去见少女又在里面琴台边加燃宝鼎内的香，烟气氤氲。老翁望着她背后婀娜的腰肢，说道："浣花，你过来。"少女闻唤，回过身来，姗姗地走至桌旁，妙目斜睇，问道："老爷有何吩咐？"老翁道："我昨天教你读的那几首王次回的诗，你可能背诵吗？诗中的意思，你是聪明女儿，无烦我详细解释，谅你一定能够明了的了。"少女答道："诗意是明白的，只是不怕老爷见怪，我敢说我读这些诗没有什么兴会。我要读陆放翁的诗，老爷为什么单教我王次回、温飞卿这一流呢？"老翁微笑道："我教你的诗，你不喜欢读吗？既然你喜欢读陆放翁诗，那么明天我就教你读《剑南诗钞》也好。不过我以为你们小女子，应该多读些绮靡温馨之作。"少女摇摇头道："这些香艳的作品虽然是好，而少切实。我想像我这样的人，诗词似乎可以稍缓学习，而该学习些实用的学问，将来可以使自己得到真实的益处。"老翁又拈着短髭笑道："你不要学做才女吗？我以为你兰心蕙质，很可以造就，所以教你诗词，希望你将来可以吟诗填词，不失为一才女。风兰咏絮，元日颂椒，红笺一首，花蕊百篇，不愧绛仙才调女相如，那么老夫也觉光荣了。"

少女笑了一笑道："多谢老爷的美意，只是庸陋之资，怎敢望古时才女之背？只求能够多识几个字，他日可以有自立的本能，才是婢子的大幸了。老爷，我前日要求你的事，你可答应吗？我想老爷鉴于我的求学真诚，必能允许我去的。"老翁点点头道："你有这种很好的志向，我岂能不答应你呢？我也探听过这立达妇女补习学校是设在阊门外普益社内，离此不远，是基督教会所设立的，宗旨纯正，学课也很完备，教授也很认真，其中教员都不错。既一心要去补习，我自然可以允许的。但不知你要去读哪一科，学费我也可以代你缴付，你该知道我要造就你的一番美意。"少女道："老爷允许我去时，我当然深深感谢。婢子自幼失学，没有进过学校受教育，这是我大大的缺憾。国文一科以前我幸有人指点，略有一些浅薄的根基，现在又有老爷朝夕教授，这是婢子之幸，不必一定补习了。我所要读的就是英文、算学两项，倘有工夫，还要学习簿记和打字。"老翁点点头道："凡事欲速则不达，你可先将英文、算学两科学习得有些程度时，然后再习其他。那学校补习的时间是在下午一时至四时，这时候我恰好要午睡的，你离开我也不妨，别时候我就要感觉不便了。"少女道："谢谢老爷的准许，我明天便去报名入学。"老翁笑道："你倒如此性急，很好，你的前途很有希望的。"

说着话，外面走进一个家丁，通报道："陈老爷派遣包车来迎老爷去雅集，老爷去不去？"老翁道："早有此约，如何不去？今天尊孔会的会员有好几个要到咧，你吩咐车夫等一会儿，我就来了。"老翁说毕，家丁答应一声是，立即退到外边去。老翁又对少女说道："你在这里看书吧，如有什么函件到来，你可代收代拆，善为处置。我今天又要去喝酒吟诗，孔老夫子说的不有'博弈者乎，为之犹贤乎'已，自问尚觉无伤大雅呢。倘有佳作，回来写给你读，你可代我抄录到《无涯集》上去呢。"老翁一边说，一边走到里面内室中更衣了。

书房里只留下这少女，代老翁收拾去书台上的文件，她就去取过一本张黑女的碑帖来，摊在写字台上，坐下身来，握管濡墨，细细临池。这少女是谁？就是金珠了。她自从跟随方仁刚来到苏州以后，方家多了一个俊婢，人人注意。方仁刚的住宅是在阊门桃花坞，是明时名士唐六如故居。他们是钟鸣鼎食之家，所以邸第雄壮，园林幽静。方仁刚颐养天年，乐趣盎然。他膝下也有两子一女，长子以礼，在上海某银行担任协理之职，有了新家庭在沪。次子以德，现在北平协和医科大学里修业。三女榛苓，在本城平江大学读书，年方十九，明媚倜傥，方仁刚十分疼爱她的，不论什么话都肯听从。凡是别人家得不到他允许时，只要请三小姐去一说，立刻办到。方仁刚自己也不知道何以他女儿说的话他必要垂听，万一稍有踌躇之时，只看他女儿蛾眉一皱，小嘴一噘时，他完全没有不答应的勇气了。他别的事没有什么不快活，只有一件憾事，就是他的夫人鲍氏，在五十岁上得了瘫痪之症，至今还是淹缠床褥，行动不得自由，所以闺房之乐，方仁刚早觉薄福难享，耿耿于心。虽然他夫人为了安慰她丈夫起见，曾代他收一个家里的使女莲香做小星，但是对待十分苛刻，而容貌也很平常，方仁刚心里不甚满足。因此他年纪虽老，而色情关头尚未勘破，很有野心，常用"饮食男女，人之大欲存焉"这一句话聊以解嘲。对于家中所用的婢女，或是年纪轻的女仆，他就要偷偷摸摸地向她们求欢，大都用金钱势力去达到他的目的。而外边人看他却是道貌岸然，口言仁义，怎知道其中的内幕呢？

有一次宅里新用了一个女仆，年纪不过二十七八岁，虽是乡人，而已截发时妆，搔首弄姿，很有几分媚人之态，她在夫人身边伺候的。方仁刚见了这个女仆，他的野心不觉蠢蠢思动，窥伺间隙，去和那女仆勾搭。凑巧那女仆因在乡间背着丈夫，私自结识了火神庙里的道士，遂被她丈夫殴打一番，驱逐出来的。今见这样一个十分体面的老爷，居然垂青于伊，当然顺水推舟，一凑便合。后来给那莲香知道了，醋海兴波，不甘示弱，竟乘方仁刚黄昏时和女仆云雨巫山的当儿，和方仁刚的女儿榛苓前去撞破了他们的秘密。

原来在方仁刚书房后面有一间小小的复室，里面收拾得十分雅洁，设有睡榻。方仁刚每天午后必要做一二小时的午睡，为便利起见，懒得上楼去睡，便偃息在这小室之中。恰巧是人迹罕至之处，声浪十分静寂的，不扰清梦，谁知方仁刚却利用这地方为阳台了。莲香是个精灵鬼，早已窥知方仁刚的用意，疑心到这新来的女仆了。又因前天方仁刚故意不住到她的房中去，向他要钱时，他又靳不多予，所以她怨恨极了，有心要揭穿方仁刚的秘密。

这天她留心查察那女仆不在太太房里，而方仁刚也没有出去，推说在书房里做文章，一定是二人又在那复室里幽会了。她知道太太是风瘫的人，不能请她去的，自己又恐势力小，遂想利用三小姐榛苓了。她立刻走到榛苓房中，见榛苓正在灯下做功课，她就上前叫应了，伪言方仁刚在书房里忽然有些不适，要去看看他老人家怎么样了。榛苓不知个中玄虚，听说父亲有疾，连忙跟着莲香，跑到书房中去，果然电炬通明，鸦雀无声，书桌前静悄悄的没有一个人影。榛苓问莲香道："我父亲在哪里？"莲香把手向复室的门一指，低低说道："在里面。"榛苓是直爽急躁的人，跑过去，推门而入。绿漉漉的电灯光下，骤睹她的老父方仁刚正拥着那年轻的女仆睡在卧榻上，突然见她们来了，慌得没有躲避之处。这一幕活剧接触到榛苓的眼里，叫她如何不羞愤交加了，喊了一声啊哟。方仁刚此时只好硬着头皮，披衣起身，推那女仆也起来，努努嘴，叫她快向外边溜跑。莲香怎肯放过，赶上前，将那女仆打了一巴掌，踢出门去。她又一把揪住方仁刚，一把眼泪一把鼻涕地向他责问。方仁刚当着女儿之面，只好连称一时糊涂，自知不该干这丑事，要求她们切莫在鲍氏面前说破，也不要在外面向人宣布，否则自己名誉堕地了。

榛苓这一次是出于意外的，并非有意要捉她父亲的破绽，究竟是父女关系，现在见方仁刚在莲香面前露出了狐狸尾巴，又是软言商量，自然也不愿过于追究，只对她父亲说道："父亲这些年纪，自爱名誉，也要自重人格，望你千万不要被女色所迷，明天务要把这女仆歇去，我们当然也绝不对外声张的。"方仁刚点点头。然而莲香却乘机向方仁刚多所要挟，方仁刚知道莲香是要钱，事情弄尴尬了，只得借重金钱去塞她的嘴，于是答应拿出一千块钱给莲香，叫她要把这事隐瞒，誓不宣布。对于他的女儿也照样给予一千元，榛苓本来要想向她父亲讨钱去买一只柯达克的照相机，现在毋庸她开口了，如何不欢喜。莲香有了钱，也不敢为已甚之举。方仁刚遂和她们到书室里去取出支票簿，写了两张一千元的银行支票，签字后交与二人，一场公案草草了过。

次日，方要借着别的理由将那女佣歇掉，而那女佣已无颜再在方家，自行要求辞去。方仁刚暗中贴了她五十块钱，瞒过了鲍氏。可是方仁刚知道这一回事完全是莲香有意向他捣乱，以致破坏了自己的好事，心里深恨莲香手段太辣，且使他在女儿面前露丑，揭穿了自己的虚伪面目，所以他常想伺隙蹈瑕，实行报复。后来在他夫人面前说莲香许多不是之处，鲍氏自然更是待她苛刻。莲香得不到安慰，且知方仁刚不宠爱她，前途渺茫，没有什么希望，所以她就勾通了一个男仆，私自带了银钱衣服，逃走他方去了。方仁刚登报声明，指明莲香卷逃，脱离一切关系。他夫人不知其中原委，反安慰她丈夫。谁知方仁刚去了莲香，故态复萌，又要和新来的婢女们拈花惹草，自命风流了。他和女仆私通成奸的事，也渐渐由莲香在外讲出去，但是一班人还是似信不信，以为他人造谣中伤，安有身为尊孔会会长，麟鸾其貌，孔孟其行，而干这种无耻的事呢？他夫人鲍氏是蒙在鼓里，身在病榻，难干预丈夫之事。榛苓虽知父亲年老而发色情狂，是极不应该的事，然也知道她母亲多年瘫痪，父亲是个老少年，无以慰情，而出于此的。自己究竟是他的女儿，也难管这种事情，不得不假装痴聋。方仁刚的两个儿子又不在家中，其余的人怎敢过问，由他去胡闹。但是这样一来，方家的年轻女仆难免遭他的蹂躏，贪钱的和他勾搭，怕羞的洁身而退，鼓钟于宫，声闻于外，这事情到底瞒不过他人耳目，有些人遂说他是伪君子了。

　　然而方仁刚终是抱着一个缺憾，因为雇来的女仆究竟都是粗陋的乡女，哪里有温文美丽如《西厢记》上莺莺小姐身畔红娘一流人物？下驷之才，不足入选。他心里亟欲得一容貌较美、略识之无的女子，以备将来可以补莲香之缺。鲍氏也不肯代他娶一位姨太太，所以他常有这种幻想，欲求有一天偿他的愿望。恰巧他到湖州去送别焕文夫妇，被他瞥见了金珠，正中他的胸怀，遂向三少奶要了回来。他虽然曾对三少奶说过把金珠带往苏州伺候他女儿榛苓的，但到了苏州以后，他就不照他的说话办了，领见家人过后，他对他夫人说，自己书房里缺少一个知书识字的女婢，伺候在他的身边，整理书籍，洒扫几桌。现在这个女婢性格聪明、驯和，且能识字，三少奶出国，把她寄在这里，介绍与他做这职役的。鲍氏也爱金珠，要她在房中服侍，把本有的王妈调给他。方仁刚哪里肯答应，便说王妈粗笨，怎配在书房里执役呢？自己好容易凑巧物色得一个慧婢，如何又不答应让她侍奉自己？夫妇俩争执多时，方才决定一个折中办法，就是金珠日间在书房里侍奉老爷，夜间要在楼上侍候太太。所以这样办，鲍氏无非含有监视她丈夫勿生野心的意思。方仁刚没奈何，只好依此办法，聊胜于无，便同金珠讲妥，每个月给她十二元工钱，另给节赏，算是十分优待她了。

　　金珠既已来此，只得随便他们处置，日里就在方仁刚书房里执役了。她性喜书籍，以为此事也可使自己有看书的机会，所以一到书房里，勤慎做事，收拾得整齐清洁，方仁刚自然十分爱她，凡是方仁刚要阅哪一种书籍，只要他嘴里说一声，金珠自会拿给他，不劳他自己去架上检阅了。而且金珠把所有书籍依着经史子集，分门别类，排列收藏得井井有序，没有一本书杂乱散置的，这一点方仁刚更是喜悦，一心要造就她，遂抽出暇时，亲自教金珠习字读书。金珠以为方仁刚有心栽培她，当然愿意承教，悉心学习。可是方仁刚常教她读香艳的诗词，这个金珠却觉得不需要了。方仁刚书房里时常有文友或是尊孔会的会员来拜访他，见了金珠，无不啧啧称美，以为方仁刚自有此人添香捧砚，康成诗婢不足专美于前了。方仁刚十分得意，又因金珠的名字呼唤起来，未免近俗，所以代金珠别取一个较雅的名字，叫作"浣花"。从此大家唤她浣花，而吾书中的称谓也跟着誊换了。

　　浣花在方家，以为得主人怜爱，将来总有出头的日子，且不忘三少奶临别赠言，不以老主人教些诗书为满足，而想乘此时候到外边去补习些英文和算学。她探知在阊门外有个普益社，社中附设一个立达妇女补习学校，专授一班失学的妇女，课程完善，学费低廉，距虽也不甚远，所以有志要去补习英算两科，以补自己的不足，为将来自立的预备。可是自己在人家执役，若不得到主人的允许是不成的，于是她乘方仁刚快活之时，向方仁刚诉说自己的素志，要求他准许她去补习。方仁刚起初不欲她每天出去，所以迟延着不即允许。浣花并不气馁，屡次向方仁刚要求，方仁刚为要得到她的好感，到底允许她去读了。她自然欢喜。

　　隔了一天，她就到阊门城外普益社里向立达妇女补习学校报名入学，付去了学费。校长看了她的考试成绩，国文课程很不错，将她插入乙班，算学插入丙班，英文程度最低，故列入丁班。这补习学校对于国文、英文、算学三项，各各分开甲、乙、丙、丁四班，同时授课，以便配合学生程度，凡是读完甲班学课的，给她一纸毕业文凭，那么也有高中程度了。其他尚有打字、簿记、刺绣各科，任学子选择。校中所请的教员都是很优秀的，浣花得入立达补习，心中很感激方仁刚的特许和赞助，自己知道黾勉，所以读书格外勤奋。她自知国文尚能对付，且家里有方仁刚指导，进步自易，唯有英、算两项，自己的程度尚是浅薄，非加倍用心不可。

　　教授英文和算学的先生是一位美青年，生得面貌很俊秀，态度潇洒出尘，常戴着一副纽蒙脱眼镜，对人笑容可掬，非常和蔼。他的英文很好，不但读音准确，而且讲解详明，使学生没有含糊不懂的地方，循循善诱，诲人不倦，学生都喜欢上他的课。他姓金，名人伟，只要他一走进教室，大家争先欢迎，金先生金先生叫得一片声响。他总是含笑点头。他是兼教务主任的，授课最多，常在校里。校长卞先生十分信任他，一切都托他办。

有一天上课时，金人伟照例叫各人背一段会话，他问到浣花时，浣花有些咯咯地背不出口，涨红着面孔，十分困难。金人伟一句一句地提醒她，她仍是背不完全。旁边的同学有几个早笑起来了，金人伟见她背不出，只好对她说道："不用背了，你回去多读读吧。"且叫她坐下去，也没有责备她。又叫她背后坐的一个学生背，且对众人说道："人家背不出书，你们不要在旁好笑，笑了更使背的人心慌。况且你们有时自己也要背不出的，何必笑人家呢？书贵勤读，多读自然能熟，熟则朗朗上口，若流水就下，无有勿通了。"但是浣花因为背不出书，却伏在自己书桌上，暗暗啜泣。金人伟见了，也没奈何她。

等到讲解完毕，下课之时，金人伟正要走出教室时，浣花忽然立起来说道："金先生，请你原谅，明天你必要再叫我背书，我若然再背不出，你可打我手心。"两个"再"字说得很坚决。金人伟听了浣花的话，不觉有些奇异。他就走到浣花身边去对她瞧了一眼，柔声说道："我知道你是很聪明的，绝不会背不出，大概昨晚没有预备吧。"浣花低着头不答。金人伟见她手里一块手帕早已湿透大半，眼皮都红了，心上便觉有些不忍，遂又说道："偶然一次背不出，也不打紧，我绝不扣你的分数。我又不曾训斥你，为什么要这样哭泣呢？"浣花抬起头来说道："我只怪自己不好，自怨自艾，为什么要在同学面前丢脸，惹人讪笑？金先生，你要怪我程度不够吗？我本是一个可怜的失学之人，所以这么大的年纪，还在读初级的英文，我真自愧。"浣花说着话，又把手帕去拭她的泪眼。金人伟道："浣花，你的年纪并不大，何以这样说呢？我知道你国文已在乙班，作的文很清通，你的天资很聪明，虽然失学，一定能够进步飞快，追出他人的。背不出了一回书，不必这样愧恨。明天我一定叫你再背，好让你雪耻，是不是？我知道你的心理的。"金人伟说了这话，低下头去向浣花脸上一望，浣花不由扑哧一声笑了出来，马上又背转脸去。金人伟又道："你若立志精进，我可以另外分出工夫来每天个别教你半小时英文，包你下半年可以跳班了。"浣花回转脸来说道："金先生，你肯如此吗？放学后我可以再读半小时，不知道可要付多少学费？"金人伟微笑道："学费吗？再说吧。像你这样真心好学，我自问可以帮助你增长一些学问。下星期一起始，你可到我教员室里来跟我读。"浣花很快活地说道："谢谢金先生。"金人伟说了一声"不用谢"，挟着书卷，履声托托，走出教室去了。

明天浣花上英文课时，金人伟果然叫她背书，浣花果然一句一句地背诵出来，背得非常纯熟而自然，读音又是清楚。金人伟等她背完后，带笑点头，打着英语说声很好。同学们不觉面面相觑，而浣花总算一雪昨日之耻了。从此浣花每至放学后，便来金人伟室中补读半点钟英文。金人伟因是教务主任，所以独居一室的，室中很静，没有第二个人旁听。但同学们见金人伟很优待浣花，未免有些既羡且妒了。以后的浣花非复以前的金珠可比，经金人伟陶冶后，更比她在三少奶时进步神速，而且得到的新知识日益丰富，她的思想也变换得很快。她在方家读书的时候多，做事的时间少了。在书房里，日间方仁刚午睡时，她就在书桌边写字作文造句，晚上在自己小房间里展开书本朗诵，下人们都在背后讥笑，说她做了下人，还想书包翻身，做女学士呢。唯有榛苓小姐听说浣花如此好学，倒十分赞成她的。

方仁刚见她读英文，却时时要笑她。他又私下拿出钱来要送给浣花，叫她添制夏衣，然而金珠只取她应得的工钱，不肯妄受额外之财。方仁刚见她不贪钱财，不慕虚荣，确乎是个婢女中间的翘楚，所以只得徐徐想法去逗引她。

这天立达妇女补习学校全体学生到天池山去远足，每人只需出五角钱，便可同游。金人伟是全体学生的领导，他先游过天池山，以为风景清幽，较之天平山别擅胜处，所以此次是他发起的，要叫浣花也去一游。浣花一时高兴，就报了名，回去又向方仁刚请求允许。方仁刚只得答应。

这时已在四月中旬，天气晴朗温和，浣花清早就去，身上穿一件新制的条子布单旗袍，发上簪一朵白绒花，脚上穿着黑布跑鞋，衣服虽然朴素，而丰姿却是清秀，在许多同学中间，宛如鹤立鸡群。她们是分乘数船出发的，浣花却跟着金人伟坐在一艘船上。金人伟把水果茶点分给众学生吃，又讲笑话给她们听，一会儿又坐在船头上，吹着口琴。浣花站在他的身旁，同学要她唱歌，她坚决地拒绝说不会唱。金人伟在旁解劝，叫浣花唱一句，就是校歌第一句"吴山苍翠兮人才荟萃"。浣花不得已勉强开口一歌，声音果然清脆，金人伟要吹起口琴来和时已不及了。同学们又说，到底金先生比我们面子大，我们要她唱，她不肯，金先生一说就肯。浣花面色微赧道："老师的说话不听，却听谁?"金人伟拍起手来道："薛浣花回答得好，师命不可违也，有事弟子服其劳，唱一声歌算什么呢?"

等到舟至天池山下，大家舍舟登岸。金人伟当先引导，迤逦上山，指点风景。行至寂鉴寺，大家坐下休憩一会儿，然后分路再上。有些力弱而怕跋涉的学生，都在寂鉴寺里盘桓。天池山的最高峰是莲花峰，非常难走，还有石鼓峰，形似一石鼓。众学生到了石鼓峰，十有八九走不动了，有的席地休坐，有的回下山去，唯有浣花本来生在乡间，有健美的身体，跟着金人伟爬山。

金人伟爬到莲花峰最高处，回顾身旁唯有薛浣花一人了，瞧浣花一手抠衣，一手将一支临时手杖拄着山石，跑得额上香汗淋漓，气喘吁吁，便带笑说道："好，浣花，你真是个爬山运动的健者，强健好胜，不输于男子，且在此休息一刻吧。"浣花笑道："我也不知道自己哪里来的勇气，只知跟着金先生跑。金先生到了最高峰，我也到了最高峰哩。"金人伟道："恭喜恭喜，你将来一定能够青出于蓝的。"两人遂并肩立着眺望四下的风景，天风泠泠吹得浣花头发飞蓬，衣袂轩举。金人伟是穿的西装，因为跑得热，只脱剩一件衬衫了。他手里有的小快镜便叫浣花站着，代她摄了一影。身边有一块青石，金人伟将一块小手帕，拂了一拂，叫浣花坐下休息。他自己傍着浣花坐下，远眺太湖中帆影点点，白如圆镜，天空中白云片片，随风飞度，四下只有风声，下瞰山林之间，隐隐有极小的人影，就是自己学校里的同学了。

两人静默了一会儿，金人伟忽然向浣花问道："浣花，你在学校里读书是很用功，我知道你是一个好学生，所以情愿教你另外补习英文。且喜你聪颖善悟，举一反三，将来很有希望，但不知你是姓薛，如何住在桃花坞方家？我知道方家老头儿是尊孔会会长，也是本城的绅士，你可是他家的亲戚吗？你的身世可能告诉我听听？我瞧你眉目之间常有隐忧哩。"浣花听着，不由面上一红，一时回答不出什么话来。

第十三回

白云深处坐细雨凄凉
红粉室中临柔情缱绻

　　金人伟对于浣花的身世本来有些惊疑，屡次想要问她而苦无适当的良机，今日在这天池山上莲花峰顶，上不至天，下不至地，言出子口，入于吾耳之时，他就忍不住要向她穷询一下了。浣花身世飘零，茕茕孑立，只因自己有心奋斗，方才从没办法之中补她失学之憾。凑巧遇见这样一个殷殷教诲的金先生，特别加以青眼，而又是个翩翩浊世的美少年，因此浣花近来的心灵已被金人伟所洗涤，而对于金人伟尤有说不出的好感，爱慕和钦佩充满在她的心坎。今日被金人伟再三询问，她就不再隐瞒，大着胆子把自己的身世详详细细地告诉他听。

　　金人伟侧着身子，倾耳静听，听到悲伤处，频频太息。他很痛惜浣花遭逢的不幸，又十分同情于浣花的苦心励学，他就叹了一口气说道："浣花，多谢你把你的身世详细告诉了我，我决不轻视你的，你放心，我敬重你能够在艰难困厄的环境中挣扎奋斗，此后更将尽我之力来辅导你，因为我和你真有同病相怜之感呢。"金人伟说到这里，仰天嘘了一口气，浣花听他说出"同病相怜"四字，心里也不由有些疑讶。她对金人伟的脸上瞧了一下，见他眉宇之间很有些紧蹙，虽然嘴边仍留着笑容。她便大着胆向他问道："金先生，我虽然认识你是立达学校中一位最好的导师，但我对于金先生的过去历史，完全没有知道。今天承蒙你垂询我的家世，我已直率地全告诉了你，因我以为金先生真是我这孤苦女子在尘寰中的一位知……"浣花说到"知"字，却又缩住，顿了一顿，又接续说道："所以我不揣冒昧，也要斗胆敢请金先生告诉我一些，可不嫌我孟浪吗？"

金人伟听浣花问他时，他就点点头说道："很好，你告诉了我，我也应该告诉你的。浣花，你可知我也是人世间畸零困苦的孤儿吗？我本住在山塘街上，先父是一个在前清青过一衿的老秀才，一世郁郁不得志，就在家里设帐授徒，苜蓿阑干，生涯清苦。晚年生了我一子，自然十分宠爱。先母狄氏躬操井臼，治理家政而外，组纫纂绣，日夜辛劳，所得之资悉资助家用，苦度光阴。不料有一年苏州大瘟疫，城内外死的人不计其数，我父母不幸相继染疫身亡。那时我还只有七岁，在自己塾中念书呢。遭此大故，惊啼不知所措。幸有我姨母王氏和我姨夫王寿山前来代为料理丧事，把一座小小屋子卖与人家作丧葬之用，不够时由我姨夫代垫，遂把我父母葬于祖坟。事后因我幼弱无依，他们就把我领到他家去抚养。我姨夫住在朱家庄，是在酱园中做管账的，不久他也因病逝世，遗下一子一女，都在髫龄。我姨母所负的责任很重，真觉有些担当不起。姨母有一位亲戚袁先生，是城中教会学校里当庶务的，就把我介绍于某西人，请他扶助。某西人一口答应，我就住在学校里，一切学费膳费以及用品费，都是那位西人代我出的。他还代我添制衣服，给我零碎用费，真是能救助穷苦的人。我之所以有今日稍得一些学问，未尝不感激那位西人培植之力呢。"金人伟说至此，歇了一歇，浣花却仰着脸静静地听他讲。

金人伟又说道："中学毕业后，我本来可以读到大学毕业，可是在我方入大学第一年的时候，忽然患着一场重病，差不多有半年工夫，淹缠床席，因此学分不及格，我遂辍学。后来那位西人也回国去了，我很想及时谋个自立的职业，遂有人介绍我到上海一家洋行里去做会计。可是因此事与我的性情不合，不久便辞退出来。回到苏州，又在一个图书馆做了半年的图书管理员。在那时我有看书的机会，学问倒增进了不少。后来因馆长去职，我也连带回去，遂有朋友介绍我到这立达妇女补习学校里来教书，至今已有一载光阴，自愧舍己芸人，在人在己都没有什么益处呢。不过我觉得社会上人心大都处处鬼蜮，尔诈我虞，天真日漓。唯有你们这一辈女学生却都天真烂漫，尚没有人世的虚伪，所以我的前途虽无若何进展，而精神上却有不少愉快呢。"他说到"愉快"两字，脸上却又微微一笑。

浣花道："前天我读一篇论文，中间引用孟子说的'天将降大任于斯人也，必先苦其心志，劳其筋骨'以及'独孤臣孽子，其操心也危，其虑患也深，故达'等语，我就牢记在心里，因想我和金先生的处境虽然都是困苦异常，然而只要我们能够勤奋不辍，忍受艰辛，将来一定有光明的一天。俗语所谓'吃得苦中苦，方为人上人'，此理金先生当然知道的，我敢说金先生的前途自有锦片前程呢。"金人伟听了浣花这几句说话，不由拊掌称快道："妙极了！快极了！我今天听到你的说话，兴奋极了！愿你我彼此共勉，大家有灿烂光明的一日。"

两人正说到这里，忽听山坳里银笛声响，下面有几个同学爬上莲花峰来。当先领导的是女教员鲁先生，个个跑得汗如雨下。金人伟道："很好很好，你们都是健者。"鲁先生对金人伟脸上望望，又向浣花面色看了一下，笑嘻嘻地说道："金先生，你和浣花大概到这里已有多时了，这真是健者哩。"金人伟知道鲁先生是会说笑话的人，恐防她要多说什么，马上把手向西面一扬道："鲁先生，你来看太湖吧。"于是大众分散着闲眺，看看红日渐向西沉。金人伟遂和浣花等众人走下山峰，一路吹着银笛，招呼同伴。

回到寂鉴寺，检点人数，一个也不少，遂整队下山，回至船上，在夕阳影里缓缓归棹。金人伟见她兴致格外好，又在船上和学生们行新酒令，有笑有闹，大家不觉寂寞。天黑时已回阊门校中，浣花急匆匆地回桃花坞去。金人伟料理各事后，在校中用过晚餐，然后挟了几本书，走回朱家庄去。一座小石桥边，柳树之旁，有数间新式的小洋房，里面红楼翠幕间，电炬已是灿然有靡靡的无线电音乐传出，但是门前的铁门却闭着。金人伟无意地向楼上望了一望，走过了那座洋房，就是一座矮小的平屋，门前是一个小石库门，两扇半旧的门松开着，另外有一扇矮闼，虽然关闭着，但是金人伟走到门前，伸手进去，摸着矮闼门的活门，轻轻一移矮闼门便自开了。

金人伟走将进去，把门关上，乃是一个小小庭心，庭中也有两株枇杷树。对面是一排三开间的平屋，正中是客堂，左右是房间。客堂里有电灯亮着，有两个少年男女像是兄妹模样的，坐在那里做功课。金人伟咳了一声嗽，走入客堂。写字的少女抬起头来，见了他，便带笑说道："表兄回来了吗？今天山上好玩不好玩？"金人伟答道："今天可谓尽兴。"那看书的少年也说道："我们校里下星期也要到那边去一游呢。"说着话，一个中年妇人手里拈着针线，从左首房里掀帘走出。金人伟迎着叫一声"姨母"，这就是王氏了。写字读书的一男一女就是她的长子瑞忠、次女瑞贞，都在城外教会学校里读书，也是免费的。兄妹俩非常用功，金人伟和他们是表兄妹，叨长数岁，学问又好，所以王氏一定要留他住在家中，时常要他在一边指导功课的。而金人伟也很感激王氏抚养之德，不好意思离开他们，遂不寄住校中而仍住姨母家里了。王氏便对金人伟说道："间壁的何小姐傍晚时来了三次哩，她也要游天池山，因为你不邀她同去，怪你不够朋友，为什么瞒过她，要向你责问呢。她叫我们等你回来后就对你说，要你到她家中去一谈。"

金人伟听了，脸上立刻露出不耐烦的神气，淡淡地说道："奇了，她要责问我什么呢？今天我是和学校中全体学生去游山的，又不是我个人出游，她怎能怪我不约她呢？她不要和我做朋友，那是最好的事，我本来不欢迎这种朋友。此刻我很疲乏，不到她家去了。"瑞贞将嘴一撇道："表兄不必跑去，她自会走来的。"瑞忠道："对啦，让她来好了。"王氏叹了一口气说道："何小姐待甥儿不错，她屡次送物与你，正月里你小病数天，她天天跑来探望，代你去请医生。待你痊愈后，又送不少食物给你吃，她对待你可以说很有意思了。你却始终淡漠，不肯和她亲近，我倒反有些过意不去呢。"金人伟笑了一笑，没有回答。瑞贞却把笔向桌子上重重地一放道："母亲，你不知表兄的心理呢，像何小姐这种人，虽然饶她家道富有，总是不在表兄心上的，谁稀罕她送东西？"

　　金人伟点点头道："表妹的话对了。"便走到他自己房中去，开亮了灯，放下手中书卷。刚要坐定时，忽听外边矮阀门开，叽咯叽咯的高跟革履声音，有一个二十来岁的女子走了进来，衣饰甚是华丽，身穿桃红软绸的夹旗袍，手上套着一只钻戒，身材略肥，面貌却又生得庸陋，一双肉里眼，毫无美感，对王氏点点头问道："金先生回来吗？"王氏把手向右面房里一指道："他刚才回家哩。何小姐，你倒候得着。"女子立刻一脚踏进金人伟房里去。金人伟见了她，勉强点点头，说声请坐。女子瞧着他的脸庞，带着三分的佯嗔薄怒，对他说道："好啊，金先生，你真狡猾，我以前听你说起天池山的名胜，几次约你要去游一会儿，你总说没有工夫。今天你有工夫了，却和他人去游，瞒着我只字不提，是何道理？这不是明明欺我吗？"金人伟道："奇哉怪哉！我欺你作甚？美丽，你该知道今天我是和学校里全体学生去到那里远足的，又不是和别人去游，这是一个团体的出游，外面的人自然不得参加，我告诉了你，又有何用？否则我的表弟表妹为什么

138

不跟我去一游呢？他们也很想一游的啊。你说我狡猾，不是冤枉我吗？"女子听了金人伟的辩驳，不由扑哧一声笑了出来，在书桌旁椅子里一坐，又说道："你真会说，又有理由的。既然你的表弟表妹也要游天池山，那么后天星期日我们可以一同去。我可以向我父亲商量去借一艘汽油船来，可以驶得快一些。我最怕那种无锡快，一摇一晃的把人荡得胃都翻转来。"金人伟道："隔一天我们再去吧。你想我今天才去过，怎么后天又去呢？"

这时候王氏送上一碗茶来，女子接在手里，谢了一声道："别忙，我是常来的。"王氏笑了一笑，退出房去。女子又对金人伟说道："你既然爱游天池，索性多游数回也不妨。"金人伟道："不如到秋天去游，秋天可以赏枫叶，山中风景比较春天更好，我不骗你的。"女子道："你不骗我吗？这也好，你们星期日我们去游留园和虎丘，你总有暇了。倘然再拒绝，那就真不够朋友，明明是你要和我绝交哩。"金人伟对她苦笑了一下，也没有回答。女子道："我前天打从你们普益社门前走过，见有一群女学生散了课走出校来，其中很有几个模样儿生得风骚的。你在那边教书，天天和那些女学生在一起周旋，不要恋爱上什么人了，所以……"女子说到这里，顿了一顿。金人伟不由一怔，走至她对面，两手扶着写字台的边缘，又对她看了一眼，连忙说道："我哪里会这样，美丽，你这个人真会疑心，讲出去真是笑话了。"女子道："并不是我疑心，实在近来你对我的态度大变了，你自己不觉得的。否则我请你到我家里去玩，为什么昨天你也不来，今天仍不来，渐渐要回避我了，是不是？"金人伟把手摇摇道："不是不是，你知道我昨天在外恰有应酬，今天游山，刚才回来，还没有坐定，怎能马上走来呢？我一直是这个样子的，无所谓亲近，无所谓回避，请你原谅。"女子道："我说不过你，事实胜于雄辩，你只要答应星期日能够伴我出游的，那我就不疑心了。"金人伟听她如此说，只好答应。

女子又坐了一会儿，闲谈良久，方才告别而去。金人伟送她走后，把大门关上。回至客堂中，瑞忠、瑞贞已将功课做好。瑞贞向金人伟道："表兄，她约你游天池山吗？"金人伟道："真讨厌，我不高兴和她去游，所以迟迟不践其约，无奈她今晚苦苦逼我，我只得陪她一游虎丘，至于天池山我不去了。"瑞贞道："不要说表兄要讨厌她，连我也觉得讨厌，偏偏她痴头怪脑的竟会不觉得。"瑞忠道："换了我时，早不去理会她了。"王氏听他们说话，走过来，忍不住对瑞忠说道："你倒这样高傲吗？不记得前年你表兄在马路上踏自由车，撞伤了江北李老六的儿子，后来那小儿受伤后，变成残疾，李老六闹上门来，开口要你表兄赔偿一万元，你们吓得都不敢出头了，还是我因认识何小姐，就一面用缓兵之计，将李老六劝住，一面带了你表兄想法去见了何小姐，恳求何小姐代求她父亲何天满出来一做鲁仲连，排难解纷，何小姐一口答应。次日她就去恳求她的父亲向李老六说一声。到第三天早上，你们都忧愁李老六再要跑来索诈，然而何小姐来了，她笑嘻嘻地告诉我们说她父亲已和李老六讲开，由她父亲代为赔偿了二百块钱，了结此事，李老六绝不敢再来向你们为难了。"王氏说至此，停了一停，又向金人伟说道："当时我们都感谢她大力相助，你又筹措了两百元钱，叫我陪你到她家道谢。何家父女一定不要你还，待你礼貌很好，因为何小姐的父亲对读书人很敬重的。暑假里何小姐又请你到她家去教她读英文，你不是天天去的吗？后来因何小姐患病而中辍，从此她时常到我家来盘桓，和你交友，外边人看起来友谊很好的。她待你很不错，不知你却为什么对她总无好感，背地里常要讥评她呢？一个人受人之德，切不可忘怀的啊。"

金人伟道："姨母，我也并非忘恩负义，他们父母代我解围的事，我至今常是感激的。不过何小姐要和我交友，自觉我和她性情不甚相合，恐难久长。且她家中虽是有钱，而她不是好学深思之人，性既暴躁，学又浅陋，本在城里某女学挂名读书，常常坐了包车出，包车进，可怜知识却浅薄得很，一味在妆饰上用功夫。听人说她在校中的别号叫绣花枕，况且校中一病之后，就不读书了。这种女子岂是我的友侣？"金人伟的话刚才说完，瑞贞早又说道："她叫绣花枕吗？其实这个诨名也不贴切，不瞧她的面貌丑陋，有什么美呢？"金人伟道："美固不美，德亦不德，本来她的家庭是如此的，她怎会优秀呢？她父亲何天满是某帮里著名的老头子，近来有人说他专做红丸这生意，所以造孽钱赚得不少，造洋房，娶姨太太，阔天阔地。何小姐也是姨太太所生的，这里是住的三姨太太呢。"

王氏见他们都不赞成何小姐，且说了许多坏话，她也无法代何美丽辩护了，勉强笑了一笑道："好，你们都是有志气的孩子。但人家待我们不错，我们也未便过于冷淡啊。这些话若给何小姐听了，她真要气死哩。"金人伟微微一笑道："好在何小姐并不在这里啊，不必再谈她吧，我倦欲眠了，姨母也请安睡吧。"他说了这话，自回房去。于是王氏也和她的儿女熄灭电灯，进房安寝。

金人伟躺在床上，闭着双眼，只是把浣花告诉他的话从头至尾在脑海里重温一过。他觉得天下像浣花这种女子，真是身世可怜极了，自己幼时的遭际和她略有相同，不过自己幸而得某西人之助，侥幸得到了一些学识。而如浣花却不遇其人，仍是自己苦心奋斗，到这个地步真不容易，所以我应该多多帮助她的了。又想到浣花劝勉自己的话，别轻觑她是个出身乡间的小女子，却很有数分慧业的，若拿她去和何美丽相较，却真有天渊之隔了。我一向对于今日一班年轻的女子很少许可，现在遇见了浣花这女弟子，不知怎样的，心里对于她满载着敬爱，这也是不期然而然的了。金人伟想了长久，浣花的倩影涌现在他的脑膜上，已留着很深刻的影痕了。良久方才睡熟，梦中依稀如和浣花双双立在莲花峰顶上，足下涌出许多五色彩云，好鸟飞鸣，清风微拂，飘飘乎如羽化而登仙呢。

次日他照常到校授课，浣花也来上课，散课后又到金人伟室中补习英文。这天金人伟授了十分钟的课，其余时间都在和浣花谈论她的生活。据金人伟的意思，以为浣花在方家执役，不是最好的事情，何不想法脱离出来，专心读书。只惜立达妇女学校是没有宿舍的，否则金人伟倒可代她想法。浣花虽有这个意思，却因一则自己到方家服役是三少奶的介绍，似乎未能一时离去；二则现在的生活程度日高，自己没有许多积蓄，可以供给她读书之用，还不如半工半读较为稳妥一些。所以她很感谢金人伟的关切，而暂时仍只得留在方家，以后再想办法。

两人叽叽喳喳地谈得很是长久，外面钟鸣五下，浣花方才如梦初醒，急忙立起身来告辞。当她挟了书卷，走出金人伟的教务室时，鲁先生正和一个男教员从甬道边走来。此时校中学生都回家去，只有浣花一人。鲁先生对她点点头笑道："薛浣花，你真用功，金先生收得你这样的知心弟子，到这时候才走吗，无怪金先生更是忙了。"浣花听了这话，脸上不由一红，也不回答，匆匆地走出校门，回转桃花坞方家去。

当她走进方仁刚书室时，方仁刚正在那里等得不耐烦了。浣花照例唤了一声老爷，把自己的书包放开一边，走到桌子边来侍候主人。方仁刚一手拈着嘴边短髭，对她说道："自从你进了补习学校，你的一颗心只是在书本子上，这也是你的好学，我既然赞许于前，似不能疵议于后。可是你也该知道你于读书之外，尚有其他的职务，不能忘怀。你本来说每天四时后可以回来了，但后来却必要迟至四时半，我已觉得有些不便，今天你看什么时候了？"方仁刚说着话，将手向左边壁上的挂钟一指，这时钟上已近五点半了。浣花自知今天是过迟了，遂低着头说道："今天因校中有个小聚会，我不能先走，所以迟了一点，请老爷原谅。"

方仁刚微笑道："浣花，须知我是对于你没有一处不特别原谅的，换了别的下人却万万不能这个样子，也因我爱你年少聪明，家世可怜，所以有了一点怜爱之心，不把你作平常侍儿看待，不但亲自教你吟咏，而又让你到外边学校里去补习，这个谅你也必能感觉到的。我虽愿做翻羹不怒的刘宽，你可能做深院吹笙的汉婢吗？"浣花脸上一红道："婢子当然很感厚恩，将来婢子倘有一天能够自立，绝不敢忘。"方仁刚又笑道："将来……将来……"浣花不欲听他说下去，自去倒了一杯酽茶上来，走到旁边去收拾。

恰巧有个古董商人挟着许多画轴来兜揽生意，方仁刚把一幅一幅的书画打开来看，叫浣花也在旁相助收卷。其中有一幅侍女小立轴，上面画着一个长身玉立的少女，拿着扇子在花下扑蝶，容貌绘得有七八分像浣花的玉颜，是清代某画家所绘的。方仁刚指着浣花，对那古董商很得意地说道："你看我这个侍儿不是相像画中人吗？"古董商道："像极了，方先生有此慧婢，艳福不浅，这幅立轴你大可买得了。"这样一说，方仁刚自然必买无疑。古董商趁此机会抬价，方仁刚竟出了一百块钱，将这幅立轴购下，立即叫人悬在书房东壁，且对浣花笑道："你看这画上的人怎样？你说你像画中人呢，还是画中人像你？我以为与其说你像画中人，毋宁说画中人像你呢。现在我买了这画，悬之于壁，朝夕相亲，哈哈，也就是为有了你，所以才买此画呢。"浣花听方仁刚说话有些三分像痴，不好回答，所以也笑了一笑。

次日赴校上课，却不敢迟归，遭主人的话诘责了。时光很速，转瞬已是榴火照眼，薰风炙人。暑假到临，立达妇女学校也要放暑假了。暑假的假期最长，约有两月之久。金人伟不舍得和浣花分开，他就办了一个暑期补习班，只收六个女生，每日清晨七时起至八时，教授一小时英文和算学。他的意思无非是为了浣花，因此不多收学生，将这消息告诉浣花，自然深合浣花之意，立即带笑向金人伟说道："我本来忧虑这两个月的暑假如何过去，恐要旷废学业，难得金先生诲人不倦，为了我们而开这补习班，这正合乎我们的希望，我第一个要加入。"金人伟微笑道："我就是为你们好学的人着想，这样你仍可天天来读书，而我们可以照常聚首了。否则在此炎炎长夏中，我也无事做，又不能到方家来看你的。"浣花听了笑笑。

一会儿六名学额已满，后来者已有向隅之叹，所以浣花放了暑假，依旧到校中补习，进步很快，而她和金人伟的情感也是一天一天地浓厚。这种情感虽可说师生之谊，而比了寻常师生之间已不可同日而语了。二人起初是不知不觉的，后来各人心坎里已彼此占据了一层很深固的情垒，要把彼此藏在这情垒里，竟当唯一无二的情俘呢。

其间金人伟曾单独和浣花游了一次狮子林，清谈娓娓，尽兴而归。浣花是瞒着方仁刚而托词外出的，方仁刚只知浣花专心求学，哪里知道她读书而外尚有其他呢？夏日昼长人倦，方仁刚照例要作午睡，浣花读书的时间既然改在早晨，自然下午也不出去了。当方仁刚午睡之时，她总是一个人坐在书室中静静地看书写字，唯闻窗外鸟声，树上蝉鸣，清寂得很。等到方仁刚一觉醒转，走出复室时，浣花总是照例去端洗脸水来给他洗面。然后开了西瓜，剜出一杯西瓜露给他喝。再隔半点钟，又进晚点，这些都是由浣花一人侍候的。方仁刚也非她不欢。她进了方家的门也有半载光阴，方仁刚越看越爱，故态复萌，但因浣花非平常婢女可比，所以还不敢造次。

这一天正是七夕后一日，隔夜方仁刚坐在书室外边走廊里藤椅子上纳凉，浣花虽不在侧，而他瞧着天上的双星，吟着唐人"轻罗小扇扑流萤"之诗，心中颇涉遐想。夜间梦魂中如入天台，迷迷糊糊地乐而忘返，所以午后他十分疲倦，独自睡在复室里那张席梦思的床上，本来总是睡不到数分钟即入睡乡的，今天他却是翻来覆去地睡不着，心里又是胡思乱想。隔了一会儿，他一眼瞧见足边安置的蚊烟香，恰巧熄灭了，他就咳了一声嗽，唤声"浣花"。这门上有两扇气窗都开着，所以他的声音能够传送到浣花的耳朵里。浣花看书看得津津有味，忽听方仁刚唤她，不知为了何事，只得放下手中书卷，立起身来，跑过去推门而入，问有什么吩咐。方仁刚把手指着蚊烟香说道："这香已熄了，没有燃着吧。"浣花道："恐怕沾着了潮气。"遂重又划上一根火柴，代他燃着了，正要退出门去，方仁刚指着床对面一张小椅子，对浣花说道："你且坐了，我有话和你讲。"浣花并不去坐，垂着双手站在方仁刚榻前，问道："老爷又有什么吩咐？"

方仁刚徐徐坐起身，戴上眼镜，且不说话，一双眼睛尽从眼镜下面向浣花脸上身上仔细端详，见浣花面上敷一些香粉，娇滴滴越显红白，一双水汪汪的秋波，眉目如画，樱唇一点，妩媚天然，身穿一件白纱旗袍，露出雪白粉嫩的手臂，水蛇一般的腰肢，胸前又是隐隐的双峰高耸，逗人绮思，所以他益发如着了疯魔似的，笑嘻嘻地说道："浣花，我一向待你不错，谅你总知道。因为像你这样的好女子，岂是终身做人家奴婢呢？我一心要把你提拔起来。"说至此，顿了一顿。浣花看方仁刚的情景有些异样，目光中似乎有些邪气，心中不由一怔。但听他说的话尚是诚挚，且方仁刚年纪已老，又是尊孔会的会长，谅不致有什么异动的吧，遂退后一步，且不坐下，低声答道："老爷待我的好处，我也知道的。"浣花的话没有说完时，方仁刚早哈哈笑道："很好，你既然知道，这事就好办了，须知我今后更要提拔你呢。浣花，你知道老爷心中的苦闷吗？太太是风瘫的人，去死不远，我早要娶一位年轻貌美的姨太太，将来可以补太太的缺，然而难得其人，且喜你性情幽娴，姿色美丽，且又好学不倦，虽白乐天姬人杨柳小蛮，也不能专美于前哩。你知道我的心里已爱你长久吗？来来，我决不会待亏你的。"说着话，立起身，上前将浣花的纤手一把捉住，要抱向他的怀里去。

第十四回

勃勃野心多情为好色
憧憧魅影小病忽惊魂

此时浣花突然惊慌起来，一想这老头儿怎的不怀好意起来，连忙把手挣脱，涨红着脸说道："请老爷尊重。"方仁刚已到了剑拔弩张之时，怎肯罢休？又上前将浣花拦腰一抱，拖了过来，带笑带喘地说道："什么尊重不尊重，我爱你，这地方没有人知道的，也没有人来的。自古名士谁不风流？浣花浣花！你不要推拒我，我一定要把你提拔起来。"浣花又羞又怒，恨不得把方仁刚重重地打一下耳光，那双手伸了起来，但是又缩了回去。方仁刚又道："浣花，你答应了吗？我与你……"方仁刚的话没有说完，浣花赶紧把他一推，用力挣脱身躯，说道："这是什么话，我虽是小家女子，断不肯和人干没廉耻的事。老爷！你是尊孔会的会长，可知'道德'两字吗？"方仁刚究竟年纪老了，被浣花一推，已跌到床上，忙挣扎起身，方要再和浣花说话时，浣花已开门走出去了。他不由长长地叹了一口气，把脚在地上乱顿，说道："不识抬举的小丫头，你没福气做太太哩。"

浣花溜到外面，心头兀自小鹿乱撞，走到书桌前坐定，回头望望复室的门仍闭着，幸那老头儿没有追出来。她书也无心阅览了，一手支着粉颊，只自发怔，暗想：方仁刚枉为尊孔会会长，外貌看上去似乎是个有道长者，谁知他是麟鸾其貌，鬼蜮其心，人格却是这样卑鄙。前时我也曾听过同伴中有人说老爷非常好色的，我总以为言之过甚，即使他好色，也不至于有什么越礼之事的。今天他的原形显露出来，我方知他果然是衣冠禽兽，不知廉耻，怪不得他常教我诵香艳的诗，说些很风趣的话，借此打动我的心，但他哪里知道自己已是这把年纪，行将就木，老而不死，还要发什么色情狂。岂知我虽是个下人，却不可以非礼动的呢。这样看来，我又是在奸人觊觎之中，环境十分险恶。方仁刚何异于殷惠林，世间为什么偏多这种人呢？那么我恐怕又不能安居于此了。茕茕弱质，茫茫大地，到哪里去求一枝之栖呢？唯有那金人伟是很和我表同情的，我不如明天去和他商量商量，或者他可以指示我一条光明的途径。既而又想金人伟自己兀自在艰苦困难的环境下奋斗，他的身世和我也仿佛，即使他有心援助我，恐怕也难想法，告诉了他，也许他更要疑心于我呢。这样细细一想，觉得又是空虚而少希望，颓然神丧。

隔了一歇，忽然想到方仁刚的女儿榛苓小姐，这个人虽然有些骄奢，而为人却很有侠气，敢说敢为，方老头儿也忌她数分，只要她肯代我说几句话，方仁刚便不足惧了。

浣花刚才这样地瞑目凝思，忽听脚步声响，方仁刚已从复室里走到外边来了，她连忙立起身，取了书卷，走到窗边去。方仁刚把手向她招招道："你可曾想定吗？我决不会使你上当的，不要辜负我老人一片心啊！"浣花见他色心不死，又来缠绕，她也不答话，掉转娇躯一溜烟逃出书房去了。

此时她只有去找榛苓，所以马上走到榛苓小姐的房中去。榛苓的房是在东楼，浣花走到房门前，见纱门掩上，不知道榛苓在里面做什么，不敢孟浪，伸手在门上轻叩两下，只听房中娇声问道："外面是谁？进来不妨。"浣花遂推门进去，轻轻走在地席上，不敢有什么响声。只见榛苓穿着浴衣，躺在碧纱窗下的摇椅上看小说，一见浣花走来，便问："你来有什么事情，可是老爷差你来的吗？"浣花垂着双手，立在榛苓面前，摇摇头。榛苓道："既然不是老爷差你来，你有何事见我？"浣花却又低着头不答，好似有话难说的样子，颊上微红。榛苓是爽快的人，见浣花这般模样，如何忍耐得住，便把小说书向旁边一丢，把一只右腿跷了起来，搁在左腿上，又问道："浣花，你究竟有什么事？我问你，你为什么不答呢？"浣花道："我不敢说。"榛苓急道："浣花！怎么你不敢说？既不敢说，到我这里来作甚？快说快说！我最不喜欢这样蝎蝎螫螫的。"浣花也发了急道："小姐，实在这事难说，因为恐怕说出来时给小姐生气。"榛苓向浣花面色仔细相视了一下，这时浣花泪盈于睫，十分可怜。

榛苓口里说一声怪哉，仰着头想了一想，又问道："莫非老爷有什么待亏你的地方吗？"浣花听榛苓提到方仁刚，她就大着胆说道："请小姐原谅！老爷待我一向很好，可是今天下午他对我太失礼貌了。"榛苓这时也已料到，便对浣花说道："老爷的脾气我也知道一些的，你尽对我直说不妨。"于是浣花就把方仁刚如何对她妄行非礼的经过告诉一遍，且说道："我本是三少奶叫老爷带来伺候小姐的，可是到了苏州，老爷叫我在他书房里代替书童之职，我承老爷抬举，也不敢不遵命。谁知老爷存心有此一着，使我晓得以后不敢再在书房里了。请小姐做主。我知道小姐是侠义无双的，一定能够垂怜我这孤苦的小女子。只要小姐能够允许我在你房中伺候，老爷绝不至于反对的。请小姐赐诺，也请小姐原谅！"

榛苓听浣花陈述后，见她说得十分委婉和柔，真觉可怜。且知她父亲的脾气，见色即乱，故态复萌，又想和浣花勾搭了，哪知道浣花是个有知识而守礼节的女子，不受你的引诱，你又怎样奈何她呢？闹出去不是又一大笑话吗？遂点点头说道："浣花，我见你可怜，决定助你一臂之力，同老爷说明之后，调你到我处来伺候。不过这件事你也不要在外声张，老爷是一时糊涂，我想他也要懊悔的。你且退去，我自有主张。"浣花听了，心头稍安，含着眼泪，对榛苓说道："谢谢小姐的恩，老爷是有道君子，自然也是一时情欲的冲动，我想他也能自省的。此事讲出去，我也不名誉，我是最怕羞的，绝不敢说一言半语，请小姐放心。"榛苓道："这是最好了。"恰巧女仆上楼来报范家二少爷有电话来请小姐去听，榛苓立起身来，下楼去听打电话。浣花也走到老太太房中去了。老太太却很奇怪浣花今天怎么在书房里早退呢，浣花在老太太面前却不敢说什么，只好闷在肚里。

夜间回至自己小房间里，书也懒得看，脱了衣服，熄了灯，上床便睡。思前想后，一时哪里睡得着。从自己的亡父和远在北平、天涯漂泊的银珠，以及左菊泉、殷惠林、陈家嫂嫂，而至方仁刚、金人伟等众人，心中充满了怅惘和忧虑。尤其是日间在书房里的一幕，使她心里总是怔忡不定。因为平日她视为蔼然长者的方仁刚，却原来是个好色之徒，蹂躏女性的魔鬼。方才的一刹那，犹如一场噩梦。这样看来，人世间还有什么好人呢？

她想了好久方才睡着。不料将近天明时，一觉醒来，身上觉得凉飕飕的，一些汗也没有，两臂肌肤如冰。一阵凉风吹来，不由打了一个寒战，连忙坐起身来，下床去开亮了电灯，细细一看，方见朝北的靠里一扇窗子，昨夜睡时没有将它紧扣住，以致被风不知在何时吹了开来。又听窗外雨声淅沥，滴在芭蕉叶上，原来下半夜起了阵雨，此刻雨点方才稍停，天空里一闪一亮的尚有电光，雷声殷殷，尚在耳边呢。她就去关上了窗子，取过一条单被，裹在身上，然后熄了灯，仍到床上去，身上只觉得冷。隔了一刻，又入华胥。

次日早上要想起身，却觉得头重如山，额上很热，心头也很不适，坐不起来，自知病了，今日不能到校，只得睡着休息一天了。想想自己孤苦伶仃，在人家为婢女，怎能患起病来，有何人来照料我呢？感觉到一阵悲伤，忍不住泪如雨下，昏昏沉沉地睡着。等到她再醒来时，已是中午。听得叩门声，她勉强起来，开了门，见是张妈走进房来看她，说道："老爷因不见你到书房，所以叫我来看你的，原来你病了。"浣花便告诉张妈昨夜受寒之故。张妈点点头道："这个不要紧，你且睡着，不要起来吹风。老太太那边有的福建神曲，专治风寒饮食诸疾，屡试灵验，我去代你索取一服，煎给你吃下，只要出了一身汗，明日便可退凉了。"浣花道："谢谢你了。"

张妈退去，一边去回复方仁刚，一边又去向老太太讨神曲，煎了一碗，端给浣花喝。浣花千多万谢地喝了，蒙着薄被而睡。一觉醒来，果然出了一身汗，但是窗子上已不见亮光，室中昏昏然，天色已晚了。她住的小房间是在楼下小轩左侧，方向朝北的，是在餐室之后。间壁一间是堆储货物的房间，所以十分僻静。窗外是一个小小天井，通到上房的。本来有一个女仆和她同睡，因为近来那女仆请假回乡去了，所以只剩她一人睡在这里。她时常有些害怕，生了病更觉孤寂。正要起来开电灯，听得门外足声，张妈又来了，代她开了灯，见她醒着，问她可出汗。浣花说了，张妈喜道："何如？这神曲真是灵药，你明天便会好的，不要发急。"浣花又谢了一声，张妈走出去了。

浣花闭目养神，方又默默思念，忽听门响，她张眼一看，突然心中一惊，乃是方仁刚偷偷地走进来了。她就懊悔自己太大意，没有将门关闭。但是方仁刚却十分精灵，一脚踏进了室中，随手将房门闭上，这样空气更见紧张了。浣花连忙颤声问道："啊呀！老爷，你走到这里来作甚？快快出去。"方仁刚道："浣花，昨天你负气走了，今日一直没有见你之面，使我异常惦念，故差张妈来看你，方知你生病了。你生的什么病？怎不叫人怜惜你呢？所以我来看看你。"方仁刚一边说，一边已走至浣花床前。

浣花的床是没有帐子的，方仁刚在床边坐下，伸出手来摸浣花的额角。浣花把手一拦，说道："我是小病，不打紧的。老爷你去吧。"方仁刚微微一笑，拈着他嘴边的胡髭，又说道："我特地走到这里来探望你，你却叫我走吗？多情的老爷偏逢你这无情的小婢，唉！这真是从哪里说起？浣花，你若从了我，我决不会薄待你的。他日老太太故世后，你就是太太了。你放心吧，现在我先给你二百块钱，你可去添办些首饰，以后我每月给你此数，好不好？"方仁刚说着话，从他怀里取出两叠簇新的中国银行五元纸币，塞到浣花手里来。浣花哪里肯拿他的，用力一推，国币落在枕边，正色说道："我早已说过，我决不能屈徇老爷的意思。如要相逼，有死而已。"

方仁刚见她这样坚决，遂也冷笑一声道："我这样爱你，你却无动于衷吗？今夜无论如何，我必要和你快乐。"说着话，伸手来掀浣花身上盖的单被。浣花见势不佳，慌忙坐起身来。方仁刚两手将她按住说道："浣花浣花！你可怜我，依了我一遭吧。"浣花今天病体不适，力气也大为缺乏，极力挣扎，连说："使不得，我要喊了。"方仁刚道："这地方很少人来，你喊也不中用的，快快依了我吧。"浣花果然要喊，喊了一声"你们快来"，已给方仁刚一手掩没了她的樱唇。

正在危急之时，忽听门上连连叩门声响，有人喝道："快快开门。"浣花听得出是榛苓的声音，心中顿时一松。方仁刚却面上失色，此时再不能逼迫浣花了，只得硬着头皮走去开门。门开后，榛苓穿着白纱旗袍走将进来。浣花忙唤"小姐小姐！"方仁刚站在一边，露出一面孔尴尬的神情。榛苓对她的父亲正色问道："父亲！你到这里来作甚？须知这是下人的房间啊。"方仁刚只得强颜说道："我闻浣花偶撄小疾，故来探望一下，不想到你也来了。"榛苓道："我当然是来看她的，但父亲和浣花不但有尊卑之分，且有男女之嫌，瓜田李下，不可不避。此时跑到这里来是何道理，难道这也是孔老夫子的遗教吗？"榛苓说话非常直爽，诘责得也很严厉。方仁刚期期艾艾地说道："我因喜欢浣花好学，不比寻常婢女，所以不避嫌以来此看看她的疾病。"榛苓又道："既然父亲是来探望浣花，那么为何又把房门关上呢？"这一句话问得方仁刚哑口无言，掉转身往外边走去，真所谓遁词知其所穷。方仁刚自知理屈，无颜对他的女儿，所以一走了事。

浣花听榛苓责问的话，十分爽快，心中暗暗欢喜，无异来了一个救星，解去她的重围，从魔掌之下释放出来，遂对榛苓说道："好小姐，你此刻前来解围，婢子心中感激，刻骨难忘，也可以知道婢子并非谩语了。谢谢小姐。"榛苓皱着蛾眉，走到浣花床前说道："老爷对于你真不应该，这种侮辱女性的事，我虽是他的亲生女儿，也不能为他曲恕的。你不要害怕，也不必担忧，我一定帮你的忙，绝不使老头儿可以侵犯你一点半点。"浣花道："小姐这样爱护我，我当衔环结草以报。"榛苓摇摇头道："不要说这种话，你究竟有什么病，我也是听张妈说了而来望你的，这真是鬼使神差，解救了你的急迫。我父亲的事你千万不要和别人说起，他被我遇见了，以后决不敢再来侵犯你。你好好儿地养病，病好后到我房中服侍，他就没有机会接近你了。"浣花笑笑道："谢谢小姐的照顾，小姐的话我总听从。我因昨夜受了些风寒而发作起来，方才张妈给我服过神曲，出得一身汗，明天当可退凉。痊愈之后，我准到小姐房中来。"浣花说了，又把落在枕边的二百元纸币交与榛苓道："这些纸币是刚才老爷硬要送与我，我不肯拿，而丢在这里的，现在归还小姐吧。"榛苓一笑道："他倒这样慷慨吗？我向他要钱，他最多给百元之数，今天我拿了他的也不罪过。好，我就收了，明天代你交代明白，你千万放心。"榛苓说罢，接过纸币，就回身走出房去了。

浣花等榛苓走后，忙挣扎起来，关了房门，然后安心睡眠。夜间心头虽然为了方仁刚逼迫之事，未免有些不宁静，但是身体却好了许多，不再怕冷了。想想方仁刚这种人真是可怕，从今后再不敢踏到他的书房里去了。幸亏他的女儿很明事理，并不偏袒，否则我不能安身于此。想了好久，方才如梦。

次日，寒热果然全退，下床后身子却觉有些疲弱。学校里仍不能去补习，想金人伟这两天不见我去，一定要惦念我了。我既是此地的下人，他也不好意思来访问我的，而且嫌疑也不可不避，他只有闷在肚里了。照理我应该去请假的；然既不好差遣他人，又不便打电话，他大概能原谅我吧。可惜他不知道其中尚有不可告人的内幕呢。我为了遵守我的诺言，且为了自身起见，让这事永远埋藏在我的心坎里吧。她想了一会儿，仍到床上去偃息。少停张妈前来望她，张妈倒是很疼爱她的，见她已退凉，遂又端粥汤来给她吃。

浣花休息了一天，又次日已能起身，但学校仍不能到。早晨梳洗毕，不到书房，却到这里小姐的妆阁里来伺候。像浣花这种人本是人人怜爱她的，榛苓自然更喜欢她。老太太听榛苓要浣花在她房中侍奉，她当然也是无可无不可的，好在自己身边还有一个张妈呢。不过方仁刚书房中缺少了一个玲珑剔透的女性书童了。然而方仁刚给榛苓再度撞破了自己暧昧的事，心中异常懊恨，自叹缘浅福薄，不能得此美婢为娇妾，闷闷不乐。且知榛苓要浣花到她房中去做事，这本是黄家三少奶的嘱托，他有些忌惮女儿的，也不敢反对。这样浣花的难关总算渡过。

隔了一天，她到学校去补习，金人伟和她见面后，见浣花容颜微有憔悴，散课后，他便问浣花何事旷课。浣花不便把这事告诉金人伟，遂说感冒风寒，卧床两日，所以缺课，自己没有请假单，尚乞原谅。金人伟安慰了数语，也就没有疑及其他。

又隔了一星期，天气渐凉，立达妇女补习学校也要开学了。浣花等的暑期补习班也告结束。金人伟遂约浣花在星期四的清晨照常来校，自己要和她去一游西园。浣花也答应。

星期四浣花一早起来，照镜梳洗，面上略略敷一些香粉，身上换一件青点子白底的麻纱旗袍，脚下穿一双白帆布的跑鞋，朴素雅洁。在榛苓面前推说仍是赴校听讲，恰巧榛苓也是常要出去的，不去管她。浣花走到校中，除了两个校役，静静的一个旁人也没有，唯见金人伟坐在教务室里看报。她走进室去，叫声"金先生"。金人伟一见浣花，推下报纸，笑嘻嘻地说一声你来了，随即立起身来。他今天换了一身白色西装，紫色领带，小衣袋上塞着一块花花绿绿的小手帕，插着一支派克自来水笔，脚上穿着白皮鞋，头发也梳得光光的，格外修饰得俊美。随手向架上取了一顶草帽，说道："我们去吧。"浣花跟着他便走。

从普益社走到西园是不远的，两人在晓风里缓缓走着。浣花将一柄小纸扇遮在面上，以避秋阳。过了留园便至西园了。留园是苏州城外著名的园囿，他们为什么不游留园而去游西园呢？原来那西园是属于戒幢寺的产业，那戒幢寺是姑苏城外最大的丛林，远近居民都到寺中来烧香拜佛，做水陆道场，而西园便在寺的西首，地方较为幽僻，游人没有留园之众，园林也较小。但有一个很大的鱼池，池中有九曲桥、湖心亭可以观鱼，可以啜茗，所以金人伟有意到这地方来的。

二人既至园中，也不到湖心亭上啜茗，却在亭北一个小轩里饮茗小坐。轩前翠梧修竹，甚是阴翳。金人伟和浣花面对面地坐下，浣花嗑着瓜子，和金人伟细谈衷肠。照浣花的意思，很想在妇女补习学校里毕业以后，去学校看护，将来可以服务于社会，因为自己寄身为方家做下人，究竟不是长久之计，必须学得一些实用的自立本能。金人伟当然也很赞成她的志向。但他以为浣花的天资非常聪颖，学习看护尚是大材小用，最好学习西医，以深造就。把这层意思说了，浣花虽深感金人伟的鼓励，然以为学习西医不是一件容易的事，期间问题和经济问题都是自己的阻碍，还不如学看护比较简便而速。

他们正在谈得投机之时，不料侧轩和合窗外正有一个人立在那里向他们眈眈地行注目礼，脸上的表情十分紧张，一会儿怒目，一会儿皱眉，一会儿戟指，一会儿咬牙。但是金人伟和薛浣花一些都不觉得，依然进行着他们的谈话。

第十五回

流水落花阿娇生妒意
兴风作浪二悍示淫威

那窗外站立着且听二人讲话的究竟是谁呢？此人乃是个女性，头上云发烫着那时候最流行的飞机式，身穿蓝色的纱旗袍，足踏白鸡皮高跟革履，左手挟着一个蓝色的皮夹，右手提一柄花洋伞。因为她鼻上架着一副太阳眼镜，把她的双眸隐蔽住，所以旁人一时不易辨识了。她立了多时，见轩中人视若无睹，毫不觉察。她再也忍不住，挺起胸脯，叽咯叽咯地大踏步走过来。二人方始回过脸儿，见了她，浣花以为是别的游客，不动声色，仍讲她的话。可是金人伟却早立起身来，向那女郎招呼，说一声何小姐。在她背后还有一个四十岁左右的妇人，半老徐娘，风韵不恶。原来就是金人伟的芳邻何美丽小姐，背后的徐娘便是她的母亲，也就是何天满的姨太太。

说也真巧，今天何美丽的母亲是到戒幢寺去还愿的，叫何美丽陪着同行，烧香随喜之后，尚有余兴，说起西园湖心亭风景甚好，所以便道来此走走，却不料遇见了金人伟，知道这和金人伟饮茗清谈的女郎必是金人伟的女弟子，立达妇女补习学校里的高才生，自己方在恋爱金人伟而未能成熟，因为金人伟若即若离，游移莫定，平日本亦疑心他必有情侣，所以对于她自己未能倾心相爱。今日见了浣花，果然姿色清丽，胜过自己十倍，无怪金人伟不能专心用情于己了。

　　此时她胸中的一股酸气直透额门，不知是妒是怒，咬着牙关，对金人伟冷笑了一声，且不说话。金人伟又走过去向何美丽的母亲叫了一声何太太。何太太道："金先生，你也在这里游吗？我们是烧了香才来的。"照理金人伟应该招请她们到小轩里去同坐，然因有浣花在内，未免不便。且知何美丽的脾气最容易得罪人家，所以他嗫嚅着不多开口。何美丽又冷笑一声道："金先生一向不是说很忙的吗？今日早晨倒有这闲暇和朋友来此做清游吗？"金人伟只得答道："暑期补习班已告结束，今天因陪学生到某女学去报名回来，在此小坐。"这明明是金人伟的遁词，何美丽也不和他辩驳，又对轩中的浣花紧紧瞅了一眼，和她的母亲走向那九曲桥上去了。金人伟道："对不起，下午有暇当来拜访。"硬着头皮回到座上。浣花便问道："方才那位摩登小姐你和她相识的吗？"金人伟点点头道："她姓何，是我的邻舍，故而相熟。"浣花也就不再多问。

　　金人伟又把自己的志向告诉她听，说自己没有读到大学毕业，这也是平生的一个大缺憾。执教鞭虽也是为社会服务，可是对于自己的前途很少进展的机会。以前有个同学姓邵，名闻天，曾从海外留学回来，现在北平办报做经理，有信来招他去助理辑务，自己因为缺少新闻知识，所以尚没有去。一面正在上海函授学校补习新闻系各科，将来也许要到北平一行，以图发展。浣花也很赞成他的志向。

　　两人谈至将近午时，金人伟要陪浣花到酒楼里去用午膳，但是浣花要紧回去，再三辞谢。金人伟也不勉强，付去茶资，一同走出园来。其时何美丽早已和她的母亲回家去了，金人伟因为从西园到桃花坞，路途较远，且又在中午，秋阳甚烈，遂代浣花雇了一辆人力车，又代她付去车钱，看浣花坐着回去。浣花自然千多万谢，甚感金人伟友谊之厚。下学期读书当格外努力，以期不负爱她者的期望呢。

这天金人伟回去后，本来心里很是快乐，但因无端遇见了何美丽，料想何美丽对于自己很有意思，妒心很重，今日给她瞧见了浣花，当然一个题目落于她手，她必不肯默尔而息，就此干休的，必要在自己面前啰里啰唆地多说什么话了。方才在园里虽对她说下午过去拜访，这不过是一时敷衍之话，自己怎高兴去实践？还是在家里看看书吧。所以金人伟在饭后并不到何美丽那边去谈话，而坐在藤椅子里看一本新闻学的书。瑞忠兄妹俩切着西瓜给他吃。

三点钟时太阳渐渐移西，金人伟刚到后边小屋里洗过浴，穿上西装，要想带了瑞忠兄妹俩到城里观前街去买东西，忽见何美丽家里的小婢阿莲笑嘻嘻地走来，见了金人伟，便说道："金先生，我家小姐请你过去。"金人伟眉头一皱道："可有什么要事？"阿莲道："我不知道。金先生过去了自会知晓。"瑞贞在旁说道："今天金先生要陪我们到城里去，没有空，明天来吧。"阿莲道："小姐交代我一定要请到金先生的，金先生若是不去，小姐必要责怪我了，请金先生去吧。倘然有事，自己可对小姐说的。"王氏走过来说道："甥儿，去一遭也好。倘然没有事情，回来后再可入城，否则明天也可以。"金人伟给王氏这么一说，只得点点头道："我就来了。"阿莲马上回身走去。

恰巧有一个同事差人送一封书信来，要他立即作答的，金人伟只得坐下修书作复，迟延了好多时。只见阿莲又匆匆地跑来说道："金先生，请你快去，我家小姐等得心焦了。"金人伟道："马上就来。"瑞忠在旁说一声："君命召，不俟驾而行。"瑞贞却又说道："何必这样要紧，人家又不是吃你家饭的，为什么今天不自己跑来呢？"王氏摇摇头道："不要你们多说。"金人伟遂硬着头皮，整整领带，跟着阿莲走去。

他走进了那座小洋房，从白石阶砌上走到甬道旁边小书室前，阿莲一推门进去。只听何美丽在室中呵斥道："怎么金先生还不见来，叫你请人也不会请到吗？"金人伟踏进室去，见何美丽穿了一件白纱旗袍，半坐半横地偎息在皮沙发里，旁边小几上一架电汽摇头风扇，正开急着，室中凉风大生。何美丽见金人伟来了，一变平时的笑容，蹙紧双眉，并不立起娇躯，只对金人伟点点头道："金先生，你老实说，方才西园里那个女学生姓甚名谁？先生带了学生游园，大概你们俩的恋爱成熟了吗？"金人伟听何美丽对他如此说得太不客气，他也没有坐，倚在窗边，正色答道："何小姐，你不要信口乱道，编派人家。我是偶然的，谈不到什么恋爱不恋爱。"何美丽冷笑一声道："偶然的吗？恐不止这一次了，否则为什么偏会被人家撞见呢？你不肯老实对我讲吗？其实你和你的女学生恋爱，也未始不可能之事，人家也不能管你的，是不是？"金人伟心中也有些气愤，便直截痛快地说道："这当然是我的自由，别人家断不能干涉我的。况且偶然和人喝一回茶，也不能便指为已有恋爱。我不知道你有什么意思？"何美丽给金人伟挺撞了几句话，勃然生嗔，跳起身来说道："你不要赖，我自然也不能管你。但是你太不应该了，你当想想我怎样待你，你却如此无情无义去恋爱女学生。"何美丽说话时，鼓起了两腮，面孔涨得通红。

金人伟虽知何美丽的脾气真坏，所以不敢和她十分亲近，今日还是第一次见她这般发怒。可是他也不肯平白地受她的委屈，又搓着两手说道："何小姐，请你说话谨慎一些，你怎能咬定人家和人恋爱呢？即使我要和人恋爱，这也是我的自由，所谓'吹皱一池春水，干卿的事？'有什么应该不应该？我和你也并无什么……"金人伟的话还没有说完时，何美丽早把脚向地板上一蹬道："你和我没有什么吗？不错，你和他人恋爱，我为什么要管你呢？今天你说这些话，我可知道你的心了。你有你的自由权吗？大约被那小妖精迷昏了，所以对我说出这些话来。但是我总要说你不应该的，因为你完全没有知道我的心啊。我说话一向如此的，没有什么谨慎不谨慎。此事我定要一管，你又怎么样？你算对我发脾气吗？我姓何的是受不了人家一句话的。"

金人伟听何美丽越说越不像话了，自己留在此间和她斗嘴，算什么呢？遂又对她说道："何小姐，你叫我来就是为说这几句话吗？我已领教过了。我哪里敢和你发脾气？惹人家说我不知好歹，我去了，还有别的事呢，再会吧。"金人伟说毕，回身向外便走。何美丽恨恨地说道："你有什么要事呢？还不是同女学生去逛吗？好，我的说话你竟置若罔闻吗？你这人真是无情无义，没良心的东西，忘记了我们以前待你的好处吗？哼！你别要轻视我是个女子，恼怒了我时，你也不得安宁，我这口气总是要一吐的，看你们成就好事吧。"

何美丽恶狠狠说时，金人伟已走到甬道外面，也没有听清楚，自顾走回家里。瑞忠、瑞贞见金人伟一会儿已走了回来，便问何美丽呼唤何事，怎样马上便走回？金人伟也不便直说，只说没有什么事，于是他就带着瑞忠、瑞贞两人到城里观前街去了。

等到学校开学，浣花入校时，因为成绩优美，所以金人伟和众教员特许她跳了一班，实在她的英文也进步得很快，虽说是她用功所致，但若没有金人伟悉心指导，也不能到这地步。这样一来，浣花在校中崭然露其头角了。教员们和几个旧时学生知道薛浣花是金人伟的得意高足，有心栽培出来的，便不免要和金人伟说说笑话。金人伟对于浣花也确乎满储着怜爱之心，大有意思的。浣花当然也认金人伟是风尘中唯一的知己，除了星期日没有一天不聚首的。金人伟因为在新闻学的时候，将各学生编排班次，分配各教员授课时间，登记学生学籍，制造表格，所以较平时忙碌，常在校中办事，在家的时候很少。至于何美丽处自从那天负气走回以后，一直没有去过，所谓落花有意，流水无情。他本来是没有意思的，何况现在又有了浣花，更是处若忘，行若遗了。

　　有一天是星期日的上午，他没有出去，何美丽又遣小婢阿莲来邀他去谈话。金人伟不肯前去，只说适有要事，亟待外出，无暇趋前。王氏劝说也无效。阿莲怏怏而去。金人伟自顾出外去了。他和浣花的情感日益融洽，每天放学后，浣花仍要从他补习半小时，金人伟得空时总和她谈天。二人欢好无间，彼此心头已茁生了情苗爱芽。

　　一天浣花补习后独自挟着书包，辞别了金人伟，走出校门似乎瞥见在她的对面人行道上有一个女子向她十分注意地紧瞧。浣花走了数步，回转头去看时，见那女子似乎在哪里见过的，一时记忆不起。又走了数步，想起此人就是自己和金人伟在西园饮茗时遇见的何家小姐，不过今天她没有戴太阳眼镜，身上穿一件印花绸的单旗袍，式样虽是摩登，然而她的容颜却是不甚高明，叫人看了，绝对生不起美感来的。浣花这时一路想一路走，已至阿黛桥畔，再回头去看时，何美丽正走在她的后面，相距约二三十步路。浣花也不疑心，以为何美丽也是走到这里来的，埋着头尽走。等到自己走至吊桥上面，回头往下一看，只见何美丽也走上桥来了。浣花仍不猜疑，以为何美丽有事进城，恰巧和自己走在一起。

　　她进了阊门，急匆匆地赶回桃花坞，因为今天榛苓小姐请客，自己要在一边伺候的。但当她走进方家大门时，何美丽也从她的背后悄悄地走过来，立在门前向方家大门端详了一下，见门上张着桐城方庐的铜牌，又有吴中尊孔会办事处的牌，她点点头，自言自语道：“原来就是方老头儿的家里，不知她是方老头儿的何人，我不难探问明白的了。”立即回身走去。可是浣花却没有知道何美丽曾蹑足追踪至此的。最近期间她在方家倒很得自由，常在榛苓房中侍奉。榛苓很是爱她，仍准许她去求学，且有时自己也指导她一二，所以浣花外有金人伟，内有方榛苓启发指

161

示，学问进步之速，自可不言而喻。而方仁刚因为浣花已有他女儿保护，自己也不敢过于妄为，不再做癞蛤蟆的痴梦，且也没有机会给他，他只得另想别法了。

这时已过八月中秋，快近重阳。金人伟在学校里办公之时，忽然有两个不速之客前去见他，一看名片下印着管大勇和陈强的姓名，而在管大勇三字旁边另有一行小字注着道"即小棺材"，而陈强的名片上也注着"即陈三官"数字。金人伟就知道是城外的白相人，暗想自己在学界上服务教育，平日规规矩矩，谨守绳墨，和外边人罕有来往，绝少纠缠，这两个白相人来找我是什么意思呢？但人家既要见我，自己也不必怯而回避，遂叫校役引到教务室里来。一看先前走的乃是一个矮大胖子，穿着一件黑绸长衫，剃着和尚头，挺胸凸肚的，甚是傲睨。背后一个瘦长的汉子，穿着一身工人装，年纪较轻，头上斜覆着一只鸭舌帽，两只眼睛骨溜溜的宛如猫头鹰一般，东张西望。

金人伟明知来者不善，只得招呼他们坐下。那个矮胖子坐了下来，便对金人伟说道："这位是金先生吗？久仰久仰，鄙人是陈三官。"又指着那瘦长的汉子道："这是我弟兄小棺材管大勇。"金人伟点点头道："很好，你们两位到敝校来找我，可有什么事？"陈三官道："有一些小事要和金先生谈谈。"金人伟道："请教请教。"陈三官道："我们在外边是到处走动，消息灵通的，风闻金先生在此主持妇女学校教务，成绩很好。然最近颇有人传说金先生爱上了一个姓薛的女学生，常常同出同进，很不雅观，恐怕这事传给教育当局以及一班社会人士听了，那么金先生的名誉岂不要大受影响吗？而且贵校的校誉也要被先生一人连累坏了。如此我等今天前来不避嫌疑，特向金先生下一忠告，希望金先生有则改之，无则加勉，千万不要再和那姓薛的学生过于亲近，有什么暧昧事情，否则恐非先生之福。"

陈三官这番话虽是平白地污蔑金人伟，但也说得婉转动听，在白相人口吻中倒也很难得了。然而金人伟听了这话，不由十分气愤，便道："怪哉怪哉！我们校里确乎有一个姓薛的女学生，因为她非常聪明，十分好学，教师们大都欢喜她，我也另外分出一些工夫来教她补习，但这是学校内常有之事，不足为奇，何劳外界人士注意。至于说我和姓薛的女学生同出同进，这也是莫须有之事，不过先生和学生总是很亲近的，我既然做了她的先生，不能不在一块儿教授讲解，有什么雅观不雅观呢？这真是小事情，不值得惊天动地。我金人伟自问尚是知识分子，爱惜名誉，绝不会做教育界的蟊贼，败坏学校的名誉，这一点尚可自信。二位从哪里听来这种不实的消息，务请不可听信人言。多谢二位的美意。"

金人伟说罢，矮胖子刚要开口，而小棺材管大勇早抢着冷笑一声说道："金先生自以为知识分子吗？我以为这种事在知识分子中间是常有的事。我们不过为热心起见，所以前来通知一声。金先生肯听我们的话，在行为上加以检点，这自然是最好之事。如若金先生不以我们之言为然，傲慢自大，不慎人言，那么我们也不能原谅金先生了。请金先生注意，我们弟兄很有义气，绝不容败类在此间金阊一带胡闹，这是我们可以在金先生面前夸口的。我们的老哥陈三官有谁不知，金先生，是不是？"

金人伟听小棺材的说话较为蛮横，带有数分恫吓之意。他就说道："这个当然，我也知道。不过凡事实则实，虚则虚，不实之事叫人家怎肯接受？二位请忍耐，且用冷静的头脑徐观其后吧。"陈三官道："金先生说的也不错，我们自然要留意看清楚的。所以今天不过先来照知一声，否则我们也不会和金先生这样客气了。金先生既是明事理识时务的，请你悬崖勒马，一省吾身吧。还有一句话也要忠告金先生，就是一个人受了人家的恩德，千万不可忘记，否则便是忘恩负义，我们弟兄对于这一层最是重要。金先生是读书人，不至于连我们也不如吧。"说罢微微一笑。

金人伟听他话中有刺，一时没有什么话可以回答，只得说道："这当然不消说得的，受了人家的恩，岂有不报的吗？"小棺材也说道："既然金先生知道的，那么我们不妨静观后步，但请金先生切莫忘却今日我们向金先生说的话，否则后悔莫及。"陈三官道："言尽于此，我们再会。"说着话，二人一齐立起身来，向金人伟点点头，告辞出室。

金人伟送至教务室门口，也不高兴再送，目睹二人扬长而去。他回到书桌前，坐下身子，将两手扶着头，细细思量，觉得自己做事未尝不可谓非谨慎，在学校里和同事以及学生们感情都很好，并无开罪人家之处，自不致有什么仇人。况自己虽和浣花比较旁的学生行迹稍密，然也颇知自爱，并没有什么不可告人之处，给人家飞短流长，兴风作浪，那么这两个妄人特地赶来和我说那些话，究竟是什么根苗呢？我知他们是风马牛不相及的，要他们来干涉什么？那姓陈的说话尚可，而那个别号小棺材的却很有几分蛮横，说不定以后还有什么问题呢。究竟他们的目的何在？倘然为了要敲诈我，那么一则我和浣花并没有什么把柄在他人手里，不过情谊比较浓厚些罢了；二则我是个穷措大，他们二人若果明悉我的身世，也断无向我来敲竹杠之理。奇了奇了！

金人伟想了一刻，忽然把手一拍书桌道："是了，一定是她教唆出来的。我和浣花的事，干人什么？绝无他人掀翻醋瓮，唯有何美丽，那天在西园遇见之后，她就叫我去，欲向我责问，被我挺撞了几句而走，以后我从未再上她家的大门，她也没有到我家里来过，可知她有深恨于我。她的父亲是个很有名的老头子，阊胥门一带谁不在他的下面，徒党甚多。那两个妄人安知不是何美丽指使出来，故意与我为难的呢？至于何美丽的用意是不难猜得的，不过因为她不欲我和浣花亲近，有意要分散我们，破坏我们，所以不恤出此卑鄙恶劣的手段。唉！她真是毒辣的女子、金鱼缸里的黑鱼精。岂知我金人伟是个自爱的人、高傲的人，像何美丽这种女子，虽是富有，而完全不在我的心上。她无论如何得不到我的爱心，反愈增加我的厌憎。而我与浣花的情谊如金钿之坚，岂她所能分擘的呢？我只是不理会他们便了，包管她黔驴技穷，奈何我不得。好在我和浣花十分光明磊落的，自古道正能克邪，怕他们作甚？"于是金人伟也就把这事淡忘下来，且在浣花面前也没有讲起一句话，恐防浣花听了反要担忧。

这样隔了半个月，已过满城风雨的重阳。星期五的下午，金人伟授课完毕，照常又叫浣花补习。当他教浣花时，门上忽起剥啄之声。他立起身去，开了门一看，是校长来了，便问可有什么事。校长一见室中有浣花坐着，也没有走进来，便对金人伟说道："略有些小事，待你授课完后，我再和你谈吧。"说毕，回身走去。金人伟见了校长吞吞吐吐的态度，心中便有些怀疑，只得仍坐下去教书，但他教书也没有心思了。

课毕，浣花因知金人伟有事，她也不再多坐，便告辞而去。金人伟马上走到校长室里来，校长正坐着等他，一见他来，请他在写字台对面坐下。金人伟便问校长可有什么事吩咐，校长遂从抽屉里取出一封信来，递给金人伟，说道："金先生，请你先一览这封信吧。好不蹊跷！"金人伟接过去，抽出信笺，一看之后，不觉勃然变色。

第十六回

一封书诽语伤君子
百步巷深宵门暴徒

金人伟接到手中展阅的书信，乃是一封无头信，是写给校长先生的，把金人伟痛诋一下。信上写着道：

校长先生大鉴：学校者，乃教育神圣之地，当以礼义为重，断不容有败类窃踞其间。不谓贵校今竟有一败类，肆意妄行，先生其知之乎？败类谓谁？即教务主任金人伟也。金人伟者，性非温厚，地实寒微，夤缘得宠，谬膺教席，乃不思为学生谋幸福黉宫图改良，反而逞其兽欲，诱惑女生薛浣花，借教育之美名，谋恋爱之捷径，人言啧啧，罪状昭著，孰意先生竟懵然不知之乎？若任其胡乱妄行，则满城风雨，狼藉声名，金人伟个人之名虽不足惜，而贵校之校誉亦将一败堕地，莫可洗濯矣！先生主持全校，岂可任意放纵私人，包庇不肖。某等不忍贵校事业一旦毁于败类之手，故敢斗胆进此忠告，所望先生秉公处理，顾惜校誉，当机立断，毋稍徇情，立将金人伟撤职、薛浣花开除，则阴霾去而光明现，贵校声名尚可保全，否则丑事愈演愈多，莫谓苏州全社会人士皆蒙于鼓中，不闻不见，须知一班关心教

育之流，口诛笔伐，大事声讨，绝不为先生恕也。恐以
后虽欲追悔，亦无及矣！谨布区区，幸三思之。此请
教安。

　　　　　　诛奸人白

　　这封无头书信写得十分严厉，而书中"败类""不肖""兽
欲"等诸字映入金人伟的眼帘，更使他十分愤怒，若不是为了校
长在一边时，早要把这书信撕个粉碎。校长见他的脸色发了青，
十分难堪，便徐徐对他说道："金先生，你在外边可有什么冤家，
试猜猜这是哪一种人写来的。"金人伟气哼哼地说道："校长先
生，你也相信在这信上说的事吗？"校长摇摇头道："我就是为了
不信，所以给你一览，而和你开诚布公地详细谈谈。"金人伟把
书信交还校长，咬紧了牙齿，说道："我虽然自问行为上没有什
么不检点之处，尚知自爱，然而有一个人却是和我有些过不去，
也许这封匿名书信就是此人叫人写来的。"校长点点头道："不
错，这个只有金先生自己知道了。我知金先生在本校大概没有什
么冤家，我很看重金先生的人格，像信中所说的事绝不至于有
的。薛浣花也是个很优秀的学生，平日言行很规矩，没有人说她
的坏话。但是那人何以牵及她呢？"金人伟道："校长问得是，这
个我也要解释一下的，我对于薛浣花的行迹确乎比较别的学生亲
近得多。"金人伟说了这一句，校长对他微微一笑。金人伟又道：
"这不过因我对于她的身世颇有同病相怜之感而于她的好学深思
也十分敬爱，所以自愿多费一些功夫，尽我所能地去教授她，希
望她将来可以造就。"校长点点头道："诲人不倦，循循善诱，这
正是我辈优为之事，人家也断不能即此一点，凭空兴起谰言，侮
辱金先生。"金人伟道："还有下文哩。"便又将他和何美丽相识
的经过，以及何美丽瞧见他们在西园饮茗之事，直至陈三官、小
棺材来见自己施以恫吓的话，一齐原原本本奉告与校长听。

校长道："中间有了这种流氓在内，便很讨厌了。怎知那两个便是何美丽指使出来的呢？"金人伟遂又将何美丽的父亲何天满的大名告诉，且说道："何美丽常在外边东跑西走，和她父亲手下的人熟识，这事一定是她在内幕主动的。她完全处于妒恨之心，因恨我的缘故，而将薛浣花牵连在内了。我已将一切的经过老实告诉校长，也因校长平日很知我的，所以不敢隐瞒，还请校长如何酌夺吧。"校长道："我当然相信金先生的话。这种匿名信件本来也是不正当的，何况又是起因在何美丽一个女子，不值得去惊天动地当一件事办。但是何天满这个人我也一向知道他的名气，此地普益社中的事有时也要仰仗他相助，若然他要来干涉时，这事就不好办了。也许这不过是何美丽在暗中的主张，全用着暗箭伤人的手段，恐怕他父亲是不知情的。自古道见怪不怪，其怪自灭，我们且抱不理会态度，看他们又怎样。好在金先生的人格，我们大家信服的，我绝不至于疑心你。你且由他们去闹休，不至于有什么大事闹出来的。但为免贻人口实起见，即日起请金先生对于浣花私人的补习暂时停止，青蝇之讥也可消弭于未来，不知金先生的意思如何？"金人伟叉着双手答道："承校长先生这样的爱护，我五中感激，自当听从明教。此后战战兢兢当愈益谨慎，使小人无所施其伎俩。"校长道："好，就是这么办吧。"于是金人伟告辞出来。

虽然校长不信函中之言，对于他特别信任，然而在他的心版上宛如受了深深的枪刺，难过得很。想想何美丽太是可恶，爱情这样东西不可有丝毫勉强的，不比别的事情，她如何可以强要他人接收她的爱呢？我不爱她，她偏偏向我缠绕不清，不肯放松，这不是孽障吗？她知我和浣花亲密，心怀嫉妒，竟先使流氓向我恫吓，再写匿名信与校长，明明是要拆散我和浣花的姻缘。唉！恐怕她枉费心思吧。像这种行为更使人厌恶，可耻极了。他这样想着，当他回家时候，走过何美丽家的大门，他不由对着红楼，暗暗咒诅。

　　回到家里，闷闷昏昏，不发一言。姨母王氏知道他的脾气，遇有不快乐时，他就不肯多说话。近几天回家来，总是不大开口，今天面上更是一无笑容，可知他不愉快至极了。料想没有别的事，又定为了何美丽的事情。照王氏的眼光看来，何小姐家道富裕，她的父亲又是地方上很有势力的人，既然何小姐不以富有自骄，肯垂青于一个窭人子，那么这头亲事大可结合，将来可以多得一份家产，且可倚仗丈人峰，谋得较好的职业，不是比做教书匠好得多吗？因此她以前在何小姐芳踪常来之时，也曾向金人伟谈过。然而金人伟对于何美丽全没有爱的表示，以为齐大非偶，何美丽不是他理想中的对偶。至于问问他理想中的对偶可有其人，他也没有说。近来对于何美丽的踪迹益发疏了，完全一句话也不提起。而何美丽也没有来过，可知二人的情感破裂了，但尚没有知道金人伟和浣花接近之事，所以一时也摸不着头脑，无语可慰。金人伟也不欲告诉他们，仍自闷在肚里。

　　次日，金人伟授课以后，在教务室里坐定，浣花照常挟了书包，姗姗地走进教务室来。刚才在金人伟写字台前坐下，笑了一笑，拿出书本来时，金人伟对她皱皱眉头说道："浣花，请你原谅，今后想我不能再教你补习了。"浣花闻言，不由突然一怔，忙问道："金先生，你说这话是什么意思？难道你有了别的事情，没有工夫吗？"金人伟摇摇头道："并不是没有工夫，实在因我不能再教你了。"浣花听了，更是诧异，对金人伟脸上注视了一下，蛾眉深锁，又问道："金先生，我更不懂了，请你明明白白告诉我吧。为什么你不能再教我呢？"金人伟叹了一口气说道："浣花，我不能不告诉你，但请你别气恼。"遂将陈、管二人恫吓之事以及匿名书信的寄来，一一告知浣花，且说道："这都是那天在西园遇见的何美丽指使出来的，她破坏我的名誉，而连带你无故遭谤，这是我心中十二分对不起你的。幸亏校长明达事理，他没有将事情揭晓，决定不理不睬，由它去休。不过我要避嫌，所以今后我暂时不能再教你补习了，但校课仍可以教你的，请你不要放在心上。这不过是暂时的挫折，也是暂时的阴翳，将来自有云破月来之日，只要我们能够奋斗到底便了。”

浣花一听金人伟这样说，不由眼眶里已隐隐含有泪痕，低倒了头说道："金先生，不是你累我，这是我累你了。那个何小姐是金先生的情……"说到"情"字，便又缩住，咳了一声嗽，又说道："我不明白何小姐是金先生的什么人？金先生教书的事为什么要她干涉呢？"金人伟道："我早已和你说过了，她是我家的邻女，不过以前我坐自由车闯了祸，曾拜托她的父亲出来说开去的。她父亲是阊门的土豪，何美丽倚仗着她父亲的恶势力，便胡乱妄行。我和她又没有什么好的情感，今番这种举动，完全是任着性子，和我捣蛋罢了。凡事实则实，虚则虚，我也不怕她的。我们的情感岂是何美丽所能横阻的呢？"说到这里，顿了一顿，向浣花脸上望了一望。

浣花仍低着头深味金人伟之言，一声儿也不响，心里却是异常凄惶。金人伟知道这一打击，间接使她芳心非常不快的，然也是无可奈何，自己不得不向她说明的，又叹了一口气说道："浣花，我觉得凡事遇有挫折，并不是可悲的事，往往反易促进它的成功，你相信我这话吗？我和你暂时行迹稍疏，将来……"金人伟说到"将来"二字，却又缩住了。浣花道："我总听金先生的吩咐，金先生叫我怎样便怎样。但我不仅为了自身的名誉而顾虑，也为金先生担一重心事，不要为了我这个不祥的女子而累及金先生的大名，妨碍金先生的事业。金先生也不要为了我而牺牲，倘能不开罪那位何小姐，也未尝不是很好的事，我总不怪金先生的。"

金人伟听了这话，知道浣花有了误会，立刻说道："很好，你说这话还是不明白我的心了，今天我索性对你直说了吧，我的心坎中哪里有何美丽的影子，做什么我要为了你而牺牲？这话根本就谈不到。我的心难道你还不明了吗？人之相知，贵相知心。我自遇到了你，别的人没有能够占据在我的心里了。"

浣花听金人伟说得这般恳切，益发抬不起头来。金人伟又用很柔和的声调说道："浣花，你为了我就受一点委屈吧。"浣花抬起头来说道："我已说过，我总听从金先生的吩咐，有什么委屈不委屈？你说我不明白你的心，可是我的心金先生也能完全明白吗？"金人伟给浣花这么反问了一句，不由微微一笑道："很好，我们的心彼此明白的，即使有少许不明白，将来也自会有明白的一天。我总是万分对不起你，但我总是永不会忘记你的。"浣花听了这话，脸上不由一红。

这时候门上又有剥啄之声，金人伟开门看时，乃是校役，手里拿着一张名片，说道："有客求见。"金人伟接过名片一看，不由满面含笑，自言自语道："原来是他来了。难得难得。"又对校役说道："你请他在会客室里稍坐，我就来见他了。"校役答应一声退去。浣花知道金人伟有客，也不敢再逗留，便起身告退，低声说道："我明天起不来补习了，愿你一切小心，莫受小人的中伤，我总是听你话的。"金人伟道："谢谢你，我请你也不必为了此事忧愁，我们总可以对付过去。"浣花向金人伟点点头，道一声晚安，然后走出室去。

金人伟等她去后，便去见客。那客人是谁呢？原来就是金人伟那天在西园和浣花谈起的邵闻天，是个魁梧奇伟的少年，穿着一身簇新的西装，神采奕奕。故友重逢，喜悦无限。金人伟立即陪他到酒楼里去喝酒谈心。

经邵闻天的一度叙述，始知邵闻天到江南去，是畅游苏杭名胜的，游毕便要到南洋去一行，和华侨方面有所接洽。邵闻天问起金人伟近况，金人伟觉得无善可陈，言谈之下不免大发牢骚。邵闻天道："我早劝你放弃粉笔生涯，到北平来襄助辑务，我们老朋友何事不可合作？而你偏偏再三谦辞，未能即允，实使我不胜遗憾。此时我到南洋去，也是要和几个华侨中间的实业巨子谈谈，倘能携得一笔经费，回国后便可在北平再办一种报纸，或是杂志，专载侨务，和侨民互通声气，且在国内树立一通信机关，以图发展。所以此行我是抱着很大的希望，但自觉尚少一个助手，相助我办理文牍和宣传诸事。想到人伟兄才思敏捷，笔底丰富，倘能同我一起前去，使我得益不少，定有很好的收获，所以我今天特地前来拜访，商请你季布一诺，不知你的意思如何？"

金人伟笑笑道："我自愧没有什么学问，承老哥这样看得起我，雅意殷殷，感切肺腑。恐怕我跟了老哥前去，徒为羊公不舞之鹤，有负主人奈何？"邵闻天哈哈笑道："彼此自己人，何必要说客气的话？只要你能够答应，那就使我欢喜不尽了。你现在可算同意了吗？"金人伟道："且容我考虑一下，明天再给你回音可好？"邵闻天摇摇头道："何必如此？我这个人最喜欢爽爽快快的，你然能够答应，何必再要考虑？我绝不会使你上当的，自己同学在一块儿做事，不很好吗？今晚你必要决定的。"金人伟道："这本是我极愿意做的事，不过此间校长也和我感情很好的，何能中途解职？"邵闻天道："凡事贵在达权，你如为自己前途起见，不能顾此而失彼。这里的事我以为并非什么很好的，舍弃了也好。不妨请个人暂时代庖一下，有何不可？"金人伟点点头道："不错，此间的教职本如鸡肋，我也是暂时的，不过莘莘学子和我感情很好，弃之可惜。"邵闻天哈哈笑道："得天下英才而教育之，三乐也，何况绛帐中多女弟子，大概你诲人不倦觉得名教中自有乐地，所以不忍弃去呢。好，我望你做个乘风破浪的宗悫，到南洋去走一遭吧。"金人伟道："承老哥这样热心提携我，我一准附骥。但请稍缓数日，待我把此间的事略为料理一下，请了一位代替的人，然后方可追随左右。"邵闻天道："你尽可徐徐处置，我后天要到上海去小作勾留，再欲一探西子湖胜迹，然后回来和你一起出国。好在护照领取也费一些时间的，明天请你把照片交给我，一切由我代办。"金人伟道："很好。"

两人把正事谈妥，开怀畅饮。金人伟又要在明天陪邵闻天到天平山去赏红叶。邵闻天自然答应。酒阑灯灺，二人出了酒楼，握手为别。邵闻天住在铁岭饭店，近在咫尺。金人伟却到南星桥船埠去定下一艘画舫，然后独自向朱家庄走回去。

那边在夜间行人很是寥落，深巷野犬，吠声如豹。金人伟走到一条很黑暗的小街堂口，名叫百步巷，忽见巷里蹿出两个人来，都穿的黑衣裳，头上深覆着铜盆式的呢帽子，一时瞧不清楚是什么人。内中有一个瘦长的向自己身上直撞过来，要想避让也来不及，一下子撞得自己倒退数步，险些儿跌了一跤。幸亏那边有一堵矮墙，把自己挡住。然而后脑勺子碰在墙上，怪疼痛的。他正要喝问，早有一人厉声说道："姓金的！不要脸，做了教员引诱女学生。你家太爷特来收拾你的，等候多时了。"

金人伟一听这话，方知这两人并非别的路道，乃是专向自己寻隙的。仍是为了这件公案，秀才遇了兵，有理讲不清。此刻我一人在此，附近又无警士，双拳难对四手，好汉不吃眼前亏，我还是不要理会他们，赶紧走吧。他这样一想，立即回身便走。

谁知那两个人偏偏不肯放松他过，早又如饿虎扑羊般从他身后飞步而上，拦住他的去路，喝道："不要走！没有这种便宜事的。"金人伟见自己一时脱身不得，只有竭力设法自卫，所以他壮着胆子，鼓起勇气，大声说道："你们是哪里来的？我和你们往日无怨，近日无仇，今晚拦住我作甚？"瘦长的冷笑一声道："金人伟！你自己想想你这个人对得起人家吗？你有心吊女学生的膀子，我们断不容你这样做，非请你吃些苦头不可。"金人伟听得出这人的声音，就是小棺材，料他们为了自己不去理睬，所以用武力来对付我了。幸亏自己虽是个文人，以前在校中也很喜欢运动，和人家赛跑过，拳术也略知一二。今日到了紧要关头，不得不和他们拼一下子了。

　　小棺材见他不响，早已唰的一拳打向他的胸口来。金人伟赶紧侧身让过，小棺材的同伴却又从他旁边飞起一脚，踢他的肾囊。他又侧身跳开，咬紧牙齿，也向小棺材头上一拳打去。小棺材把手臂格开，又是一掌打向他的脸上。金人伟抖擞精神，展开双臂，力敌二人，斗了几个回合，背心上吃了一拳，知道自己断难力敌。他就用足气力，觑个间隙，向小棺材猛冲过去。小棺材见他来势凶猛，连忙跳向一边躲避。金人伟得个空，立即拔步就逃。听得背后脚步声，二人从后边追来。但是金人伟跑得快，早已穿过了一条小巷，前面已有警士，且已离家不远，心中略定。回头看看已无追的人影子，知已脱险，遂急急回家。

　　进得门后，王氏见他气喘吁吁，面色很不好看，忙问何事。金人伟说有两个流氓向自己寻隙，动手殴打，幸被自己兔脱，但已被击了一下。王氏尚不知其中缘由，吃惊不小，劝他以后不要再走夜路，以防匪人。他也只得唯唯答应，不欲将个中内幕告诉他的姨母。

　　睡到枕上时，细细思量，觉得何美丽的手段太毒辣了。她仗着父亲的势力，自有一班爪牙帮她胡乱行为。我是个没有势力的文人，总和她对垒不过，但是天与我以良机，有我的老友要我到南洋去一遭，我乘此时离开苏州，出外奋斗，倒也含着自己的素志。不过和浣花相聚多时，一旦临歧，未免有些依依不舍呢。然而为了我的前途计，我只得暂时和她分离，这虽好像为何美丽逼迫之故而和浣花分开，但何美丽仍不能如愿以偿，徒望和人家做冤家罢了。她哪里能够得到我的心呢？想了长久，方才入梦。

　　次日一清早起身，他就去买了不少水果和干点心，赶到铁路饭店带了自己的照片，陪着邵闻天去下船，到天平山去游玩秋色。邵闻天兴致很好，但他的眼光也很锐利的。今天他觉得金人伟欠缺精神，有许多地方是勉强陪着他谈笑，似乎有重大的心事一般，心中便觉有些奇怪，忍不住要问个究竟了。

　　在天平山上钵盂泉边啜茗的时候，邵闻天便向金人伟苦苦询问，有什么不豫之事。金人伟因邵闻天是老友，无事不可告诉，何必讳莫如深呢？遂将自己和何美丽相识，又和浣花如何情深，课余出游，以及流氓恫吓，匿名书信，直到夜行遇暴诸事，大略告诉一遍，且说道："老哥的一双眸子真是厉害，能够洞微烛隐，小弟也不敢隐瞒了。"邵闻天听了，笑道："我这双眸自问还不错的，你既有这种麻烦，那么随我到南洋去一游，这是很好的解决。像何美丽等一班人，都是下流无知之辈，不必去和他们计较，还是避去为妙。至于你若和那位女弟子情感浓厚时，你们仍可互投尺素，彼此灵犀常通的。所谓可离者形，而不可离者心，只要你们心为磐石，有谁能离间你们呢？好，我本恐你惮于跋涉远征，未必能有决心伴我出去。现在既有这个刺激，正好使你决然舍去，别图发展。千万不要为了儿女之情而消磨豪气啊。"金人伟拱拱手道："那自然不敢，我已决定了，我很感谢你的忠告，定当追随骥尾。故乡虽好，究非我留恋之地。人之多言，亦可畏也。若从圣人明哲保身的话，当然我还是离去苏州的好。即使老哥不来劝我同行，我也要想迁地为良了。"邵闻天道："很好，这是天意要使你离开苏州的了。我杭游回来后，定再至苏邀你同行。在此短时期内，你一切须要小心，外边既有人暗算你，不可不防。"金人伟点点头道："小弟自当谨慎。"于是二人谈了一会儿，又登上白云，纵眺风景，日暮始返。

　　又次日，邵闻天别了金人伟，坐车赴沪。金人伟依旧到校授课，他预备在这数天内常住在校中，不到外边去，也不回家，这样使小人无所逞其技，这是他和校长商量后而决定这样做的。且把自己将随友人往南洋一行的意思告知校长，向校长辞职，请别人代理教务。校长虽然不愿意金人伟中途他去，但因金人伟别有远志，也不能耽误他的。且因金人伟正在多事之秋，勉强留在校中，也恐有他种事故演变出来，于是不得不允许他辞职了。

　　这天上课时，金人伟也没有和浣花谈话，照常授课。放学时回到教务室中，预备把许多未了的校务逐渐清理一下，以便交代。却见浣花推门走了进来，金人伟以为她又来补习了，不由一怔，只向她点点头。浣花在他对面一张椅子上坐下身子，金人伟叉着双手问道："浣花，你今天可是来补习的吗？"浣花摇摇头道："不是的。金先生已和我说过了，我怎么再来补习呢？我此来是有几句话要告诉金先生知道。"金人伟忙问道："什么话？"说时，把鼻上眼镜推了一推，双目向浣花紧瞧着，很急切地等待浣花开口。

第十七回

适彼异邦苦心避鬼蜮
送君南浦微意通灵犀

　　浣花从她怀中摸索出一封书信来，颤颤巍巍地递与金人伟，说道："金先生，你这里有了信，我寄迹的地方也有信了。那人的手段真是卑鄙，也很恶毒，却和我们这样死做冤家吗？至于我和她更是没有什么关系，为什么也要污蔑我呢？"浣花说话时，鼓起两个小腮，蹙紧一双蛾眉，显露出十分懊悔的样子。

　　金人伟接过了信，却不先看，把手搔搔头皮说道："唉！怎么你那边也有信来吗？他们真是一不做，二不休，对我们很用着积极手段的。"浣花道："他们十分毒辣。这封书是写给我家主人方仁刚的。"金人伟忙问道："方仁刚自己接到吗？"浣花道："当然方仁刚亲自接得的，信上说得十分厉害，含血喷人。他们说我是借着补习为名，到校中去和青年男教师畅谈恋爱，私游花园，不恤名誉，不守女训，行为浪漫，宜加约束，所以警告我家主人，不许我再到学校上课，加以禁锢。金先生，你想这种污秽之词，叫我如何当得起呢？"浣花说到这里，脸色变得青了。金人伟把信展开，匆匆读了一遍，果如浣花所述，信上很有几句侮辱浣花之言，怪不得浣花要发急，便问道："方仁刚对你怎样说呢？"浣花道："方仁刚本来恨我，现在得到了此书，当然是有题目了，如何肯轻易放过我呢？"金人伟又问道："奇了，方仁刚既收留你在他家服役，何以又要恨你呢？"

浣花给金人伟这么一问，自觉失言，又不好把自己和方仁刚的事直言相告，只得说道："方老头儿的脾气是很古怪的，他因我不去服侍他而在小姐房中伺候，所以近来不大喜欢我了。他得到此信后，大发雷霆，便将此信给他女儿榛苓阅看，责问我何以在外面不顾名誉，大胆妄行。我虽用话为自己辩护，但一时怎能洗刷得清？他们哪知其中的内幕呢？幸亏榛苓小姐态度还好，以为这种无头书信也不可过于相信，或者外边有什么人和金先生不对，而造出这种谣言来中伤的。不过空穴来风，并非无因，吩咐我以后自己也须格外谨慎。方老头儿一定不答应，他定要强逼我停学，不许我再到这里来读。我虽极力争论，仍是无效。榛苓小姐也劝我不要再来读书，免得名誉被人毁坏，于自己有损无益的。且许我她用课余的光阴来教授我的英算。我拗不过他们的命令，只得答应读完这个星期不再来校了。一方面我也知道金先生的冤家处心积虑，不达到他们的目的不止，以后事变之来，层出不穷，积毁销骨，众口铄金，将来也许要我们蒙受不利的影响，又岂是我们之福？我既不到学校，自然和金先生踪迹渐疏，谤言也自会止息。好在金先生说过，人之相知，贵相知心。我的心自然金先生早已知道的了，所以还是让我停学的好了。至于我的求学问题暂缓再说吧。我只望金先生平安无事，稍微牺牲一些，是没有什么问题的。"浣花一边说，一边眼眶里珠泪隐隐盘旋欲出。

金人伟对她点点头道："你的一片好意，未尝不使我深深感激。事变之来，真是出人意外，我哪里料得到你也要为了我而蒙不白之冤？这是我十分歉疚的。不过现在我尚有一件事情要告诉你，就是此事的最好解决。"浣花听了，眉峰稍舒，忙问道："金先生有良好的解决吗？这是我深深地盼望的。请你快告诉我。"金人伟遂把他的知友邵闻天南来，劝他辞了教职，一同到南洋去的事，告诉浣花听，且说道："立达的教职在我看来本如鸡肋一样，早想到别地方去谋发展，现在此间的环境又如此恶劣，既有这个机会，我还是早求出路，弃去这个粉笔生涯。不过我在此间教书，和一班女弟子聚在一起，感情上都觉得很好。彼此真诚相见，一心一德，把道义来勖励学问来研究。不像社会上尔诈我虞，处处遇见他人以假面目相向，甚至有投井下石，口蜜腹剑，争权夺利，不惜挤人于死的。所以我虽要离开苏州，而很不愿和我的学生分别。"金人伟说到这里，浣花的蛾首早已低垂下去了。

金人伟又说道："更有你是我最敬爱的人，虽然萍水相逢，而意志却很投合。我们都是忧患中人，要向这个荆棘纵横的世界去奋斗，所以我是对于你表着十二分同情，而你也明白我的意思。像你这样聪慧幽静，真是野草中的百合花，空谷里的幽兰，真的非凡卉所可几及。现在有人对于我们嫉妒而要毁伤我们，不惜施用卑鄙恶劣的手段，冀望拆散我们的姻缘。"金人伟说出了"姻缘"两字，不由面上一红，连忙说道："浣花，请你原谅，我的说话太直率了。"浣花低着头说道："金先生真是我的知己。我前天在书上读到'士为知己者死，女为悦己者容'，古今同有此感，所以金先生尽凭怎样说，都是由衷之言，精诚所至，金石为开，何况我这个人也是富有情感之人呢。"金人伟点点头，又说下去道："以前我虽抱着不理不睬的手段，但他们一再逼迫，使人不能忍受，所恨一介书生，地位卑微，无力去和他们周旋。只要我离开苏州，他们便奈何我们不得。那何美丽用这种恶劣的计划来和我暗战，这又有什么用呢？真是损人不利己。"浣花道："妒心的为害很大，我在古人笔记里也看到几则嫉妒的故事，结果都是很不幸的。所以我还是退避的好，宁可自己牺牲学业。现在金先生既然要离开苏州，我更不一定要来这里读书了。"金人伟微笑道："我若然不在这里，你到这里来读书就没有问题了。何美丽的目的是在我身上，你是被累的。她若失去我的目的，何必再和你做冤家呢？"浣花道："金先生的话不错，但我觉得金先生不在校中，使我读书的兴趣大为减少，还是在榛苓小姐处补习的好，到了明年，我当再想别法。"金人伟道："不错，你也不能长为人佣的。我想明年你也可以离开方家，到正式的学校里去住读，那么进步自然更快。你若感觉力量缺乏，我无论如何必要设法帮你的忙。好在我到南洋去，也不过几个月的时间，在这时间中你就屈居于此，我一定不忘记你的。"

浣花听了此言，不由大为感激，滴下数点眼泪，又对金人伟说道："我是个乡村女娃，雇佣于人，以免饥寒罢了，又无有学问，承金先生如此看得起我，垂怜于我，谆谆教诲，要相助我谋来日的自立本领，这样的热心大德，中心藏之，何日忘之。我当益发自己勉励，总期不负金先生的厚望。"金人伟道："你别这样说。西谚云'天助自助者'，我国古书上亦云'自求多福'，我相信你将来必能够成功的。南洋回来之后，再到苏州来和你谋面。我们二人彼此一条心，皇天不负有心人，他日自有进入乐园的一天。我好在此间也没多日了，你也一准从下星期起暂时莫出来吧。"

二人这样谈了好久，浣花告辞欲去。临行时，金人伟又问她道："我想当我离苏之时，再要和你一见，但你既然不到学校，我无从和你通信，你想怎样办法最好？"浣花想了一想道："你若差人来时是不方便的，还是用学校的信封，写一信寄来，我可以叮嘱门公赵老老，请他把我学校里来的信暗地里留给我，不要交给主人。他对我很好的，一定能够允许。金先生，你就这样办吧。将来你到南洋去后，我也希望你常和我通信的。此后你虽不能面授我学问，在函札上也未尝不可随时赐我雅教，这条路我必要设法打通的。赵老老忠厚性成，绝不会从中作梗。"金人伟大喜道："既然你如此说，我就依你的办法了。"浣花遂道了晚安，翩然走去。

金人伟独坐在教务室中，瞑目默思了一会儿，浣花的倩影常在目前，自念娟娟此豸，我见犹怜，萍水相逢，顿成知己，这恐是佛说的缘吧。然而为什么偏又有何美丽从中作梗，妒花风雨，务要摧残人家的姻缘，这难道又是造化小儿故意作弄人家吗？但古人说得好，失败乃成功之母，又说忧患玉成，晏安酖毒，以后我不但要为自己而奋斗，更要相助浣花，使她也能够有一出头的日子，那也就不负我们二人的一番遇合了。他想了一会儿，然后振起精神去办理他要办的事。

从这天起，他暂时借宿在校里，不回家去，以免何美丽那边的人无端寻隙。到了下星期，浣花也辍学不再来校了。学校里的同事和学生都知道金人伟将有出国之行，遂在校中开了一个欢送会，又在附近一家西菜馆设宴饯行。不多几天，他的事务已交代完毕，代他的人也已有了着落，而邵闻天畅游浙东山水之后，回到苏州，仍旧下榻在铁路饭店。金人伟请他吃饭，邵闻天问金人伟校务可已交代没有，金人伟答称一切办妥。邵闻天道："那么请你明天预备行装，后天我们可以动身赴沪了。"金人伟道："请你多留一天，我准于星期四动身，因为我准星期三还要和一个朋友会会。"邵闻天笑道："什么朋友？可是异性的？"金人伟道："我在外边没有什么交际，不像老哥件件都能，老哥可是打趣我吗？"邵闻天道："我准多等一天便了。"这晚金人伟回到学校中，立即在灯下写好了一封书，预备用明早付邮，寄至浣花处，预计后天早晨可到，幽约浣花后天下午在城中护龙街尚书里怡园一叙，风雨无阻，请她必要设法前去的。

晚上他有了心事，十分兴奋，睡也睡不着。次日一早起身，带着信出去，付之邮筒，马上跑回家里去见他的姨母。这事情好在前天他已告知姨母了，王氏听说他的前途有发展的希望，也很赞成，所以今天他告诉行期之后，王氏便要他明天在家里吃午饭，算是饯行的意思。金人伟自然答应。他在家里又检出一点要用的东西，带到校中去，放在行李一起。此次往南洋去，是热带地方，无须携带寒衣的，所以较为简便。

这天他又伴着邵闻天往城中去遨游，学校里的教课他早已交代给人了。畅游了一日，晚上又在邵闻天所住的铁路饭店里促膝闲谈，两情欢洽。到更深时他就住在邵闻天的房间里，陪伴好友。次日早晨起身，他又和邵闻天出去饮茗吃点心，到十一点钟时回至家里。王氏烧了许多菜肴，都是金人伟平日爱吃的菜，摆满了一桌。王氏和瑞忠、瑞贞一同坐着相陪。瑞忠提着酒壶为金人伟敬酒。王氏喜滋滋地对金人伟说道："甥儿此去，希望你能够发了财回来，娶一个贤惠的女子，成家立业，那么我姊姊在地下也要含笑了。"金人伟笑笑道："哪里哪里，我此去不过为我的前途谋一些发展而已，怎谈得到发财?"王氏道："我知道你是个有志气的少年，将来一定有好日子，你姨母的说话不会错的。"金人伟道："谢谢姨母的美意，他日我若有一些成就，决不忘姨母抚育之德的。"王氏摇摇头道："我有什么好处给你呢，不过我们都是自家人，休戚相关，大家希望好的。你到了南洋去后，也要常常写信来，免得我挂念。"金人伟道："当然我要和姨母常常通信的。"于是大家快快活活地吃了一顿。金人伟因要赴浣花之约，所以洗面后急匆匆地出门，坐了一辆人力车，赶到怡园去。

那怡园是吴中顾氏的私家园林，地方十分幽静，绝鲜尘氛。院中花木明瑟，假山玲珑，极曲折之胜，不过栏楯稍旧罢了。因为不收游资，不卖票的，游客也不多了。金人伟步入怡园，这时已在十月底，园中风寒木落，池塘水涸，所以没有什么美好的风景。但他们俩约会于此，并非是要游玩，目的不过借此谈话，所以也没有什么关系。金人伟走到荷花厅相近的回廊里，见浣花站在厅前庭阶，上身穿一件淡灰色呢的衬绒旗袍，又罩了一件蓝色的外衣，颊上微微涂着一些胭脂，格外见得妩媚，连忙叫道："浣花浣花。"

此刻浣花也已瞧见他，遂带笑上前欢迎说道："金先生，我来此多时了。早晨接到你的信，吃了午饭，马上就来的。"金人伟和她一握手道："对不起，我因姨母饯行，来迟一步了。"浣花道："你从城外进来，路是很远的，一些也不迟慢，我自己来得太早咧。"说着话，一只手放在金人伟的手掌里，一些也不动。金人伟觉得柔荑入握，软绵绵的更触动心中的温馨。他起初也不顾冒昧，径和浣花握手，而浣花柔情若水，也露出很恳挚的情绪，足见伊人之心于己无忤了。遂手携着手地走入荷花厅。

金人伟一眼瞧见左首方桌上放着几样罐头食物和一小匣东西，知是浣花买来的，便一手指着问道："这是你去买来的吗？"浣花点点头道："正是，这些罐头食品是我送与金先生在轮船上用来佐膳的，还有一打领带，不知金先生对于颜色式样中意不中意，他日金先生睹物思人，或不至于忘记了吴下一弱女吧。"金人伟听了，心中有说不出的感谢，连忙说道："啊呀，你太为了我而花钱了，何必如此厚赐呢？我也没有什么东西送给你，却之不恭，受之有愧。浣花，你叫我怎样办法呢？"浣花微笑道："这种不值钱的东西也值得挂齿吗？况且老师远行，弟子也应该送一些礼物，你何必要过意不去？我得你的好处也多了。"金人伟道："你说的话都有道理，但此后我们都离开学校了，不必再用师生称呼，我和你是朋友。"金人伟这样说，那握着浣花纤手的手掌也紧了一紧。

后面走进一个茶房来，是来问他们要不要烹茗的。金人伟和浣花的手方才松了开来。二人要了两壶淡茶，就在桌子边两对面坐下。金人伟问道："这几天你不出来，在方家可照常读书写字吗？"浣花答道："金先生勉励我的话，不敢忘记，所以我依旧分出时光来自习一些，不敢懈怠。韩昌黎不是说过'业精于勤荒于嬉'吗？我待榛苓小姐回来后，又请她教我英文。"金人伟点点头道："你的学问进步多了，读过的书都能记得牢，可喜可喜。古人说，'士别三日，会当刮目相看'，将来我对你也是如此。"

浣花笑了一笑道:"金先生不要赞我,使我愧不敢当。金先生的前途才是飞黄腾达、进步无量的。明天你一准动身吗?"金人伟道:"是的,我的朋友已多待一天了,所以我要今天约你在此一谈,以后我们的见面时候更少了。苏州虽是我的故乡,不忍舍去,尤其是你,我更不忍别离的。"

金人伟说到这里,喉音有些凄哽,浣花的头也低下去了。金人伟恐怕她要悲戚,遂改变语调说道:"虽然是这样,可是别离者形,不可离者心,恐怕我前次已和你说过了。况我此去至多半载就要回来的,明年荷花开放时,我们仍可在姑苏台畔握手言欢了。你也不要为了我而不悦,否则我心更不安了。"浣花道:"我虽也不忍金先生离开我,然知道这次是金先生事业的发轫之始,断不可为了个人的私情而贻误你的前途,所以很赞成你跟你的朋友远征南洋。金先生是个有志气的人,任重道远,自知勖勉,也用不着我这个没有学问的人来多说什么。我所希望的就是请金先生别要忘记我。"金人伟将手轻轻拍着桌子道:"你能够说这些话,就是有学问的人了,你不要自视过卑,像你这样的好女子,在这浊世中也是不可多得的。你的情影已深深印入我的脑膜,你的柔情已缕缕刻上我的心版,我哪里会忘记你呀?浣花浣花,谓予不信,有如皦日!"

浣花听了这样恳切之言,粉颊微红,珠泪晶莹地从她眼眶里滴下来。她抬起头来对金人伟嫣然一笑道:"金先生这样赤心待我,使我这个弱小的女子感谢极了。我的心坎里也只有金先生一个人,别无其他。请金先生不要过于悬念于我,我一切尚知自爱,始终如一。"金人伟点点头,提起茶壶来代浣花斟了一杯。浣花又问道:"近几天金先生住在学校里吗?那边可有什么动静?"金人伟道:"没有什么动静,大概他们已知道你不到学校了。上星期六何美丽曾差她的婢女到我家里去过一次,因我不在家中,那婢女也没有和我姨母说什么,立刻走回去的。我不知道她是何用意，必要使人难堪，硬生生和我们作对。"金人伟的话没有说完时，浣花笑了一笑道："她的用心灼然可见，金先生难道还不料到吗？我不信。"金人伟叹道："落花有意，流水无情，我今远适南洋，她又怎样奈何我呢？这岂非空做闲冤家，损人不利己吗？"浣花笑道："这就是我所说的害在一个妒字上了。我虽女子，也知道女子是善妒的，即如我在学校里，金先生和我比较亲近了一些，便有几个同学喜欢多管闲事的，也曾在我面前说许多尴尬的话，有时使人啼笑皆非，奈何他们不得。我也不敢在金先生面前提起。"金人伟点点头道："是有这种现象的，难为你了。"

二人这样絮絮地喁喁地谈了好多时候，看看日已垂暮，金人伟一看自己腕上的手表已有五点一刻，园中暝色笼罩，欲留不得。刚要开口，浣花已对金人伟说道："时已不早，我也要回去哩。愿金先生长风破浪，旅途平安。一到南洋，马上写信来。好在我已和方家门公说妥了，外来一切信函都由他代我收存，不致落在他人手中的。"金人伟道："这是再好也没有了。我在船到香港时，就可以有信给你的。"浣花道："如此我更不觉寂寞了。"金人伟道："你送了我许多东西，我却没有什么送你。《诗经》上说得好，'投我以木桃，报之以琼瑶，匪报也，永以为好也'。无论如何，我也应该送一些菲物给你的。"金人伟一边说，一边从他的西装衣袋上取下一支康克令的自来水笔，双手奉与浣花道："这支笔虽不值钱，且早已半旧，然在我中学读书的时候，某西人送给我的，我用它已有数年了，一直不离我的身边的。笔套上面还插着我的一张很小的小影，是一年前摄的，面貌还没变，我一起赠送你，用它书写，且留个纪念，那么我这个人好似常在你身边，万勿见却。"

浣花接过自来水笔，向金人伟带笑说道："多谢多谢，你把这样珍贵可爱的东西给我，我谨拜登受，深深地领你的情，只是你自己没有用的了啊。"金人伟道："我友人邵闻天昨天和我说过，他到上海后将要买一支派克自来水笔送我，那么我也不愁没有用的了。这笔虽不值钱，就因为上面有我的小影，所以我送给你了。但我还有一个冒昧的要求，就是也要请你给我一张小影，留个纪念，不知你可肯赐予吗？"浣花道："最近我也没有摄过影，只在我入学之时曾摄过四张二寸的半身小照，现在我尚有一张，金先生既不嫌弃，我就敬赠予金先生。等到他日，我再摄一全身的小影补送给你，可好吗？"金人伟道："很好。"浣花遂从她的手皮夹里取出一本怀中记事册，从记事册里检出她的一张二寸的半身小影呈与金人伟。金人伟接过，看了一看，果然明媚无比，谢了一声，藏到他的西装口袋中去，又说道："好，我们二人彼此一心，希望将来有收获。浣花，你自己珍重吧。我不得不离开你了，再会。"说罢，立起身来，付了茶资，携着浣花所送的东西，两人并肩地走出怡园，心里头各有一种难过，真是黯然销魂者，唯离别而已。

金人伟又对浣花说道："此刻天色晚了，从此间到桃花坞，路是很远的，我代你雇一辆人力车，坐着回去吧。"遂喊过一辆车子，金人伟先付去车资，站在一边，看浣花坐上了车，大家说声再会，浣花已是把手帕去揿她的眼角了。金人伟更是觉得依依难舍，又说了一声再会。那人力车夫已拖着浣花向前飞奔去了。金人伟遂拔步往南，也要雇一辆人力车坐至阊门，却见浣花的车子拉了回来。他忙问可有什么话，浣花道："金先生，今天晚了，你还要出城，千万不要再回朱家庄，一切小心。你可是仍住在学校里吗？"金人伟点点头道："我知道的，今晚我和友人一起宿在铁路饭店了，你请放心。可还有别的话？"浣花坐在车上，呆怔怔地望着金人伟，默然无语。人力车夫却耐不住说："刚才跑了，又要回来讲话，如有话时，快快说吧。我们的时候，就是金钱，你可肯加些车钱的吗？"浣花仍是不响，金人伟雇的车夫也在那里催走，金人伟遂对浣花说道："你回去吧，我到了香港，再写信给你，请你自己珍重吧。"浣花答应一声，车夫遂又拉着浣花的车子去了。

金人伟也坐上车子，赶至阊门铁路饭店，和邵闻天相见，陪他出去用晚餐。夜间金人伟仍住在邵闻天房间里，次日大家起身，他们是预备坐午车动身的，所以金人伟又跑回家去辞别他的姨母和表兄妹。王氏叮嘱数语。当他带了东西，坐车回阊门时，在路上却遇见何美丽坐着包车回家来。彼此相见，何美丽像要他招呼的样子，他却别转着脸，只作不见。两下里过去了，他又回至校中取了行李，跑到铁路饭店。邵闻天已在那边等候了，一见金人伟，便道："好，我们到火车站去吧。"于是付去房饭钱，二人雇了一辆马车到车站。邵闻天买了两张二等车票，结了行李票，然后进月台等车。隔了一刻，火车已至，二人等车入座。火车离开苏州时，邵闻天是旅客，没有什么感触，金人伟瞧着那个矗立城墙之内的北寺塔渐远渐小，而至于影踪全失，在车声隆隆中，心中不禁有无限怅惘。

二人到了上海，歇宿在大东旅社，盘桓二三天，等候轮船启碇，船票早由邵闻天预先购得。玩了两天，买了几件东西，邵闻天果然买了一支派克自来水笔送给金人伟。当二人下船的时候，上海报界里有几个邵闻天的朋友，还有邵闻天的女戚女友，都来码头上送行。金人伟却是一个也没有，相形见绌，又使他想起浣花来了。等到船出吴淞口，晓色初曙，晨曦照射，海波浴日，白鸥飞随，金人伟立在甲板上，眺望左右，他还是第一次航海，对此浩大的海景，不由尘襟尽涤，怀着远大的希望，悠悠长征。

第十八回

护持逢好友学术有缘
赏识得美人文章增价

时代之轮昼夜不停地向前转动，所以世间最快的就是光阴，人生由少而壮，壮而老，老而死，也不过一刹那间，何况其他许多悲欢离合的事情呢？某年的暮春之夜，北平城里华报馆的三层楼上，一间编辑室里，电灯开得甚是光亮，沿窗一张写字台前坐着一个西装少年，鼻架瑷瑜，丰神俊秀，正握着一支钢笔，蘸着红墨水，在那里批阅通信社的稿件，旁边小写字台上又有一个年轻职员方在整理稿件。那少年低头搦笔写了数行字，批去十数件，放下钢笔，双手抱膝休息一会儿。

室门忽启，走进一个少年来，口里吸着吕宋雪茄，带笑问道："人伟，时候已有六点多钟了，今天晚上的宴会，你究竟应酬哪一处？"那少年连忙立起身来说道："闻天兄，今日稿务很忙，我的意思最好一处也不去，无奈他们总是要嬲我。"说话时，指着对面一张椅子，说道："请坐请坐。"邵闻天坐了下来，吸了一口烟，又说道："我知道你的，梵王宫之宴大概你是不要去的，我所以要问你，就是恐怕你不能代表报馆到记者公会的欢送会席上去了。倘然决定哪里不去的，我可以请总主笔出马。"

人伟没有回答时，桌上电话丁零零地响起来了，人伟连忙拿起听筒，凑在耳朵上听。电话中有人说道："你是金人伟先生吗？

我是朱苏庵，今天梵王宫的小宴，难道你忘记了吗？为什么到了这个时候还不来呢？细柳小姐和我都已来了好久哩。请你快快来吧。"人伟在电话里回答一声："对不起，今天馆里事情较忙，抽身不开……"他的答话还未说完，邵闻天在旁很知趣地说道："你就去了吧，玉人的美意万万不可辜负的。那边的欢送会也不重要。"人伟点点头微笑道："我就来了。"放下听筒，又对邵闻天说道："那边有总主笔吴先生去是更好了，我只得往梵王宫去。"邵闻天道："你代细柳编的《金谷恨》可以完稿？他们是不是向你催稿？"人伟道："这倒不是的，那剧本我已费了一个月的光阴代细柳赶写好了，她已预备排演，恐怕日内急将露布。"邵闻天道："这就是你的成名作，他日红氍毹上声价十倍，美人对你的谢忱又将如何？"人伟微笑道："兴之所至，偶一为之，这还是朱苏庵怂恿之功。恐怕像我这样无才浅学的门外汉，不足为细柳生色吧。"邵闻天笑了一笑，立起身来，说道："以君之才，加以细柳之色艺双绝，美具难并，必能锦上添花，座中客满，辟一新纪录。我不耽搁你的时候了，你就去吧。我向吴先生去说，请他去出席了。"人伟道："谢谢你。"

邵闻天走出去了，金人伟披上外衣，向衣架上取下一顶呢帽，戴在自己头上，对那职员说道："桌上的稿件都已阅过，可以交下去付排，我去去就来。有几封信，你代我用华文打字机打好了，再让我来签字。"职员答应一声。金人伟立刻走出编辑室去了。

原来金人伟在前两年跟随他的好友邵闻天到南洋去调查侨务和侨胞，接洽一切，好在他们两人都是勇于敢为、充满着朝气的前进少年，凭着粲舌和妙笔，收得很好的效果而回。因为有一位华侨是个实业家，他自愿捐出一笔钱来要托二人在祖国办一种侨务月刊，使国内同胞可和侨民互通声气，促进一切事业。所以非但邵闻天的希望已达到，而金人伟也是一位功臣。邵闻天把编辑月刊的事完全付托于他，要他返国以后到北平去相助华报辑务，并办侨务月刊。此时金人伟胆气已壮，不再退缩了。在南洋数月后，他和邵闻天乘轮回国。到了上海，略有几处酬酢，邵闻天因为离国已久，急于返平，更兼报馆里的代理经理闻得邵闻天已返祖国，拍电到上海来欢迎，所以邵闻天和金人伟谈妥约定月杪一同北上。邵闻天在上海略有一些小事摒挡，金人伟便乘此间隙，回到苏州去和浣花相见，因为他早已有函通知了。

这数月的时期中，浣花虽仍在方家服役，然而心里早想离去这地方了。她每天勤于自修，常向榛苓小姐请益。她仗着榛苓为护身符，所以方仁刚不敢再去觊觎她。但是有一个消息传到她的耳朵里，知道榛苓在这个学期要毕业了，毕业之后就要和她的未婚夫范君结缡，那么浣花在方家将失去一个保护者了。倘然跟到范家去也觉不是稳妥之事。好在她已和金人伟常通鱼雁，谈起这事，金人伟在信上已允许她，等他回国后一定想法送她入学校去读书。金人伟到南洋后，差不多每一个星期要寄一封信给浣花。浣花靠着门公的助力，封封信都接到，她也封封信作复，好似练习做文章一般，抒情叙事，刻意修辞，倘然有人把他们二人的书信编纂成书，倒是一部很值得一读的情书大观呢。

她得到金人伟回国的消息，芳心喜悦，天天盼望金人伟来苏。这天得到金人伟的来函，知道金人伟将在下星期到苏州来了，见面匪遥，心里益发欢喜，天天踅到门房里探问有无来函，果然金人伟的信来了，说他已到了苏州，约她在怡园聚首。好在这几天榛苓小姐天天和她的未婚夫出外，对于浣花的事绝不注意。浣花推说要到观前书肆里买一本书，告假半日，她自然答应，哪里知道浣花是去会见她的老师呢？浣花临镜修饰了一回，搽上一些胭脂，越发见得妩媚。穿一件条子绸的单旗袍，这是她积了工钱而购制的，只有一次随榛苓到昆山去吃喜酒而穿过。她今天要去相会久别重逢的金人伟，所以也要穿一穿了。脚上也换了一双平跟革履，此时的浣花和以前在双林镇上大不相同了，走出门去谁瞧得出她本是乡间女娃呢？谁知道她是为人女婢呢？在方家下人中可谓小鸡中间一凤凰了。

凑巧她走至大门边时，方仁刚正和一位朋友从外归来。她慌忙向门房里一躲，已被方仁刚瞥见，连忙喊道："浣花浣花，你在门房里做什么？"浣花只得硬着头皮走出来，垂手立着，唤一声老爷。方仁刚一双色眼从他眼镜下面又向浣花滴溜溜地上下打转，那客人也向她行注目礼。方仁刚又问道："你做什么到外边来？"浣花道："我到观前去。"方仁刚道："不要去，谁叫你出去的？"浣花心里急得什么似的，又只得撒个谎，说道："榛苓小姐差我到观前去买书的。"方仁刚道："她自己不会买，却叫你去买吗？"浣花道："这个我不知道，老爷停会儿自己去问她吧。"她恐防被方仁刚拦住不放，别生梗阻，说了这话，连忙一溜烟地走出大门去了，耳边还听方仁刚在那里咕道："尤物欤？祸水欤？我不得而知之矣！"

浣花连忙坐了一辆人力车赶到怡园来，这时园中又是一番景象，在二人握别的时候，风寒木落，水低石出，严寒方在开始，而今则榴花映红，池水清涟，佳木葱茏，绿荫处处，四下鸟声悦耳，令人可爱。二人仍在荷花厅上见面，浣花觉得金人伟身体发胖了一些，面色却比在苏州时稍黑，大约是到了南洋去，受着烈日熏炙之故，但精神焕发，比较以前强得多了。金人伟见浣花玉貌也已稍腴，暌违半载，玉人无恙，心中自然非常快慰了。握手后，浣花叫了一声金先生。金人伟却带着笑摇头说道："我怎样对你说的？浣花，你又忘记了吗？在通信上你已听我的话而改去这称呼了，现在怎么又用师生称呼了呢？我要你改口，我称你浣花，你唤我人伟，岂不爽快？"浣花低头一笑道："我不敢。"金人伟道："奇了，我并不摆出一面孔老师的威仪，有何不敢之有？须知现在我们俩是朋友了。"浣花笑了一笑，不说什么。

两人走进厅中，坐定后，金人伟从旁边椅子上取过一大包东西，解开来送与浣花，乃是他从南洋带回来的礼物，有各种大小瓶香水和脂粉，以及风景明信片、罐头食物，各种土货，还有数粒钻石，放在一只小小锦盒内，带笑说道："此次我到南洋，在企图上尚可谓侥幸成功，但是收获还要等到将来，我没有买什么好的东西送你，只是这区区数物罢了。请你不要客气。"浣花也不和他客气，谢了一声，悉数拜受。

茶房送上香茗后，二人开始谈起正经的话，金人伟把自己在南洋的生活约略报告一下，其余诸事有许多早已在信上叙述过了。金人伟又说自己已受邵闻天之聘，不多几天，便要北上办报务了，所以此次返苏探望好友，一诉离情，并要协助浣花解决她下学期求学的事。浣花遂说自己早闻榛苓小姐说起，在此间齐门外洋泾塘有一美国教会办的医院，那里附设的护士学校，成绩卓著，造就的人才不少，自己很想往那边校区学习，学费也不多，不过要贴膳宿费的。她告诉金人伟时，且将索来的一张章程拿出来给金人伟看。金人伟看了一遍，因为在那时的学膳费不贵昂，所以金人伟一口答应。但他的意思本要浣花去学医的。浣花以为年数太多，自己亟求速成，遂择比较容易一些的去学习了。金人伟又叫她到考期时候去报名赴考，学费一项在自己动身北上时，可以先行交与浣花的，将来自必源源接济，请浣花放心。浣花很感谢他的诚意，当然在此时二人的情感又已进步不少，和往日师生时代不同了。

二人在怡园中畅谈至天暮，浣花方才要归去。金人伟又约她后天到他姨母家中去晤谈，可是浣花含羞不肯前去，只得又约她游虎丘。浣花勉强答应，金人伟遂和浣花告别，浣花也带了金人伟送的东西回转方家。幸喜榛苓尚未回来，她把一切东西都藏去，免得榛苓见了要疑心，却把几样罐头食物赠送于门公，谢谢他代她收受书札之德。

隔了一天，浣花又托故出去，和金人伟去游虎丘。金人伟对她说，后天便要动身，因为邵闻天在沪又有信来催促，即日便欲束装北上，此去恐怕离别的时期较长，劝浣花一心求学，不要悬念。且将学膳费等预先交给浣花，此外又送五十元给浣花零用。浣花自己也稍微有一些积蓄，只收了他代付的学膳费，而零用费则再三不肯收受。金人伟也不欲勉强，遂约定她后天再在阊门外西园一叙。

这天游到日落西山，方才下山归去。后天，浣花又至西园，和金人伟话别。说了半天，浣花忽然想起前事，向金人伟探问何美丽消息。金人伟叹道："世间上的事本来盛衰无常，但是今日的人家实在变化太快了。我此次到南洋去一行，虽说是被何美丽所逼迫，其实我也很有意思要发展我的前程，所以暂时离开了你，而作海天远征，谁知此次返乡，当我回至姨母家里去时，路过邻居何家大门的面前，见两扇铁门紧闭着，门中芜草很长，像是没有居人的样子，心中有些奇怪，难道何家他徙吗？及至我和姨母等相见后，问起何美丽家的状况，经姨母告诉一遍，始知何美丽的父亲在这几年来私通太湖中的大盗，且秘密制造红丸，为国府中某要人所察知。恰巧道苏州来廉访得实，立即着令地方官拘捕天满，严加审判。因此何天满已于驱动执行枪决，家产充公，而何美丽也跟着浪子逃避他方去了。可见得善有善报，恶有恶报，作恶者必毙，天网恢恢，疏而不漏呢。浣花，你没有知道此事吗？"浣花道："我没有知道。可叹何美丽平日席丰履厚，玉食锦衣，今日也没有好日子过，自趋于没落之途了。"

金人伟也咨嗟太息，浣花因知金人伟在北平有长期留驻，且入得报界，一般消息自较他人灵通，便托他到了那边，代她留心探访妹妹银珠的消息。金人伟牢记"银珠"两字，但可惜不知带领银珠北上的人又是谁人，比较难以访问了。然而金人伟答应有机会时必代她探访。浣花谢了他。二人又谈至天晚，都不舍得分离。此次判袂，又比上一次难受得多了。但是暝色笼罩，园中阒然无人，园丁也在那里扫地，将要关门了。二人只得走出园来，一路并肩而行，且行且谈。金人伟一直送浣花到阊门城门口，方才分别。

金人伟为了自己的前程，只得舍了浣花而赴沪，和邵闻天同车北上。在那时他和浣花恋爱已渐渐热烈，同浴于爱河之中了。金人伟自至北京，在华报馆做了副总编辑，又担任侨务月刊主编之职。有邵闻天的提携，自然水涨船高，得力不少。凭着他的才思敏捷，性行淑均，在北平报界中渐露头角，得占一席之地了。夏秋之间，他又接到浣花的鳞鸿，知道浣花已考入护士学校，辞去方家，寄宿在校中了。他心里宽慰得多，以为浣花这个人将来必有希望，自己的一双眸子决不会错识人的，也将自己在平的状况告诉一二给浣花知道，且代浣花探听银珠的消息，但也如石投大海，杳无影踪。

转瞬之间已是二载驹光，他的笔墨生涯十分辛劳，晚间常要至二三点钟方能睡眠。他的寓所就在报馆里的四层楼上，生活也简单得很，初来时只认识邵闻天一人。后来报馆里的同事也都相稔了。还有一位朋友是《逍遥日报》的主办人兼编辑，和他很是投契，此人姓朱名苏庵，是北平人，手头略有些资财，少年任侠，很喜欢文化事业，所以独资创办一种《逍遥日报》。因为他又喜研究戏剧，进了票房，和伶人常有往还，所以他的日报上对于游艺极力提倡，有艺海一栏，常载梨园小史、剧场报导，趋于小报化，销路倒也不恶。他和金人伟认识，起初是读了金人伟的著作而生钦佩之心，后经邵闻天的介绍而相识的。相见恨晚，交称莫逆，遂要求金人伟在他的报上作一部历史长篇小说。金人伟一口答应，便将晋朝石崇和绿珠的故事为经，而以五胡之乱为纬，取名"金谷恨"，写了出来，天天刊登，大得读者欢迎，去函称誉的实繁有徒，金人伟的声名在文坛也如异军突起。但是还有一件事更使他料想不到的，因为金人伟既喜戏剧，便要忙里偷闲，常常跑到戏馆子里去听戏。最近新办的鸣凤舞台有一班黎明科班出演，都是新进的伶人，男女合演的。这剧团也是伶界中的老前辈创设，取年轻的男女，朝夕教导，如戏剧学校一般，造就后备人才。此次登台很不容易，先向各界联络好感情，然后和鸣凤舞台的老板商订合同。初次试演以一月为期，倘然成绩好的，再谈续演的手续。谁知奏演以来，成绩斐然，卖座常满。这班新进的后生小子，个个卖力，唱做俱优，自然观客莫不满意，有口皆碑了。而《逍遥日报》，也极尽揄扬鼓吹之力，差不多日有记载。在许多少年伶人中间最最走红的要算女角儿青衣细柳了。金人伟观剧的时候，在旧戏中最爱看她的《玉堂春》《六月雪》《宇宙峰》《春秋配》等名剧。而细柳新排的《杨妃》《陈圆圆》《昭君和番》《钗头凤》等新剧尤觉神妙，可以媲美梅、程。所以他在《逍遥日报》上也曾做过一篇文章，为细柳张目，称她是个坤伶中后起之秀，他日进步无量。

有一天他也在报馆中阅稿，忽然朱苏庵打电话来，说他在大中华西餐馆请客，请的客人并不多，座中有一个人，就是金人伟平日爱慕的人，他愿为曹邱，因此要他拨冗光临，千万勿却。金人伟问是谁，朱苏庵却不肯在电话中告诉他，只说你来了，自会知晓，包你欢喜。又说此人是你平日欲见而不得之人，千万不可失去此大好机会。

金人伟听朱苏庵这样一说，岂有不去之理，立刻驱车而往。一到那里，只见除了主人朱苏庵以外，还有一个是朱苏庵的表兄王竹坪，在金融界很有声望的；一个是《逍遥日报》的编辑郑梅轩。其他两个却是女性，韶年玉貌，华服绣衣，恍如瑶池仙姬，绰约美丽。其中一个年稚的，似乎有些面熟，一时却记忆不起在什么地方遇见过的。经朱苏庵代他介绍，始知此人就是大名鼎鼎的黎明科班中出乎其类、拔乎其萃的细柳小姐。还有一个是唱须生的非烟。这一来顿使金人伟又愕又喜，想不到平日只能在红氍毹舰上聆其声容的美人儿，今夕何夕，竟能逢此粲者！坐定后，不得不略略恭维几句。

细柳口齿很嫩，不大会说话，只说我很感谢金先生前天代我做的那篇文章，但恐技劣才庸，无以副先生的雅意。金人伟却说道："久聆清歌，叹为此曲只应天上有，人间难得几回闻，不图今夕得亲左右，甚为荣幸。区区一篇小文章，何足挂诸齿颊？"金人伟刚才这样说，朱苏庵却哈哈笑了一声说道："人伟兄，就是为你文章做得好，所以有一件生意经要做成你了。不知你可能允许？"金人伟道："什么事？"朱苏庵指着细柳又对金人伟说道："就是这位细柳小姐，要拜烦你的。不知你可要嫌麻烦？"金人伟道："力之所及，自当勉为其难，还请明以告我。"朱苏庵遂告诉他说："细柳每天喜欢读你作的《金谷恨》小说，有一天她和我相见时，对我大为称赞你的作品，且说最好有一个人代她将这篇小说编为戏剧，播之弦管，演之舞台，一定可以博得大众的欢迎。我马上告诉她说，著作者就是我的好朋友，若她有这意思，我可以代她去商量，请你一编此剧。她听了，喜欢得什么似的，催我愈早愈妙，所以我今天特地借座此间，邀请你来和细柳小姐一会，请你费些精神，代她编就此剧，可好吗？"

朱苏庵说时，细柳在一边静听，将手扶在非烟的肩上，梨窝含笑，一双妙目不时向金人伟流盼。金人伟忙点头说道："我是没有什么学问的，对于此道自愧浅陋，毫无所得。但是既有细柳老板的雅命，又有你老兄的雅嘱，不敢方命，自当献拙。将来鄙人的贱名得附细柳老板的骥尾，也是荣幸的。"细柳听金人伟说话，一会儿娇笑，一会儿皱眉。朱苏庵道："得人伟兄季布一诺，重于岑鼎，我先代细柳小姐道谢。但是还有一句话要向人伟兄声明的，便是这位细柳小姐虽在梨园鬻艺，而她尚没有时下一班名伶习惯，所以不欢喜人家称她老板的，我们因此也不用这个称呼

196

了。我方才听你连唤两声，不得不向你声明一下，请你见谅。"说罢，又哈哈大笑。细柳听金人伟已允代她编剧，也向他致谢。王竹坪、郑梅轩等在旁听着，预祝成功，都斟了酒向金人伟、细柳二人祝贺。大家且饮且谈，宾主尽欢而散。

从此金人伟认识了细柳，鸣凤舞台更加去得勤了。而且分出余阴来代细柳赶写《金谷恨》剧本。他为了唱句及分幕等许多工作，恐怕自己还不能十分内行，再去请教一位老伶工，务期尽善尽美。费了一个多月的功夫，居然将这《金谷恨》剧本写好，交给朱苏庵去转给细柳。细柳得了这剧本，不胜之喜，立刻和主事者商量妥当，决定从实编排这剧，以饱大众眼福。这晚她挽了朱苏庵，特地在梵王宫大酒店三楼七十六号房间宴请金人伟，谢他编剧之功，预先早已有请柬给金人伟，金人伟借事冗尚没有去，所以朱苏庵又来电话催请了。好在邵闻天也知道此事的，反而怂恿他去，他自然欣欣然去赴宴了。

等到他车至梵王宫，走到七十六号房间，却见房间里只有细柳和非烟二人，坐在沙发上。朱苏庵却不在内。细柳、非烟一见金人伟驾至，连忙站起身来，含笑相迎。金人伟见细柳今晚卷发如云，当额垂着一小撮前刘海，旁边还卷起一角，缚着一条蓝带子，身穿一件薄薄的洒金绸夹旗袍，露出两条雪藕也似的粉臂，手腕上系着一只白金手表，右手的无名指上还套着一枚晶莹耀眼的钻戒，脚上踏一双黑色高跟革履，含情凝睇，我见犹怜。想起她在台上唱《玉堂春》跪倒在督察院前一种楚楚可怜情景，不由心底里扬起一缕情丝。那非烟虽也装饰得十分摩登，却比不上细柳的妖媚了。他忙上前叫了一声细柳小姐，又向非烟点点头，便问朱先生呢？细柳道："金先生，我们等候多时了。他又去打电话催你哩。"细柳刚才说时，门外一声哈哈，门帘一掀，跳进一个人来。

第十九回

名剧倾城为君歌一曲
鱼书邀客观影喜三生

金人伟回头看时，正是朱苏庵，忙说一声"苏庵兄，你来了"。朱苏庵指着金人伟说道："好，你今天怎么搭起架子来了，害我电话打了两回，须知此番是细柳小姐的东道，我不过代邀而已。你有细柳小姐请吃饭，面子真不小，莫要辜负了主人的盛情。"金人伟道："一切请你们原谅，实在馆里事情忙得很，记者公会的欢送宴我也没有去做陪客，特地赶到这里来的。略迟了一些，对不起得很。我怎敢在老友和细柳小姐面前摆架子呢？"说着话，向朱苏庵鞠了一个躬，又向细柳点点头。朱苏庵道："你们一个是红报人，一个是红艺员，大红而特红，比了二位颊上的胭脂还要红上数倍呢。"一边说，一边向细柳、非烟二人一指，大家笑起来了。金人伟道："苏庵兄红光满面，也红得不小呢。"朱苏庵笑道："我是沾着你们的光辉呢。"

这时侍者已上前伺候，朱苏庵到桌子边一拉椅子，说道："请坐请坐，今晚没有他客，只是我们四人，大家快入座吧。"于是细柳坐了主人的地位，请金人伟和朱苏庵上坐，非烟也在一边相陪。他们用的是西餐，细柳特地开了一瓶三星白兰地的美酒敬客，代二人满满斟上。金人伟忙称谢不迭。细柳开口说道："这个星期金先生没有光降，大概是报务繁忙吧。我在台上常常留心睃你，却不见金先生的影子啊。"金人伟道："实在这几天事情忙得很，所以没有来，抱歉得很。听说你明晚贴演《御碑亭》，我必邀几位朋友同来观光。"细柳道："金先生笔政甚忙，此次我请你编《金谷恨》，耗费你不少精神时间，非常感谢。现在此剧已在排练，下月即可演唱，一切行头布景都是新制的，到时务请诸位先生帮忙。"金人伟带笑说道："侥幸之至，全仗细柳小姐演唱出色了。"朱苏庵道："我当然要帮忙的，在《逍遥日报》上可以出一特刊，你多摄几张剧照给我就是了。我当预为你们俩庆祝成功。"说罢，举起杯来，喝了一杯。非烟在旁称赞两声，说金人伟编得情节曲折，哀艳动人。金人伟谦谢不迭。细柳又说她已和院主、班主谈妥了，此剧演出后，当有薄筹奉敬与编剧者，聊充笔墨之费。金人伟道："我只要细柳小姐能够唱得有成绩，那就是我的光荣，也是我的代价，何必谈什么酬谢？精神上的快乐岂是物质所可同日而语的呢？"大家且谈且吃，十分有兴。

酒至半酣，朱苏庵又对细柳说道："你不是对我说过，今晚你要唱一阕《金谷恨》中的绿珠坠楼，以答谢金先生的美意吗？那么你何不唱一下呢？"细柳点点头道："本来我预备唱的，叮嘱琴师前来，不知怎样他没有来，大概他忘记了吧。"朱苏庵道："我也没有带胡琴，且恐这个新腔我不会操，否则我可以代细柳小姐一操了。"

正说着话时，侍者引进一个中年男子来，正是细柳的琴师。细柳道："好了，他来了。"大家叫应过，琴师拿出胡琴来，坐在细柳身边。细柳说了一声"坠楼"，琴师拉起胡琴来，细柳引吭高歌，真是响遏行云，珠走玉盘，又婉转，又激越。这一段二簧慢板唱毕，余音袅袅，不绝于耳。

金人伟只是危坐倾听，不由拍案喜道："妙极妙极，使我三月不知肉味了。"细柳唱罢，又挽非烟唱一支。非烟跟着唱了。朱苏庵技痒难搔，自告奋勇，唱一折《天霸拜山》，也由琴师代操京胡。朱苏庵又对金人伟说道："今天非常高兴，我们三人都唱了，请你也要唱一支。"金人伟道："伶伦在前，岂敢献丑?"朱苏庵道："非唱不可，否则罚酒百杯。"于是金人伟也只得唱了一段《卖马》。细柳拍手称好。琴师退去，大家的西菜也已吃毕，喝过咖啡后，遂要散席，因为细柳、非烟二人都要到戏院去了。今晚非烟是在压轴戏的前一出《配塔》，不能迟到的。分别之时，金人伟又向细柳道谢，方才辞去。

此夕的小宴，使金人伟心头温馨远胜于其他一切宴会。美人的眼波眉黛，莺声软语，婀娜的腰肢，起伏的酥胸，沉沉地留在他的脑膜上，觉得和浣花相较，大有江东二乔之概。因为细柳原籍也是江南人，虽然常常操着北平话，有时也会吴侬软语，使人疯魔，并非完全是北地胭脂，所以更是柔情若水，婉兮娈兮。他不由念着李延年的"北方有佳人，遗世而独立。一顾倾人城，再顾倾人国。宁不知倾城与倾国，佳人难再得"这首歌，心旌摇摇，自觉情之所钟，不能自已。然而细柳虽是十分可人，终究是个唱戏的女子，这种人不比良家妇女，难以和她常交的。自己是个穷措大，岂有金屋藏娇的能力，徒作痴想，终或画饼。此次细柳所以和自己联欢，无非为了我代她编成一部新戏而已，她岂有垂青之思、怜才之意呢？况自己在江南已有个红粉佳人，甫缔新交，又岂能淡然忘之，效李益第二？像浣花这种人，幽静端庄，方可以和他组织新家庭呢。最近他接到浣花的来函，欣悉她在校的成绩很好，已派至院中实习，明夏便可毕业了，且寄来一张六寸的全身小影，益发明媚，自己已有这样好的素心人，他日可缔良姻，何必又要用情于一个唱戏的女子身上呢？大可不必了。金人伟这样一想，把一缕刚扬起的情丝按捺下去，也就安然就睡了。

待到《金谷恨》演出之时，预先数天鸣凤舞台已在报纸上登出广告，朱苏庵特来华报馆访问金人伟，将细柳新摄的一帧绿珠照片送与金人伟。那照片有八寸长，是设色的，细柳全身古装，凤髻金钗，恍如瑶台仙姑。金人伟得到后，不胜之喜。朱苏庵遂说细柳托他来致谢意，且说在初三日晚上，《金谷恨》上演时，特地在花楼上留出四个座位，请金人伟去欢赏，并乞指教。金人伟听了这个消息，自然答应要去的。朱苏庵道："我预备后天在《逍遥日报》上出一《金谷恨》特刊，已请诸名家执笔，你是很有关系的人，不可无鸿文以为细柳张目，请你赶紧写一篇来。"金人伟笑道："当然义不容辞。我已预备写一些关于绿珠的话了，明天可以写好。"朱苏庵道："很好，明天我差人来取，就可以将细柳的剧照刊在一起，我的报也可以销数激增了。"金人伟道："我在华报的副刊上也要写一篇文章为这《金谷恨》大事宣传。"朱苏庵道："更好了，将来庆功宴上少不得要请你坐第一把交椅哩。"他因金人伟事忙，所以坐谈片刻即走的。

果然《金谷恨》演出之日，闹动平市，一班爱看细柳新剧的人，以及看了报上宣传文字而来一赏的观众，早已预先购票订座，到了六点钟时，鸣凤舞台前的铁门早已拉上客满的牌高高悬起。许多向隅者挤满在戏院门前，瞧着用电灯缀成的《金谷恨》戏名和细柳的正牌，都说细柳大有当年刘喜奎的盛况了。

当《金谷恨》在台上开始奏演时，金人伟和朱苏庵、邵闻天等在花楼上聆歌，他眼瞧着自己送给细柳的泥金对联，一见朱苏庵送的花篮，还有人家赠送的银盾立轴等物，一起陈列，悬挂在台前。其中有一只最大的花篮，四周镶着银边，缀以电灯，光彩耀目，传说是王军长所赠的，使人特别注意。

细柳出场的当儿，大家凝神注视，彩声不绝。金人伟也全神贯注，只见细柳在台上偶然也用妙目斜睇到花楼上来。朱苏庵连连喝彩，可是台下第四排上的彩声如春雷般叫得震天价响，朱苏庵比了他们，好如小巫见大巫了。他们向下面仔细察视，邵闻天认得中间大马金刀般坐着的一位大胖子，很有些威风的，就是平津著有威名的王龙超军长，知道此人喜欢听戏，胡乱捧角，是他的怪癖，但是没有常心的，不知他以何因缘而来做细柳的捧场。细柳此番红遍燕京了，演至"绿珠坠楼"，全场空气紧张。细柳表情既佳，歌声尤觉高亢凄凉，哀艳动人，观者坠泪。

剧终人散，余音绕梁。金人伟等都觉非常满意，他回到报馆，立即草一短记，特刊报端，明天大小各报都有文字揄扬，声价十倍。第二夜当然不消说得依然客满，连演一星期，卖座盛况不衰。金人伟的著作声名连带地也响起来了，大家纷纷来信，有和他讨论的，有向他道倾慕之忱的，有要求他代细柳再编新剧的。金人伟也没有工夫去一一回答，只在《逍遥日报》上做了一篇文章，答复众人。

到四月中旬时，朱苏庵在一个晚上又来看他了，拿出三百块钱和四包礼物，说钱是黎明科班送给他的薄酬，礼物是细柳奉送他的，且说明天晚上细柳仍旧在梵王宫请他小酌，报谢美意。金人伟道："礼物我受了，钱却不要，我已吃过她一次，来而不往非礼也，让我来做一次东道呢。"朱苏庵道："你不要客气，这一些钱算得什么，不足言酬。你挑他们发财，难道这三百块钱拿不得吗？我说太少了。你看着细柳面上，不要计较了。至于你要请还细柳，改日再说。我们新闻界中人吃人家一两顿饭是惯常的事，不足为奇。她既诚心邀请，你不要再客气了。"金人伟听朱苏庵如此说，也就拿下，答应明天晚上按时赴宴。朱苏庵谈了多时，告别而去。

次日，金人伟从床上起来时，瞧着对面壁上悬着浣花和细柳的照片，虽然一个是时装，一个是古装，然而眉目之间倒有几分相像，不由触起他心上的一件事来，自言自语道："我初到北平时，曾代浣花探问过，但是没有朕兆，多时未能报命。现在看这二人的照片悬在一起，眉眼口鼻很有些近似，莫非细柳就是浣花的妹妹银珠吗？我倒要来问一声呢。"

到晚上时，他因为前次自己去得迟了，朱苏庵迭次打电话来催，所以今晚他早一刻前去。他寻到那里时，恰巧朱苏庵也到了，二人坐在房间里谈谈，细柳尚没有来。金人伟便问朱苏庵道："你可知细柳原籍是什么地方人，姓什么，名什么，她在北平可有生身父母？"朱苏庵道："这个我却不十分明白，但知她是湖州人，姓俞，没有生身父母；黎明科班的主人高福山就是她的义父。据她说是被人卖给高福山，高福山因她聪明，便教她学唱戏，又出资给她补习国文，求得一些学识，其余的事却不知晓。高福山办此科班，也有大亨相助的，不过他为人挥霍无度，既抽大烟，又爱赌博，常常在窘乡中，故把细柳看作铁树子呢。"金人伟虽从朱苏庵口里得到细柳的一些端倪，可是详细情形仍不能明白，只好自己等到有机会当面询问细柳了。

二人又谈了一些报务上的事情，听得高跟革履声响，房门外走进一个丽姝，正是细柳来了。她今天一人前来，身上穿一件淡蓝色的单呢旗袍，外面罩着白哔叽的短大衣，十分素静，一洗浓艳，向二人弯倒柳腰鞠躬一下，带笑道："对不起二位，我来迟一步了。"二人立起答礼。金人伟道："我们也刚才到呢，方才朱先生已将尊意赐知，承蒙你多多厚馈，却之不恭，受之有愧，并为我转谢高福山先生，我都老实受了，改日再行补报吧。"细柳道："啊呀，这一些小意思算得什么，金先生还要郑重提起它，反使我赧颜了。"那时候侍者已跟着进来含笑伺候。细柳道："这里的西菜是著名的，我们仍用西菜吧。"朱苏庵道："很好，今晚非烟不来吗?"细柳道:"她有些不舒服,戏团里也告假,所以我没有邀她同来了,请坐请坐。"说着话,招呼金人伟、朱苏庵入座。

大家且吃且谈,所谈的无非讲些关于《金谷恨》的事。细柳又要求金人伟代她继续编一新剧,金人伟一口答应,说愿意将《柳毅传》的故事编成《龙女牧羊》一剧,不日可以动笔。细柳谢了他数语,金人伟得美人称誉,自然快活异常。朱苏庵却在旁边打趣道:"你们一个是艺员,一个是才子,一个编剧,一个唱演,美具难并,相得益彰,从此可以做个好朋友吧。"两人听了此言,面对面看了一眼,各自微微一笑。

吃至一半的当儿,忽然朱苏庵有一个朋友为了一件要紧的事跑来看朱苏庵,要和他略谈数语,由侍者领了进来。朱苏庵不便当着他们说话,便打了一个招呼,和他的朋友走到外边去讲了。金人伟见朱苏庵不在一边,正要觅话动询,细柳却先向他开口说道:"金先生,你是很忙的人,何日有暇,请到舍间来玩玩。"金人伟连忙点点头道:"承蒙见招,缓一天必当到府上拜访。但不知府上在何处,每天什么时候你有空工夫的?"细柳道:"我虽然每夜睡得很迟,可是上午九点钟总要起身了,吊过嗓后,梳洗用点等,大约十一时已没有什么事兜搭,金先生在饭前或是饭后来舍,我总在楼上。舍间住在东单牌楼第四胡同十九号,你只问高福山家,没有人不知道的。"金人伟道:"很好,我一准奉访。但我要冒昧奉询,你的原籍似乎像不是生长在北方的,而是江南人吧。"细柳道:"不错,金先生是苏州人,我是湖州人,大家都说江南同乡。"金人伟道:"我再要问小姐是不是高福山先生所生的?我这话自知十分唐突,先要请你原谅。"细柳一皱眉头说道:"本来姓俞,父亲好赌如命,输空了人家的钱,遂把我卖与高福山做养女的。高福山办这黎明科班,教我学习青衣,此番演出,我实在侥幸成名。且赖金先生代我编剧，使我更获得许多好评，所以金先生给我的好处，使我一辈子感激不忘的。"金人伟道："我哪里有什么好处给你呢？你如有要我相助的地方，我总唯力是视，代你办到的。"

正说到这里，侍者匆匆地走进来，对细柳说道："高老板有电话。"细柳便向金人伟说一声对不起，立起身来，叽咯叽咯地走到外面去接电话了。此时室中只剩金人伟一人，无聊地坐着，举起酒杯来喝了一口酒，暗想：浣花姓薛，细柳姓俞，浣花是双林人，细柳是湖州人，那么细柳并不是浣花的妹妹银珠，岂有姊妹两姓之理呢？我也不必多问她了。本来此等人的身世大都是可怜的，不过像细柳这样芳名四噪，大红特红，尚是无量恒河沙数中的幸运者呢。

他正在这样想，朱苏庵早已和他的朋友谈话完毕，走回室来，问细柳何在。金人伟告诉了他。侍者送上出骨童子鸡，朱苏庵方和金人伟吃鸡。细柳走将进来，对二人说道："对不起二位，我要先退哩。方才家里打来电话，父亲和母亲闹得不得了，母亲吞了生鸦片烟哩。"朱苏庵道："啊呀！有这种事吗？那么你快回去吧。"细柳心绪也没有了，吩咐侍者道："今晚的菜费记在我账上，改一天我来付清便了。"侍者因为她是熟客，所以答应一声。细柳又对金人伟歉了一声，披上外面的单大衣，很快地走出室去了。

这里二人仍旧安坐吃菜，朱苏庵又对金人伟说道："什么父亲母亲，都不是她的生身父母，但细柳对他们都很孝的。此番家庭中闹出事来，大概又因高福山在外边赌输了钱，向他妻子要，以至于此。听说高福山的妻子一毛不拔，工于节蓄，对于不论什么人都想沾些光，刮进一些的。偏逢着这个挥金如土的丈夫，你想夫妇中怎免得勃谿呢？况且高福山的脾气很坏，常要殴打妻子

205

的。细柳在这种家庭里，又有什么快乐呢？我望她将来能够择人而事，早早脱离便好。但这也不是容易的事，高福山和他妻子恐怕要靠在她的身上发一笔财呢。"金人伟听了此言，不由倒抽一口冷气，叹一声道："荆棘之中栖鸾凤，火坑之内生青莲，世间事往往如此，又有何说！"二人吃过水果，喝过咖啡，因为各自有事，大家离了梵王宫，分头归去。

从此金人伟又代细柳起始新编《龙女牧羊》一剧了。此次他对于编剧之道，更是驾轻就熟，所以不到三星期的时间，他早已写好了。其时天气渐热，浣花在苏州又有书来，报告不日将要举行毕业典礼。毕业后，校方将留她在医院服务，可是她的同学要和她一同到上海同仁医院当看护，那边较有希望，所以已决定赴沪了。照金人伟的意思，情愿浣花在苏，可是浣花现已答应了人家，自己不便梗阻，遂复书道贺，送了几样礼物，乃是一件胎皮统子、一匹素绸和一大匣哈士膜肉，以及北平的翡翠，从邮局里寄往苏州。自己久离故乡，本想在这期间要到苏州去和浣花会晤，望望他姨母王氏，可是此间报务实在繁忙，一天也不能脱身。况且最近又有细柳羁绊，所以他暂时又将行期展缓，要待至秋凉方可南返了，遂写了一封长长的书，寄与浣花，安慰她许多话，且将最近所摄的一张六寸小影一起寄去，上面写着"浣花我友惠存"，下面签上自己的姓名。

当他寄去这些东西后，忽然接到细柳的来函，乃是约他在星期六的上午到她家中去吃便饭，彼此谈谈，并问《龙女牧羊》的剧本可曾编好。函中附有她穿着时装四寸设色小影一帧，亭亭玉立，横波微笑，真令人可惜可爱，旁边写着"金人伟先生惠存"以及"细柳谨赠"等字样。照上的书法和函中的文字，虽然还是幼稚，可是也有几分秀气，非聪明人不办。他反复看了好几回，把这信和小影什袭珍藏，以为美人之贻，有幸三生，自足珍爱了。他本来要想到细柳家中去访问了，现在既有玉人宠召，来得凑巧，岂肯辜负美意？所以他到了星期六的早上，特地先至理发店去修过发，面容焕然一新，临镜自照，觉得自己虽无子都之姣，而也俊美可喜，遂回至报馆宿舍中，换上了西装，把《龙女牧羊》的剧本藏在手皮包里，将要出去时忽然想着了一件事，又坐下去从抽斗中检出他自已新摄的照片，本来共有四张，一张已寄与浣花，好在留下的还多，遂取过一张比较了完好的，用墨水笔在照片旁边写上一行小字道："细柳小姐粲存"。又签上自己的姓名，藏在一个西式大信封里一起带去，作为琼瑶之报。出了报馆门，又去市上买了四包礼物，坐着人力车，赶到细柳家中来。

第二十回

妩媚喜彼姝嘉宾小醉
猖狂惊二竖好事多磨

　　一间朝南的闺房布置得富丽绚烂，壁上挂着放大的剧照，荷锸玉立，饰的黛玉葬花。圆台上放着四只果盆以及纸烟之类，有一对青年男女正坐在圆台旁谈话，言笑晏晏，非常投合，这就是金人伟和细柳了。

　　此刻金人伟按图索骥，已至玉人妆阁，为入幕之宾。细柳今天也靓妆入时，殷勤待客。她见金人伟能够不失约准时而来，芳心更是喜悦，把金人伟招待到她的房中去坐谈。金人伟已和高福山夫妇相见过，事先细柳已向老夫妇俩说明过了。高福山知道金人伟代细柳编剧，也是一位功臣，理当和他联络联络的，所以表示同意，吩咐家中人预备了一些菜肴，要留金人伟吃饭。他自己要紧抽大烟，遂让细柳招待金人伟到她妆阁中去坐。金人伟本不乐意和这种人多谈，自然正合其意。

　　他把礼物交与细柳的母亲后，坐至细柳妆阁，将自己编成的《龙女牧羊》剧本交了卷。细柳大喜，双手接过剧本，向金人伟鞠了一躬，说道："谢谢金先生为我费去不少精神，此剧正可继续，《金谷恨》博得观众好评的。前次他们所奉的筹资真是戋戋之数，菲薄之至，此番我当向父亲和鸣凤舞台经理说了，叫他们加倍奉酬。"细柳说到这里，金人伟早不由冷笑一声，向细柳摇摇手道："细柳小姐，你何必要这样说呢，你不说酬资倒也罢了，若说酬资，那么我要说，倘然鸣凤舞台的经理要叫我写时，休说此数，就是加上十倍，我姓金的也决不愿供他驱遣的。你须知道这两种戏剧，我完全是为了细柳小姐而编的。我早已说过，只要你能够成名，那就是我精神上的代价，金钱多寡何足计较呢？"细柳听了金人伟的话，连忙堆着笑容说道："我当然知道金先生爱我的雅意，不胜感谢之至。此意此情，我只有藏之心坎了。"金人伟点点头道："我只要你能够知道我就够了，人生得一知己，可以无憾，何况求之红粉中呢？承你惠赐玉照，画里真真，仙乎仙乎，我已什袭而藏之。但我也有一张小影要赠送于你，不知你收不收？"说罢，又取出他预备的小影来，双手送与细柳。细柳也用双手接过，展开一看，说道："很好很好，有了金先生的玉照，使我可以朝夕相对，有日见面了，谢谢。"一边说，一边走过去，把金人伟的照片藏到抽斗中去，又将水果茶点一样一样地敬与金人伟吃。

金人伟嗑着瓜子，细看细柳在家中也妆饰得非常可人，虽然穿一件印花麻纱旗袍，而画眉点唇，脂粉匀施，灼灼如夭桃艳李，谈笑之时，秋波送媚，这一点又和浣花的朴素文静不同了，遂将《龙女牧羊》的剧情讲给她听。龙女一角自然非细柳莫属，而饰柳毅的小生，科班里有两人，还未决定。金人伟也贡献些意见。而洞庭君一角，细柳却要非烟担任，也要让非烟的声价可以上进一些。

谈了一刻，小婢上楼来请用午餐，细柳遂请金人伟下楼去。客堂里安放着一桌酒席，高福山和他的妻子已站在那边等候了。高福山是个四十多岁的人，身材瘦长，鹰爪鼻，老鼠眼，工于心计，城府甚深，一脸的烟容。而高福山的妻子年纪也有三十七八岁，是个旧式的妇人，面容尚佳，妆饰也很趋时，只是身躯稍矮了一些。金人伟想起高福山妻子前一次因和丈夫口角而吞生鸦片烟的事，幸亏后来送到医院里救治好的，否则今天她早不在人世了。

高福山夫妇很殷勤地请金人伟入座。金人伟谦谢再三，然后上坐。细柳也坐在下首相陪。敬过酒后，大家且吃且谈。今天的菜全是杜办的，倒也别有风味，精美可口。高福山嘴里讲来讲去总是生意经，因为金人伟肯代他们编制新剧，又是新闻界中人，所以很敷衍他。倘是换了别的穷小子，高福山早已要饷以闭门羹了。但是高福山心思里总以为文人十九是没有钱的，在他们身上发不来什么财，只要略与周旋，俾供自己利用罢了。金人伟的心里也知像高福山这种人是不好相交的，可是美色当前，如饮醇缪，对于细柳的一言一笑，竟使自己沉醉在东风里而不自觉呢。

酒阑席散，已是两点多钟，细柳因为今天是星期六，戏团里有日戏的，她演的压轴戏《红鸾禧》，所以要上戏园了。金人伟也要起身告辞，细柳却对他说道："金先生此刻当然没有他事，同我一起去听戏，好不好？"金人伟道："你的戏当然我很喜看的，可是此刻前去，恐已没有座位了。"细柳道："不要紧的，只要金先生肯去，我可以叫案目在官厅里添一座位得了。"金人伟笑笑道："我准上鸣凤舞台去。"细柳道："你坐我的马车一块儿去吧。"金人伟答应一声，细柳遂让金人伟在楼下和高福山坐谈，自己上楼去更衣洗脸。隔了一刻，又换了一件时式的红色软绸旗袍，走下楼来，明艳夺目。她和金人伟告别了高福山夫妇，一同走出大门，坐上预备好的轿马车，驶向戏团而去。

金人伟有女同车，得亲芳泽，心里更觉陶陶然，蓬蓬然，足以傲睨五侯，敝屣功名了。坐在车厢里，和细柳闲谈，一阵阵的甜香送入鼻管，反嫌马车跑得太快。一会儿已到鸣凤舞台的后门，相将下车。守门的见高老板来了，连忙开门迎入。细柳遂叫一个茶房引导金人伟到前面去，她自己便赴后台化妆室去了。

金人伟果然仗着细柳之力，在官厅第四排的旁边添了一个座位坐下。四周但见人头拥挤得座无隙地，暗想：鸣凤舞台靠着细

210

柳，大家都在走红运了。此刻台上正做《大四杰村》，打得热闹，锣鼓震耳。茶房又送上冰淇淋和花旗橘子，都是细柳特地吩咐送来的。金人伟深感伊人之意，凉沁心脾。《四杰村》后便是《鸿鸾禧》了。细柳上场时，彩声四起。凑巧那天王龙超军长又在官厅上捧场，正坐在他前面的第三排上，一共有五六人，都是赳赳武夫。还有一个马弁，佩着盒子炮，伺候在旁。王龙超对着细柳，时时怪声叫好，一院子里的观众无不注意。金人伟心里不知怎样的，陡然对于王军长起了一种恶感。凡是王军长的彩声，都觉刺耳难听。唉！一个做军人长官的，可以有这样不堪的态度吗？这不但降低他自己军人的资格，更对于细柳大有亵渎了。金人伟这样想着，默默地坐在一边观剧。有时细柳的妙目斜睐到自己这里来，王军长还以为美人有意睐他的呢，更是大乐而特乐，开了不少瓶数的汽水，和同座的人牛饮着。

等到剧终人散，金人伟因为时候已是不早，所以马上回至报馆里去工作了。至于细柳这天得到了《龙女牧羊》的剧本，立即交给高福山拿去和经理商量。《金谷恨》既然赚了钱，《龙女牧羊》自然更无问题，大家满意通过，着手排练。

隔了数天，金人伟邀了朱苏庵、邵闻天等几位知友，在一家春京菜馆里答宴细柳，大家欢会了一次。从此他每星期必要向细柳妆阁里去走上一两趟。细柳对于他竭诚款待，细语缠绵，备极欢洽。他觇知美人胸臆对他很有钟情，可是自己一则前有浣花，旧好未忍背弃；二则细柳已是个红女伶，自己没有金屋藏娇明珠作聘，何敢孟浪从事？然而情网已罩到他的身上来了。

不久《龙女牧羊》跟着演出，金人伟、朱苏庵等又在报纸上极力鼓吹，不消说得仍是天天客满，比了《金谷恨》有过之无不及。金人伟自己也很看得满意，而青年剧作家金人伟的大名也响遍平津了。朋辈谈笑之时，朱苏庵对金人伟带笑说道："人伟兄的剧本得细柳而名益著。细柳的大走红运，人伟兄也有莫大之功。你们二人相得益彰，倘然配合成一对儿，真是才子佳人，良缘天缔，可要我来做个月下老人，一系朱丝吗？"金人伟微笑道："你姓了朱，真不愧朱丝了。像我这样的婺人子，只合配个孟德曜桓少君，于愿足矣。无明珠十斛，怎能望天孙下嫁呢？算了吧。"邵闻天在旁，听得哈哈笑道："有志者事竟成。人伟莫要自馁。你若有此志，徐徐图之，早晚终能达到目的。我们老朋友如有可以相助的地方，必不漠视的。"金人伟笑笑道："谢谢二位的盛意，恐薄福书生无此艳福，缓日再说吧。"从此友人中间都把此事播为隽闻了。

不多几时，天气已热，细柳在鸣凤舞台续订的合同已是满期。在此炎夏之期，黎明科班也要歇夏一月，大家休息休息。细柳比较空闲了许多，时常招金人伟到她家中去坐谈，告诉他说，黎明科班在北平侥幸唱红了，连南方也闻得声名，所以上海大舞台主任已派代表到北平来，向高福山接洽，愿出重金礼聘他们全班到上海去演唱一个月，也许此事可以成功。因为她父亲高福山近日负债甚多，很有意到上海去一趟，捞摸几个钱回来，弥缝亏欠。只要包银谈妥，便可成为事实。

金人伟听得这消息，遂对细柳说道："很好，你本是江南人，回到南方去，扬扬你的芳名也好。上海坤伶虽多，但她们缺少技艺上的功夫，只恃色相来讨人家的欢喜，如裸体出浴的《盘丝洞》《天河配》等，以及其他新排的戏剧，夹杂些不伦不类的草裙舞、天魔舞等，甚至把四脱舞等名词来号召观众，大有江河日下之势了。你这样的色艺双全，正当盛时，一定能够压倒余子，独步申江的。但上海那些票房、报界以及有特殊势力的人，却也不可不在事先有所联络，你如成行，我和敝友邵闻天、朱苏庵等，必当竭力代你向上海报界、票房两处多多吹嘘，疏通一切。更有某闻人和邵闻天很熟的，我也可托他代为先容，包管你四平八稳地一帆风顺，载誉而归。"细柳听了，玉靥生春，妙目向金人伟一睐道："那么到时我必要麻烦金先生了。"金人伟道："你的事如同我的事一般，只要你有吩咐，我必尽力办到的。"

这天二人谈得高兴，细柳换了衣服，重新妆饰，商得她父母的同意，和金人伟到中央公园去逛逛。金人伟同玉人出游，还是他到北平后破天荒第一次，觉得此身蓬蓬然，栩栩然，虽南面之乐莫与易了。二人在园中，水边树下，散步徜徉，俨然一对金童玉女，谪自九天，旁观的人都啧啧称美。有认得细柳的，驻足而观，交耳而语，大家又很艳羡金人伟，谁家公子，得傍丽人，不知几生修到了。二人在来今雨轩中品茗小坐，细柳若有意若无意地向金人伟问起他的身世来。金人伟老实告诉，却把自己和浣花相逢的事略去不提。又说他久离故乡，本想回去望望亲戚朋友，只因报务羁身，迟迟未能成行，倘然细柳要到上海去，自然也想趁此时机一同南下。细柳听说金人伟肯同行，辗然一笑道："金先生若肯和我们一起走，途中有伴，更使我快慰不少了。"金人伟道："十之八九我可答应你成功的，只要你不多我这个人便了。"细柳道："像金先生这样好的人，我们欢迎之不暇，多多益善，哪里会多厌？我们有许多地方都要仰仗金先生吹嘘赞助。蒲柳之质，得蒙君子不弃，可谓侥幸了。"金人伟忙道："你这般说，叫我哪里当得起。我自愿追随云辂，得亲芳泽。昔人诗有云'愿隶妆台伺眼波'，又说'水晶帘下看梳头'，未知鲰生有没有这福气呢？"细柳听了，虽不回答，却向金人伟微微一笑。这一笑更使金人伟心头荡漾，几乎不能矜持了。

二人用了一些点心，喝了几瓶冰汽水，然后在夕阳里共赋归去。金人伟又送细柳到了东单牌楼高家大门前，方才握别。即此一游，金人伟更觉细柳对于他未免有情了。他又接到浣花的来函，知道她在同仁医院服务，很能尽职，得到同伴的好感以及医师们的信任，希望金人伟能够请假南返，俾可久别重逢，一罄离绪。浣花的信写得更有文学的意味，清言霏玉，细语穿珠，大可动人，足见彼姝近来勤于文字之效了。因此金人伟更想南下和浣花一晤了。

隔了数天，金人伟抽个空又到细柳妆阁里来坐谈。细柳告诉他说，父亲业已和大舞台主人的代表接洽妥定，包银讲好一万七千元，一月为期，来去川资以及在上海的居处和饭食都由台主支付，所以预备在七月杪南下。届时天气谅可凉爽，正是登台之期，希望金人伟早些准备可以和她一同南行。金人伟点点头道："你们已答应了吗？很好，我早已决定要回乡去一遭，既有此良机，我自然愿意陪伴你同行，使我也不感觉到寂寞。至于宣传之事，明后天和邵闻天、朱苏庵说了，马上分头去办，包管办得顺利，于你有益。"细柳道："多谢你的美意了。"于是她留金人伟在她妆阁里喝酒，谈谈戏剧，饶有兴趣。金人伟更要再代细柳编撰《无双传》《如姬》等新剧，带到上海去唱。细柳自然更是感谢，请了琴师前来，代他们操琴。细柳唱了《龙女牧羊》中谪居一段，又和金人伟对唱《武家坡》。唱罢又劝酒。金人伟今晚兴奋极了，酒喝得太多，竟醉倒在妆阁中，报馆里也不能去了。细柳扶着他到客房里去睡，金人伟自己也没有知道。

等到明日醒来时，金人伟见自己不在报馆中，酣睡客榻，不由惊异，想起昨宵之事，始知自己醉倒在细柳妆阁之中了，连忙披衣起来。细柳早已梳妆好，听得客房中声音，便和小婢进来，叫小婢伺候金人伟盥洗。金人伟对细柳说道："昨宵我因兴致太高了，多喝了数杯，实在自己的酒量太浅，不胜杯杓，非常惶愧的。但不知我在酒后可曾有失礼之处？"细柳道："金先生究竟是个文人，虽然酩酊大醉，尚没有过甚的举动，不久我就扶你来睡的。"小婢在旁笑道："我家小姐的一件白罗旗袍，被金少爷呕吐时溅污了几处哩。"金人伟把手搔搔头道："该死该死，待我来赔偿与你吧。那一件酒污的旗袍，给我带回去做个纪念品，也好使我以后不敢再贪杯中物了。"细柳笑笑道："这算什么呢？你尽管喝酒。我旗袍还不少，多做些纪念也好。"金人伟又笑笑。小婢

214

早端上水来。细柳退去。金人伟盥洗既毕，走出客室。小婢送上早点，金人伟用过后，要紧回去，遂向细柳道谢。此时高福山夫妇尚没有起身，金人伟别了细柳，赶紧回报馆去，因为今天是侨务月刊发稿之期，尚有诸事需办呢。

便在这天晚上，他和邵闻天讲起细柳南下献技的事，要求邵闻天致函某闻人，代为先容，并发信与数家有名望的报馆，沟通声气，拜托他们爱护细柳。邵闻天当然一口答应，且因昨夜金人伟没有回报馆，知道他是因醉而住在细柳家中的，不免又和金人伟调侃数语。金人伟总是说不敢做非分之想，不过借此聊遣有涯之生。且不媚权贵而媚美人，尽心竭力，护持彼姝声誉直上，自问也是一件功德无量的事呢。他又去告诉了朱苏庵，朱苏庵也愿帮忙。

金人伟办去一些公事，又写一函与浣花，说自己将于阴历七月杪动身南下，相见匪遥，谅浣花接到此信，必然忻喜不置了，自己又特地抽出时间来代细柳先编《如姬》一剧，这时写的战国时信陵君窃符救赵故事，如姬感信陵公子的私恩，在魏王宫中窃得兵符给信陵，注重在窃符上。他又要编《无双传》，所以虽在炎夏，他竟不得休息，反较平时为忙。夜间常坐在电灯之下，埋首案间，振笔写稿，往往汗流浃背。但他为了美人之故，甘自辛劳的。

等到他将《如姬》《无双传》二剧编好，天气渐凉，细柳的行期已届。中间二人时时聚首，互赠物品，情感渐渐高热起来。金人伟就觉得非细柳不欢了。他已向邵闻天请了一个月的假，把华报的职务以及侨务月刊的编纂之责，分头托好了人代庖。又接到浣花的来函，因闻人伟南下有期，快慰非常，朝夕盼望他回乡去，可以一晤别来容颜，倾吐离怀。问他先到苏州呢，还是先到上海，自己可以到车站来接。可是金人伟是准备和细柳同车赴沪的，他对于交欢细柳的事，在与浣花书函中绝未有只字提及，怎可以给浣花来接，逗起浣花极大的疑惑呢？所以他马上写回信去，又将行期故意展缓两三天，说自己虽然先到上海，却不能预定坐哪一班平沪通车赴沪，叮嘱浣花院务繁忙，不必来站接候，自己一到上海，立刻就要趋院奉访的。这样可使浣花、细柳二人不至觌面了。然而金人伟此时的心理骤然又有变化，竟有鱼与熊掌不可得兼之憾了。不过他虽和细柳渐渐接近，可是他对于高福山这个人，仍不能无戒心，而自己的地位也很明了的，尚不敢过存奢望。所以这样做，也是明知无益，未免有情，聊以适一时之意而已。

朱苏庵既知细柳要到上海去献艺，又闻金人伟也要请假返乡，同车南下，所以他邀集诸友，在一家酒楼上为金人伟和细柳饯行。邵闻天也在座上相陪。金人伟先到，细柳和非烟后至，二人妆饰得非常雅洁，恍如凌波仙子，不染一尘。席间觥筹交错，丝竹杂陈，男女同坐，宾主交欢。朱苏庵举杯预祝细柳此去上海演唱，必能大得沪江人士的欢迎，更增声价，且称金人伟是细柳的功臣，叫细柳将来莫要忘记了这位翩翩记室之才的美少年。细柳和金人伟各各答谢数语，尽兴而散。

隔一日，邵闻天也在梵王宫为金人伟细柳饯行，到的人差不多仍是这些拥柳同志。虽是日长，光阴仍旧过得很快，转瞬已是阴历七月二十七日，金人伟的行装早已准备好了。这天细柳又和他到西山去畅游一天，林间石上，喁喁清谈。他觉得细柳的浓艳和浣花的清丽又有不同了，他甚是高兴，多喝了几瓶冰汽水，又啖了两客冰淇淋，四体生凉，晚间他又邀细柳到燕京饭店去吃夜饭，直到更深方才分别。次日细柳跟着高福山到各处去辞别，忙了一天，没和金人伟见面。后天她因父亲去买车票，所以她叫父亲代金人伟也买一张。高福山本是同意的，自然答应。到二十九日那天，细柳因为明天一早就要动身的，在家等候金人伟来，要约他今晚就住在她家中，行李一起押送出去，一天亮可以动身，但是等到日落西山，金人伟仍没有来，她不由惊奇起来了，连忙打了一个电话到报馆里去探询，可是不打这电话犹可，一打电话，竟使她芳心里压上一块大石。

第二十一回

锦上添花芳名传海埗
楼中来客絮语乐天伦

金人伟为什么不到细柳家中来同车南下呢？他又在哪里呢？原来天有不测风云，人有旦夕祸福。他在那天和细柳畅游西山而回后，睡至半夜，忽然腹痛如绞，异常难过，手足冷麻，周身不适，不觉大吃一惊，疑心自己患了真性虎列拉，那是不可救的了，连忙唤起茶房，叫茶房去请医生。这时邵闻天不在馆中，幸亏有几个同事也住在楼上的，闻信都来探视，商量之下，便把协和医院的陈医师用电话请来，代金人伟诊治，方知是假性虎疫，由于饮食不慎，受了一些风寒而起，并无性命之忧。金人伟本人和诸同事听了，稍稍放心。陈医师代金人伟注射了两针，又配好了一种药水，方才回去。天也亮了，众人仍去睡眠，金人伟偃息在床，危险时期已过，十分疲倦，他也安心睡去，但是这一天他就不能起身了。

可是行期已迫，他希望这病便会痊愈，明日可以出外，谁知到了明天，竟又大发寒热，病势颇剧。邵闻天又代他请陈医师来诊视，陈医师说他的病势恐怕有转变疟疾的可能，甚是棘手，又配了两种药而去。这样金人伟自知病魔作祟，好事多磨，自己要同细柳南下，却是万万不可的了。细柳等一行人早与大舞台订有合同，七月杪动身，一准于七月初十登台奏演，平沪各报早有消息露布，万万不能展期的。况且自己并非他们班中重要的人物，本无同行的必要，细柳虽要我伴她同去，可是造化为忌，事与愿违，她也不能为我的关系而迟滞其行的。自己这病至少十天八天方能痊可，只得让他们先去，稍缓再独自南下，如此岂非大扫其兴呢？此时的金人伟又如桓子野闻歌，徒唤奈何，恐怕细柳不知道自己生病，徒劳盼望，要想坐起身来写一封信去告诉细柳，可是自己头晕目眩的，实在不能支持，要等邵闻天来托他代写，然而邵闻天恰巧有事，未能来望他。挨至傍晚，细柳的电话来了，金人伟虽知是细柳的电话，可是自己卧室中并无电话分线，自己又不能到楼下去接，只得吩咐茶房在电话中回答说自己病了，不能动身，所以茶房在电话中只略说了数语，便将听筒挂断。

细柳闻得金人伟患病，不知其详，芳心甚为不宁，照自己的意思，本欲前去探望，但因金人伟住的地方恰巧在报馆里，自己不便前去，免得旁人飞短流长，兴风作浪，只苦自己一行人明日便要动身了，其势不能稍待，将如之何？思维再三，不得已写了一封慰问的书函，叫小婢送到报馆里去面询详情。那小婢名唤双喜，专伺候细柳的，人尚伶俐，奉命前去，见了金人伟，呈上细柳书信。金人伟对着玉人瑶札，频频叹气自憾未能随细柳同行，辜负玉人一片心，怅恨无似，遂将自己的病情告诉双喜，托她转达一切，请细柳等先行南下，他一俟病愈，当再赴沪，且代向细柳道歉自己不写信了。双喜一一记好，又代细柳安慰他数语而去。

金人伟愿望既成泡影，病中的情绪更是惆怅难遣，郁郁不乐，早不病晚不病，偏在这个时候生起病来，不是二竖有意作祟吗？又恐浣花盼望，遂请人代写了一封信寄去，说明自己不能来沪之故，且待病愈后启程，到时再行函告。次日睡在床上，有时冷有时热，疲乏得很，明知是疟疾了，再请陈医师来诊治。陈医师断定他是一种很凶恶的间歇疟，发热是没有一定时间的，便代他注射药水，叫他安心静养，短时间不能就好的。金人伟听了，更是忧烦，然而病魔困人，这又是无可奈何的事。朱苏庵得到了消息，便来看他，见他十分疲惫，便以为金人伟在热天夏夜赶写剧本，在这个上也很有影响于身体的。说他为了细柳真太鞠躬尽瘁了，为得稿费呢，还是为博美人的欢心呢？恐怕自己也难解说了。现在玉人已去，而自己撄疾留平，老天真是太会狡狯人弄了。金人伟触动心事，黯然无言，朱苏庵也觉无可解慰，徒叹金人伟痴情罢了。

但是细柳又作何光景呢？那晚得到小婢双喜探疾回去后的报告，闻知金人伟忽然卧病，这是自己万万料不到的，日期又是局促，不能宽待，父亲已将车票买好，黎明科班的人都已约定，上海方面已有电报拍去，断乎不能逗留的，但不知金人伟的病可能即愈？倘然能够就好的，尚可缓数天赶到上海，但是同车的机会已是不可能的了，心中十分忧虑。她去告诉了高福山，高福山也道："这真是不巧啦！咱们有金先生一同南游，到了上海，各报界也可托他去做代表联络感情，忽然他又病了，咱们行期已定，不能耽搁，也只好先走了。"于是细柳又写了一封书安慰金人伟数语，留在家内，吩咐家人明日送去。她还希望金人伟的病早早会好，仍可南下呢。

明日一清早，她跟了高福山老夫妇带了小婢双喜，同坐汽车至火车站，黎明科班中人连琴师鼓手等皆已到齐，行李票早已整好，一行人便坐了平沪通车南下。这一遭细柳重返江南，沿途睹着新秋景色，勾起她以前的思怀。车上虽不寂寞，而少了金人伟一个人，未免是一个很大的缺憾。等到他们到了上海，自有大舞台主派来的代表欢迎他们下车，服侍一切。对于细柳自然待遇特别优异，早在蒲石路一座公寓里租定两个精美的房间，做她临时的公馆，所以细柳一到上海，全家住入，下人也已代为雇定，很觉便利。次日高福山就带了细柳以及黎明科班中几个红的角儿，一同去赴大舞台主人之宴，又拿了金人伟、邵闻天和朱苏庵等代他们所写的介绍函件，以及高福山自己从别处乞来的介绍信，一处一处去拜访。有的地方带着细柳同去，有的地方他独自前去，忙碌了数天。细柳得暇，又和非烟等到各处去游玩数日，因为洋场十里，她也是初次观光，自然觉得海上繁华，沾染着些欧风美雨，又和故都风光有些不同了。

此时上海各报早已有游艺界消息发表，宣传细柳等来沪之讯以及所擅名剧。有一篇捧柳的文字，就是金人伟拜托上海一位评剧家所写的，写得甚是得体，其他大小各报都有捧柳文字，并制版登她的剧照。高福山又带细柳去拜见邵闻天所介的某闻人，择日在杏花楼拜认义父，这样更如锦上添花，细柳又多得一重靠山了。细柳在大舞台的打泡戏业已商定，即日在报纸露布，第一夜是《玉堂春》，第二夜是《六月雪》，第三天恰逢星期日，所以日戏是《贵妃醉酒》，夜戏是《拾玉镯》和《春香闹学》特演双出。至于《金谷恨》《龙女牧羊》《如姬》《无双传》等，都要以后慢慢再演。

等到细柳登台之夕，大舞台前车水马龙，倍极热闹，不减北平鸣凤舞台的盛况。台上有各界赠送的银盾、银杯、花瓶、镜架、立轴、对联，一一陈列着，都是为细柳张目的。且有某诗人特赠细柳词百首，写在泥金屏条上，共有四条，是某太史的手笔，特制为宠柳之用的，麟角凤毛，不可多得。上下座拥挤殆满，铁门也早在七点钟拉上了。这晚细柳唱得特别卖力，声调技艺果然和南方一班坤伶大不相同，次日各报均有好评，连奏三日，细柳的芳名又在黄歇浦边大红特红起来，真是天之骄子，无往而不利。细柳自己起初也没料到成绩竟有这般优异的，高福山夫妇自然更是得意忘形了。旬日以后，天天客满，盛况不退，细柳虽然欢喜，可是她心中总像有一件事美中不足似的，不能十分愉快。后来《金谷恨》开演了，沪上人士更喜欢新剧，大家看了之后，将这剧比仿梅兰芳的《凤还巢》、程砚秋的《红拂传》、荀慧生的《钗头凤》同声赞美，哪知《金谷恨》的剧作者疾病缠绵，滞留在故都，竟不能南来一观盛况呢？细柳见金人伟迟迟不至，料知他的病尚未痊愈，恐怕南来之举将成画饼了，遂写了一封信去问候。

　　这一天是星期六的下午，她在午时曾应人家的邀请，到金门饭店去赴午宴，归来后有些疲倦，打个午睡，养息精神，预备晚间上台演唱《龙女牧羊》。当她午睡微醒时，一角斜阳映在西首满罩薜荔的墙上，妆台上的小金钟当当地已鸣四下。细柳打了一个呵欠，起身下床，趿着拖鞋到面汤台边去洗脸漱口，方才要想重点胭脂更换新妆，却见小婢双喜笑嘻嘻地走上楼来说道："小姐，下面有一位客人求见，可要请上来？"细柳道："是男客呢，还是女客？我认识不认识？"双喜道："是女客，和小姐的面貌有些相像的。"细柳道："你不问她姓甚名谁，有什么事来见我，恐怕又是要来请我签字的。这些很觉麻烦，你还不如爽爽快快地回答她说我不在家，她也只好走了。"双喜道："她说有些要紧事须和小姐一谈，渴欲一见。"细柳点点头道："那么你就请她上楼，到外间客室中坐，待我去见她吧。"双喜答应一声，走下楼去。细柳披上一件单旗袍，罩上一件绒线短马甲，换上一双绣花鞋子，用一个象牙小木梳，对着镜子将自己额前的前刘海梳了数下，从桌上取了一支茄立克香烟，划上一支火柴燃上了，将纤指夹着呼了两口，走将出来。

　　她刚到外室，双喜已引导客人走进门来，四目相视，不由彼此错愕，恍如一对木偶，相向而立，大家脸上各露出惊讶万分之色。细柳手中的一支纸烟也扑地落到地下，连那双喜小婢站在旁边也呆住了。良久良久，那站在门内的女客，指着细柳说道："呀！细柳小姐，你不是我的妹妹银珠吗？怎的怎的？"细柳也说道："啊呀，你是我的姊姊金珠。唉！怎么会在这里相见？"二人说了这话，顿时疾趋而前，彼此拥抱住，不知心中是喜是悲，一阵心酸涌上心头。大家眼中的泪珠儿，扑簌簌地滚出来了。

原来登门奉访细柳的女客就是双林的金珠，也就是在吴门改名的浣花。她自从得金人伟相助，离开了方家，在护士学校里读到毕业之后，便有同学郑女士介绍她到上海同仁医院来服务，虽然是新进之人，却因她聪明勤奋，不但看护长加以青眼，就是医师们也很对她有好感。她在余暇之时，又很用心地自修，买了许多中西杂志，浏览其中的精华，因此她在文学上也大有进步，时时和金人伟通信道念，互诉衷肠。因为她在天壤间最亲爱的人，虽有一个妹妹银珠，却已被邢老虎送与人，萍漂絮泊，不知在哪里了。唯有金人伟在吴门，萍水相逢，两情绸缪，本在师友之间，对于她十分热心，指导她，辅助她，鼓励她，安慰她，自己能够脱离仆役的地位而有今日，也是金人伟相助之力。不过为了他自己的前途，不得不作劳燕分飞，且金人伟近年来在北平报人中已占得地位，声名渐高，不比以前在故乡，局促如辕下驹了。所憾者一在燕市，一在海澨，已有三年工夫没见面了。唐人诗有云："身无彩凤双飞翼，心有灵犀一点通。"只不过彼此心灵相通，翕合无间罢了，且喜金人伟才华丰赡而道德高尚，绝不是王魁李益之徒，弃旧怜新忘情薄幸，在外边做什么不道德的事来，使自己抱憾无穷的。将来自有一种希望，可以安慰自己多年来的困苦忧虑。

及接金人伟的来函，知道他已向报馆请假，要南下与故人聚首，这真是她所渴望的事，所以她复信与金人伟说，自己愿意到车站迎接，问他在哪一天乘哪一班火车来。后得金人伟复函，说他不能预先约定，但是七月杪之期是一定不更改的。好在日期快近了，会面有期，相思可解，所以这几天心中大为兴奋，盼望金人伟快快到临，梦寐中也做着甜蜜之梦。谁知到了八月初，不见金人伟来沪，芳心不能无疑，秋水望穿，不见当年张绪，暗想金人伟言而有信，绝无失约之理，难道有什么意外之事，梗阻其行吗？及至接到金人伟托人代写的快函，始知金人伟忽患疟疾，正在卧床呻吟不能来沪了。于是一团欢喜顿归乌有，反而引起了她的惆怅和牵挂，他乡卧病，奉侍乏人，一定格外感到痛苦的。遂写了一封极长的函去安慰一番，劝他好好治疗，安心静养，俾可早占勿药之喜。至于南下之事，只得暂缓行期，后再相见了。到八月中秋节边，她又接到金人伟来函，这次是他自己亲笔写的了，大略说他的疟疾幸已渐愈，不过精神疲倦得很，尚不能动身南下，这是无可奈何的事，非常抱歉，希望她不要苦念。

浣花得到了这函，虽知金人伟病已小愈，思念稍释，然而一时还不能相见，不得不稍稍忍待了。中秋节后，又逢国庆，浣花医院中难得有一天放假，她全日不须上班，所以同伴邀她出游，因为她的同伴爱看平剧，震于细柳的芳名，遂向大舞台订得两个优等官厅的座位，请她去一赏名剧。这晚细柳正演《金谷恨》，浣花瞧见细柳出场时，细睹芳容，不由心中突然一怔，因为她睇视细柳的芳姿，酷肖她的胞妹银珠，越看越像了。不过姊妹俩已有好多年分离，现又扮了戏装，所以还不能确定。孔子貌似阳货，也许世间有生得同样的。倘然认错了人，不是闹出大笑话来吗？她的同伴见浣花全神贯注在细柳身上，目不旁瞬，同她说话也不响，还以为细柳色艺动人，所以浣花看得出神，怎知道她的心事呢？直到剧终人散，浣花的一颗心活跃无已，她想也许此人就是她的妹妹，那么骨肉重逢，就是眼前的事了。想到古书上也时常有这种事的，安知今日的细柳不是昔日的银珠呢？

因此她即刻就要想到后台去一看真相，但是外边人又怎能轻易走入？及至她到账房间去探听，大舞台里的办事人员只知细柳是北平新近唱红的名伶，又谁能知道她的身世，肯管这闲事呢？恰巧有一个职员姓曾的，以前在同仁医院养过病的，曾和浣花有些相识。浣花遇见了他，向他恳商之下，领她到后台去，可是细柳已经走了。姓曾的遂答应浣花代她探听细柳的身世。浣花千多万谢地托了他。隔了三四天，姓曾的特地到同仁医院里来拜访浣花，告诉她说，细柳的父亲是高福山，北平人，但闻细柳是有人转卖与高家学艺的，至于细柳本来的姓名里居却不知道，因细柳也不肯告诉人家，只知他们父女并非亲骨血而已，又将细柳在沪所住的公寓地址详细告诉她知道。浣花急欲彻底明白，以便姊妹重圆，所以今天她特地向院中告假外出，按图索骥，寻到公寓里来，一见细柳的真面目，以便水落石出。果然见面之下，所料不错，细柳果是当年的银珠。分散了多年的姊妹，天可怜见的竟会一旦重逢，各人喜极而泣。

细柳立刻请浣花到房里去坐谈，双喜献上茶来，又拧上热手巾给二人洗拭泪痕。细柳又叫双喜退出去，浣花揩着眼泪，向细柳问道："妹妹，这几年来你竟在北平唱戏吗？想煞我了。我虽托人在平四处探访你的踪迹，却是杳无朕兆，直到前晚我至大舞台观剧，瞧见你的容颜，不由使我大为诧愕，为什么舞台上的名伶声容笑貌酷肖我的妹妹银珠呢？我顿时起了好奇之心，竭力设法探问你的来历，虽然不能明白底蕴，而我心上的疑云未能去除，好似有一件很重要的事未能解决。自问我的眼睛没花，绝不至于错认的，而且渴欲有一天姊妹重逢，所以到得今天，终于我大着胆子，不辞孟浪之咎，跑到你的地方来，一观庐山真面。感谢上苍，果然使我姊妹重逢了。"

浣花说时，声音震颤异常，细柳一边侧耳倾听，一边频频下泪。她对浣花说道："姊姊，你可知道我在邢家的痛苦吗？你到了上海去后，为什么没有信寄给我呢？难道被他们藏去吗？"浣花道："我岂有不知之理？自己也曾回乡，亲至邢家去探望你过的，无奈邢天福已死，你已不在那边了。我向宝生探问行踪，他也告诉不出，我才一气而走的。我在上海的时候也有信写给你，大约你离开双林之时，我已不在上海了。"细柳道："姊姊不在上

224

海，到过什么地方去的呢？"浣花遂将自己以前的经过一一告诉细柳，但是自己和金人伟的事却一时不好意思告诉出来，只说有一个朋友帮助她求学而离去方家的。细柳自然也不知道她的姊姊的恋人就是代她编剧的金人伟了。于是她也将自己怎样被邢老虎家人指为不祥之人，把她送给邢老虎一个姓俞的朋友带往北平之后，而那个姓俞的因赌输了钱，又将她转鬻于高福山为养女，以及高福山开办黎明科班，延师教授自己学习唱戏，改名细柳，三年以来，受尽苦辛，方得成艺，在北平登台演唱，侥幸成名的种种经过，大略告诉给浣花听。自然她和金人伟相识之事也略而不讲了。

姊妹俩互叙衷怀，万般辛酸，眼泪流去了不少，手帕也都揩湿了。浣花叹道："以前的事我们当它是一场噩梦吧，如今皇天怜佑，使我们姊妹可以重逢，这也是不容易的事呢。"细柳道："我很惭愧，竟被人强迫吃了这碗唱戏的饭，似乎不是荣誉的事，还是姊姊有了正当的职业，比较我学问高得多。不知姊姊可怜我呢，还是鄙夷我？我就为了这个缘故，所以在北平时并不提我本来的姓名，在人面前绝口不谈我家里的事情。而且只说我是湖州人，我也不知道姊姊是不是在上海，因在双林时，曾有信寄至上海而退转来的呢。好，现在我们到底有一天重行聚首了，姊姊还没有抛弃你苦命的妹妹，真是我的不幸中之大幸。"浣花道："你说哪里话？分离以后，我是无日无时不思念的，只因路途遥远，探不到底细，无可奈何。唉！我只有可怜你的心，哪里会鄙夷你呢？况且唱戏也是一种艺术，将艺术去换人家的金钱，有什么卑鄙不卑鄙？现在人们的眼光也和昔日两样了，所以伶人又称艺员，地位也日渐提高了，只要自己能够尊重人格，洁身自好，自然也是很好的。像你已是成名，生活总可比较别人舒适一些吧。"细柳道："姊姊说的话，我不敢不勉，可是我虽然侥幸成名，而内心的苦痛与日俱增，真是除了亲爱的姊可以告诉外，不足为外

225

人道的。包银虽然拿得不可谓少，而自己得不到什么，都是义父高福山掌管的。他好赌如命，又抽大烟，挥霍无度，拿八千用一万的，怎有一文大钱积贮呢？现在不过为人牛马代人挣钱罢了。况且我成名之后，围绕自己的人实在太多了，处处都要应酬人家，不好胡乱得罪，这也是一种苦痛，外边人是不知道的，改天我正详细告诉姊姊听吧。总之我也并不喜欢这个，心中仍想有机会给我早日摆脱，还我自由，屏除麻烦才好。"浣花点点头道："妹妹的话不错，妹妹乘此声名动人之时，早些保全芳誉，跳出这个圈子，择人而事，早谋归宿，那就是大智慧的人，具有深谋远虑了。"

姊妹俩讲到这里，高福山夫妇自外归来，他们的卧室是在细柳后边，听得细柳房中有人，一问小婢，方知是细柳的姊姊来了，不由一愣。高福山夫妇便走到细柳房中来看浣花，细柳遂代他们介绍，且告诉二人说，这是我的胞姊浣花，骨肉分散以后，直到如今方才重晤，现在同仁医院当看护之职。高福山见浣花姿态也是非常秀美清雅，和细柳的面貌真是大同小异，便堆着笑脸，殷勤招呼。高福山妻子却有些冷淡的情景。浣花审视二人的颜色，也有些明白，知道高福山是一种白相人，不易对付的，而高福山妻子又是个很吝啬而阴狠的人，自己妹妹做他们的义女是不好服侍的，无怪妹妹说内心苦痛了。高福山便道："这样说来，是一件快活的事，你今天留你姊姊在此吃饭吧。"细柳道："今晚我要和姊姊出外去吃夜饭，欢乐欢乐。"高福山道："也好，你好好招待吧，我们还有事哩。"敷衍几句话，便和他妻子走出去了。

细柳遂要陪浣花到大西洋菜馆去吃大菜。时候已近六点钟了，迟到九点钟就要上场的，所以她就略事妆饰，换上了一件新制的旗袍，换上新的革履，拿了手皮夹，便和浣花下楼，坐着汽车出去。这汽车也是大舞台主人派来伺候细柳的。二人到了大西洋，择一个幽美的小房间坐定，点了两客西菜，且吃且谈，欢洽异常。一会儿谈起幼时乡村的情况以及养蚕失败、老父投河等事，都不由感慨系之。浣花睹着明艳的细柳，暗想，亡父此刻若然尚在人世，见了我们今日的景况，不知他欢喜不欢喜？可惜他早已惨死了。死者已矣，生者何以报答他养育之恩？可是先墓也有好多年未曾扫过了。父亲生了我们，却没有福气享受我们一些的孝意。更有母亲也是如此。树欲静而风不停，子欲养而亲不在，这真是从哪里说起呢？浣花深深嗟叹。

细柳又问起宝生，浣花道："提起此人，心头怨恨，妹妹到邢家去做养媳，都是他做的主张。他是助纣为虐的人，在乡中无恶不作，料他也没有好结果的。"谈到左菊泉，浣花道："以前我到上海来进厂工作，是他带我出来的，我未尝不感他的好意，但是很怕和他亲近，恐他不怀好意。况且他胸中也没有什么学问，庸劣之材终其身不过如此，所以我离开上海时，也是背着他而行的，一向不知他的消息。最近我在南京路电车上遇见他两手携着东西跳上电车来，恰巧我下车了，他对我很惊讶地看了两眼，不及说话。我瞧他的情景也属平常，大概他仍在律师那边服役吧。以前我们当他在上海很得意的，及至我来沪以后，始知他不过做一个茶房罢了。上海的地方歹人真多，我重至上海后，事事留神，轻易也不走出医院呢。"细柳听着点点头。

二人絮絮切切地谈了好多时候，等到侍者送上咖啡时，细柳一看自己的手表已近九点钟了，她要紧上戏院去，揩过嘴，付去了账，约浣花后天星期六上午再到她的公寓里去相聚。浣花当然答应的。二人出了大西洋菜社的门，握手为别，细柳仍坐汽车而去。浣花因此处离医院不远，遂安步当车地走回院去，心中异常欢喜，因为久悬心头的一件事今日已得解决了。谁料到名闻南北的红女伶细柳就是当年的银珠呢？她一半代她妹妹欢喜，一半代她妹妹杞忧，因适才闻细柳之言也有许多抑郁，事非无因呢。她本想写信给金人伟，顺便告诉他说她在上海已碰见了沦落天涯的妹妹，继又思在信上不必多啰唆了，将来等他南下时，见了面再

227

告知他吧。倘然细柳演期未满，金人伟可以早日来沪，也许我有机会可代他们俩介绍一下呢。金人伟倘然知道了我的妹妹就是名噪南北的红女伶，他岂不要大为惊异吗？这件事且待以后再行揭穿吧。所以浣花寄给金人伟信时，没有提起细柳了。

到了星期六，浣花将院中职务交托与一个同伴暂代，她买了许多礼物，上午便至细柳公寓里来晤谈。姊妹俩的话如山间泉水一般，汩汩地倾吐不完，细柳留浣花在家里吃了午饭，姊妹俩又到兆丰花园去游玩，她们各人本来顾影成单，身世凄凉的，现在姊妹重逢之后，彼此年龄也已长大，又经过了一番创巨痛深的忧患，所以手足之情格外亲爱了，从此浣花有暇辄至细柳妆阁，细语密谈，极尽快慰。照浣花的意思，以为人无千年好，花无百年红，细柳乘此华年吐蕊之时，再帮她的义父母一二年后，就要择人而嫁，免得老大徒伤，自感凋零。细柳也以为然。在此时外边要和细柳亲近的人，实在太多了，不论在平在沪，一班走马王孙、坠鞭公子，以及脑满肠肥的旧官僚、腰缠十万的大腹贾，哪一个不来向细柳献其殷勤？细柳觉得这是不可避免的麻烦，有些人只得虚与委蛇，有些人都漠然峻拒，幸亏高福山夫妇的欲壑很深，很难得其餍足的，因此尚没有人能为入幕之宾，然而细柳得到各人赠送的金银礼物已是无算了。这一层浣花也有些瞧得出的，因为细柳手指上的钻戒，大大小小的有好多只，时时更换，都是价值连城的。高福山哪有钱代她购备的呢？的确，细柳的生活和浣花是不相同的，浣花深感到细柳的生活未免太奢靡一些，这也因环境的关系，未可苛责细柳的。

时光迅速，看看细柳和大舞台订的合同将近满期，大舞台主又重出重金挽留十天。细柳在沪卖座的盛况始终不衰，她吸引人的魔力也可想而知了。这一天正值浣花的假期，她预备又到细柳处去叙谈，上午十一时许就去，临走时接到金人伟的一封信，说生了两旬的病，现在虽幸渐愈，可是报务鞅掌，难以爬梳，身体也疲乏得很，一时未能南下，只得再将行期展缓了，劝她多多珍摄，毋以为念。她知道金人伟在最近期间尚不能来沪，缘悭如此，只得稍忍须臾，叹了一声，将书信放好，出了医院，坐了一辆人力车到细柳处来。现在她已是来熟的人了，和自己人一样，不用通报，一径走上楼去。

只见双喜小婢在外间换挂窗帘，细柳的房门却关着。浣花便问小姐在家吗？双喜回头见是浣花，便道："薛小姐，今天我们小姐给盛家的三少爷邀去用午餐了。"一边说，一边过去开了房门，让浣花进房去坐，献上香茗。浣花坐在沙发里，对双喜说道："小姐饭后要回来吗？她出去时怎样说的？"双喜答道："小姐出去时曾说薛小姐若来，请在此间和太太一同用饭，她在两点钟左右就要回来的，再要和薛小姐出去看影戏呢。所以薛小姐，你在此多待一刻吧。老爷出去了，太太刚才从外归来，也有个客人在她房中呢。"浣花点点头道："你不必去惊动太太了，好在我不是客气的人，不用招待。"双喜答应一声，走到外面去做她的工作了。

浣花独自一个儿坐着，未免有些无聊，要想拿本书来消遣。见那边沿窗写字台的抽屉没有锁上，不由想起细柳前天曾从那抽屉里取出一本传奇书来给她看的，料其中都是这一类的书籍，不如待我自己去取一本看看吧。遂走过去，开了抽屉一看，忽然瞥见有一本《龙女牧羊》的手写剧本，上面的字迹是用蓝墨水写的，十分触目，似曾相识，连忙取到手中细看时，编剧者的大名却就是自己的意中人金人伟。想不到自己妹妹唱红的《龙女牧羊》等剧本，便是金人伟代她编写的，这真奇了！何以他们两个人在我面前都没有一句话提起呢？此时的浣花好像发现了奇迹一般，心中飘飘荡荡的，此身如在云雾中，惝恍迷离，几疑是梦是幻，她也没有心思去看那剧本，再向抽屉中搜索时，又发现了一件东西，不由全身冰冷，恍如堕身到北冰洋的冰窖里去了。

第二十二回

闺中遗素简人面桃花
堂上奏新声凤声龙笛

原来浣花拿到手中的，乃是一张六寸的照片，这照片上的人是谁呢？真是再巧也没有，就是金人伟。个郎丰姿，耀入自己的眼帘，怎不使她惝恍迷离呢？照的旁边写着"细柳女士惠存"和金人伟自己亲笔签字。这照片和他寄给自己的是一式的，但不知先送与哪一个，因为照上只写着年月而没写日子，可知金人伟在北平早已和细柳结识了，代她编剧的事，却一些不给自己知晓，明明是恐怕我生嫉妒之心了。我本托人伟在北平寻找我的妹妹，谁知他们俩已成契友，难道金人伟没有知道细柳就是我的妹妹吗？倘然是不知情的，那么他也不应该背地里瞒着我和一个美丽的红女伶交友。为名呢？为利呢？恐怕都不是吧。本来男子的心见异思迁，很容易变换的，将我去和我今日的妹妹相较，自然是她的技艺好，名声高，我不如她了。若是他已知细柳是我的妹妹，而有意不告诉我，那他的心更是可诛了。还有我的妹妹，难道她真不知道金人伟就是我最好的朋友吗？为什么偏偏姊妹俩所交的腻友竟是同的一人呢？她若然和金人伟狼狈为奸，勾通着将我瞒起，那就大大辜负我的一片心了。

浣花这样想着，抬头一瞧到壁上悬着她妹妹细柳的放大照相，拈花微笑，艳丽如红，不由又长叹一声，将手中所拿金人伟的照片仍放在抽屉里，剧本也不要看了，关上抽屉，回到沙发上，颓然而坐，沉倒了头只是思想，大约金人伟和细柳彼此都不知道有我的关系吧。若然换了他人，我立即可以写信给金人伟，甚至动身北上，亲自晤面，要他说明态度。但是现在细柳是自己的胞妹，这样一来，我在细柳面上交代不过去了。若然假作痴聋，不闻不问地让他们交好下去，那么无论如何自己是忍耐不住的，而且将来总有水落石出的一天，更是何以为情呢？也许他日金人伟倾倒于细柳，他的心肠会大大转变的。现在他瞒着我去和一个红女伶交友，不胜劳瘁地为她编剧，已是对不起我了。嗯！他本来是约七月杪南下的，细柳也是在那个时候从北平动身到上海来的，可见他的南来并不是为的我，而是我的妹妹，谁保他的心不已变了呢？所以这件事恐怕已是成了个难问题，自己不说明不好，说明也不好，两个之中必有一个牺牲。按常理而论，细柳现已大红大紫，芳名鹊起，要嫁一个王孙公子有地位的人，也不是难事，她何必要垂青到一个穷小子呢？不过爱情的事往往神秘莫测，有许多常出例外的。卓文君奔司马相如，红拂夜归李靖，古书上亦载其事，怎能说我妹妹不会钟情于金人伟呢？那么自己揭穿了此事，于事无补，徒然创痛了我妹妹的心，我岂忍为此呢？

浣花左思右想，心中说不出是酸是苦，无法解决。听钟声已鸣十二下了，双喜走进房来，手里拿着一封信，放到写字台上，对浣花说道："薛小姐，你嫌寂寞吗？收音机也不开，坐着无味，老太太那边的客人已去了，你去坐坐可好？停一会儿就要开饭哩。"浣花道："我再坐一刻也好。"

等到双喜走出后，她就立起身，走至写字台边一看，真是巧事，这封信就是金人伟寄来的，用着华报馆的信封，外加"金缄"两字，和他寄给自己的一般无二，大概两封信是同时发出，所以同时到沪。这里是法租界，当然要比自己迟一班了。她瞧着这封鱼书，心里更加上一重刺激，使她更觉坐立不安，她竟理智遏不住情感，不再考虑，一瞧房外无人，马上取了这封信，撕去封口，抽出一张锦笺来，读道：

柳：

这一遭真是老天故意作弄人吧，西山畅游回来，竟被二竖作祟，生了二十天的疟疾，否则我已在春申江畔和你携手出游，领略江南秋色了。大概是造化小儿也含有些酸素作用，不使我奉侍美人身侧，这又是何等的憾事啊！不知你的心上觉得如何？

自从你去沪以后，我先后只接到你家两封书函，而我已有五封信寄给你了，大约你在上海酬酢纷繁，连修书也少暇晷吧。我希望你终能节省些宝贵的时光，赶快多写些信来，以慰我念。因为我接到你的信后必要拜读数回，每一句细细辨别你的意思，什袭而藏视为珍品的，所以更望你千万不要惜墨如金，而使我思切云霓。

前信上你告诉我说《金谷恨》已上演了，接着《龙女牧羊》《如姬》等剧都要继续奏演，并闻你在上海卖座的盛况不减故都。柳，我早已说过，你此番南游，必能大得沪江人士欢迎，载誉而归的，我的预祝果不虚了。现在我正要着手编写《李夫人》一剧，将来你回到故都，即可排演了。人家说我为了你呕尽心血，绞尽脑汁，我也不期然而然地情愿为你而忙劳一些，因为你能够知道我的，多情红粉，悠悠我思。

我的病虽幸渐渐痊愈，可是精神上总觉得还未全复，而且报务也非常冗忙，笔墨纷纭，一时爬梳不清，本来要想设法南下，但知你和大舞台订约的期是一月，转瞬满了。即使我能南来恐怕也不能有几天光阴和你在

232

上海盘桓，所以我想暂时展缓了。但若你再要续订合同，在上海方面将做长时勾留的，那么请你快赐一函，我或可摒挡一切，从子于沪。前天某报上，载着你的消息，说你们的科班将有青岛之行，而听某君又说天津蓬莱戏院将聘你们前去唱一月，不知这消息是否真实？若是真实的，我缓日可以赴津门一行，近便多多了，请你快快告诉我吧。

你已拜见某闻人而为养女，这也是很好的事，使我大为放心。因为某闻人前天有一封信答复我朋友邵闻天的，大为称赞你的德容并美，且说最近平南来的坤伶要推你为翘楚了。他允许在各方面代你吹嘘，有意护花。你在上海可以高枕而卧，海不扬波了。

归来吧，柳，我在这里等你们高唱凯歌而回。待到庆功宴上，我再为你多晋一觞。如蒙不吝珠玑，赐我数行，那么锡我百朋，我心则降了。归来吧，柳！

浣花读过此信后，对于自己妹妹和金人伟相好之情，已是一览无余，关怀之切，更是灼热，觉得金人伟既有细柳为腻友，对自己便没有意思了。可怜自己尚是蒙在鼓中呢。照这样下去，他日的演变自己在意料中，自己必不能幸免的。以前以为金人伟这般的诚实少年，知情着意，世间可谓难得了。自己遇到他诚属幸事，怎知竟有这种事情发生，偏偏细柳又是自己的妹妹，岂非命也！天也！自己将如何处置呢？

她拿着这封信，只顾呆思呆想，身子更冷了半截，鬼使神差的今日竟会被自己无意中发现秘密，这是彼苍者天特地向我下一警告呢，还是故意摆布我，使我多生烦恼呢？安得上叩阊阖，一询碧翁翁，请他老人家在鸳鸯谱上检查一下。

她刚在沉思着，双喜又走进来了。浣花连忙将这封拆开的

233

信，向怀中一塞。双喜道："薛小姐，老太太请你用午膳。"同时听得高福山妻子的声音已从后房走出来。浣花此时怎有心绪吃饭，说一声"谢谢"。双喜走了出去。浣花听得外室碗盏响，她的脑海忽然清醒起来，一想这封信虽是金人伟的，然而是他写给我妹妹的，自己并非受信的人，岂能胡乱地擅自将人家的信拆阅呢？拆阅之后，此函已非完整，怎能再给细柳看呢？那么自己只得将这封信藏过了，但是双喜拿进来放在桌上的，少停查询起来，当然知道此信已给我拆阅了。细柳还没有知道此事的内容，我告诉她好呢，还是仍守缄默，这倒是一个很重要的问题，要待自己郑重考虑的。

　　这么一想，她就觉得坐立不安了，饭也不要吃了。走出房去，只见正中圆桌上放着几样菜，以及碗和筷子。高福山的妻子坐在一边，呼着纸烟，一见浣花，便立起来说道："大小姐在此用午饭吧。细柳立刻就要回来的。"浣花也叫应一声，且说道："谢谢高太太的美意，我本来也要在此吃饭的，忽然想起医院里尚有一件事情，未曾交代，不得不回去一趟。"高福山妻子本来是有些冷淡的，也不坚留，只说一声"你要不要再来呢，否则吃了饭去也好"。浣花道："不吃了，今天也许我不再来，明天有暇当再来，叫我妹妹不必待我。"于是浣花便叽咯叽咯地走下楼去了。

　　今日高福山在外边有应酬，所以只让高福山的妻子一人独进午膳，叫双喜在旁坐了同吃。午饭后，细柳回来了。双喜告诉薛小姐来过的，在房中坐到吃饭时候，忽然又要回医院去了。细柳道："我姊姊特地来了，怎么又走回去？我吩咐你留她在此，我吃过饭马上要回家的，怎么一个人也留不住呢？"双喜给细柳一埋怨，也就不开口了。高福山妻子却说道："你姊姊的脾气很特别，坐到吃饭时候，菜也搬出来了，忽然又要离去，我留也留不住。下午她或许再要来的。"细柳听了这话，只得坐待她的姊姊

234

再来了。但是浣花竟没有来。细柳本想打一电话至医院，问问她姊姊，可是又有朋友来了，周旋之间，忘记了这事。晚上又往大舞台演唱，夜深归家时，已是我倦欲眠了。

次日上午，细柳唤过双喜，向她问道："大小姐来了，怎么饭也不吃又走回去，竟没有再来，莫非太太有什么得罪她之处吗，你可知道？"双喜摇摇头答道："没有人得罪她。大小姐来的时候，高高兴兴，一直坐在小姐房中。我告诉她，说你饭后就要回来的。她答应等你，没说别的话。后来太太吩咐开饭了，我请大小姐出来吃饭，她忽然要回医院去了，太太留她不住哩。"细柳柳眉微皱，自言自语道："这什么道理呀？"双喜又说道："小姐，昨天北平金先生有一封信来的，小姐可见过吗？小姐有好多天没写信给他了。"细柳听了，便道："咦！金先生有信来吗？信在哪里？怎么我没见啦？"双喜道："昨天邮差送来时，我马上拿到小姐房中，放在写字台上的。那时大小姐在此瞧见的，怎么小姐说没有看见呢？"细柳道："信在哪里，我真的没有瞧见。"

二人在写字台上一找，清清楚楚，哪里有一封信。细柳开了抽屉看时，见抽屉中几篇剧本已抽乱了，还有金人伟的一张照片也给人动过了，不由大为疑讶，自己的抽屉一向没有他人来开的，怎么有人动过呢？又有金人伟的信竟告失踪，这更奇了，她呆呆地思想。双喜又说道："这真奇怪了！小姐房中从来没有失去过一样东西，这信明明放在台上的，到了哪里去呢？"细柳道："我回来时，就没见台上有信。"双喜道："难道被大小姐带去了吗？"细柳道："她要这信做什么？"双喜道："小姐请打一个电话到医院里去问一声，便知道了。"细柳被双喜一句话提醒，暗想：这事真蹊跷，这抽屉也许是我姊姊开过的，虽然抽屉中一物未少，而台上一封信，双喜说得确确凿凿的，若不是我姊姊带了去，这信岂会自己生了翅膀飞出窗外去吗？然而我姊姊和金人伟素不相识，毫无关系，她为什么要带了走呢？左思右想，想不出一个道理，只有直接痛快地去问一声，便知端的了，并且昨天浣花没有重来，自己心中也很惦念呢。

细柳于是立定主意，跑出房间去。在这公寓里本有公用的电话，她遂打到同仁医院去，叫浣花通话。谁知电话里回答说，薛浣花出去了。细柳一想姊姊也许到自己这里来的，姑且等她来面询吧，遂放下听筒，回至自己房中坐着，等候浣花到临。但是等了好多时候，不见浣花前来，她想无论如何，这些时刻她总要来了，怎么迟迟不来呢？有些不耐烦了，再去打一电话，却听电话里又说薛浣花出去了。细柳道："她到什么地方去的，你们可知道？"只听电话里叽咕着说道："不知道，她已不在这里了。"细柳听了又是一怔，料想其中必有误会，非得自己亲自前去一问究竟不可。又将听筒挂上，匆匆回至房中，换了一件衣服，外面披上夹大衣，走到高福山妻子房里，告诉一声，说明自己要去找浣花，有话面谈。此时细柳已唱红了，到了上海后更比较自由，高福山妻子不好意思多管她了，自然允许的，只叫她早些回来，要等她同用午膳的。细柳遂坐着汽车而去。

一霎时已到同仁医院门前，停住汽车，汽车夫开了车门，细柳走下车来，步入医院。这里她是来过的，所以一径往里走去，找到一个看护，问询之下，方知浣花已辞职他去了。细柳骤闻此信，恍如梦幻，又像突如其来的晴天里下个霹雳，这是自己万万料想不到的，姊姊何以要辞职呢？既欲辞职，何以在我面前绝口没有提起呢？显见得这一下子也是猝然发生之事，浣花自己也不预备如此做的。这真奇了！她呆了多时，仍有些不相信，便又去见看护长。那看护长姓徐，年纪已有三十多岁，态度很是和气。细柳向她细问浣花何往，她答道："这事本也有些突兀的，薛小姐在此服务虽然不久，可是成绩甚佳，性情也非常优良，我们都欢喜她的。不知怎样的，昨天她告了一天的假，出入数次，不知忙些什么事，我们也不便管她。晚上却突然向我辞职，说家有要事，即须返湖，所以恳请辞职。我不准她辞，她急得哭起来了。我只得代她去向院长商量，院长答应了。今天她一早就马上将行李搬出去，辞别我等而去。有人说她是跳到别地方去，多赚月薪的。但我瞧她面有忧色，确乎担着重大的心事，不像在那里捣弄什么玄虚的。你是她的谁人，要找她做什么？"细柳听了看护长的一番话，虽知她姊姊是千真万确地辞职他去了，可是一时间摸不着头脑。又听看护长反要盘问她，遂也不欲吐实，只说自己也是薛浣花的朋友，多时不见，特来探望她的。又向看护长谢了一声，告退出来。好在看护长事务纷繁，也没有工夫去管闲事，由她去休。

细柳仍坐着汽车回家，跑了一个空，心中十分忧烦。双喜见细柳回来，上前问道："小姐可见到大小姐吗？怎么立刻就回家了？"细柳道："大小姐已不在医院，辞职而去，恐怕我这里也不会来了。"双喜大为惊奇道："呀，奇了！这是什么道理啊？"细柳不去理会她，自己走进房中脱下大衣，双喜接去挂上。细柳又把手皮夹往床上一抛，身子向沙发里颓然下坐，一双革履脱下来，往旁边一丢。双喜送过拖鞋，又代她将革履拿去拂拭，瞧了细柳脸上很不好看，她也不敢多说话了，只管做事。

细柳坐在沙发里，将一手支着香颐，细细思量，自己姊姊在同仁医院中服务很勤，看护长也欢喜她，为什么要求离去呢？即使她别有高就，也何妨直言而道，从容而行。且在我面前也没有一句话，岂像自己姊姊呢？然而以我姊姊的平日言行而论，她绝不至于如此的，难道她别有苦衷，不可告人吗？她和看护长说的话，明明是谎言，我们已是无家可归之人，家且不有，还有什么要事呢？她离开同仁医院，却又不到我处来，那么莫非与我有关系的吗？姊妹俩散失多年，好不容易劫后重逢，正要长叙天伦之乐，稍慰心头苦痛，何以她又飘然引去，杳如黄鹤呢？她决计不是回湖州去的，也许再还苏州。我又人生地疏，剧务羁身，叫我

237

到哪里去找她呢？假若金人伟一同南来的话，他是苏州人，我倒可以托他去找寻了。继又想到金人伟的一封信遗失得十分蹊跷，十分之八九是浣花拿去的。但金人伟和她是风马牛不相及的，浣花为何要藏去此函呢？细柳再也想不出个适当的答案来，一团疑云障在心头，这个闷葫芦不知何日始得揭穿，心上未免有些不乐，还希望她的姊姊能够再到她的公寓里来，自己可以向她问个明明白白。然而一天一天，浣花终没有来，只有徒唤奈何而已。

此时细柳在沪演唱之期只有十天了，青岛和天津两处都震于芳名，各遣代表到上海来罗致。高福山视为奇货可居，因细柳声价既然扶摇直上，她的包银自然也要大大增加，乐得狮子大开口，任意讨价了。结果答应了天津的蓬莱戏院，包银自是可观了。高福山也曾商得细柳的同意，细柳便写一封信去告诉金人伟，且说前函为下人失去，不知信上何言，请便告知。这十天之内，她虽然在上海演唱，可是没有那来时意兴的高了，因为浣花忽然绝迹不来，使她心头闷闷，不可告人。高福山夫妇怎知他们女儿的心理呢？

不数日，又接到金人伟的来函，因为金人伟既知细柳即将辍演北上，他也一时不来上海了，问细柳何时可到天津，他亦拟到天津相聚。且又为细柳新编《李夫人》一剧演述汉宫秘史，便要脱稿。又说前信也不过略道念忱，并问行期而已。细柳便将行期告知金人伟，约他在天津见面。她本想在上海演罢以后，要在上海小作勾留，将和浣花回乡去走一遭，顺便扫墓，一祭亡父之灵。且欲到西子湖边去畅游数日，姊妹俩团聚寻欢。现在浣花忽然翩然远引，究竟不知为了何事，心中非常不高兴，所以西湖也不想游了。高福山目的本不在游，自然要早日北上。满期后，除答谢大舞台主外，又带着细柳到各处去拜谢，并在报上刊出黎明科班辞别各界的启事。上海各界对于黎明科班均有好评，尤其对于细柳特别赞美。而细柳果然应验了金人伟的预祝之词，满载声誉而归。临行时，大舞台主又派人送至车站，摄影以作纪念。

细柳对沪上人士也不无惓惓之意，而于浣花更不能忘情，不知她姊姊究竟到何处去了，此中隐情，一时臆测不到，怎不难过？她明知自己临别启事已在报上披露，而姊姊仍不见来，可知她无意再见自己了，此后不知何日再能相见。不料南下月余，虽然春申江头，芳名传遍，而心灵上有了一条创痕，百索莫解，浣花的用意究竟如何，只有浣花自己知道了。

细柳等到得津沽，高福山照例又带着她去拜会各界。平津地方密迩，细柳的芳名早已印入津门人士的脑海中，所以大小报纸一片欢迎声。细柳在蓬莱戏院头三天的打泡戏是《女起解》《四郎探母》《宇宙锋》，卖座之盛和北平、上海差不多。这也因为一个名伶唱红了，不论到哪一处，总是受人欢迎的。细柳既已在北平唱出了名，又到上海去演唱一个多月，大家早已钦闻芳名，都要一饱眼福，一聆妙音，自然生涯大盛了。

细柳在天津唱到第五天，恰值王龙超军长在津门私邸中为他父亲做七十生辰。王军长的公馆本在北平，天津是他老父的邸第，王军长常常来往在平津道上的。他手握虎符威名四震，权倾北方，炙手可热。政府因为他手下有兵，是汉淮阴侯、梁王之类，所以对着他特别优容，加以笼络。而王军长的部下都是些跋扈将军，所以弄得人人侧目了。当细柳在平演唱之时，王军长一时豪兴，连去捧场，他当着部下官佐僚吏，赞美细柳这小妮子色艺不错，的是可人。后来恰因某地不靖，王军长接到政府命令，率军出防，他不得不离开故都了。细柳歇夏和赴沪演唱之时，王军长都不在北平，及至细柳自沪来津，在蓬莱戏院出演之时，恰巧王军长因防地形势缓和，大致已可无虞，他留下一旅人马，协同地方驻军防守，自己却和大部分部下返防了。又因他的老父七十岁寿诞，他特地带着家人从北平赶来，要为他的老父解筋祝嘏，一尽孝道。他又闻得细柳在蓬莱戏院登台出演，便和朋友前来看细柳的戏。座中有一个姓马的副官是一个掇臀捧屁的小人，夤缘在王军长麾下做副官，专会殷勤献媚，很得王军长的信任。此番他见王军长激赏细柳，在北平时他也在座的，便又想在王军长面前讨好，对王军长说道："军长倘然爱观此人的剧，老大人七十生辰的那天，何不便召黎明科班来唱堂会呢？若然军长赞成的话，我可以效劳，不用军长费一点儿心。"王军长闻言，正中其意，便点点头道："很好，你准代我去办吧。我本想邀梅兰芳的，但因他在国外，飞电去邀也恐时间上来不及，不如就叫这黎明科班一唱也好。"

马副官既得王军长的同意，次日马上去见高福山，要他的科班去唱一天堂戏。高福山听说是王军长的父亲华诞这样大的来头，安敢不答应呢？当下讲妥两千块钱，犒赏在外，不好算作生意经的。所以一到王军长父亲七十华诞的那天，王军长私邸之前，悬灯结彩，扎起电灯牌楼来，点缀富丽，车水马龙，贺客盈门。这邸第本是以前某督军的私产，售与王军长的宅子，很是闳畅，附有花园，且有戏台本来预备有事唱堂会之用的。

王军长正在富贵显耀之时，自然祝寿者纷至沓来，塞满了这座大厦。好在他手下人多，自有人代他招待。黎明科班奏演堂会时，众宾客早将上下包厢前后正厅挤了个满，最忙的是马副官，他是剧场主任，排定戏目，主持前后台，都是他一人忙得满头大汗，所唱的都是吉祥戏目，如《钓金龟》《鸿鸾禧》《定军山》《大收关胜》《古城会》《蟠桃会》《朱砂痣》等。而细柳日场唱的《梅龙镇》，夜场唱的《麻姑献寿》。马副官等到细柳上场时，他马上去请王军长来看。王军长和一班军政界中的要人，在座上都是大声叫好。众人见王军长等一班人叫好，格外叫得热闹，彩声不绝。

细柳因今天的堂会与众不同，所以也特别卖力，格外讨好。她在夜间唱堂会时，虽然有歌有舞，可是《麻姑献寿》这出戏太庄严了一些，没有日间《梅龙镇》来得有兴趣。马副官所以排这出戏，也因为切合寿翁之故，非此不可。现在夜间听王军长的口气，要看轻松而有趣味的戏，立刻去和高福山商量要叫细柳临时添唱一出《新纺棉花》，以博王军长的欢喜，他肯再送三百块钱。高福山今天被马副官一同邀到王公馆里来吃着头等的酒席、最好的云土，尽他横在烟榻上，吞云吐雾，非常有劲，马副官来商量，自然答应，便到后台去看细柳，要她唱这出戏。细柳有些不高兴，一则《麻姑献寿》刚才在唱，自己唱完时，精神疲倦了，很想早些回家去休息；二则《新纺棉花》这出戏未免近于淫荡，自己不大肯唱的。但经高福山再三说了，只好勉强答应，待《麻姑献寿》演完时，让别人唱一出《取成都》，然后自己的《新纺棉花》上场，以便可以休息片刻。高福山立刻和马副官说了，马副官喜滋滋地立即去写了戏目，在台前露布出来。

大家初见《取成都》的剧目，也不过如此。及见细柳的《新纺棉花》剧目，不由大为兴奋，个个人叫好起来。马副官走到王军长座前，王军长大模大样地挺坐着，对他笑了一下道："你这小子真识趣。"马副官笑道："我知道军长喜欢这出戏的，所以叫他们唱了。"

等到《取成都》上场，王军长走开了去，细柳《新纺棉花》奏演时，马副官又陪着王军长到台前第三排座位上坐下同观。细柳本是青衫正宗，现在唱这花旦戏，所以没有其他坤伶唱得淫荡动人，淋漓尽致，反如初写黄庭，恰到好处。王军长看了，对同座的人说道："以前我在南方时曾看坤伶张文演唱此剧，妖冶醉人心魂。现在细柳颇有矜持之处，这小妮子大概尚能守身如玉，非其他妖姬可比吧。"马副官乘机在旁说些好话。等到细柳唱毕，王军长吩咐马副官单独犒赏细柳三千元、黎明科班全体两千元。高福山得到赏金，他就带了细柳等数人，由马副官引导着，走到王军长面前来谢赏。王军长正和狄师长、汪参谋长等在书房里谈天，见细柳换了便装，正和《新纺棉花》时一般娇艳，便哈哈笑道："好，高小姐，改天再看你的《纺棉花》，唱得真好。"又对高福山说道："你有这位女儿真是不错。"高福山撮着笑脸说道："靠大人的福。"细柳又向王军长款款地行了两个鞠躬礼，然后告辞。王军长目送其去，口里啧啧不绝。

高福山回到家里，把得来的三千元犒赏分了八百元给细柳，叫她随时另用的。他自己得了钱，又和他的同伴豪赌了。细柳的心里却很不满意于高福山，而常思念金人伟，因为不多几天，金人伟代她编的新剧也将在津门上演了。

这天下午，她接到金人伟的来函，大略说病躯已复，但因报务冗忙，暇晷很少。闻细柳已至津门奏演，盛况和平、沪两地仿佛，至以为慰。现已向报馆请假，决定在这个星期日动身来津把晤。新编《李夫人》剧本亦已竣稿，可以携奉云云。细柳读罢此函，心中较为快慰，屈指计算今天是星期三，还有三天工夫，金人伟即可来津和自己相见了。又想起姊姊浣花突然离去的事，心中很有些忐忑。正在沉思之际，双喜跑上楼来，对她说道："有贵客求见，老爷请你下楼去。"细柳懒懒地问道："什么人？"双喜答道："听说是王军长那边差来的马副官，老爷叫你下楼去，有事谈呢。"细柳听了，不由一怔。

第二十三回

菊有黄华游怀斯骋
人逢青眼心事初谈

细柳本来不愿意去相见，可是碍于父命，又因王军长声势赫奕，不敢得罪，只得换了一件衣裳下楼来。见她的义父高福山正在客室里伴着马副官高声谈天。马副官只是哈哈地笑。细柳踏进室中，向马副官行了一个鞠躬礼，马副官早从椅子上站起身，带笑说一声"高姑娘，你好"。细柳答一声"马副官你好"，便站在一旁。马副官抽着雪茄，向细柳一摆手，说声"姑娘请坐"。高福山也叫细柳坐，细柳遂在下首椅子上坐定娇躯，心里却十分怙惚，不知马副官来此何事。

马副官一双眼睛尽对细柳上下紧睒，对高福山说道："你有这位玲珑剔透的女儿，真是福气。方才我对你说的话，请你转达吧。"高福山遂对细柳说道："你的人缘真好，自从在北平鸣凤舞台出演以来，到处受人欢迎，上海也有许多巨绅富商以及公子哥儿要和你亲近。想不到在这里王军长又赞你聪明绝顶，很喜欢你这人。今天他叫马副官来唤你去同游黄氏花园，特地和我商量，必要你答应，不可推却的。且送了许多礼物前来。王军长这样盛情，叫我们怎生消受呢？你就跑去见见军长吧。"高福山一边说，一边将手向后面桌子上一指。细柳跟着一看，见桌上果然堆着大大小小各项礼物，有珍贵的食物，有包扎的衣料，还有一个红封袋。讲到人家送礼物，他们本来是受惯的，但是今天这份礼物非寻常可比，且附带着一个问题，所以细柳不免踌躇起来，一时没有回答。

马副官吐了一口烟气，跟着说道："高姑娘，你是解事的，须知我们军长这时候在北方也是红透的要人，手下统带着千万貔貅，坐镇一方，雍容华贵，上上下下哪个人不敬畏他？此次军长撤防回来，在此间私邸内祝他父亲的寿，顺便休养数天，盘桓盘桓，不久就要回北平的。前番军长在平，曾到鸣凤舞台看你的新戏，曾一度为你捧场，你大概总能记得的。前天堂会，他点你唱《新纺棉花》，重重犒赏，称赞不绝。东山绵竹，忙里偷闲，他倒像和你姑娘很有缘的吧。今天军长游黄氏花园，想起了你，特地派我送上一些礼物，请你前去同游，这个面子是很不小的，请你领情同我前去。好在你父亲也已和你讲了，恐怕你也不会推辞吧。"马副官说了，哈哈笑了两声，细柳只得说道："谢谢马副官，承王军长的盛情，小女子感激万分。不过他是一个了不得的人物，我是个不懂规矩的乡女，去见他时，我实在有些害怕的。且恐胡乱得罪，逢彼之怒，请马副官为我婉辞吧。"马副官一听细柳辞谢，面上立刻露出尴尬的形色，又对细柳说道："高姑娘，请你一定不要推辞。你若胆小，有我一同伴去，万万没有疏虞。王军长这人虽然威风凛凛，握着生杀之权，但他对待部下，发号施令，不得不如此，至于他对家人和朋友却不然了，一切马马虎虎，很是和易可亲，他更有怕老婆的雅号呢。况且他喜欢见你，对你更要一百二十分的优待，怎会摆出军长的威风来呢？好姑娘，你放心可也。我姓马的绝不会使你上当。少停你和他熟了，自然知道这个人很易对付了。"回转头又向高福山说道："高老板，你劝劝你的女儿吧。今天王军长是一心来请的，倘然请不到时，我这个差使就是不会办。碰他的钉子，我更是担不起的。你出个主张吧。"

高福山见马副官已有三分着急，便对细柳带笑说道："你听得副官的话吗？王军长对于我们恩礼有加，我们决不能辜负他美意的。今天你就跟副官一行吧。"又对马副官说道："我女儿一定能答应的。不过她一半害羞，一半害怕罢了。并且我们在这地方做个小百姓，靠此营生，怎敢得罪王军长呢？"马副官将手一拍膝盖说道："对啦，高老板说话真漂亮。细柳姑娘，有屈你今天走一遭吧。我做你的保镖的，你总可以放心了。"细柳听高福山和马副官都如此说，她知道今天不能不敷衍一下了，遂勉强立起身，对马副官说一声请副官稍待，于是她走上楼去更妆了。

　　这里马副官和高福山随便谈谈，高福山又将桌上的红封袋送还给马副官，说道："请副官代我向军长多多道谢，承赐珍品，我都拜受了。这一张支票，我却万万不敢领情的，无功不受禄，愧不敢当。"马副官道："区区三千块钱，给高老板多抽几筒大烟的，算什么？我们军长的钱怕用不完呢，十万八万，常常送给人家的，你也不必客气了。"高福山本是个要钱如命的人，听马副官这样说，他就笑了一笑道："恭敬不如从命，拜托副官代我向军长道谢吧。"马副官道："往后的日子长哩，不必拘拘于是。"两人说了几句话，听得革履响，细柳又走下楼来了。

　　这时虽在阴历九月下旬，北地天气早冷，所以细柳已穿了一件烫花丝绒的旗袍，外面披上大衣，手上套着手套，臂上还套着一只银丝袋，粉颊脂唇，娇滴滴越显红白。马副官一看自己腕上的手表，说道："时候不早了，已是两点钟哩，恐怕军长已在黄氏花园，我们快快去吧，不要使他多待心焦。"他就立起身来，拿了呢帽子，向高福山告辞，陪着细柳走出门去。高福山的妻子此时也走出来，和高福山一同送至门外，早有马副官坐来的一辆簇新的汽车停在那里等候。

　　马副官和细柳一同坐上汽车，风驰电掣地向西边驶去，一刹那间已到了黄氏花园。那园林虽是私家，却很广大。这时候正值东篱菊绽，晚香盈袖。黄氏园中的菊花各色俱全，无奇不有，堆起着菊花山，供人玩赏。马副官陪着细柳下车后，走入花园，早有几个卫兵向他们举枪行敬礼。二人穿着花径回廊，曲曲折折地走到鸳鸯厅。王军长正在那边喝茶，黄氏花园的主人陪着他，以及参谋长、秘书长等一同坐谈。王军长等得有些心烦，一见那边有人走来，第一个是马副官，背后有一倩影，便知细柳来了，立刻面上浮起笑容，对参谋长说道："老汪，你瞧他们来了。"大家说一声好。马副官早抢足走上鸳鸯厅，向王军长立正着身子，行了一个敬礼，说道："军长，有劳久待，高姑娘来了。"王军长一摆手说道："有劳你了。"

细柳跟着姗姗而入，向王军长折转柳腰，鞠躬行礼。王军长哈哈笑道："今天难得请到你的。快坐吧。"细柳又向众人略一招呼，脱下大衣。马副官上前接过去，代她挂好，拂拭座椅，请细柳安坐。细柳谢了一声，在下首坐下。当着许多佩虎符、坐皋比的赳赳武夫之前，也不觉有些一半儿腼腆，一半儿踟蹰。王军长当着众人，连连称赞细柳的技艺高妙。众人知道王军长对细柳十分钟情，所以一个个离座而起，大家到院中四处去散步。

王军长吸着雪茄烟，和细柳有说有笑，问问细柳的家世和她的嗜好。细柳小心翼翼地回答。王军长眯着一双三角眼，恣意地饱餐秀色。一会儿见旁边的人都溜走开了，他对细柳温存了数语，又对细柳说道："园中景色甚佳，夕阳正好，我们也去散步一会儿吧。"一边说，一边立起身来。细柳只得随着王军长一同步出鸳鸯厅，在园中披花拂柳地缓缓走去。

大家见王军长来了，带笑欢迎。两个卫兵配着盒子炮，远远地在背后随着。王军长和细柳走到鱼池边，看池中的五色鱼，对面便是五色缤纷的菊花山。参谋长、秘书长都在远远地瞧着，马副官却时时走过去献殷勤。他们在园中绕了一个圈儿，电炬已明，黄园主人已在鸳鸯厅上排好一桌丰盛的酒筵，请王军长等众宾客。马副官早来请王军长和细柳入座。

　　回至鸳鸯厅，主人含笑相迎，即请王军长坐了首座，细柳就坐在王军长的下首相陪。参谋长、秘书长都挨次坐下，主人在末座奉陪，倾酒敬客。王军长也不客气，举杯便饮。大家都向王军长极意恭维，夸赞王军长的武功，誉为今世班定远。王军长却夸赞细柳的技艺，不在梅程荀尚之下。于是马副官凑趣似的，要请细柳唱一支平剧，为王军长晋觞上寿。细柳不好意思不唱，推说琴师不在这里，恰巧汪参谋长是个十足多能的戏迷，不但戏会唱，琴也会拉，遂向主人借了一张京胡来，调整丝弦，愿为细柳操琴。细柳不获已，唱了一段《梅龙镇》的四平调，大家拍手称好。王军长又要求细柳唱一段《金谷恨》，细柳只得再唱。但她唱的时候，却不禁想起数月前自己在梵王宫为金人伟唱此戏的情景，和现在比较又不相同。

　　细柳唱毕，大家请王军长唱。王军长唱了一段《捉放曹》。后来参谋长自拉自唱，他是善唱大面的，唱一段《牧虎关》，果不愧黄钟大吕之音。马副官也来哼上几句《空城计》，琴韵歌声，增加兴趣不少。王军长拒了大觥畅饮，看看已近九点钟，细柳因自己今天在蓬莱戏院有戏，幸亏唱的是短出戏，《金谷恨》和《龙女牧羊》交替之时，间歇一下，她是和非烟合唱《三娘教子》。近来非烟的声誉也跟着细柳扶摇直上了，所以细柳预备要告辞，悄悄地和马副官一说，马副官知道这件事不能耽搁她工夫的，遂向王军长说了。王军长十分有兴，对细柳说道："我们大家就用饭吧，散席后，我送你上戏院，我也去听戏，好在第四排的座位，我早已天天包定的，今夜大概老宅里没有人去听戏，我们去坐一会儿吧。"黄氏主人遂命仆役端上饭来，大家匆匆吃毕，揩过脸，送上香茗。

　　细柳要紧走了，于是王军长和马副官驾着汽车，送她上戏院。参谋长等另坐汽车同去。黄园主人送至门外，十分殷勤。王军长和细柳并坐车厢中，马副官怎敢和他们同坐，他自和汽车夫坐在前面。王军长在车中的时候，他对细柳说道："高姑娘，我很爱你的聪明，愿和你常常做个朋友，你千万不要当我是个做官的人，须知我不是没有情义之辈，一样也很能体贴女人的。今天你能伴我同游，使我快活极了。我有一样小小东西赠送与你，做个纪念也好。"王军长一边说，一边从他衣袋里掏出一个小小的蓝绒盒儿，塞到细柳的手里。细柳虽不知是什么东西，但是王军长要送给她，也不敢不受，遂谢了一声，放到银丝袋里去了。

汽车一到蓬莱戏院门前，当然王军长像金人伟一样去走后门的。下车时，戏院门前的人一见细柳和王军长同车而来，无不奇讶。进门后，王军长和马副官、参谋长等直入官厅，细柳走到后台去，彼此分开了。细柳上场时，王军长又和马副官等大声喝彩，极力捧场。在细柳已是听惯了，反觉肉麻而没有意思了。

这晚细柳回寓时，高福山夫妇都向她问王军长对待情形，细柳约略说了，高福山十分放心。难得军长肯如此垂青，如此热烈地捧场，细柳可谓交上好运，更不愁人不抬举了。细柳回房卸妆时，从银丝袋里取出那个蓝丝绒盒子来，以为这必是王军长送给她的钻戒了。开了盒盖一看，原来是一枚翡翠戒指，那面上的一小方块翡翠，绿得如秋水一般，光泽可爱，完全平匀，没有点儿深浅，用很细的白金镶着，十分玲珑。她拈在手里看看，真是价值连城之物，一时要去找这种翡翠，恐怕没有第二方了。套在手指上，衬着白嫩修润的葱指，煞是好看。在灯光下转了两转，仍旧取下来，放在盒中，锁到妆台抽斗内去了。她坐定娇躯，小婢双喜过来代她换上了拖鞋。她一个人在沙发里，将手支颐，闭着双眸，思量日间的事。自己是个渺小的女儿身，因为会唱了几声，名气竟一天一天地响起来，有许多达官贵人不惜纡尊降贵，要和我交友，热烈捧场。现在连赫赫可畏的王龙超军长也对我这样特别亲近，特别宠荣，不可谓非异数了。但到底这是于我有益处的呢，还是有害处的呢？我倒一时不能明白起来了。别的人我也无可与语，好在金人伟不日要来津门，见了他时，我必要问问他，听他怎样说呢。时已夜深，细柳一日间也觉十分疲倦，便解衣安睡。

次日，马副官又来拜访，送了一大匣西洋参，以及六十听鹰牌炼乳，说是王军长受下的礼物，分赠予高姑娘的。细柳没有和他多说话，倒是高福山陪着马副官在客室中谈了一两小时，方才别去。

星期日的下午，细柳在楼上妆饰好了，专待金人伟到来。听钟鸣三下，计算金人伟若坐上午的火车，此刻可以来了。果然双喜跑上楼来，笑嘻嘻地报告道："金先生来了。"跟着金人伟已上楼，步入室中。

细柳立起身，上前叫应。细柳见金人伟面容较前稍瘦，大约病体还未完全复原。金人伟见细柳丰腴得多了，便将左臂挟着的黑皮包放在一边，带笑说道："细柳小姐，恭喜恭喜，你到了上海唱得更红。现在听说天津的成绩也不错，这真是难得的，可喜可贺。玉体谅必十分健康，发财发福。"细柳微笑道："多谢金先生代我编了数剧，唱得人们欢迎，岂非都是金先生之所赐吗？"金人伟哈哈笑道："一介书生，何德何功，这都是细柳小姐绝顶聪明，天赋歌喉，所以有此惊人的成绩呢。"

这时候双喜献上茶来，且端出两大盆茶点。细柳请金人伟在长沙发里坐，自己托了茶盆，请他随意用些，抓着许多巧克力糖，送至金人伟手里，自己侧着身体，坐在他的右面。金人伟剥着巧克力的锡纸，且啖且说道："你们当我是大客人了。"细柳道："好多时不见哩，不要更客气吗？"金人伟道："我倒不要你们和我客气，相见既疏，似乎要亲热一些，怎样反而客气起来呢？"细柳道："真的，我常在思念金先生，本来金先生约定我们一起动身的，我父亲已将火车票买好了，忽然金先生又患起病来，这真是何等不巧的事。我又不便到报馆里来探望，所以只差小婢双喜来问问，真是抱歉得很。后来我们到了上海，仍望金先生能来海滨盘桓，无奈金先生病体迟迟未复，以致沪上之行未能成为事实，令人怅怅。但是我仗着金先生和贵友等吹嘘之力，侥幸成功。金先生虽未至沪，而已功德无量了。"金人伟道："啊呀呀，细柳小姐你南游了一次，更会说话了。我们客气话，越少说越妙。前一遭我为病魔所扰，不能到上海去，这是我大大的抱憾。现在且喜在天津相见了，使我很是快活，不知你在此唱到几时可以返平？"细柳道："蓬莱戏院的合同也是一个月，过后我必回平休息数星期再说。"金人伟道："不错，否则你也太辛苦了。"细柳道："金先生在津可能有数天盘桓？"金人伟道："我也至多四五天，实在报务很忙，不能多耽搁。我是专程来看看你的。一日不见，如隔三秋，诗人之言，无异为我而咏。而且新编的《李夫人》也已写好了，同时带奉。如津门不及排唱，将来返到北平演出也好。"金人伟一边说，一边立起身来，取过他的皮包，取出他写的《李夫人》新剧稿本来，交与细柳。细柳双手接过，称谢不迭，说道："屡费金先生的精神，使我真是感谢不尽的。金先生真属我的知……"说到"己"字却又缩住了。金人伟道："我只要你能够唱得大家喜欢听，喜欢看，口碑载道，那么我心里便有一种至乐，南面王不与易。以后我还要源源不绝地代你续编。"细柳笑道："我也希望将来金先生成为一个中国第一流的戏剧作者。金先生真有这天才的。"金人伟道："我倒并不希望如此呢。"细柳又去亲自切了两只花旗蜜橘，敬给金人伟吃。二人谈谈金人伟在北平的近况，细柳在沪奏演以及在津登台的成绩，别来相思之念，得以稍释。

一会儿天已晚了，高福山自外归来，金人伟又去见他，敷衍数语。金人伟是下榻在天津饭店的，房间早已订好。可是高福山和细柳都不肯放他走，留他在此吃晚饭，添了几样菜。细柳虽要将自己的心事和金人伟一谈，却又恐金人伟要讪笑她。且高福山在一旁，不便多说。同时她也觉得金人伟口中时时嗫嚅似的，好像亦有事情要和自己讲，但她也不便询问。

晚餐后，细柳因这晚排演《如姬》一剧，自己上场较早，亟欲赴蓬莱戏院，要请金人伟同去观剧。恰好金人伟已有一个在津门报界的朋友代他订座，请他看《如姬》一剧了。于是细柳约定金人伟明天再来，午饭后同去游览公园。金人伟一口答应，他先走了。这夜细柳饰如姬，上台时她见金人伟坐在第五排上，幸而王军长没有来，怪声比较少得多了。

次日上午，金人伟如约，径造细柳妆阁，恰巧细柳跟着高福山出去拜见津沽的某要人，这件事细柳预先没有知道，等到早晨高福山和她说了，她老大的不高兴，但因要人之招，又不敢不去，免得开罪于人，只得勉强同往。吩咐双喜待金先生来时，留他在此用午餐，自己饭后必要归家的，万万不可放走。所以金人伟来时，虽然细柳不在，而双喜再三留住他，说小姐这样吩咐的，请金先生在此用午膳，稍待一刻吧。金人伟既没有别处可走，也只得留于细柳妆阁了。

午膳时，高福山的妻子叫双喜端了菜肴，就请金人伟在细柳的外房独自用饭。金人伟吃饭的当儿，很觉无聊，暗想：自己在外边没有饭吃吗，专心致志地从北平坐了火车跑到天津来，在高家独个儿吃饭吗？细柳不在同座，太没意思了。闷闷地用罢午餐，仍回到细柳房中坐在沙发里。双喜敬茶敬烟，甚是殷勤。金人伟本来不吸纸烟的，今天他也燃上了一支大前门，聊以遣闷。看看房中的陈设，一样一样地细细看到。

细柳还没有来，只听楼下有人唤道："细柳姑娘在家吗？"他忙立起身，走到窗口，从玻璃窗里向下面张望时，见庭心里站着一个军界中人，以前自己在北平看细柳演唱时，常见此人侍奉王军长在前座喝彩不绝的，心里不由一怔。这时又见双喜从里面跑出来，对他说道："老爷和小姐都不在家。"那副官又问道："他们到哪里去了？"双喜道："一同出去拜客的，须要吃了午饭回来。"那副官一看手表说道："也该回来了，那边有电话吗？是谁家？"双喜道："马副官，这恕我不知道。"马副官把手搔搔头皮，自言自语道："糟糕，事情偏是这样不巧的。"又对双喜说道："那么我再停一刻来。你家姑娘回来后，你叫她不要出去。今天王军长在私邸里要见见她，特地派我来奉邀的。无论如何，必要前去。"双喜答应一声。马副官立刻回身去了。

金人伟在楼上方知道就是王军长部下的马副官，大概是王军长很亲近的人了。他回到沙发里，把手中烬余的烟尾丢在身旁铜痰盂里，仰着头自思，近来的细柳殆非昔日可比，唱红之后，声价日高，自有一班达官贵人要和她亲近，就是那赫赫声威的王军长，也会醉心于她。这样看来，我这个穷小子厕身其间，哪里比得上人家呢？我自己是痴心吗？究竟这小妮子心中怎样？我怀而不解的心事，今天必要乘机向她吐露一下，看看她到底待我如何，是否得遂轺生之愿。他这样想，盼望细柳早一刻回来，心中非常不安，立起身在房中来回踱着。

又隔了半点钟，方听楼下高福山的笑声，以及楼梯上的革履声，细柳走上楼来，花枝招展，眼前顿觉一亮，便带笑问道："细柳小姐，你到哪儿去的，我在这里等候多时了。"细柳见了金人伟，向他一鞠躬道："金先生，我真是对不起的。今天早晨父亲要带我出去拜客，我不得不去。可是昨天我没有知道，所以约上了你，累你久待，抱歉得很。双喜可告诉你吗？"金人伟点点头道："双喜已同我说了，没关系。"

细柳脱下大衣，双喜接过去，开了壁橱门挂上。细柳遂请金人伟坐谈了数语。双喜又对细柳说道："方才马副官来过的，说王军长要请你去，停一刻他再要来看小姐。"细柳一听这话，顿时双眉深锁起来，她摇摇头，对金人伟说道："真是麻烦，王军长不去管自己公事，却要常请我去喝酒谈天，都是前天去唱了堂会，以致缠扰不清，真是麻烦。"金人伟道："王军长请你是很荣幸的吧，别人要去见他，也十分烦难呢。"金人伟这句话是试试细柳的。细柳道："谁欢喜和这些要人周旋，不过吃了这碗饭，又不敢得罪人家。唉！看起来像我们这种人也是很可怜的！"金人伟听了，望望细柳的面色，有些愀然不乐的样子，便安慰她道："当然你们免不了这些麻烦的事，只要自己适可而止，便好了。"细柳道："什么叫作适可而止？我父亲逼着我代他赚钱，无不过是为人作嫁。依了我的心，早想不唱了，但他们以为我方在唱红的当儿，岂肯放松我呢？就是科班中的同伴也拉住我，做他们的台柱，要为大家挣饭吃呢。我父亲又是个见钱眼开的人，欲壑无底，我不知前世欠了他们几多债，今世还不清了。"细柳说时，回头向门外望了一眼，桃靥上满露怨恨之色。

金人伟听了此语，又触动了他的心上事，忍不住坐近细柳身畔，对她说道："我有一件事情，藏在心头，已有好多时候，今日要向你一询究竟了。"细柳听金人伟有话要问她，不知何事，便说道："你有什么事要问我呢？"金人伟道："我要和你谈谈你的家世。"细柳不明白金人伟是何意思，没有回答，侧着耳朵听金人伟讲下去。

金人伟顿了一顿，然后说道："我要很不客气地问你一声了，你以前是不是有一位姊姊？"细柳骤闻此言，宛如被电流震动，面上变色，还不明白金人伟是何意思，点点头道："是有一个的。"金人伟道："对了，薛浣花是不是你的姊姊？"细柳不由大为惊奇道："怎的怎的？金先生怎知道我的姊姊？咦！怎的怎的？"细柳禁不住失声而呼。

第二十四回

柔情书里诉千酸万辛
绮思座中生朝云暮雨

　　此时两人脸上的表情一齐紧张起来，金人伟知道这事是千真万确了，遂说道："我告诉你吧，在三年前我已认识你的姊姊，并且你的姊姊也曾托我代为访问你这个人。以前我虽一度向你探问过身世，无奈你不肯吐露，我也不便勉强你。谁料你竟是浣花的妹妹，天下竟有这种巧事，也可以说这是极不巧的事了。唉！"说罢，悠悠地叹了一口气。细柳双手搓着说道："金先生，你早认识我的姊姊吗？为什么不早告诉我呢？"金人伟道："我以为此事与你没有关系，所以没有告诉你知道。"金人伟这时脸上微微一红。细柳又道："你同我姊姊在苏州相识的吗？"金人伟点点头道："正是。"遂将他自己如何在苏州教书，浣花来校补习，自己如何相助她离开方家去学习看护，自己如何来北平办报的事，约略相告，唯有何美丽嫉妒倾陷的事却略过不提。

　　细柳听了，便说道："原来金先生也是我姊姊的恩人了，那么我姊姊现在何处？我正要找她，你必然知道的，快快告诉我吧。她可知道我也和金先生相识吗？"金人伟眉峰微蹙，说道："便是为了你姊姊已知道我与你相识，便有问题了。如今我也不知道她到哪里去了，所以我要和你谈谈。"细柳听金人伟如此说法，想起浣花在上海离去的情形，以及金人伟来函的忽告遗失，宛如找到了线索一般，恍然有悟，不禁自言自语道："哦，原来其间有这么一段因缘在内，那么那封遗失的信一定是给我姊姊拿去的了。而且她的离去同仁医院，也非为了别的事情，就是为的我。唉！姊姊，你何不对我说明一声，这事就好办了。你一声不响地一走，算什么呢？自然我不明不白了。"说了数语，又问了金人伟道："你知道我是她的妹妹，也是我姊姊告诉你的吗？她可是写给你的，还是……"

金人伟不待细柳的话说完，早从他的怀中取出一封信来，递与细柳道："请你读了此信，便知你姊姊的用意了。"细柳双手接过，大为惊奇道："这是我姊姊写给你的信吗？"随即抽出其中数张紫罗兰色的波纹笺，上面用蓝墨水写的小楷，果然写得非常媚秀，足见姊姊的学问远胜于自己了。信上写着道：

人伟：

　我写这封信时，柔肠百结，寸心千转，不知思虑了许多次数，方才大着胆子，鼓起勇气，照着我的心坎里要说的话一齐倾吐给你。不知道你可怜我呢，原谅我呢，还是有别的意思？但我却顾不得了。本来我要报告一个喜信给你，就是和我多年分离的妹妹，一向萍漂絮泊，地北天南，不知道她的下落，一旦会在上海相晤，骨肉重逢，其喜何如！原来昔日的银珠——我的妹妹——就是今日红遍南北的名伶细柳。她是数年来受尽了许许多多说不出的苦痛，方才有此一日。虽然她的地位不是高贵的，然而她有此惊人的技艺，一日千里，克享盛名，使我做姊姊的不得不佩服她。你是知道我们的家世的，我们姊妹俩得有今日，也非容易的事。当然你知道了，要为我们欢喜的。人伟，是不是？但你读到这里，谅必你一定要大大奇讶的。嗯！因为我知道你对于我们姊妹都认识的呀。

细柳读了这数行，不觉清泪涔涔，承于两颊。金人伟手放在膝上，很注意地瞧着细柳的面色。双喜恰从房门外走进来，端了一盆削好的雪梨，说道："金先生请用梨。"细柳忙一挥手道："你快出去。"双喜不明白是何缘由，连忙把盆梨放在桌上，回身退出去时，且把房门带上。于是细柳又读下去道：

我不明白你既然和我妹妹相识，为什么对于我却始终守着缄默，一些不给我知道，若无其事呢？我虽然不知道你有何用意，不过我因为妹妹关系，却情愿原谅你的。人伟人伟，你知道吗？你给我妹妹的信，今天日间我到妹妹处去，被我在无意之中发现了，且我已私自拆开看过了。我明知私拆人信是不道德的事，然而我竟自己遏制不住，非但将你的信拆开看了，且又悄悄地带了去，没有留给我的妹妹。我知道这是非常对不起我的妹妹的，请你以后和我妹妹相见时，代我告罪一下吧。

你与我妹妹很有情愫了。请原谅，这虽然是我的臆测，而在你的信上，字里行间，的确看得出来你对我妹妹的意思，而且诚挚之情，比较给我的，有过之无不及。又有一点，我已看破了，就是我眼巴巴希望你南下之举，故乡和故人的情绪，恐怕还不及你对我妹妹情绪的浓厚吧。请原谅，这并不是我滥发醋意，请你自己扪心自问，在清夜中想想吧。

细柳读至这里，粉颊上又不禁红起来了。

人伟，我很爱你，但我也是爱我妹妹的，请你设身

256

处地，代我想想，在我已知道你和我妹妹也是最好的朋友时，我当怎样做呢？我的心竟如辘轳般上下不停，动荡和刺激，使我竟忘记我尚在这个世界之中了。当然我要找出一个很好的答题，就是我该怎样对你，且应该怎样对我的妹妹，我一时没有什么法儿，因其间简实没有两全的妙计，那么我若不向前猛进，就是往后勇退了。

人伟，爱情这样东西是纯粹的、圣洁的，一些不可羼杂别的质地，而中伤它毁灭它的，当初我承你热心指导，善意协助，由师生而变为友朋，进而为情侣，三年以来，在我心坎里只牢藏着你一人，幻想着他年的幸福，可以填补我以前的缺陷。谁知今日有这剧烈的变动，使我脆弱的心弦禁不起这致命的一击，我几疑以前都是梦幻了。我未来的希望，差不多都粉碎了，我实在没有勇气了。想了整整的半天，再想下去时，也许我神经将要发生变化，竟会变成一个疯人，也未可知。于是在前后的五分钟内，我决定为了你、为了我的妹妹而自己退让了。宁可牺牲我一人的幸福，希望你和我的妹妹前途光明，早早达到目的，情海不波，爱河稳渡，那么我的牺牲也值得了。人伟，你不要为了我而难过，你若还有十分之一二爱我的心，那么请求你一起加给我的妹妹吧，你要可怜我，那么不如可怜我的妹妹，也是一样的。我妹妹现在虽然灿烂之时，然花无常好的，我愿她早谋归宿，跳出这个污浊的旋涡，也请你代达我的意思吧。

虽然如此，你以前待我的种种好处，我总是刻骨铭心，永远不会忘记的。这海一样深的大德，只有待来生图报吧。人伟，我从此去了！当然我不会像匹夫匹妇之为谅也，自经于沟渎而莫之知也，我还是生存在这世间，宁可一世孤独凄凉，自己另外去辟我的境地，一辈子为他人而牺牲了。请你不必再想念我，也不必找寻我，善爱新人，自求多福。愿你把爱我们两人之心，萃于我妹妹一身。你的爱，自然我妹妹也会接受的，或者你把此函给我妹妹一看，她也可知道她的姊姊的苦衷及姊姊爱她的心，而对于你的爱更进一层了。天下的事本来没有牺牲不能成功的，所以希望既有我的牺牲，而可以直接造就你们的成功，那么你与我妹妹的快乐，也就是我失望中的成功，我的牺牲为不虚了。此时千言万语也说不完我心上的话，强自镇定着，写这封信给你，即希望你照着我信上所写的去办吧。祝你们花好月圆，幸福无量。言尽于此，别矣，人伟！

浣花和泪上言

细柳读完这封信时，泣不能抑，一副鲛绡早已湿透。金人伟的脸上也是凄然不宁，眼眶里隐隐含有泪痕，一会儿搔头，一会儿踏足，徒唤奈何长太息。细柳把浣花的信又重读了一遍，然后折叠好了，放入信封中，递还金人伟，一边拭泪，一边对金人伟说："我姊姊前在上海所以离去我的道理，这一个闷葫芦现在打破了，但是刺伤了我柔嫩的心，因此我起先一直没知道你和我姊姊有这么很深的关系的。姊姊为什么不先向我说明，忽然这么一走了事呢？姊姊的思想太错杂了一些，也太灵敏了一些，其实她又何必如此牺牲？唉！我真是对不起她的。"

细柳说到这里，连连叹气。金人伟仍旧把浣花的信纳入衣袋中，搓着手掌，对细柳说道："我也不防她有这么一着的，这种突然的强烈刺激，对于我的内心又是何等的惶惑疑骇！当然我们都是自己人了，何必出此举动？这并不是你对不起你的姊姊，实

258

在是我对不起她啊！我接到此信之后，一连三夜没有安睡，辗转思维，心中难过得很，料想你失去了姊姊，一定也是异常烦恼，只是我在信上不便写，也不能写，所以只好忍住心头，待至见面时，将你姊姊的信给你一览，然后明白我的衷心。当然这是更要给予你重大的刺激，但是你可怜我的，此时的我，正在四顾彷徨之中，茫茫前途，进退失据，不知怎样做才好。唯有希望你能听从你姊姊的话，给我莫大的安慰了。"

金人伟说得甚是迫切，他也要刺探她的心，究竟怎样。可是细柳此番实在受的刺激太深了，叫她怎样回答呢？她也和浣花一样心思，本来自己和金人伟也是在可离可即、若有若无之间，早知金人伟是自己姊姊的爱人，那么自己也是爱姊姊的，何尝不愿退避三舍，让他们成就良缘呢？况且金人伟和浣花的交友早在自己认识之先，自己如何可以去夺人家的爱？况又是姊姊的爱，只怪浣花太径情直遂了一些，为什么不先和她说明，然后行事，那么她也可在姊姊面前历陈心事了。她顿了一歇，又对金人伟说道："这事真使我心上难过得很。金先生，我请你原谅，就是现在我真不知如何回答你。最好我要和你商量怎样才可找到我的姊姊？"

金人伟听细柳这般说，自己的希望便觉有些渺茫，浣花的美意更难免辜负。细柳要寻找她的姊姊，不知浣花有意躲避开我们的，在此时候她怎肯出来重见我们呢？金人伟心里这样想，嘴里还没有说话，只听楼梯上皮靴声响，先见双喜跑进房来说道："马副官来了。"细柳连忙拭去泪痕，立起身来，已听马副官在房门外哈哈笑道："细柳姑娘，你到哪里去的？我跑上两趟了。"金人伟不由一愣，马副官已闯进房来，他一见房中坐着一个美男子，也不觉一呆。细柳只得代他们介绍。金人伟已知他是王军长身边的马副官了，马副官听到金人伟是北平华报馆副总编辑，且又是代细柳编剧的功臣，也是文艺界中有地位的人，所以对金人伟点点头，还有一些礼貌。细柳请马副官坐，双喜送上茶和纸烟。马副官道："不坐了，我是无事不登三宝殿的，今天王军长请你到他邸中去小饮欢聚，请你必要到的，大概双喜已告知你了。请你快去吧，免得王军长盼望。"细柳勉强一笑道："王军长叫你来的吗？我……"马副官不待她说下去，早嚷着道："他老人家吩咐我来，我不敢不来。你去坐一刻就是，不要推辞。"细柳明知摆脱不下，只得说道："我就去，不过晚上我的戏是要早上台的。"马副官道："不要说这种话，到时自会送你上戏院的。请你快到后房去更衣吧。"细柳回转身来，向金人伟看了一眼，此时金人伟再也坐留不住了，他只得向细柳说道："你既有事出去，我也要去访友了，明天再来见你吧。"细柳当着马副官的面，也不便说什么，只说一声："很好，明天望你来。"于是金人伟告辞而去。

细柳到后房去换好衣服，披上大衣，便随马副官下楼。高福山夫妇早在旁边候着，对马副官说道："一切拜托副官照顾。我们的女儿有时不懂规矩，偏要执拗的，请你在军长面前多多包涵。"马副官一拍胸膛，笑着说道："老高，你放心吧。有我同在，绝不致使你家姑娘吃了亏，须知道这是王军长特殊的荣宠呢。"于是细柳出了门，同马副官坐上汽车而去。

及至王军长私邸，下了车，由马副官引导进去。细柳以前唱堂会时也来过一次，今天王军长坐在漱六轩中，天气虽不十分寒冷，已生起火炉，室和暖。细柳见过王军长，脱下大衣，坐在王军长对面，随意闲谈。王军长虽是身膺阃寄的军长，然而他却生性好色，后房姬妾甚多，常常弃旧怜新，没有恒心的。太太胡氏，是山东济南人，是个糟糠之妻，随着王军长以前同过患难的，性情泼辣，善于嫉妒，夙有"胭脂虎"的诨号，王军长见她很忌惮三分的。数年前王军长的第七姨太太，因为得罪了胡氏，被胡氏生生逼死，王军长也奈何她不得呢。可是胡氏虽是悍妒，然而她终难戟王军长的野心，寡人有疾，寡人好色，这一件事胡氏也是管不住的了。王军长又是个戏迷，自以为顾曲周郎，所以对于细柳爱慕非常，一心要和她亲近。王军长既有最高的权威，他又是不顾外面舆论、任意行事的人，自然何求而不得，细柳也不得不前来和他周旋了。

　　这天王军长在邸中端整美酒佳肴，一学党太尉遗风，檀板金樽，轻歌缓舞，真是其乐陶陶。王军长临此境地，能无绮思瑶情呢？到九点钟时，细柳要紧上戏院去，预备登台。王军长也知这事是不可使她延迟而难为了她的，遂吩咐自己的汽车送细柳前去。临走的时候，王军长又对她说道："我在此不多几天，就要返平，此时希望和你多聚数回。我喜欢打牌的，明天再接你来打牌。"细柳不欲答应，也不敢回绝，含糊地说了一声"很好"，辞别王军长而去了。王军长望着她的背后影，不由啧啧称美。汪参谋带笑说道："细柳是可人的，莫怪军长爱她，英雄和美人本是不可相离的。"马副官道："军长垂青于这小妮子，该是她交好运了。美人理合侍奉英雄巾帼，待在下走去做个月下老人，包管成功，因为她的假父高福山是十分贪钱的人，军长如不惜重金，何求不得呢？"王军长听了，微微笑道："小马，你很会办这事吗？好，我不惜十斛明珠，聘此娇娃，你代我去办吧。"马副官答应道："理当效犬马之劳，只要军长喜欢。"汪参谋也说道："小马，这撮合的一席非你不可，军长近年对于此道虽已看得淡了一些，不图见了细柳，又勃然生其雄心，过屠门而大嚼，终不称快。"秘书长在旁边也凑趣说道："昔楚襄王梦过神女，朝云暮雨，行乐于阳台之上。军长能得细柳，较之高唐神女美妙多了。"王军长听了，哈哈大笑。汪参谋道："成就了好事，我们大家都要贺贺咧。"

　　他们说得高兴，又举杯痛饮。而细柳却在舞台上载歌载舞，唯有那金人伟这天晚上独睡在天津饭店客房中，辗转反侧，不能成寐，想起了日间的事，心中不免有无限彷徨。因为自己虽然已将浣花的书信直率地转给细柳看了，浣花的愿望以及自己的心事，大概聪明如细柳，早已洞若观火。她若有爱我之心，当听她姊姊的话，尊重她姊姊的意思，那么她之于我，自当给予我安慰，而使我不致进退失据。然而她竟没有什么表示，在乐观一方面我得不到一些朕兆，反而在悲观一方面增加了一些疑云。因为细柳今日的声价又和在北平时大不同了，像我这样的地位，要得到她的眷顾本是十分困难的事，何况又有虎狼一般的高福山夫妇，居为奇货，择肥而噬呢？不过我因为自己代细柳编剧，也是她的功臣，而平日观察她对于我也未尝不可谓依依多情。红粉怜才，今世安见无此人呢？且有浣花的意思，她更应该和我进一步亲密了，遂向她明白示意，希望先得到美人的一诺，这事就好办了。可是她只苦念她的姊姊，而对于我却无一语安慰，这岂是爱我者所有的态度呢？这一下自己竟又陷在重重云雾之中了。

又想起今日自己在细柳处两次亲瞧马副官前来邀请细柳去为王军长侑酒，我不知道这是王军长敬爱细柳呢，还是侮辱细柳？更不知道细柳对于此事有怎样的感想。在此雷霆万钧压力之下，若不能抱着士可杀不可辱的态度，那自然只有去敷衍一下的道理，当然细柳若不愿意前去，她就根本不要想在平津演戏。我不得不为了她的处境困难而原谅她，但是同时又代她感觉到将来有不可思议的危险在她的后面来临，就是希望她对于压力之来，最好能够有巧妙的方法侧面躲避开去，不被人家困扰，方是无上妙策。也不要为虚荣心所诱惑，而渐渐变了她的初衷。细柳读书虽然不多，我想她是个聪明女儿，或不至于堕入人家的圈套而自投陷阱吧。

金人伟这样想，一会儿为细柳危，一会儿为细柳忧，一会儿为细柳踌躇。究竟细柳的心怎样，细柳的前途是如何趋向，还要待于后来的进展。而自己侥幸心仍是没有消除，失望之中，仍怀着幻觉的希望，做他罗曼斯的梦。此时的金人伟竟如孤舟漂荡在大海里，失去了舵，进退莫知所可，远不及以前的有目标而安定了。因为浣花这座灯塔业已失去，而细柳又如半明半昏的灯塔，自己一时找不到光明，而未来的光明还是在不可知之数呢。

他一夜没有好睡，次日起身，精神有些疲倦，但他也不顾，强自振作，又跑到细柳妆阁里来。细柳对他仍是一秉往常的态度，有说有笑，然而昨日的事，她竟不提起，只是讲些津门伶界的境况，所以金人伟也不好意思再向她问。不过他又问王军长那边的酬酢盛况，细柳一一告诉。金人伟又用话试探她道："细柳小姐，你今番唱得真是红透了，王军长是此间军界中的要人，他尚且垂青于你，其他诸子，碌碌庸庸，更不能望其项背了。我要为你道贺。"细柳道："金先生，你是知道我的，却对我说这种话吗？我这个不祥之身，本来也只望能够唱几出戏，为他人挣扎得些金钱，苟度光阴而已，谁有什么奢望呢？现在不期而然地侥幸得到一些虚名，却蒙许多人不我暇弃，要和我周旋。我自己也不知道应该怎样对付才好，因为敷衍了甲，便引起了乙的不欢；敷衍了乙，却又引起丙的不欢。我真不知怎样做才好，所以不是和金先生说过的吗？希望自己早早能够跳出这个圈子，免除许多麻烦，不过目前的环境还是不能容许我。这是我内心的一重苦痛，金先生可知道我吗？"金人伟点点头道："我岂有不知之理？我是一向同情于你的，只恐一介书生，爱莫能助，不能如我的盼望罢了。敢艺心香一瓣，敬祝你前途幸福，希望你努力爱春华吧。"

细柳听了这话，剪水双瞳向金人伟紧瞧一下，然后说道："你说爱莫能助吗？"她说了这句话，又点点头，叹了一口气道："金先生，你能相助我去寻找我的姊姊吗？我希望你能够把她找到，因为我只有一个姊姊，骨肉重逢，方庆难得，怎样她又弃我而去呢？唉！金先生，我希望你能代我找到，并且这也是为了你自己而必须找到她的。难道你竟忘记了她吗？"金人伟忙道："我哪里会忘记你的姊姊？这件事不能怪我的。昨天你不是已看过你姊姊的信吗？你姊姊的心事你也知道了，你打算怎么样呢？"细柳低倒了螓首说道："我吗？我现在唯一希望就是要你代我找到我的姊姊，别的事且漫说。"金人伟把手搔搔头道："好，我本来也要找她，只因她不在北方而在江南，非得我亲自前去不可。然而我的报务又是非常之忙的，现在我可先把令姊的照片寄去，托上海的友人设法代访，缓日也许有机会，我要到江南去。因为最近我遇见一位华侨姓陈的，他很有意在上海创办一种星沪日报，要聘我去做总编辑，我却因邵闻天要我帮忙的关系，一时未能允许他。好在他尚在筹备之中，倘然邵闻天同意，准我离平赴沪，也许我要南旋，倒是我可以尽力搜寻你的姊姊了。"细柳道："那么我希望金先生这件事可以成功。我将来如有一天摆脱这个红氍毹上的生活，我也要重返江南呢。"金人伟道："很好，我希望你早早如此。"

二人说了许多话，小婢双喜来请用午饭，福山夫妇一齐坐着相陪。高福山喝了一杯高粱酒，金人伟却不要喝。高福山添了两样菜，一边喝酒，一边和金人伟敷衍数语。金人伟也和他谈谈生意经。一会儿金人伟、细柳、高福山的妻子都已吃毕，唯有高福山面前的一杯酒尚未喝完，金人伟等先离座而起。正在揩面，忽然门外一阵剥啄声，双喜去开了门，先听笑声哈哈，马副官已闯将进来，一见高福山便道："高老板，在用饭吗？"高福山回头见是马副官，连忙放下酒杯，站起来招呼。马副官见细柳在旁，便又带笑说道："姑娘好吗？我今天又要来请姑娘到王军长私邸内去叙叙了。姑娘喜欢打牌吗？王军长那边正少一个搭子呢。"细柳摇摇头道："我不会打的。"马副官道："你别谎人，现在的姑娘们岂有不会打牌之理？我不信，我是代表军长来邀请你姑娘的，你会打不会打，少停见了军长，自己同他讲吧。"一眼又见了金人伟，却不去招呼他。金人伟见马副官大模大样的，心里已有些气闷，既然马副官不去招呼他，他自然也不去理会人家，自己走到客室里，在窗下一张椅子上坐了，随手拿了一份报纸展阅。

此时高福山和细柳也陪着马副官走进来。高福山饭也不吃了，请马副官在上首大沙发里坐定，敬茶敬烟，撮着笑脸陪他坐，细柳也坐在一边。马副官吸着烟，对高福山带笑说道："高老板，你有了这位千金小姐，真是交到好运，将来嫁个金龟婿，富贵长享。高老板，你一世吃着不完了。"高福山道："这是靠福。"马副官又对细柳说道："时候不早，已有一点钟了，王军长在家中等你，请你快快更衣去吧。"细柳道："军长要我去吗?"说着话，身子依旧不动。马副官道："军长也没有几天在此了，他在这休假期中，自然要快活数日。一回北平，他又要忙了。这是难得的，你去敷衍敷衍吧。"细柳别转脸去，向金人伟看看，脸上露出尴尬的样子。金人伟懂得她的意思，自觉在此也没意思了，心里也有数分不快，对马副官紧瞅了一眼，马上立起身来，对细柳说道："你有宠召，那么请去吧，我也要走了。后天我回北平，今晚在蓬莱听你的戏，明天我再来辞别。"细柳点点头道："我们有话明天讲吧。"高福山听金人伟要走，很淡然地说了一声"金先生请便"，身子歪了歪，仍陪着马副官坐谈，送也不送。金人伟戴上呢帽，走出室去，细柳送至庭阶，说道："明天我们再见吧，晚上你必要来听戏的。"金人伟答应一声，很无聊赖地走出去了。

这里马副官又催促细柳快去，细柳只得上楼去洗脸更妆，马副官却和高福山在室中低着声音，鬼鬼祟祟地密谈。马副官时时跷起他的大拇指来，高福山的面上却时时露出笑容，只是点头。一会儿细柳妆毕，从楼上走下来，马副官遂陪着她坐上汽车而去。这天细柳又在王军长私邸中和王军长、汪参谋长等打牌，马副官在一边伺候，因为细柳打牌不熟，勉强她打的，所以马副官在旁教她，结局是王军长大负，细柳大胜赢得三千余金。王军长开了一张支票给予细柳，细柳不肯拿，说道："这是打着玩的，怎可以拿钱？"马副官硬要她收下，说道："打牌总有输赢，军长是常常一万两万输惯的，岂肯少你数千块钱？你也不必客气，拿了吧，隔一天请请我就得了。"细柳听马副官这样说，也就取了进去，王军长又十分殷勤地款待她，留她吃了晚饭，仍用汽车送她上戏院去。

这几天细柳身子也累得有些乏了，然而登台时，她不得不振作精神去演唱。金人伟坐在台前观剧，可是他的精神也有些萎靡，意殊不属，竟有些视而不见，听而不闻，远不及以前在北平时的全神贯注了。因为他外表虽然是坐在座上听戏，而心中的思潮却是汹涌激荡，回旋无已呢。次日他又走到细柳妆阁里来，恰逢细柳尚娇睡未起，他只得坐在楼下客室中看报。高福山昨晚在外赌博，一夜未归，所以金人伟独个儿坐着，冷清清的觉得无聊。到十一点钟时，双喜来说小姐已起来了，请金先生上楼。金人伟遂上楼去，细柳方在进牛奶呢。金人伟坐定后，便问她昨天在王军长处打牌胜负如何。细柳恐怕金人伟要讥笑她，便道："打得没有多时就停的。金先生，我这几天精神也有些不济事，谁高兴和这些人周旋？也不是不得已而为之呢。请你勿笑。"金人伟道："你的苦衷，我也明白，怎敢对你讪笑？希望你能够为你的前途而奋斗，坚贞勿渝。你叫我代你寻找浣花，我也自己要去找的，但请你任后鼓励找为幸。明大我要返平了，今天特来辞行。"

细柳把牛奶杯子放下，仰首对金人伟问道："你明天就要回平吗？"金人伟道："是的，我本来请得数天假期，转瞬即满，所以不能多耽搁，明天必要走了。不过忽忽数天光阴，自觉无所成事，惭愧得很。"细柳也知金人伟话中之意，遂说道："你来津门后，恰值我忙着和人家周旋，没有多余的工夫伴你盘桓，这也是我很抱歉的。并且我为了姊姊的问题，心中也很觉不能宁静。倘然你能找到了姊姊，这就是我切切期望的幸事了。我在此间，也不出十天要返北平，因为蓬莱戏院合同满后，我决计不再续订，至多挽留三天而已。这一阵子很累了，还是回北平休息一下再说。那时候我也许可以和金先生畅叙一会儿了。"金人伟点点头道："很好，我希望你能够如此，并望你能为你的环境而奋斗，因你是一朵蓓蕾初放的鲜葩，正值雨露滋润，阳光覆照，万万不可被狂风暴雨所摧残。惜我不能做护花使者，只望你能努力自爱。你是聪明人，毋烦我喋喋多言的。"细柳听了此语，俯首至臆，默然无语，恰巧非烟来望她，金人伟也不便多说。大家坐在一起谈谈，金人伟又在细柳处用过午饭。细柳家中又有客人来拜访了，金人伟也欲他去，遂和细柳告别，约她至北平再会。细柳又托金人伟赶紧去访问浣花，希望姊妹可以重圆。细柳也自有她的心事呢。

金人伟这天别了细柳，次日回至北平，依旧办他的报务，但是这颗心竟没有以前的安定，心事重重，不可告人，连邵闻天、朱苏庵面前也不吐露一语，自觉心头失去了一件东西一般，不得安慰。他也不去找浣花，只等待着细柳回平，再作道理。谁知人事变化无常，即此一别，他竟再难和细柳晤面了。

第二十五回

有美彷徨侯门初入
斯人憔悴故剑难忘

子夜以后，人家早已深入睡乡，而在此寒风呼呼、白雪皑皑之时，更是怕冷不过，早拥絮被，而街道上的行人更是绝迹了。但在华报馆中，上自编辑，下至工人，却都忙碌着他们的工作，电炬光明，机声轧轧，唯有金人伟独坐在一室中等阅大样。今天是轮着他当值，总主笔有事不在馆内，他的责任自然更是重大，怎能偷懒早睡呢？他喝过一碗莲子粥后，很无聊地拈着秃笔，蘸着红墨水，在一张白纸上胡乱写几个字，随笔所至，却写出什么浣花细柳等名字来，这可见得他心上的事了。

他想想自己返平后已有半个多月，天气也冷了不少，今日已是大雪纷飞了，而细柳尚淹滞在津门未归，不知她在那边做什么？自己虽然有信寄去，问询她的近况，玉体如何，然而细柳却无尺素递到。消息沉沉，怎不令人苦忆呢？早知蓬莱戏院的合同已满，挽留三天的临别纪念戏也已唱过了。细柳不是说过，她已觉得很累，盼望期满后回来休养吗？那么为什么迟迟不归呢？北平各报也很少登载她的消息，但是后来便归沉寂了，可知不能成为事实。难道竟有别的变化吗？

他想着想着，不觉很代细柳担忧，现在的细柳已和数月前初唱《金谷恨》的细柳大不相同了。一个女子的成名，声价扶摇而直上，竟有这么的快，令人有些不信的。虽然她的天赋歌喉和她美丽的容颜，足以吸引他人，但是像她这样成名的快，总是吾见亦罕的。那么自己代她编制的许多新剧，恐怕也有推波助澜的功劳吧。伊人的心似乎也未尝不感谢我，可是实际上她也不能给予我安慰。她的环境固然是很困难，不能让她自由做主，然瞧她尚缺乏一种坚强的意志，这一点她就不如浣花了。浣花为人，自己很会转念头、决定宗旨的，这样人家便好相助她了。至于细柳的理智未免薄弱一些，况在她的四周有虎豹蛇蝎环绕着她，这是很危险的啊。他想到这里，眼中似乎还见到高福山贪婪之容、马副官阴险之态，还有那个肥胖得像野猪一般的王军长。唉！这些人对于细柳很是不利的，恐怕细柳已陷入他们的重围而不能突围而出了。自己虽有爱她之心，而颇憾没有实力，不能做护花使者，拯救她早脱孽海，同登乐园，这是自己痛心疾首、徒唤奈何的。况津门之行，自己的心事未得解决，反而见到种种使人不快之事，恐怕自己的希望终成镜中花水中月而已。

金人伟这样想着，室门忽启，报馆中的外勤记者蒋迪生自外步入，身上披着雨衣沾满着雪花。他一边招呼金人伟，一边脱下雨衣，挂在衣架上，就在金人伟对面椅子上坐了下来。金人伟道："蒋先生刚从外面回来吗？可有什么紧要的新消息？"蒋迪生道："近来政局平静，除了断烂朝报式的报告，也罕有足述。不过刚才我得到一个香艳的消息，倒是大好资料，谅必金先生还没有知道吧。"金人伟道："什么消息？"蒋迪生道："刚才我从市长处来，得到一个消息，就是王龙超军长已娶红名伶细柳为姜，自津遄赴西山别墅，度蜜月之喜了。市长准备明天前往西山道贺咧。金先生，你一向代细柳编剧的，和细柳很接近，怎不知道这回事呢？"金人伟骤闻此言，无异当头浇了一勺凉水，呆了半晌，说不出话来。

蒋迪生又道："现在北平各报，对于这个消息大概还没有知

269

道，所以我冒雪而还，将这消息报告给金先生，立刻可以换一则新闻，把它披露出来，明日便可嘘传全城，让本报可以大出风头，否则一至明后日，大家知道了，这事便不稀罕了。"金人伟摇摇头道："恐怕不确吧。我一些也没有知道。倘然登错了，不是大笑话吗？明天待我上高家去访问一下，再作道理。我却希望这消息是不实的。"

蒋迪生听金人伟如此说，不由大为扫兴，继续说道："这哪里会传闻失实，我亲耳朵听市长说起的，他们明天都要去贺喜。我又问他王军长和细柳在何处成就的好事，他说在天津，明天坐火车来平了，绝没有错误。我一向为本馆访问消息，十九无误。此次特来报告，无非为要捷足先登，怎么金先生忽然会不相信我呢？倘然失去此机会，岂非可惜？"蒋迪生和金人伟极力争辩，他还不知道金人伟的心事。

此时的金人伟心思紊乱极了，细柳这样的好女子却嫁了这种跋扈的军长，甘做抱衾与裯的小星吗？唉！凡事如此，难可逆料。这事大约真的了，细柳在津门逗留不归，这几天雁沉鱼杳，信也没有一封，可见她已被王军长手下人包围，必是那个姓马的副官故献殷勤，从中牵线，向细柳进攻不已的。好在王军长有财有势，无异一国诸侯，子女玉帛，何求不得。而高福山又是满怀欲壑的人，只要金钱方面能够达到他目的，细柳又不是他亲生的，自然肯出卖这摇钱树子了。他一想到这里，马副官的那种奸相，顿时浮现在他的脑海里。他握拳透爪，像要殴击的样子。

对面坐着的蒋迪生见金人伟这般情景，却不明白是何道理。他又说道："这件事不过是伶人出嫁的喜讯，虽然是要说到王军长，可是和政局并无关系，金先生何必牢抱稳重的态度呢？登错了由我负责。"金人伟道："却不是为了这缘故，你如以为要登的，不妨约略说起一声细柳有息影嫁人之说，不要完全披露出来，横竖这事也无关宏旨的。"蒋迪生听了，更是没趣，遂说道：

270

"这消息登不登由金先生做主，我也不敢勉强。若是轻描淡写地登上去，倒不如不登也好，且待明后天再看下回分解吧。再会再会。"蒋迪生说毕，立起身来，取了雨衣，退出编辑室去了。金人伟等蒋迪生去后，将手一击桌子道："造化弄人，抑何不幸如此，细柳真的嫁了王军长吗？可惜啊可惜！"他又深深地叹了一口气，顿时坐立不安，心中十分难过。

这夜看过大样以后，天色将曙，他也回到房中去睡。一眼瞧见壁上挂着细柳的小影，梨窝媚笑，仿佛如见其人。但是从此以后，恐怕侯门一去深如海，萧郎变作陌路之人，重睹芳容，又是杳渺了。又看到浣花的玉照，不料这一双姊妹花，一个儿美人已归沙叱利，一个儿黄鹤一去不复返，叫我这个自命多情之人，何以慰情呢？论天资，二人都很不错，若以"仁智"二字去区别她们俩，那么浣花是仁者乐山，细柳是智者乐水。浣花的才不及细柳，而浣花的根底都比细柳来得厚了。细柳之嫁王军长，虽说是包围厚，压力大，但我总要怪她的自主力太薄弱一些，这是我在天津看出来的，也许她仍是免不了虚荣之心，跟着环境而软化了她的心。本来细柳虽是聪明，究竟读书不多，义理不明。在这个充满着金银气的浊世，士大夫尚为利禄所饵而上了钩，何况一个唱戏的女子呢？我又何必深责她，只不过为她前途惋惜罢了，而我终究是个文人，所谓百无一用是书生，徒具痴情，无裨实际，笔杆儿怎及得枪杆儿的有力？况且黄金作祟，文字无灵，只得眼睁睁地坐视他人载美而去。自己窭人子终不脱乞儿相，区区之郑，何能与晋楚大国抗衡呢？

金人伟这样想着，心中异常气闷，辗转反侧，不得合眼，又叹自己枉费心力，为细柳编了许多新剧，让她唱出了名，更在报上鼓吹揄扬，死心塌地地为她捧场。可是待她成名以后，许多强有力者都来垂涎于她，卧榻之旁，尽人酣睡，结果终于被虎而冠者占有了去，真所谓"酿得百花头上蜜，为谁辛苦为谁忙？"像朱苏庵这些人，本来是逢场作戏，借此遣有涯之生，楚事楚得，在他的心里当然也无所谓的。唯有自己春蚕作茧，为情所缚，一向迷恋在幻想之中，希冀侥幸于万一。到了今天如从春台上堕到冰渊里，充满着失望和惆怅，自己的希望都被巨魔的无情铁杵所击碎了。以前种种无异一场春梦，以后的我将怎样做呢？细柳已是不可希望的了，并且她的前途也是可虑而不可恃的，她自己不识厉害，踏进了陷阱，爱她的人要想叫她，已是无及了。那么我将依然追寻浣花呢，还是跳出情场，免除烦恼呢？

金人伟越想越懊恨，愈是不得解决。后来最无聊了，希望这消息会不真确。转瞬东方已白，电灯熄灭了，虚火上升，虽在冬夜，他反觉烦热得很，坐起身来，从水瓶里倒了一杯开水，喝几口，仍上炕去睡，终是难入睡乡。这苦痛只有金人伟自己尝受，非他人所知了。然而蒋迪生这消息究竟是真是假，可有一些错误呢？蒋迪生探访新闻的本领，在馆中是数一数二的，素有"神行太保"之称，两条腿一天到晚在外面奔跑的，而且政界军人方面路道最熟，既然他自己亲耳朵从市长那边听来的，岂不有准确之理呢？

原来细柳在天津蓬莱戏院唱罢之后，虽有北平数家戏院以及鸣凤舞台争来罗致，而因细柳在高福山面前早已表示过，须要休养一个月，然后再可登台，所以更是竟一处也没有答应。同时高福山已另有他的目的了，这是细柳不知道的。因为在金人伟回平后，王军长和细柳盘桓了两天，为了公事也坐专车回平去了。细柳得此喘息，心里很想唱满了期，可以回平去休息，不再在津淹居。

谁知有一天她在戏院里唱戏的时候，马副官却和几个朋友邀了高福山到旅馆里打扑克，高福山赢了一千多块钱，将近子夜，正要欢欢喜喜地回去，马副官却坚留他住在旅馆中陪陪他，且拿出上等的大烟给他抽，高福山只得留下了。其他的客人去后，马副官和高福山对卧在烟榻上。等到高福山吸了数筒后，马副官遂对他开口道："高老板想发财吗？"高福山笑道："发财当然是想的，可是也不容易。现在我虽然靠了女儿唱戏，赚几个钱来用用，但因我爱赌如命，又要吃烟吃酒，所以往往捉襟见肘，东借西贷，时告匮乏的。在这年头儿有口饭吃吃就好了，哪里能够发财？"马副官道："我不是同你开玩笑，你确实可以发财，只要你肯答应我的说话就得了。"高福山此刻心里也有数分明白，却故意说道："马副官，你有发财的捷径交给我吗？很好很好，我要谢谢你了。"马副官哈哈笑道："你自己家里现成放着一个可以发财的人，你竟没有想到吗？还是假作痴呆呢？"高福山道："我却没有想到，请教请教。"马副官道："就是你家的细柳姑娘。"高福山点点头道："不错，我在她的身上本存着心，要想靠她得到一些养老的费用的。不过现在她正当红的时候，似乎先要让她挣几个钱来给我们二老用用，方才不负我数载教养之功呢。因此虽有许多人想要娶细柳，我还是不能答应，而细柳的心思也不急急在于这个上呢。"

马副官听了点点头，燃了一支雪茄，吸得数口，又对高福山说道："现在有一个人要想娶你家姑娘，你预备怎么样？"高福山道："是谁要娶我家的细柳？"马副官道："就是王军长。我前天不是对你已透露过一些意思吗？他很有意要实行了。我做月下老人，要喝一杯喜酒。高老板你也可以借此发一笔财，何乐而不为呢？至于细柳姑娘，我想她能够嫁得军长，虽然名义上屈居偏房，只要能得军长的宠爱，那么锦衣玉食，华屋朱楼，一生享用不尽，美人理合配与英雄，大概她也没有什么不愿意吧。"高福山道："当然啦，王军长能垂青于细柳，我们没有什么不愿意的，不过这小妮子常会闹别扭，我可以回去探探她的口气。还有内人以前常对我说，要将细柳靠老的，我也得和她商量商量才好。"马副官又吐了一口烟气，对高福山说道："高老板，此事要望速

273

成为妙，王军长临去时曾向我属意过，今天又有长途电话给我，叫我速将此事办好。高老板，你知道军长的脾气的，想什么便说什么，说什么便做什么。但这件事不比采办军需，怎样性急得来？所以我要和你商量，请你在两天之内，给我一个确实的回音。我想你要发财，这是一个大好机会了。不过你们要尊重军长，博他的喜欢。也不要得罪他，否则你们也不能安然在平静地方出风头了。高老板，我说的话句句是实，你想怎么样？"高福山道："马副官，我这个人并非不知好歹的。王军长既有这个意思，当然我十二分地愿意将细柳孝敬与他，博他的欢喜。可是我们老夫妇俩下半世也完全靠在我的女儿身上，只要军长能够知道我们就是了。这要请马副官在其中多多帮忙的。"马副官一拍胸脯说道："高老板，你的心思我也知道的，索性大家开了天窗说亮话，就容易办了。你回去商量以后，就请你给我佳音，莫累人盼望。"高福山自然诺诺答应。

明天高福山回家和他的妻子一商量，高福山的妻子也是只要有钱，别无其他问题。像王军长这样一个高帽子，他们要不依也不成功，横竖也不是自己的女儿，能在她身上发一笔财，也无不可。但恐细柳执拗，不能成其好事，那么得罪了王军长，将来吃饭问题也是处处可虑的。于是夫妇俩商酌以后，决定要去哄骗细柳入彀。

这天午饭后，细柳打了一个午睡，醒来时已有四点钟了。起身后，重行洗面妆饰，且喜没有客人前来缠绕，正坐在沙发里休养精神，想想自己的姊姊，又想到北平的书生金人伟，觉得他的一片痴情，实难辜负。姊姊信上的话明明要把金人伟让给我，她爱我之心，不可谓不深。其实她哪里知道她妹妹的环境又和她不同。即使自己真有这心，此事断非旦夕间可能办到，何况爱情之果，并未纯熟，岂可不详加考虑呢？若以金人伟去偶自己的姊姊，这是最好的佳偶，他们已有了三年之久的情爱，怎可以为了我一人之故而牺牲呢？姊姊的思想也太不切实了，她何必如此爱我呢？所以我的意思还是要催紧金人伟去设法早早寻得我的姊姊，仍旧使他们二人成就良缘，那么我心里便安静而快乐了。我是不成问题的。

细柳正沉浸在思潮中，而高福山夫妇却走了进来。细柳却不知道他们二人来和她讲什么，当然立起叫应。二人坐定后，高福山的妻子先和她说了一番疼爱她的话，然后用极温和的语气对细柳说道："我们俩本是没有子女，眼看着别人家的小儿，十分羡慕。幸喜你义父收了你来，孝顺膝下，也使我得到不少安慰。你又聪明美妙，无人不称赞你出色的。你义父又组织黎明科班，辛辛苦苦地教导你们一班人，而与你更是属望心切的。难得你登台以来，成绩惊人，居然唱得红起来了，虽有许多达官贵人要娶你回去，但古语说得好，'积谷防饥，养儿防老'，你虽然不是我们的亲生女，而情胜于亲生，我们两口子年纪渐渐老了，你义父又是爱赌如命，染有嗜好，家用常现不足的，所以不能不希望你多辛劳一些，为我们挣几个钱，养老防饥。当然对于你的终身问题，也是常在心上的，愿你他日嫁一个大富贵的人，一世快活。可是现在有一个大好机会来了，我们也不能再留你多唱一两年戏，只好把你出嫁了。大约提起此人来头大，你也没有不情愿的吧。"高福山的妻子说到这里，笑了一笑，却回头对高福山说道："女儿是很孝顺的，我们的说话只要在情理上，她没有不听。老头儿，你自己同她明白讲吧。"

细柳听了这几句话，心中也已估料到几分，不由蛾眉紧蹙，冷冷地说道："当然我做了你们的女儿，抚养之恩必报，辛劳一些，没有什么问题。这碗饭本来也是不容易吃的，现在侥幸成名，恐终难久恃，不无厌倦之思。但不知你们要把我嫁给谁，当然也要许我考虑一下的。"高福山的妻子又催高福山道："你快说吧。"于是高福山撮着笑脸，把王军长要娶她，马副官做媒的事，

275

——告诉细柳，要求她务必同意。

　　细柳这几天本来有了心事，因王军长常常叫马副官邀她去喝酒谈天，甚至于打牌，欲知心中事，但听口中话，王军长的心思，敏慧如细柳，岂有不料到数分之理？芳心常自惴惴然，如临深渊，如履薄冰，只怕王军长眈眈虎视，放不过她，现在果然来了。自己的终身竟交托在这样一个武人手里，岂是初衷所愿？明知这件事很有些尴尬的，遂顿了一歇，把自己的意思告诉她的义父义母，大致说她虽愿及早择人而事，却也并不想什么大富大贵、钟鸣鼎食之家。只要使义父母得到了一笔养老之费，聊报大德，自己也只想菜饭饱，布衣暖，有一个快乐自由的小家庭便得了。王军长的地位太高了，很容易瞧不起人家。这种人喜怒无常，爱憎屡易，恐怕他对于我也是一时高兴，从心所欲，要想把我娶回去。乃至将来情随事迁，色衰时我就要秋扇见捐，空悬明月了。越是这种人越是靠不住的。絮絮滔滔地说了许多话。

　　高福山见细柳不肯答应，心里十分发急，再和她说好说歹，劝细柳要同意这件大事。细柳被逼不过，只得说待她细细考虑后再回答。高福山皱着眉头说道：“马副官限我两天之期，不啻哀的美敦书，实在不能延迟，明天请你答复我吧，若是得罪了王军长，我们休想在这里混口饭吃吃了。”细柳道：“我们不可以再到上海去吗？”高福山道：“上海那地方，虽然他的势力不及，可是我们只可暂时去露露脸。倘然长久鬻艺，也恐要靠不住的。我以为你万万不可失去此机会，趁王军长爱你之时，多弄他几个钱，预留退步。他日万一他有变心，你也可一世衣食无忧了。况且像你这样聪明的人，或不至于如此呢。你放心就是了。”高福山的妻子又在旁边用好话劝诱。细柳含糊答应，到明天再给回复。高福山无可奈何，只得待至明朝再作道理。

　　夫妇俩走出房去。细柳坐着沉思良久，心中有无限凄惶。想起了金人伟之言，便很不愿意答应这件事。这颗心便不得安宁。

晚上登台演唱时，心绪不定，险些儿唱错了字眼，却见马副官仍在座上和他的朋友不住喝彩呢。

从蓬莱戏院返家后，叫双喜冲了一盏咖啡茶，一边喝，一边坐着思量。眼前的压力来了，一时想不出最好的计较，自己姊姊又不在一起，不知她躲避到了哪里去。金人伟也不在此，叫自己和什么人去商量呢？起初想硬硬头皮，拒绝了王军长，再作道理，但是高福山夫妇一定不肯这样的。他们非但胆小，且又嗜利，也许他们以为把我嫁给王军长，便可大大地敲他一下竹杠，趁此发财。只要听高福山妻子说的话，不难觇知了。所以自己倘然不许时，内外夹攻，一定有许多不良的影响加到自己身上来的，非有毅力和勇气不可。有谁能给予自己鼓励而使有勇气呢？形影相吊，孤单无援，弱女子有何能力脱此魔掌？她这样想着十分酸楚，更想起自己以前在邢老虎家所受的虐待，以及初来北平时候的苦难、学艺时的辛劳，不觉滴了不少眼泪。初想写封信去告诉金人伟，继思这件事金人伟当然不会赞成的，但他也没有能力来援助我脱此重围，言之无益，徒然给他讪笑，还不如不要提起吧。

可怜的细柳想得她两颧发赤，还是解决不下。她就没有浣花那样的果敢坚决了。直到三点多钟，勉强上床安睡。可是今宵她也得了失眠病，翻来覆去，终是睡不着。天色已明，方才蒙眬而睡。到午前十一点钟醒了，起身时，高福山又和他妻子进来，听取她的回音了。细柳能够说什么呢？她想说个"不"字，一时仍没有这种勇气。至于爽快地答应呢，她也不肯出口。高福山又在旁边百般怂恿，说了许多荣华富贵的话，细柳心里虽然软化了一些，可是她终不愿意为人妾媵，何况又是王军长那样的人做她的配偶呢？

这时候马副官忽又排闼而入，高福山连忙下楼去，叽叽喳喳说了几分钟的话，方才陪了马副官走上楼来，和细柳相见。马副官坐定后，便对细柳说道："细柳姑娘，恭喜恭喜，你唱红了戏，红运高照。王军长的要求，你能不能答应呢？你不要难为你的义父了。你是红女伶，王军长是红将军，二红碰头，应该唱一出真的《鸿鸾禧》了。方才我已问过高老板，知道你尚在犹豫不决。可是王军长的一颗心忽然热得无以复加，昨天有长途电话给我，叫我做媒，而今天他老人家竟又乘坐专车来津了。这是出人意料的。他唤我到私邸去，问我这事可已办好。啊呀！我的姑娘呀！我昨夜向你义父说起而要求你答应这事，像军长这样性急，真是炒虾等不及红了，叫我怎样去回答他呢？幸亏不是军令，否则我这颗脑袋便要搬场了。我说今天就有佳音的，请军长宽限一天。他又叫我来请你去打牌了。姑娘，请你答应了吧，否则我这媒人做不成时，无面目见江东父老了。好在我不要媒人钱的，我绝不想从中取利，只待你们二人成就了良缘，将来细柳小姐便做了军长太太，大富大贵，有谁敢不向你低头呢？王军长功名无穷，细柳姑娘的福气也是无穷，而高老板夫妇两口子也可养老有了着落。我们军长不会待错人的，只要他高兴，千金一掷，毫无吝色。我没有半句虚语的，请细柳姑娘答应一声吧。"又对高福山说道："你这义父，我不信一些主也不能做的吗？"高福山道："我不是不要做主，因我一向尊重人家意见的，我不愿强迫她，彼此变得不客气，这是何苦呢？马副官如此说法，这是再好也没有。"

高福山妻子也轻拍细柳的香肩，软语道："好小姐，你做了军长太太，我们脸上也有光彩呢。"细柳白了一眼道："做太太吗？你们不要哄骗我，我又不是三岁小孩子，王军长家里现成有着太太，又有不少姨太太，我早知道的。他要我去，也不过充作姬妾罢了。"马副官笑笑道："不错，你们女人家总是要争这个身份。依我看来，只要得到王军长的宠爱，不论什么名义，都是顶呱呱的，实际上比大太太好得多哩。况且听说王军长的大太太时常要发心痛病，有病的人不能久存人世。你姑娘年纪方轻，早晚她要让给你的，不必争在此时了。好姑娘，你答应了吧。"马副官说罢，对着细柳连连鞠躬。高福山在旁，忙说："不敢当，折杀这小妮子了。"马副官道："理该如此。细柳姑娘做了军长太太，一样是我的上司，我见了她，不要立正行礼吗？将来还要细柳姑娘不忘我做媒的功劳，常在军长面前代为吹嘘吹嘘呢。不要说鞠几个躬，就是下跪，我也情愿。姑娘若再不允，我真的要跪到石榴裙下了。"说着话，走至细柳面前，大有跪倒之势。细柳不由一笑道："马副官，你也是堂堂军人，不要做出这种样子，闹人笑话。"马副官道："我就算做一个临时小丑，又何妨呢？细柳姑娘，你可答应吗？"细柳低头不答。马副官对高福山带笑说道："只要细柳姑娘不反对，就是见得她已默允了。你们俩放心吧，我现在陪她去见王军长，明天再来和你们细谈。"他遂逼着细柳去赴约。

　　细柳没奈何，稍事妆饰，便跟了马副官去。见过王军长，王军长对她只是张开嘴笑，握着细柳的手，问长问短，又和细柳打了四圈牌。王军长坐在细柳上家，只是把细柳要的牌打给她，譬如细柳做索子清一色，他只把索子一张一张地打下去，自然细柳牌风大顺。王军长一副牌也没和，让细柳独赢了三千多块钱，又是王军长签了支票付给她的。打过牌，仍是一起用晚餐。马副官在旁很凑趣地说了几句善颂善祷的话，王军长心花怒放，对参谋长等说道："隔一天请你们吃喜酒。"大家举杯庆贺。细柳却玉颜红晕，很觉不好意思。晚上有戏，临去时，王军长握着她的玉手说道："我知道你们和蓬莱戏院订的合同期满了，只有今天，明后天唱了临别纪念两天戏，不用再唱了。你跟了我，还怕少钱用吗？我一定能够始终爱你，决不轻弃你的，你放心是了。明天我再命马副官来和你的义父讲话，你有什么需要，尽可对你义父或是马副官说，我没有不答应的，包你快活是了。"细柳听了这话，眼泪几乎落下来，勉强忍住，也不说什么话，别了王军长，坐上汽车赴戏院去。

这天夜里细柳睡在床上，仍是想，一个女子嫁人就是这样容易吗？在这绝大压力之下，叫我怎样做呢？她暗暗地泣了。此时此地，不要说无人商量，就是有人商量也是不允许了。

次日，马副官来，先见高福山，便说这事可说已一半成功了，王军长昨天曾和细柳当面说过，细柳没有说什么，当然是默许了。女孩儿家谈到婚姻问题，凭你怎样新时代的人，总有三分腼腆的。现在我要问你们需要几何聘金，可做你们的养老之资，请开口吧。高福山早和他妻子商定了，他自己要拿十万，妻子拿五万，还有五万用在细柳身上，遂对马副官说了，请求他在军长面前多说些好话。马副官因王军长已叮嘱过，他只要得到细柳为妾，不拘代价多少，都可应允，所以他立刻就应承二十万之数，一个也不短少。高福山遂又陪着他来见细柳，谈论这事。

此时细柳已无异做了俎上之肉，操割由人，失去了自主权，逼得她脱身不得，没奈何只得对马副官说道："若要我嫁王军长，须先答应我三个条件，否则我宁死不从。"马副官拍手说道："好了好了，细柳姑娘，只要你有条件，休说三个，便是三百个，包在我身上，都要叫军长依从的。"细柳道："养父母那边的养老之资，是要你们的聘金抵当的，你们谈妥了吗？"细柳说话时向高福山看了一眼。高福山连忙说道："讲好了，讲好了。共要军长出二十万，我拿十万，将来可以去开一家店，经营买卖，为下半世的打算。你母亲也拿五万，还有五万是办你的妆奁的。你说好不好？"细柳道："这本是要你老人家说的，你说这样就这样了。我却另有三个条件。"马副官道："好，你快说吧，我立刻去转达。"细柳道："第一个条件就是我嫁王军长，不是甘心为妾的，不许他人称呼姨太太。"马副官道："这倒可以吩咐下人光称呼太太，而去一姨字的，没有问题。"细柳又道："第二个条件是我不

280

要和军长的家人住在一起，是要另外分居，不肯进宅，颠倒去仰他人的鼻息。"马副官低低头道："可以可以，军长早预备金屋藏娇，对我说过的，把他北平城外的西山别墅派给你住，当然可以不进宅，不受他人闲气，这一点军长早已顾虑到了，所以也不成问题。请你说第三个条件。"细柳道："我的身体要求军长给我自由，不要出入有马弁侍从，只给我一辆汽车，专供我坐。还要另给我十万元，以防将来万一之用。"细柳说罢，马副官哈哈笑道："我这媒人做成了，我就代你去告与军长听吧。军长正在邸中听候好消息呢。"马副官说着话，立刻辞别细柳父女，下楼去了。

当然细柳提的条件和高福山要求的二十万聘金，王军长为了美人之故，一一答应的。马副官这个大媒也做成了。这几天王军长每日请细柳去一同陪游。细柳在蓬莱戏院的合同期已满，两天临别纪念戏也唱过，当然各处有来聘请的，一一谢绝，只答应天津地方的义赈会唱一天义务戏。其实王军长要守秘密，不与张扬，所以吩咐高福山等休要宣传出去。可是黎明科班中人都知道了，科班中失去了一个很重要的台柱，如何不惊慌？而高福山已得了一笔钱，预备把这科班让给他人去干，自己愿意退居顾问的地位了。王军长就把二十万交给马副官付与高福山，又付细柳十万，选一吉日在金门大饭店和细柳同圆好梦。细柳虽提条件，究竟不是嫡室，不能举行婚礼，这一点王军长和细柳同有遗憾的，礼教如此，无可奈何，王军长也不好公然违法，况且胡氏也不是好欺的人呢。

细柳是已被包围在势力圈内而做了他人的俘虏了。金人伟料得一些也不错。他虽然不欲将这消息露布，可是当王军长和细柳从天津回至北平西山别墅，欢度蜜月的当儿，北平大小各报竞载此事，以为艳闻。王军长遂欲遏止也禁不住泄露春光，满城风雨，好在他对于胡氏已早设法疏通过去了。于是华报上也只得刊一消息，唯因金人伟的关系，着墨不多。而金人伟的无限惆怅，无限惋惜，也可想而知了。

朱苏庵知道了此事，特来金人伟处晤谈，代细柳的前途可惜。金人伟讲起了细柳，只是摇头太息。他很愤慨地对朱苏庵说道："现在的世界强权是尚，一切事物都被有势力者独占，无力者都是可怜虫，想不到美人也难免此例。美人已归沙叱利，义士今无古押衙。一介书生，痛心何极。"朱苏庵也代金人伟不胜扼腕，却怪细柳胸无主宰，贪慕虚荣，牺牲了光明的前程，不免为他人玩物。金人伟倒不忍深责，反说这也是细柳的不得已，她是个无智无力的弱女子，怎能从重围中冲突而出呢？

这晚金人伟和朱苏庵出去酒楼买醉，他从来不肯多喝酒的，今番以酒浇愁，一杯复一杯地竟喝得酩酊大醉，醉后高歌狂呼，旁若无人。由朱苏庵送他回馆，馆中辑务也不能做了。一到房中即睡倒在炕，夜半又大呕大吐，次日竟病酒，害了两天的病。

想不到王军长在西山别墅暖玉温香、朝云暮雨之时，金人伟却处于药炉茶铛、忧伤憔悴的奈何天中，世间的事，真是不平极了。金人伟既受了这个很重的打击，徒呼负负，无以自解。他编制的《李夫人》一剧也是枉费心血了。邵闻天却代他出了一剧本集，金人伟自题绝句四首，大发牢愁。于是他不欲再在北平寄居，受到种种刺激，将做重返江南之举。因为他对于浣花之情尚未能忘，渴欲一找伊人呢。

恰巧那姓陈的华侨在上海办《星沪日报》的事已是成熟，馆址设在爱多亚路外滩，飞电邀请金人伟去主持总编辑事务。金人伟决定借此为摆脱之计，且得到邵闻天的允许，于是在梅花开放、春风送暖的时候，金人伟又回到了江南，诵"所谓伊人，在水一方"之句，却不知昔日的浣花又在哪里呢？

第二十六回

喁喁喜相逢珠还剑合
绵绵恨无已柳暗花明

重返江南的金人伟，做了《星沪日报》的总编辑，地位渐高，昔日南中诸友也都刮目相看了。他除了用心用力出版《星沪日报》，达到真美善的地步，以报知己外，心中第一件大事就是要访寻浣花。因为他对于细柳当然已是绝望，昔时和浣花的缠绵情绪，他如何不更萦胸怀呢？其间也曾回到苏州，探望过一次亲戚。他的姨母王氏依然健康无恙，而表弟瑞忠已毕了学业，在外做事，表妹瑞贞也长大得多了。他为要探听浣花的下落，所以托人向方家打听，希望从方家一方面或可找得一些端倪。但是这时候方仁刚已患中风症而长逝人世了，榛苓亦已出阁。浣花自从离开方家以后，始终足迹没有重临，故对于浣花的行踪亦无所闻。其他地方更是无从探问，不免更是失望。于是他想出一个计较来了，自苏返沪后，便在新闻报上登了一条寻人广告，向浣花诉说自己业已来沪，多时暌隔，积思成病，渴欲一晤，以表私衷，即望浣花勿再匿不相见，先通一信，可使自己驾车以迓。言简意诚，出面只用浣花的名而不及姓，自己的姓名当然亦不得隐去，只用一个"伟"字，然使浣花一见，就可知道他怎样的急求见面了。通信处借用信箱，以免其他枝节。可是登出后，竟如石投大海，杳然渺然，不见有何声响。

金人伟暗想：浣花总在这个世界上的，她怎样如此深藏呢？若在上海，一定会读到这条寻人广告，难道她已不在此间吗？那倒叫自己束手无策了。所以他心绪恶劣，常要感觉到抑郁寡欢，心中的事难为外人道呢。渐渐地消瘦了一半，竟患了幽忧之疾，精神不振，面上绝少笑容，下午时竟有些寒热。朋友见了他的形景，都很奇怪，劝他去求医诊治。他自己也觉身体方面不十分畅适，所以就到一个熟识的西医那边去医治。谁知那医生竟断定他是患的肺病初期，亟须从速疗养。金人伟听说自己犯了肺疾，不由暗暗吃惊。他知道肺疾是最为可怖的，能够消灭人们的幸福，毁坏人们的健康，而促其死亡，一有此病，生命危险非常，绝难幸免。于是自己也发急起来了。又至一家医院里去照爱克斯光，查验肺部。摄影后，肺上却并无什么损伤，不过诊断为肺弱而已。可是那位西医仍旧说他是结核性，须有长时期的静养。然而他的职务又岂是容许他如此的呢？心中自然说不出的忧烦。他的友人劝他寻求快乐，恰巧有一位久享盛名的坤伶，自汉口来沪，在黄金大戏院演出。友人代他订了几个座位，请他看戏，要想解除他的不快。他起初不高兴去做顾曲周郎，大有曾经沧海，除却巫山之意。后被友人劬之再三，遂始去一坐。

这晚先在酒楼中喝酒，他又多喝了些，带着酒意，前去观剧。起初是某武生的《新长坂坡》，以及某须生的《逍遥津》，又触起他无限惆怅，回想到鸣凤舞台初次聆细柳演《干曾春》的情景，顿然心中大大地受到刺激，再也坐不住了，离座而起。友人劝他不住，遂有一人伴送他回去。

这天夜里睡至天色将曙时，金人伟忽又呕吐出一口鲜红灼灼的血来。他见了血迹，陡吃一惊，知道自己当然必是肺疾无疑了，颓然嗒然，万念俱灰。次日竟未起身，偃息在榻。陈某来看他，知道他患病，颇代担忧，便允许给他一个月的病假，馆中事由副主任暂代，医药费也由馆中支付。和他商定，要金人伟到沪西宏恩医院去疗养，一俟病体稍愈，再回报馆工作。

那宏恩医院地方清静，空气新鲜，正合肺病疗养。金人伟既承陈某殷勤劝医，隔一天遂住到医院里去。在楼上住一个头等房间，房前一排很广的阳台，面临草地，花木扶疏，更可以眺望远景，畅扶胸怀。他住院后，有医生来给他注射服药，果然安心静养起来了。但是他这个人平常日子忙惯的，现在一旦清闲，更觉寂寞无聊。常常偃息在病榻上，把李笠翁的十种曲来消遣。医院里的女看护，戴着白帽，穿着白衣，如清洁的安琪儿一般，穿梭般来往，侍奉病人的汤药。花一般的容貌，雪一般的衣饰，温柔的声音，曼妙的微笑，都足使病人得到一种知觉上的安慰。她们是轮流值班的，第一个星期在金人伟所住的病房里伺候的，日间是一个姓汤的女护士，夜间是一个姓袁的女护士。她们见金人伟是个智识高尚、文艺佳妙的好青年，惺惺相惜，自然对于他更有好感。姓汤的女护士长身玉立，婀娜多姿，她往往在送药之时，就榻畔小坐，和金人伟温言软语，安慰他的情怀，自然金人伟对于姓汤的女护士也倍觉感谢。姓汤的又在暇时每每溜达到金人伟病房里来伴他闲谈，金人伟因她性格温柔，也欢喜和她谈谈，藉免自己的岑寂。姓汤的又拿了书本来请金人伟教她古文，顿使金人伟又想起自己以前在苏州立达妇女补习学校里教授浣花的情景，心中不胜惆怅。一个星期很快地过去，星期日的下午，姓汤的送药时，站在一边，对金人伟说道："金先生，明天我的班期已满，要换一个人来伺候你了。"金人伟道："怎么？你要调到哪里去？我刚才和你熟了，怎又调开去呢？"姓汤的微笑说道："这是我们医院中的规矩，人家轮流值班的。我要调到产科房中去。但是隔了一星期仍要来这里侍奉金先生的。"金人伟道："那么也好的。"姓汤的给他服过药后，托着药盏去了。

次日清晨，金人伟起身后，在阳台上踱步徘徊，四下里人声寂静，鸟语花香，春光明媚，和风一阵阵扑到身上来，心里也很觉恬静。隔了一歇，回到房中去，靠在床上偃息一会儿。服药的时间到了，今天姓汤的已不来咧。听得门外阳台上革履声，知道另一位女护士来了。呀的一声，推门而入。只见一个正当绮年的女护士，全身缟裳像白衣天使一样，脚踏白鸡皮革履，手里托着一个盘，盘中有一盏药水，走到他榻畔来。一见金人伟，她忽像触电似的倒退数步，口里说了一声"啊呀"。金人伟被她唤起注意，举目细瞧那位女护士的容貌，不由失声而呼。鹅蛋般的面庞，秋水般的双瞳，不是当年的浣花还有谁呢？他连忙从榻上跳下来，过去握住她的手臂，说道："浣花浣花，你……你……怎么在此？莫非做梦吗？"

此时浣花双手颤动不已，瞪着双目，一句话也说不出来。盘子里的一杯药水也几乎要倾翻而出。金人伟慌忙连盘接过，放在旁边桌子上，拉着浣花的纤掌，请她在椅子上坐下，又相着她的面庞，心里说不出的狂喜情绪，对浣花说道："浣花，这几时爱而不见，使我积思成病。你究竟隐藏在哪一方？为什么要远避我？天可怜的，今日使我们在这里重逢了。浣花，你也自己太苦了！何必这个样子呢？"金人伟说话时，非常诚挚，非常凄恻。浣花眼眶里的泪珠早已扑簌簌地落到襟上来了。她向金人伟颤声说道："咦！我的心事你还不知道吗？完全写在我的信上了。人伟，你何不照我信上的话行事呢？"金人伟道："浣花，你的思想太高了一些，这是你自己一厢情愿的事，在事实上何能如此？我不明白你怎么不深深考虑而径情出此，使人虽要挽住你而不及呢。"浣花把手帕揩着自己脸上的眼泪，又叹了一口气说道："你还不明白，这完全是我为了你和妹妹而决计自己牺牲，让你们可以成就良缘的意思。因为我若向你们中间任何一人说穿了这事，当然你们二人的相爱便有了阻隔而不能成功了。这是我那天从我妹妹家得到你的去函后，回至医院中再三思维而出此的。你怎说我不深深考虑呢？"

286

金人伟道："我明白同你讲吧，我为你妹妹编剧，当初也是有人介绍的，我没有别的意思，不过为艺术上的关系，以及爱护细柳的天才而想助她发展，助她成就，所以不惜绞脑汁，呕心血，而代你妹妹编了《金谷恨》《龙女牧羊》等数剧，果然她也唱出了名，大红特红起来。当然她的克享盛名，也自有别的因素，不全是为了我编剧的关系。但我也为了你妹妹，尽我一份子的力量了。她当然对于我也有好感，所以我和她时常晤面。她到江南来，凑巧我也要返乡，遂相约同行。后来我忽然患疾，未能来沪，这也是事实。你就以为我和你妹妹有什么爱情关系吗？太疑心我了。"

浣花听金人伟如此说，她低着头不响。等到金人伟说她太疑心了，她忍不住抬起头来说道："这并不是我会疑心的，的确你的书函，情致缠绵，洋溢于外，我至今还藏着呢。我为了爱我妹妹而尊重你，所以如此。我的苦心，你也应该原谅的。但我不明白我的妹妹怎会嫁了王龙超军长，这件事是何因素？你又为何不积极进行，未能如我之愿，和我的妹妹达到婚姻的目的。我虽托人探听，却久久未获端倪，请你快快告诉我吧。"

金人伟本也坐在一边的，此刻长长地叹了一声，站了起来，两手掌频频搓着，向浣花说道："多谢你的美意，但我自问一介书生，室如悬磬，怎有这福气和资格来娶你的妹妹呢？高福山这个人你也见过的，何等的贪婪，他的妻子又是何等样的人。你妹妹在他们手里，以前也吃过苦头的了，现在总算还了他们的债。我知道的，王军长出二十万聘金娶细柳过去的，倘是少的说话，他岂肯答应得下呢？你也知道我是个穷措大，怎有这许多金钱去填高福山夫妇的欲壑呢？所以我要说你的心好而于事无补的了。况你怎见得我有抛弃你的心儿爱你妹妹呢？三年的相爱，不可为根基不厚，你如何抛弃一旦呢？不过我和细柳相识，没有和你说起，这是我对不起你的，今天我再要请你原谅。其实我也因信上不便多说，提起了我代细柳编剧的事，恐怕你要有误会的，所以未曾说明。谁知细柳竟是你的妹妹，又谁知我给你妹妹的信会被你见到呢？这岂不是老天故弄此狡狯吗？好了，现在我又和你见面了。我心里真有说不出的快活。重重的云翳可以扫除，我好像在黑暗中找到光明了。浣花，你相信我的话吗？我来告诉你细柳出嫁的大略情形吧。"于是金人伟便将王军长如何在北平捧场，如何在天津招细柳去侑酒，生起野心来，以及马副官从中的促成，细柳为压力所屈服等情，一一告知浣花，且说道："这是我微闻一二的，当然内中还有许多不知道的地方。总之鯌你妹妹也是可怜的，受人摆布，不由自主，我却始终原谅她的呢。当初我把你的信也给她看过，她对于你提起的事，没有什么表示。当然她也知道其中别有困难而叫我想法找你。她的思想却并不像你想象的，她也希望你和我的婚姻可以成功，所以这样的你推我让，却使我站在中间的人反变成进退失据了。你想我在那时的情形，可怜不可怜？"

金人伟说到这里，浣花不由破涕为笑，便点点头说道："我怎料到有这样的呢？我知道高福山的为人阴险贪狠，我妹妹在他人手掌之中，羁绊之下孤立无援，反抗为难，所以曾劝我妹妹早做打算的。谁料她竟这样很快地嫁了王军长，为祸为福，这事尚未易言。但我对于她的希望却不是如此。"金人伟道："可不是吗？老实说，我也并非自私自利，细柳去嫁这个跋扈的军人，我是非常不赞成。而且敢言他日必没有什么好结果，灯光不到明，绝不会有十年八年的。眼前的荣华富贵，算什么呢？所以我为了此事，也是非常痛心，再不愿在北平居住，遂到上海来主持《星沪日报》。曾在新闻报上登出一则启事，要找寻你，可是泥牛下海，杳无朕兆，我不知道怎样做才好。苏州的方家也托人去探听，知道那老头儿已死了，小姐已出阁，无人得知你的消息。又向学校方面探问，也不能得到底细，所以我的心里萦纡郁闷，常如桓子野徒唤奈何，无以自慰，渐渐精神颓唐，生起病来，医生说我是肺疾初期，起初我自己也不相信，后来报馆主人介绍我到这里来疗养的。老实说，我若不能见你的面，也许我的病永远不会好了。现在天使我们俩别而复合。好了好了，我的病一定要痊愈了！我没有病了！"金人伟说到这里，不由手舞足蹈起来，竟一些不像病人。

浣花闻言，又羞又惊，对金人伟脸上又相视了一下，说道："你生肺疾吗？我看你容貌虽然清瘦一些，但不像有肺病的人。院中也有几个患肺痨的男女，他们脸上都没有血色的。我看你不像是肺病吧。可曾照过爱克斯光？"金人伟道："照过的，且摄有照相，我的肺上并无损伤，咳嗽也没有。不过有一回喝酒以后，曾吐过一口血，我也自己说不定呢。"浣花道："我信你不是的。此间有一位美国医师汤姆斯博士，这几天到香港去了，听说下星期将返沪。他是疗肺专家，内科圣手。我与他很熟的，等他回院后，我同他说了，请他再来代你诊察一下，便知如何了。"金人伟道："很好，谢谢你。"

二人说了不少话。浣花一看腕上的手表，说道："哎哟，时间过得很快，我还要送别人的药呢，少停再来和你谈吧。你快吃药水。"说着话，把手向桌上的杯子一指。金人伟连忙取过杯子，将药水喝下肚去，还与浣花。浣花立起身来。金人伟说道："浣花，现在我与你重逢了，我再要和你畅谈一下，你别要走。"浣花道："此刻我不能不离开你，我还要照料别的病人，少停我自会来的。"金人伟有些疑惑的模样，说道："浣花，你必要再来，我还有话问你。你别再要去如黄鹤，否则将索我于枯鱼之肆了。"浣花微笑道："你放心吧。我绝不会再走了。"说罢，立即托着盘子走出房去了。

金人伟看她走出房去，觉得浣花穿了护士服装，更如罗浮仙子，素袂缟裳，清丽琼绝。此时他心中的喜欢真非笔墨所可形容，自己庆幸这个病生得真是再巧也没有了。此番倒要感谢二竖厚我，和前在北平生病，不能跟随细柳一同南下时的焦急，大不相同了。他的精神顿时振作了不少，在房中来回踱着，只是沉思。

到午饭后，浣花果又走来。她让金人伟坐卧在床，自己坐在床沿，和他谈话。金人伟问道："方才我和你说的话，都是细柳和我方面的事。我没有工夫问你，当你突然离去你的妹妹以后，究竟曾往何处去过？可仍在上海吗？"浣花道："我没有到别地方去。自从那天决定主意要躲避开你们后，写了那封信给你，立即向同仁医院辞退，而悄悄地跑到这里来的。因为在这里我有一位西国医生认识，他常要叫我来此服务。我因那边去得不长久，未便辞去，所以逡巡未果。那时为了要避匿之故，就用电话和西国医生决定后，投到这里来托足了。姓虽未改，名却更去，大家都唤我薛又新。自入医院，专心服务，足迹未越雷池一步，所以外边人要找我，却是无从问津了。至于你刊的广告，我却没有见到，因我灰心一切，对于外面的事情一概不闻不问，只知侍奉病人，希望个个病人能够恢复健康，莫为病夫。眼前见到的都是可怜虫，真觉救尽天下苍生，尧舜其犹病诸，只得我尽力而已。院长、看护长因我服务勤慎不懈，把我连连升擢，薪水已加了两次，妒煞一班同事了。这星期恰巧我调到楼上来，遂得遇见了你。数年不见，丰姿清减了一些，望你千万要善自珍重。"

金人伟点点头道："谢谢你的美意，你的经过我也明白了。这几时你真太苦了，我是一百二十分地对不起你。今天在你面前恳求你的恕宥。自从去年秋尽时，直到眼前我一直如同蒙在黑暗里，堕在冰窖里，一些不见光明，一些不觉温暖。今日重逢，不但大放光明，而且全身温暖。我要像婴孩般扑到你的怀里来，希望今后一辈子不要再受到失乳的痛苦。浣花，你不要再走吧，你要再走时，可就要了我的命了。"浣花回头道："我不走了。我又不是逃亡者，没有犯罪，为什么一见人就要躲避呢？以前的走是有目的的，可惜我的目的没有达到，徒然多加你的痛苦，我也觉得对不起你的。所以今后我为什么再要跑开去呢？以前的事，我自知做得没有意思了，何必重蹈覆辙？只要你……"浣花说到这里，却又缩住了。金人伟道："今日之我和往日之我，没有改变什么。我这颗心里依然牢牢地、深深地贮藏着你，请你鉴谅我的私衷，相信我的话，扫除疑云，重见光明，那么我的病自然而然地会痊愈了。我姓金的断非薄幸之人，可誓天日。"浣花点点头道："我哪有不相信你的说话？况我本是蒲柳弱质，乡村女娃，没有你的提携，何有今日？你的恩情我尚未报答呢。吴下师生殷殷的情况，常常如悬眼底。我是你鼓励起来的。"金人伟把手摇摇道："这些别要说吧。好，你仍旧是我的浣花。以前之事等于梦寐，大家一同努力着未来，创造我们的新园地吧。"浣花听着，低倒了头，抚摩着自己的手背，自然她的芳心不再如以前的冷淡，而重复归起热烈，情愿和金人伟一起投入爱情的洪炉中去，熔冶在一块儿了。

从此浣花时常得空便到金人伟病房里来陪伴，又较别的女护士更进一步了。金人伟本是来此养病的，他患的本也是心病。俗语说得好，心病还须心药医，他既重遇浣花，"踏破铁鞋无觅处，得来全不费工夫"，他心里的愉快胜过一切的药石，自然病也好了大半咧。浣花虽因自己妹妹已是为他人妾，不合自己的意志，然而终是同胞手足，心里仍要苦念她，遂和金人伟商量以后决定用自己的名义，写一封信到北平西山别墅去，问问细柳近况，告诉浣花和金人伟在沪的情景，试探她妹妹可有复函，用快函邮寄前去的。但是青鸾音沉，不知是否为洪乔所误，大概有人拦截了去，不得其门而入哩。

过了一星期，浣花又被调到别班中去。金人伟处仍换了那姓汤的护士前来。此时大家已有些知道浣花和金人伟是稔友了，所以不免在浣花面前戏谑数句。而浣花得空时仍要跑到金人伟这边来探望，陪他娓娓清谈。又过了数天，浣花所说的汤姆斯已自港返申。浣花和他说了，遂请他到金人伟处来诊治。汤姆斯是极喜研究的人，况且是本院的病人，立刻答应。由浣花陪着他走至金人伟病房里来，代他细细诊察一番。汤姆斯博士又看了院中医士诊断的病状，看过金人伟所摄的爱克斯光照相，又取了金人伟的血去检验，后来据汤姆斯的诊断，说金人伟并非肺疾，而且身体上没有什么潜伏的病菌，和常人无异。至于前吐之血，是胃中一时受了剧烈的刺激而出的血，并不是由肺部出来的，所以不必再服什么药，只要静养数天便好了。原来金人伟没有患什么肺疾，那起先代他诊察的医生过于重视他的病了，他自己也虚了心，以至于此。现在他已和浣花重逢，心中大乐，以前的忧郁烦闷一扫而空，精神愉快，所以汤姆斯博士代他诊察时，一些也不见任何病象，还说什么肺疾不肺疾呢。这样一来，金人伟本也可以出院做事了，但一个月的病假还有十天未满，且因浣花在这医院内，不觉依依不忍舍去，遂决定等到期满后再回报馆工作。

这些日期他和浣花的恋爱急速增加，如同盛夏的寒暑表，步步上升，经过前一次的反动，更觉恋爱之可贵了。等到一月之期已满，金人伟到底不能溺于儿女之爱，一辈子守在医院中的，工作重要，前途正长，他终于离别浣花而出院了。然而他既发现了浣花的芳踪，二人遂时相过从，游泳在爱河中。此时的金人伟可说是疮痍尽复了。不过有时和浣花谈起细柳，北望燕云，稍觉惆怅而已。

金人伟编辑的《星沪日报》销路日广，金人伟的名望渐高，交际渐广，月薪也渐渐加多，姓陈的又有心助他，在自己所办的商业中让金人伟加入一些股份，因此金人伟的收入也比以前大增。浣花仍在宏恩医院服务，升到看护长的下一级了。

有一次，金人伟回苏州去，邀了浣花一同请假言旋，且引浣花去见他的姨母王氏。王氏问询之下，始知这位薛小姐便是她姨甥的未来夫人，十分欢喜，留浣花在家下榻，治酒食相待。金人伟和浣花畅游数日，回转上海。隔了一天，金人伟和薛浣花的订婚启事在报上披露出来了，地点是在国际大饭店，请了一位姓余的律师做证人，大家各挽一位朋友出作介绍人。订婚之日非常热闹，众宾客到得不少，新人和来宾各有演说。但金人伟是主张节约的，所以仅用茶点款待来宾，共摄一张影而告礼成。他们又寄一信至细柳处，可是仍无来信。这时候适值北方发生着乱事，王龙超军长出发到前线去，不久王龙超的一军竟有覆没的消息，而王军长亦战死在沙场了。浣花惦念细柳，托人在北平探听她妹妹的消息，闻得她妹妹已不在西山别墅中了，生死下落，无从得知。不过王军长既已逝世，细柳的景况当然一定要遭受打击了。金人伟知道了，也是扼腕不止。他们二人预备要在双十节举行结婚典礼，大家正在预备中。

到七月新秋时，金人伟因全国报界代表开大会于南京，他要代表《星沪日报》往南京去走一遭。他的意思要想趁此机会和浣花同行，一赏白门秋色，便到宏恩医院去访浣花，说明以后，浣花也很赞成，遂向院中请了一星期的假，二人同坐专车到了首都，投宿在金陵饭店。在会期的前一日，大家出去游览。金人伟和几个沪上报界的代表一同去游北极阁、燕子矶、中央公园等各处。回来时大家在金陵春酒楼上用晚饭。灯红酒绿，豪竹哀丝，不亚于海上的繁华。

金人伟和浣花同在座上饮酒，大家知道他们俩是未婚眷属，不免说了几句戏言，闹着要吃喜酒。又嬲浣花喝酒，浣花不会喝，都由金人伟代饮。正在酬酢之时，门帘一掀，有一个北方的汉子带了一个十七八岁的小姑娘轻轻地溜了进来。那汉子将一个折子送到金人伟面前，说道："先生，请随意点唱一支吧。"金人伟知是酒楼卖唱者流，看也不看，把手摇摇。这时那小姑娘对金人伟仔细相了一相，开口说道："呀，金先生，你在这里喝酒吗？"金人伟回头一看，认识她就是前在细柳身边伺候的婢女双喜，却不知道她怎会沦落到这里来的。见她身上穿着一件半旧的麻纱单旗袍，衣饰也不见如何华丽，脸上虽敷着脂粉，却仍不能掩没她的憔悴之姿，目光很迫切地向金人伟注视着。而浣花更是特别注意，不明白是何缘由，正要询问，金人伟已对浣花带着笑，指着双喜说道："此人就是昔日在细柳身边侍奉的侍儿，所以我认得她。"浣花听了，好似找到一些线索，便说道："那么你不妨问问她，也许可以知道一二。"金人伟遂向双喜问道："双喜，你以前不是侍奉细柳姑娘的吗？怎会跑到这里来了？你可见过细柳姑娘吗？"

双喜听金人伟向她追询，不由眼圈一红，低了头，叹了一口气道："金先生，我是一向跟随小姐的。她嫁人时，我也跟去和她在一起。"金人伟不等她说完，早抢着说道："好了，那么你一定知道你女主人的消息了。请你快快告诉我细柳姑娘现在在哪儿？"双喜道："金先生，你要找她吗？"说着话，叹了一口气。浣花听了这一声幽怨的叹息，心里便有些悚然，好如受到阴凄凄的秋风一般。金人伟道："你快说，她在哪儿？"双喜道："你要见她吗？她就和我们住在一起，现正患着很重的病呢。说也可怜。"金人伟和浣花一听双喜说细柳竟和他们住在一块儿，便料到细柳的景况一定也是可怜极了，都不由一怔。

那汉子站在一边，听他们只顾说话，便有些忍不住了，抢口说道："既然这位先生是相识的，那么请点两支唱唱吧，我们生意难做，不得不仰求客人慷慨一些。"金人伟摇摇头道："我们没有心思听唱，你们稍待一下，我自有道理。"遂从他身边摸出一张五元的国币，递给那汉子，说道："你伴这位姑娘来的吗？你先拿了，我们还要去一见细柳姑娘哩。"那汉子一手接过国币，谢了一声，说道："你们要看细柳姑娘吗？很好，她正病得不成模样了，你们俩大发慈悲，可有什么法儿想想？"浣花听了，更是坐不安席，金人伟酒也不要喝了，便对众人说，要去找这个小姑娘的女主人，只得不能奉陪而要先走了。大家料知他们必有一种关系，不便告问，遂说很好很好，于是金人伟便和浣花告罪离席，跟着双喜和汉子下楼，走出金陵春，去见细柳。

　　因为双喜说他们住的地方离去不远，所以大家走着去的。穿过了一条马路，拐了两个弯，又走进一条狭的弄堂。那弄堂里的路很是不平，只有一盏电灯远远地亮着，所以景象甚为惨淡。走过三个门面，便有一个石库门，门上也有一盏小小的方灯。灯上有"平安栈"三字，原来是一个小旅馆。双喜在门外立定脚步，回头对金人伟说道："请随我进去吧。我们住的十七号房间。"金人伟和浣花都不由双眉紧蹙，跟着双喜和汉子。踏进大门，便是一间小方厅，厅上有几个下流社会的人在那里箕踞而坐猜拳喝酒，打从左面一条小甬道走去，转了一个弯，有一排小房间，双喜向右手第四个房间的门上一推，门便呀地开了。室中有灯亮着，她一招手请二人进去，二人走入房间，便觉有一阵污浊之气直冲鼻管，浣花更是当不住打了一个恶心，方才吃的菜几乎要呕将出来。只见斗室褊隘，东边放着一张床，靠墙一只妆台，沿窗又有一张方桌、两把椅子，此外便无什物了；西边靠墙放着一个铺盖和一张席子，床下放一只手提皮箱和几件零星东西。四扇窗纸有一扇开着，床上悬着一顶白色淡黄的帐子，内有呻吟之声。二人走到床前一看，那床上奄奄地睡着一个病人，侧转脸来时，不由使二人陡地唬了一大跳，是不是细柳呢？为什么变得这个可怕的模样呢？

　　原来这时的细柳一目已盲，鼻头缺去了半个，左颊烂了一个大洞，左边耳鬓的头发都没有了，结了两个很大的疤，往日的娇姿完全消失。若不是双喜说明了，谁能知道这是昔年的女红伶细柳姑娘呢？浣花和金人伟都失声而呼，床上的细柳见了两人，也不由大为骇异。她是认得二人的，便带着气喘开口道："姊姊，你同金先生一块儿来的吗？很好，我本希望你们重新在一起的，但你们怎样知道我在这里的呢？"浣花听得出她妹妹的声音，心里更是凄酸，便说道："方才我和人伟以及几个朋友在酒楼同用晚餐，遇见了双喜，由她引来的。"细柳点点头道："这恐是天意要使我们再见一面吧。请坐请坐。"细柳和浣花说话时，金人伟呆呆地站在一边，瞧着细柳可怕的面目只是发怔，同时脑海里又浮现出细柳在台上演绿珠那时的明媚丰韵，想不到前后竟会如此剧变。双喜和那汉子也靠在墙边，静听他们说话。

浣花终不明白细柳何以弄到如此地步，所以她急欲得知真情，遂向细柳问道："妹妹，我闻你嫁了王军长，怎会在这里？你的脸上又是害了什么病症，生得这个样子呢？"细柳听说浣花问她不由得一只眼睛里流出泪来，长长地叹了一口气，说道："姊姊，我真无面目见江东父老了。唉！你问我何以这个样子吗？说出来时，我心里悲痛极了。我……我真是……"细柳说到这里，忽然晕了过去，慌得浣花和双喜一齐俯下身子去呼唤。双喜去掐她的人中，金人伟忙去再开两扇窗。浣花代细柳解开胸前衣扣，细柳方才徐徐醒来，浣花知道她病体禁不起受刺激，一面抚摩着她的胸口，一面含泪对她说道："妹妹，你不要悲伤，你不要讲吧，待我问双喜。"细柳点点头道："我也说不出口。双喜是跟我出嫁的，我的事她都知道，让她告诉你们听也好。"

于是双喜请金人伟、浣花在沿窗椅子里坐下，开始讲细柳的事。她先揩着眼泪说道："小姐待我很好，所以当小姐出嫁王军长的时候，我跟了同去。这是清清楚楚的，大概小姐嫁了王军长，只有三四个月是优游快乐的。王军长性情虽然粗暴，待我小姐却还不错。在西山别墅，锦衣玉食，仆从如云，汽车开去，十分阔绰。可是王军长的大太太胡氏是一个著名的雌老虎，又悍又妒。她知道了军长娶得小姐，住居在西山别墅，不知道和王军长闹过数十次，一定要军长抛弃小姐。军长自然不肯答应。这是老家里有一个仆人告诉的。那雌老虎达不到目的，便狠心毒肠地施行她的恶计了。有一天，军长不在西山，小姐坐汽车出去赴宴，回来时已在黄昏。不知怎样的，汽车驶至将近别墅门口时，路旁林子里跳出两个身穿蓝布短衣的暴徒，手里各执手枪，把汽车拦住。汽车夫以为是剪径贼，遂停了汽车，大声呵斥，说明这是王军长新太太坐的汽车，谁敢行劫。谁知那两个汉子一些也不退却，扑到车窗边来，一个人开了车门，一个把手里一瓶硝镪水浇到细柳小姐的脸上。可怜细柳小姐又痛又惊喊了一声救命，便晕倒在车中了。那两个暴徒立即回身逃去，等到汽车夫大声呼唤警士跑来时，已逃得无影无踪。汽车夫立即开汽车送细柳小姐到医院中去医治，一面飞报王军长知道。军长明天便来医院探望，赫然震怒，令警厅限期破案。

哪里知道过了数天，非但暴徒捉不到，而且王军长也不提起破案的事了。北平各报也没有登载此事，我们不由奇怪。多方探听，才知那两个暴徒乃是军长太太胡氏那边暗中遣来，有意毁坏细柳小姐玉容的，所以军长也不敢破案了。然而可怜我家细柳小姐的玉颜却就此大大破损，一目已眇了，在医院中卧了一个月，方才出院。她几次三番要自己觅死，不愿再生人世，都被我劝止的。军长也劝过她数次，安慰她说，决不待亏她的。话虽如此，可是从此以后，军长的足迹渐稀，西山别墅顿形冷清清了。细柳小姐怨恨不已，无人代她去报仇，含悲忍泪地过日子。还有那高老板夫妇，本来常要来西山送物问候，很献殷勤的，但出了这乱子以后，他们竟绝迹不来了。因此小姐更是气闷呢。

四月里王军长出发外地，不幸战死的消息传到北平，我们正在又悲又惊之时，不料胡氏全身缟素，带领一班娘子军赶到西山别墅，把整个别墅占据了去，逐出我们主婢两人，加以殴打。可怜细柳小姐怎敌得过那泼妇？幸别墅中有一个马弁姓侯名得标，是王军长派来守门的。他仗义援助，救出细柳小姐。我乘隙携了一只箱子，抢得几件衣服，一同逃出别墅。那侯得标因此也随着我们被逐了。"双喜说到这里，把手向那站着的汉子一指道："就是他啊。"侯得标在旁边听着也叹了一口气，一只手却伸在他的衣袋里，只摸着金人伟给他的那张法币。他肚子很饿，想要去买碗饭吃吃了。

双喜仍继续说道："细柳小姐的意思不愿意投奔高家，也不欲在北平露脸出丑，所以我们都到保定去，侯大叔也很忠心地跟着小姐走，因他早就没有家了。在保定住了半个月，细柳小姐一心要到南边来，她说她是江南人，将来死了也要埋骨江南的。我们遂流浪到了济南，又住了一个多月，因为身边没有多带银钱，小姐所有存款和首饰又都被恶魔胡氏攫夺了去，唯有手上戴的一枚小钻戒尚在，便拿来变了钱过用。于是小姐和我们商量之后，决定向街头去卖唱度日。她一边教我学唱和拉琴，一边她自己也亲自出马，但因露不得脸，所以将一块纱来蒙了面，大家只听她的唱而不能瞧见她的容颜。小姐的玉颜虽然损坏，可是她的歌喉却依然无恙，因此生意倒很好，"蒙面歌女"这个名，在济南市上曾一度轰动。不久又因山东地方有乱事，济南宣布戒严，我们遂又到南京来了。起先就借宿在这小旅馆内，细柳姑娘依然出去在夫子庙一带鬻歌，三个人将就度日。细柳姑娘时常悲愤不乐，她告诉我们说，她在这世界上只有一个亲姊姊，却又不知在哪一方，最好能够再见一面，她死也瞑目了。"浣花听着这话，眼泪不由又簌簌下落，金人伟也觉心酸万分。

双喜又说道："我和侯大叔常常劝慰她，不要悲伤，然而哪里能够遏止住她的伤感呢？所以后来就生起病来，延医服药，也是无用。有一位西医说细柳小姐患的是很重的心脏病，亟宜安卧静养，于是小姐也不能再出来卖唱了，便让我初出茅庐的人出去，每天就得不到几多钱，贫病交迫，后来医生也请不起了。今天凑巧遇见金先生，我才引你们来见见，再巧也没有，你又是大小姐，好，你们二位来劝劝小姐吧。"

双喜说到这里，却掩着面哭起来了。床上的细柳更是涕泗满颊，她喘着气，对浣花说道："姊姊，我的事情双喜都告诉你了。她讲时，我的心里如有一把钢刀在刺扎着。总之，我这个苦命人前尘如梦，哀乐云烟，徒然为高福山夫妇挣得二十万金，供他们享用罢了。自己的幸福却完全牺牲了。天意如此，有什么话说呢?"又对金人伟说道："金先生，我真惭愧见你，我不能接受你的金玉良言，我是个弱者，也害了自己，悔之不及，真觉有些对不起你。以前的事提起了，更使我痛心欲死。且喜你已找得我的姊姊，重复在一起，这也是我在临死之前稍微给予一点安慰了。"金人伟和浣花各人心中十二分的难过，含着眼泪，用话去安慰细柳，又把他们的遇合约略告诉一遍。细柳已说不动话了，一只眼睛淌着泪。浣花道："妹妹，昔日的事，不必再提。现在只望你的病好了，我们姊妹依旧住在一起。你也不要悲伤了。"细柳道："姊姊，我很感谢你，我不想久活了，身后的事托了姊姊吧。"金人伟又劝慰了一番，浣花因知侯得标等尚未吃晚饭，遂叫他们出去吃饭，她和金人伟商量，想要在明天给细柳送到医院中去，再请医生医治。细柳凄然说道："多谢姊姊的美意，但我实在苦痛已深，无意再活了。能见姊姊一面，这恐也是亡父暗中遣使的。愿姊姊努力自爱，不必为我多费心思了。"

浣花听了这话，不禁啜泣。金人伟道："细柳，以前的种种譬如昨日死，以后种种譬如今日生。你不要伤心，我们总要设法医愈你，大家再聚在一起。"细柳仍是汍澜不已。少停双喜进来，浣花又向她问问其他的事。坐至十二点钟，不得不离去了。浣花临行时将自己所住的金陵饭店房间号数告知了双喜，叫她好好当心着细柳，明日要来送入医院，又从她身边取出一百块钱的法币，塞在细柳枕边，说道："这是我的钱，你没有用时尽管用好了。我和人伟明天再来看你的，请你务必放心，不要悲痛。"细柳点点头，二人遂告别而去。

回至金陵饭店，又谈了一个钟头，方才各自上床安睡。可是二人各有感触，浣花尤其为了妹妹而悲伤，大家休想安眠。转瞬间天快亮了，忽然茶房开门进来说，平安栈有电话打来，请薛小姐接电话。浣花听了，陡吃一惊，披衣下床，金人伟也跳下了床，一同出房去听电话。大家明知道这是细柳那里打来的，一定没有好消息。浣花走到电话机边，一只手颤颤地接了电话便听。电话听筒中乃是双喜的声音说道："你是薛大小姐吗？请你快快来吧，细柳小姐不好了。"浣花道："怎么啦？"双喜又道："人已不好，快来吧。"此时浣花方寸已乱，答应一声，挂上听筒，忙和金人伟各人草草洗过脸，漱过口，换上衣服，离了金陵饭店，雇了街车，急急赶至平安栈时，原来细柳已经陈尸床上，魂归离恨之天了。浣花大惊，急向双喜询问根由，双喜揩着眼泪说道："午夜时，你们二位去后，细柳小姐心房剧跳，不得安宁，呻吟多时，人已垂危。我们连忙打电话来请时，可怜她断气了。本来医生也说过她的心一直开着，不论何时发作，立刻就有生命之虞，十分危险，果然很快地死了，可怜可怜。"说罢，顿足大哭。

浣花不由得抚尸大恸，金人伟也在旁边陪着下泪。这时天色已明，浣花哭了好久，被金人伟、双喜劝住，又问临终时细柳可有什么遗言。双喜道："一句话也没有，只用手捶了两下床沿，惨呼了一声便僵直了。"于是浣花便和金人伟商量收殓的事，金人伟要紧出席去，自己又十分熟悉，遂到南京分馆里找到一位会计韩先生代办一切。先把细柳送至殡仪馆化妆，棺木衣衾等都由殡仪馆代办，定于次日盛殓。浣花哭泣无已，双目肿赤，次日殓的时候，金人伟也抽空前来，一棺附身，万事都已，但芳魂有知，亦将抱恨无穷。

至于金人伟和浣花的悲戚也毋庸说了，细柳的灵枢便寄厝在

300

那殡仪馆里，平安栈欠的账也由浣花付清。对于双喜和侯得标二人也要有一番处置，双喜却由浣花留将下来，组织新家庭时便可用她做事；侯得标便由金人伟介绍在南京分馆里充当茶房，于是二人也有安排了。金人伟在南京的集会转瞬期满，同浣花和上海各报馆的代表一齐坐着专车，带了双喜返沪。暂时双喜借助在宏恩医院中，细柳是这样地草草地结束了她的人生，她的姊姊，她的好友，常常想起了她，心里的悲哀一时难杀，那北平的高福山却沉浸在赌窟中，十万金钱也输得所剩无几，徒然送去了一个好女子。社会的残酷，令人咒诅，令人太息。

到得双十节，正是金人伟和浣花结婚的良辰，借得八仙桥青年会大礼堂，嘉宾云集，喜气洋溢，争看此一双璧人，举行百年嘉礼。而金人伟和浣花数年来的心愿也得快乐取偿。王氏和她的子女也来沪吃喜酒。新房租定法租界的辣斐德路一座小洋房内，一切家具都是新购置的，真可谓新家庭了。婚后，二人的和好当然如蜜似饧，难分难离。浣花在宏恩医院的护士职务也辞退了，别谋其他的发展。双喜在新屋内相助做事，度着快活的岁月。但是二人还有一件心事未了，就是细柳的营葬。浣花早托人到乡间祖茔上去看定穴子的方向，择定日期，在次年的清明节边，将细柳的灵柩从南京由水路运至双林。他们新夫妇也坐船返乡，为细柳告窆。一抔黄土，深深埋香，泡影昙花，徒留艳迹。金人伟对着芳冢，想起绿珠坠楼，终是不祥之谶，惆怅扼腕。浣花在墓前展拜，又见父母的墓前宿草离离，不胜唏嘘太息。

归途时浣花遇见韩师母，立谈之下，始知韩老先生已于去年作古；邢老虎出外收账时，被土匪行劫，坠河而死，家中去年又逢祝融之灾，家道大为衰落；宝生因和人醉后打架，失手用酒壶击死了人，所以被官中捉去，械系在狱中了。左菊泉却在去年娶了妻子，住在上海。浣花也将自己和妹妹一生一死的状况略为告诉，韩师母为细柳悲悼，为浣花庆贺。

分手告别而去，二人走在田岸上，且行且谈，走过那条清溪，浣花便指着河水，说出她亡父的沉处，缅怀往昔，不胜黯然。一路又见杨柳依依，芳草青青，树上黄鹂睍睆嘤鸣，而一处处的桑树又是绿叶成荫，春日迟迟，已近蚕月条桑，乡民又要忙着育蚕了。浣花想起数年前自己姊妹俩相助老父，借着重利息的钱去买桑叶、辛苦饲蚕的情景，如在目前，然而当时的三个人，只剩下自己一个人了，不免仰起蛾首，望着天上的白云倚在金人伟的臂弯里，深深地遐想。真是：

　　　　千辛万酸追忆此情，一生一死柳暗花明。

图书在版编目（CIP）数据

柳暗花明／顾明道著. — 北京：中国文史出版社，
2018.5

（民国通俗小说典藏文库·顾明道卷）

ISBN 978 – 7 – 5034 – 9991 – 3

Ⅰ．①柳… Ⅱ．①顾… Ⅲ．①长篇小说 – 中国 – 现代

Ⅳ．①I246.5

中国版本图书馆 CIP 数据核字（2018）第 009941 号

点　　校：张　楠
责任编辑：薛媛媛

出版发行　**中国文史出版社**
网　　址：http://www.chinawenshi.net
社　　址：北京市西城区太平桥大街 23 号　邮编：100811
电　　话：010 – 66173572　66168268　66192736（发行部）
传　　真：010 – 66192703
印　　装：廊坊市海涛印刷有限公司
经　　销：全国新华书店
开　　本：720×1020　1/16
印　　张：20　　　　　字数：242 千字
版　　次：2018 年 5 月第 1 版
印　　次：2018 年 5 月第 1 次印刷
定　　价：62.80 元